Hans A. Pestalozzi
Rettet die Schweiz –
schafft die Armee ab!

Hans A. Pestalozzi

Rettet die Schweiz – schafft die Armee ab!

Zytglogge

Lektorat Willi Schmid
Redaktion: Hilde Eberhard
ISBN 3 7296 0159 8

Zytglogge Verlag, Eigerweg 16
CH-3073 Gümligen

Inhalt

Vorwort		7
Aufruf zur Rebellion	Hans A. Pestalozzi*	9
So geht die Schweiz kaputt		
Heil Dir Helvetia!	Roman Brodmann	24
Die sogenannte Demokratie in der Schweiz – Ein Pamphlet	Max Schmid	29
Rechtsstaat oder Rechts-Staat?	Beat Gsell	37
Wir gehen über Leichen	Jean Ziegler	44
Der Dreck ist unsichtbar	Hans A. Pestalozzi	51
Gift statt Ferment – Gewalt in unserer Gesellschaft	August E. Hohler	57
Frieden durch Rüstung – Der Wahnsinn der Politiker		
Atomkrieg durch Nachrüstung	Gert Bastian*	66
«Frieden» durch Abschreckung	Anton-Andreas Guha*	74
Europa – Kriegsschauplatz oder Brücke?	Erhard Eppler*	85
Die Schweizer Abschreckung		
Der Machtanspruch der Armee	Hansjörg Braunschweig	96
Die Schweizer Armee – Das Märchen vom hohen Eintrittspreis	Hans A. Pestalozzi	106
Der schweizerische Zivilschutz – ein Beitrag zum Krieg	Konradin Kreuzer	129
Die Schweiz schützt sich vor Schweizern: Die Gesamtverteidigung	Jürg Frischknecht	140
Frauen – die Hilfstruppen des Patriarchates	Rosmarie Kurz	149

Bringt mehr Menschen um mit Schweizer Waffen! – Kleines Waffenausfuhr-ABC der Schweiz	Peter Weishaupt	156
Frieden wagen – Verteidigung muss anders sein		
Die Geschichte des Pazifismus	Klara Obermüller	166
Frieden als Utopie	Ossip K. Flechtheim*	176
Soziale Verteidigung	Theodor Ebert*	185
Vom sozialen Widerstand zur sozialen Verteidigung	Ruedi Epple	193
Unbewaffnete Neutralität	Hans Saner	199
Zivildienst und Friedensarbeit	Peter Hug	207
Friedensforschung in der Schweiz	Theo Ginsburg	215
Schaffen wir die Trümmer der Geschichte weg! – Argumente für die Volksinitiative zur Abschaffung der Armee	Andreas Gross	223
Wehr dich – Steh auf!		
Ziviler Widerstand	Theodor Ebert*	240
Geht es ohne Gewalt?	Ricarda Anette Steinbrecher*	253
Aktionsformen für die Friedensarbeit	Ricarda Anette Steinbrecher*	263
Mitmachen – aktiv werden!		
Adressen, Kontakte, Informationen	Markus Heiniger	270

* *Diese Beiträge sind – zum Teil gekürzt – dem Buch «Frieden in Deutschland» entnommen. Hrsg. H. A. Pestalozzi, R. Schlegel, A. Bachmann, Goldmann Verlag, München, 1982.*

Vorwort

Wir leben im schönsten Land der Erde. Nicht nur landschaftlich ist es unvergleichlich. Seine Fähigkeit, verschiedene Kulturen friedlich zu vereinen, ist beispielhaft. Die Identifikation des Bürgers mit der staatlichen Gemeinschaft ist einmalig. Seine Bekenntnisse zu Demokratie, Christentum, Humanität sind grossartig.
Weshalb merken wir nicht, dass wir uns von all dem, was die echte Schweiz ausmachen würde, wegbewegen? Weshalb merken wir nicht, dass wir selber allmählich all das zerstören, was uns lieb ist? Weshalb merken wir denn nicht, dass wir auf dem besten Weg sind, unseren eigenen Untergang einzuleiten?
Das wichtigste Ereignis in der Kriegsgeschichte der Schweizerischen Eidgenossenschaft ist die Schlacht bei Marignano im Jahre 1515. Die Katastrophe dieser Schlacht führte zur Einsicht, dass Expansion, Krieg, Gewalt und Militär nicht mehr weiterführen. Der Ausweg aus der Sackgasse waren die Absage an das Militär und das Bekenntnis zu einer friedlichen Schweiz.
Die Situation heute ist ähnlich. Das Prinzip Gewalt, das unsere Gesellschaft beherrscht, führt nicht mehr weiter. Wenn wir so weitermachen wie in den letzten Jahrzehnten, werden wir untergehen. Die Kraft, die in solchen Situationen in unserem Volk steckt, ist gross. Wer hätte es für möglich gehalten, dass im Dezember 1981 40 000 Bürgerinnen und Bürger – die wahre Elite des Volkes – in Bern gegen den Wahnsinn des Militärs, für eine Schweiz in Frieden und Freiheit demonstrieren würden! Wer hätte es für möglich gehalten, dass im Jahre 1982 eine starke, viele Kreise umfassende Gruppe allen Anfeindungen und Bedrohungen zum Trotz es wagen würde, eine Volksinitiative auf Abschaffung der Armee zu lancieren!
Man durfte zwar bisher in der Schweiz den Herrgott in Frage stellen, ja ihn ablehnen, oder gar dazu aufrufen, sich ihm zu verweigern. Wer aber die Armee zur Diskussion stellte, war schon ein Landesverräter; wer zur Verweigerung aufrief, wurde eingesperrt. Diese Zeit ist vorbei. Die Auseinandersetzung zwischen den Prinzipien Gewalt und Militär einerseits und Frieden und Freiheit andererseits hat begonnen. Das Umdenken ist im Gang. Die Volksinitiative wird im Jahre 1984 eingereicht werden. 1984 ist das Jahr der Wende, das Jahr der neuen Einsicht:

Marignano 1984.

H. A. Pestalozzi
Aufruf zur Rebellion

Sie behaupten, sie wollten den Frieden – und bereiten den Krieg vor.
Sie behaupten, sie müssten den Krieg vorbereiten, um den Frieden zu schützen, und verschweigen, dass diese Formel noch immer zu Krieg geführt hat.
Sie behaupten, sie wollten unsere Souveränität schützen, und machen uns vom Ausland abhängig.
Sie behaupten, sie wollten das Volk schützen, und provozieren seine Vernichtung.
Sie behaupten, vor dem Regime in Moskau auf der Hut sein zu müssen, und liefern uns dem Regime in Washington aus.
Sie behaupten heute, gegen die kommunistische Weltrevolution kämpfen zu müssen, und behaupten morgen, das Sowjetsystem sei am Ende.
Sie behaupten, sie wollten die Armee nur gegen Feinde von aussen einsetzen, und schulen die Offiziere im «Ordnungsdienst» nach innen.
Sie behaupten, uns vor totalitären Staaten schützen zu müssen, und arbeiten mit faschistischen Regimes zusammen.
Sie werfen uns «Zerstörung des politischen Friedens» vor und meinen Polizeieinsatz gegen Andersdenkende.
Sie predigen Dialog und sperren ein, wer die Armee zur Diskussion stellt.
Sie geben sich demokratisch und knallen zusammen, wer vom Versammlungsrecht Gebrauch macht.
Sie diffamieren den Staat – weniger Staat, heisst die Parole – und werfen uns vor, wir lehnten den Staat ab.
Sie loben den Schutz der Minderheiten und berufen sich auf eine angebliche schweigende Mehrheit.
Sie pochen auf die Ganzheit der Demokratie und schliessen die Randgruppen aus.

Sie schwärmen von Föderalismus und drohen mit dem Einsatz der Armee gegen die Kantone Basel-Stadt und Basel-Land.
Sie hinterziehen Steuern, wo sie nur können –, und werfen uns vor, wir wollten uns vor unseren gesellschaftlichen Pflichten drücken.
Sie werfen uns vor, irgendwelchen Drahtziehern zu folgen, und huldigen dem Führerprinzip.
Sie nennen uns Chaoten, Kriminelle, Asoziale und machen aus der Polizei brutale Schlägerbanden.
Sie geben vor, den Rechtsstaat schützen zu müssen, und verhaften unsere Jungen gleich massenhaft.
Sie berufen sich auf internationale Abmachungen und schiessen auf uns mit chemischen Waffen, die im Kriegsfall verboten sind.
Sie warnen vor der Militarisierung der Jugend im Osten und führen bei uns den Wehrunterricht ein.
Sie lassen am Sonntag christliches Verhalten predigen und fordern von den Schweizer Männern mehr Aggressivität und Brutalität.

«Der Mensch ist böse.» So lautete die richtige Antwort auf die Frage im Religionsunterricht, ob der Mensch gut oder böse sei. Sie war Anlass zu meiner ersten tiefgreifenden Rebellion. Ich befand mich mitten in einer unerhört positiven Aufbruchstimmung, trotz oder vielleicht gerade wegen der Pubertätsprobleme, die alles Bisherige in Frage stellten. Ich glaubte an meine Zukunft, das Kriegsende öffnete die Welt; Kameradschaften und Freundschaften schufen Beziehungen, die endlich die Elternbindung zu lösen erlaubten; die fordernde Sexualität versprach bisher Unvorstellbares. Und nun die Ohrfeige von «höchster Instanz», denn der Religionslehrer, der Pfarrer verkörperte doch – so war uns beigebracht worden – die höchste Autorität, das A und O unseres Lebens: «Du bist böse, deine Freundinnen und Freunde sind böse, deine Mitmenschen sind böse!»
Ich begann mich zum erstenmal grundsätzlich zu verweigern. Vom Verstand her konnte ich es wohl noch kaum erfassen. Das Gefühl sagte mir: Auf dieser Basis wirst du nie ein eigenes Leben gestalten können. Wenn diese Voraussetzung stimmt, ist es unmöglich, gemeinsam mit deinen Mitmenschen eine Zukunft aufzubauen. Du wirst immer von der Autorität abhängig sein, die darüber befindet, wie du dich zu verhalten hast, um «gut» zu werden. Ein Leben in Angst, böse zu bleiben? Ein Leben unter dem Zwang, den Anforderungen der «Autorität» gerecht werden zu müssen? Ein Leben in Schuldgefühlen, zuwenig zu leisten, nicht zu genügen, immer wieder zu versagen? Angst und Schuld als Basis meines Lebens?
Was ich intuitiv nicht erfassen konnte: Schuldgefühle und Angst sind in dieser unserer Gesellschaft nötig; ihre Prinzipien, Strukturen und

Abhängigkeiten wären sonst nicht möglich. Angst ist nötig, um «freiwillig» zu gehorchen. Angst ist Voraussetzung der «freiwilligen» Unterordnung. Schuldgefühle bringen mir bei, dass Eltern und Lehrer mich erziehen müssen. Schuldgefühle lassen mich Strafe akzeptieren. Schuldgefühle machen abhängig von der «Autorität».
«Du willst nicht mehr böse sein? Komm, wir sagen dir, wie du dich zu verhalten hast!»
Es ist so. Es gibt Leute, die daran interessiert sind, dass ich Angst habe. Es gibt Leute, die ohne meine Schuldgefühle nicht sein könnten. Es sind die Leute, die an der Macht sind.
Es dauerte lange, sehr lange, bis ich merkte, dass dieses Prinzip, wogegen ich mich im Bereich der Religion erfolgreich zur Wehr gesetzt hatte, unser ganzes Leben beherrscht.
«Du bist krank! Du bist unzufrieden! Du vernachlässigst deine Kinder. Du bist unfähig, deine Freizeit zu gestalten! Glaube nicht, du könntest einfach so gesund und zufrieden sein. Wir, die Wirtschaft, sagen dir, was du zu schlucken, zu schlürfen, anzuschaffen, den Kindern zu kaufen hast.»
Eine Gesellschaft, die ihren «Erfolg» einzig und allein daran misst, wieviel Ware in einem Jahr hergestellt und wie viele Dienstleistungen erbracht wurden, ohne nach dem Sinn zu fragen, *muss* von einem negativen Lebensprinzip ausgehen. Zufrieden sein, glücklich sein, gesund sein sind in einer solchen Gesellschaft wertlos: Positive Zustände erhöhen das Bruttosozialprodukt nicht. Unsere Gesellschaft und unsere Wirtschaft können in ihrer heutigen Konzeption nur überleben, wenn wir unglücklich, unzufrieden, krank, unfähig sind. Wenn Wirtschaft darin besteht, negative Zustände zu beseitigen, und wenn die gleiche Wirtschaft behauptet, ständig weiter wachsen zu müssen, dann kann sie nur *ein* Interesse haben: die negativen Zustände zu verstärken. Und dies tut sie mit Erfolg. Gleichzeitig gibt sie uns aber vor, die Menschen glücklich zu machen. «Es geht euch ja so gut wie noch nie!» Damit hat sie uns bei der Angst: «Passt auf! Wenn ihr euch nicht so verhaltet, wie wir es sagen, verliert ihr euren Wohlstand – das, was euer Glück ausmacht!»
Auf die Politik übertragen: Jede Politik, die in den letzten zehn bis zwanzig Jahren betrieben wurde, hat das Gegenteil dessen erreicht, was sie anstrebte.
Die Verkehrspolitik hat dazu geführt, dass der Stau auf den Strassen noch nie so gross, das Defizit der Bahn noch nie so hoch war.
Die Landwirtschaftspolitik hat dazu geführt, dass Hunderttausende von Bauern liquidiert wurden, wir in unserer Nahrungsmittelversorgung völlig vom Ausland abhängig geworden sind und unsere Böden zerstört werden.

Entwicklungspolitik hat dazu geführt, dass die armen Länder immer ärmer wurden und die reichen Länder immer reicher.
Die Gewerbepolitik hat das Geschäft der Grossen gemacht. Die Grossen wurden immer grösser, die Kleinen wurden liquidiert.
Friedenspolitik hat dazu geführt, dass wir dem Krieg so nahe sind wie nie mehr seit dem Zweiten Weltkrieg.
Anders ausgedrückt: Kein einziges Problem, welches vor zehn oder zwanzig Jahren bestanden hat, ist einer Lösung auch nur einen Schritt näher gebracht worden. Im Gegenteil: Die Probleme haben sich verschärft. Aber alle Politiker und alle Regierungen haben nur das eine Ziel: genauso weiterzumachen wie bisher oder die bisherigen Trends sogar nach Möglichkeit noch zu verstärken.
Und auch dafür brauchen sie unsere Angst. Angst vor dem Neuen, das nötig wäre – keine Experimente! Also Angst vor der Zukunft.
Wie soll in einer solchen Gesellschaft Frieden etwas anderes sein können als Abwesenheit von Krieg? Ist da nicht eine derartig perverse Einstellung selbstverständlich, die behauptet, je mehr man rüste, desto mehr sichere man den Frieden? Wenn für die Herren dieser Gesellschaft positive Zustände nicht nur nicht denkbar, sondern die negativen Zustände für die Aufrechterhaltung der eigenen Macht notwendig sind, wie sollten sie da zugeben können, dass Frieden eben nicht Abwehr des Krieges durch Militär ist, sondern Kriegsbereitschaft und Militär den Frieden gefährden und verhindern?
«Wir brauchen wieder einen Krieg, damit unsere Wirtschaft wieder einen Auftrag hat; sie muss von vorne beginnen können», sagte mir kürzlich ein Spitzen-Manager. Es ist so: In einer friedlichen Gesellschaft kann diese Wirtschaft nicht so weitermachen.
Wir brauchen die Drohung mit dem Krieg. Eine friedliche Gesellschaft macht keine Geschäfte mit Waffen.
Wir brauchen die Angst vor dem Krieg. Eine friedliche Gesellschaft braucht keine «Autoritäten».
Wir brauchen die Angst vor dem Feind. Eine friedliche Gesellschaft kann auf Machtstrukturen verzichten.
Wir brauchen die Angst, unseren Lebensstandard verlieren zu können. Eine friedliche Gesellschaft braucht keine Ausbeutung der Natur, der Dritten Welt, der kommenden Generationen.
«Wir brauchen deine Angst. Denn nur so können wir dir einreden, es müsse so sein, wie es heute ist!»

Die Antwort jenes Pfarrers bleibt mir unvergesslich, dem die Frage gestellt wurde, was er vom Motto «lieber rot als tot» halte. Er stellte die Gegenfrage: «Was wäre Ihnen lieber: Wenn Ihre Tochter zerfetzt

in einem Bombentrichter bei Bonn liegen oder friedlich in ihrer Wohnstube in Leipzig sitzen würde?»
Was ist denn das eigentlich, das mehr wert sein soll als unser Leben? Mehr wert als das Leben unserer Kinder? Mehr wert als Leben auf diesem Planeten überhaupt? Oder nach Bundesrat und bürgerlichen Politikern: Mehr wert als der Frieden? Was ist denn das eigentlich, das wir verteidigen wollen oder sollen? Was ist dieser Wert, der mehr wert sein soll als alles übrige?

Sie sagen: Die Freiheit.

Freiheit auf der Basis von Angst und Schuldgefühlen?
Wessen Freiheit? Welche Freiheit?
Ist es die Freiheit, so frei zu sein wie unsere Väter waren – wie es am 1. August heisst? Worin bestand denn die Freiheit dieser Väter?
Oder ist es heute die Freiheit, angeblich ständig Angst vor dem Osten haben zu müssen? Die Freiheit, nach der Pfeife Washingtons tanzen zu müssen?
Die Freiheit, aufrüsten zu müssen, Waffen herstellen zu müssen, Waffen exportieren zu müssen?
Oder ist es die Freiheit des Konsumenten,
zwischen dem Einkaufszentrum Ost und dem Einkaufszentrum West wählen zu dürfen;
zwischen Waschmitteln mit und ohne blaue Kügelchen wählen zu dürfen;
zwischen Fertigmahlzeiten von Maggi und solchen von Knorr wählen zu dürfen?
Oder die Freiheit
des Arbeiters, zwischen einem Fliessband bei der SIG und einem solchen bei der BBC wählen zu können;
der Kassiererin, zwischen einer Supermarktkasse bei Coop und einer solchen bei Migros wählen zu können;
des Computerfachmanns, zwischen IBM und Siemens wählen zu können?
Oder die Freiheit des Lehrers, sich kritiklos unterzuordnen oder entlassen zu werden? Die Freiheit des Journalisten, auf die Inserenten Rücksicht zu nehmen oder entlassen zu werden? Die Freiheit des Pfarrers, dem Bischof oder dem Kirchenrat zu gehorchen oder entlassen zu werden? Die Freiheit des Staatsangestellten, die eigene politische Überzeugung zu verheimlichen oder entlassen zu werden? Die Freiheit des Politikers, sich dem Fraktionszwang zu fügen oder ausgeschlossen zu werden?
Die Freiheit der Kirche, nicht politisch sein zu dürfen und damit Diener der Reichen und Mächtigen sein zu müssen?

Die Freiheit, am Wochenende mit dem Wagen möglichst weit wegfahren zu können, weil man es an seinem Wohnort nicht mehr aushält?
Die Freiheit, in den Ferien vom Hochhaus im Vorort von Bern in ein Hochhaus an der Costa Brava übersiedeln zu können? Die Freiheit, eine Zweitwohnung haben zu können, weil die Verhältnisse in der Erstwohnung unerträglich sind?
Die Freiheit,
mit 60 durch die Dörfer rasen zu dürfen;
keine Sicherheitsgurte tragen zu müssen;
hundert Kinder im Jahr umzubringen, um mobil zu sein?
Ist es diese Freiheit, für die wir unser Leben hergeben sollen? Eine Freiheit, die gar keine echten Alternativen offenlässt? «Du kannst ja gehen, wenn es dir nicht passt», als Inhalt unserer Freiheit?
Oder eine Freiheit, die in Rücksichtslosigkeit, Schrankenlosigkeit, Bindungslosigkeit besteht – also eine rein negative Freiheit? Wäre echte, positive Freiheit, die nicht nach dem «frei wovon», sondern «frei wofür» fragt, nicht etwas ganz anderes? Eine Freiheit, die die Möglichkeit gibt, gestalten zu können? Und ist es nicht genau diese positive Freiheit, die uns in unserer Gesellschaft verwehrt wird? Weil die alles dominierende Freiheit die negative Freiheit der Wirtschaft ist; die negative Freiheit des Kapitals, sich dorthin begeben zu können, wo es am meisten rentiert? Ohne Rücksicht auf den Menschen? Ohne Rücksicht auf die Möglichkeit, Zukunft gestalten zu können?
Wenn es unseren Politikern und Militärs ernst wäre mit der Behauptung, es gehe in der weltweiten Auseinandersetzung um die Wahrung unserer Freiheit, weshalb tun dann gerade sie ihr möglichstes, um die echte positive Freiheit immer weiter abzubauen: Überwachung, Computerkontrolle, BUSIPO, KIS, PISA, Strafrechtsverschärfung, Berufsverbote, Verstärkung der Polizei, Schliessung von Freiräumen, die Diffamierung all jener, die Neues zu schaffen versuchen?
Würde nicht die wichtigste Verteidigungsmassnahme darin bestehen, endlich jene Freiheit zu schaffen, die mich fähig macht, mich einem äusseren Feind zu widersetzen, d. h. innerlich autonom zu werden?

Sie sagen: Die Demokratie!

Welche Demokratie? Wo haben wir denn überhaupt Demokratie? Demokratie in der Schule, in der Kirche, in der Wissenschaft, an der Universität, in der Familie, im Sport, in der Wirtschaft, in der Armee? Wo in all diesen Bereichen haben wir wenigstens das demokratische Bekenntnis? Beschränkt sich denn unsere Demokratie nicht einzig

und allein auf einen Teilbereich der staatlichen Entscheidungsfindung? Und besteht die Möglichkeit des einzelnen Bürgers nicht nur darin, alle vier Jahre zwischen einigen Damen und Herren wählen zu können? Und wenn ich da – weil es keine echten Alternativen gibt – nur noch zwischen Pest und Cholera wählen kann, will ich dann nicht lieber gesund bleiben?
Oder ist es die Demokratie, mit Volksinitiativen die Verfassung ändern zu wollen? Wenn den interessierten Wirtschaftskreisen regelmässig Millionenbeträge und fast die ganze Presse zur Bekämpfung der Initiative zur Verfügung stehen? Wenn man mit dem Mittel des Gegenvorschlages und der Vorschrift, zweimal «Nein», aber nur einmal «Ja» stimmen zu können, jede Veränderung verhindern kann?
Wenn aus all diesen Gründen von über 130 Volksinitiativen seit Bestehen des Bundesstaates erst sieben angenommen wurden? Und wenn dann vielleicht doch einmal eine Initiative angenommen wurde, die neue Verfassungsbestimmung völlig unverbindlich bleibt, weil erst die von der Wirtschaft abgesegneten Gesetze Rechtskraft haben und weil die Mächtigen sogar eine Verfassungsgerichtsbarkeit zu verhindern wissen? Wenn mehr als 70 Prozent der Arbeiter nicht mehr stimmen gehen – weil die da oben ja doch machen, was sie wollen? Wenn die Stimmbeteiligung immer weiter absinkt – bei einer Stimmbeteiligung von 30 Prozent und weniger entscheiden 10 Prozent des Volkes über die restlichen 90 Prozent, und das nennt sich dann Mehrheitsentscheid? Ist eine solche Demokratie nicht eine reine Farce?
Wäre Demokratie nicht etwas völlig anderes als das Ablaufen von bestimmten staatlichen Institutionen? Eine Demokratie, die auch durch einen «Feind», eine «Besetzung» nicht zu zerstören ist? Weil sie in meiner inneren Einstellung und meinem Verhalten den Mitmenschen gegenüber bestehen würde? Aber weshalb werden nun ausgerechnet jene, die es ernst meinen mit dieser echten Demokratie und die versuchen, demokratische Prinzipien auf andere Lebensbereiche wie Schule, Wirtschaft, Kirche zu übertragen, als Feinde unserer Demokratie bezeichnet? Geht es also gar nicht um Demokratie, sondern um die autoritären Machtstrukturen, die sich so leicht unter dem Mäntelchen Demokratie verbergen lassen? Sind es nicht eben diese Strukturen, die uns für einen totalitären Feind anfällig machen? Er muss ja lediglich die «führenden Persönlichkeiten» auswechseln. Wäre dann nicht die wichtigste Verteidigungsmassnahme die Veränderung der heutigen Strukturen, die Verwirklichung echter Demokratie? Dies ist aber nicht möglich, solange das *Prinzip Militär* unsere Gesellschaft beherrscht.

Sie sagen: die Neutralität; sie seien durch Staatsvertrag dazu verpflichtet.

Die Neutralität,
- nur *einen* Feind zu haben?
- den Soldaten als Bild des Feindes ausschliesslich Filme über die russischen Panzerarmeen vorzuführen?
- in allen Manöverübungen den Feind von Osten – vielleicht einmal von Nordosten – angreifen zu lassen?
- höchste Offiziere des Geheimdienstes gleichzeitig für die amerikanische CIA arbeiten zu lassen?
- die Berufsoffiziere in die USA zur Ausbildung zu schicken?
- die Armee restlos der NATO-Konzeption unterzuordnen?
- für den Bundesrat im Westen einen Exil-Sitz bereitzustellen?

Sie sagen: die Heimat.

Autobahnen, Betonwüsten, Bürohochhäuser, entleerte Städte, Schlafstädte, zerstörte Natur, vergiftete Böden, sterbende Tannenwälder, tote versauerte Bergseen, «genutzte» Bergbäche – Restwassermenge Null, Shopping Centers, Internationale Konzerne, Villen der Ausländer, Zentrum der Waffenhändler, Drehscheibe der Spekulation, Waffenplätze in Naturschutzgebieten?

Sie sagen: unseren Wohlstand.

Das Leben hergeben für zwei statt einem Kotelett pro Woche; für einen Wagen, der 250 statt nur 120 Sachen fährt; für den Urlaub an der Costa Brava statt in den Alpen; für frisches Gemüse aus der Sahel-Zone im Winter statt der eigenen Kartoffeln; für das geheizte Chlor-Schwimmbad im Keller statt des sauberen Freibades im Sommer?
Das Leben hergeben für einen Wohlstand, der die Natur ausbeutet, die Dritte Welt ausbeutet, die kommenden Generationen ausbeutet? Und welches ist das grössere Versagen, das grössere Verbrechen einer Gesellschaft: Von Zeit zu Zeit nicht all jene Waren zu haben, die wir angeblich in sinnloser Überfülle haben müssen, oder jedes Jahr Tausende von Tonnen Nahrungsmittel zu vernichten, während Millionen Menschen verhungern?

Sie sagen: die soziale Marktwirtschaft.

Das Leben hergeben für ein wirtschaftliches Instrument? Um die Marktwirtschaft auszuschalten, braucht es die Russen nicht. Die Unternehmer mit ihren Kartellen, Fusionen, Verflechtungen, Bankabhängigkeiten sorgen selbst dafür.

Sie sagen: unsere Kultur.

Micky-Maus, Skyline Bern-West, Hamburger, Konservendosen, Konservenmusik, zwanzig Fernsehprogramme, «Blick», Ketch-up, Musicals, Cowboy-Filme, Peep-Shows, Blue jeans, Miss World, Mr. Universum. Mein Leben wert?

Sie sagen: das Staatsgebiet.

Die Konsequenz ist die Neutronenbombe. Alles intakt; das Volk versaftet.

Sie sagen: das Volk, uns selbst.

Wieviel Prozent: 90 Prozent, 50 Prozent, 25 Prozent Überlebende? Oder reichen die fünf Prozent, die uns in Aussicht gestellt werden?

Wäre es für uns – wenn Demokratie, Freiheit, Kultur usw. *uns* ausmachen – nicht viel wichtiger, an deren Verwirklichung zu arbeiten und diese Begriffe mit echtem Inhalt, mit Leben zu erfüllen, statt, wie das Kaninchen, gebannt auf die imaginäre Schlange zu starren, die all diese unsere angeblichen Errungenschaften verschlingen will?
Ist es nicht ein alter Trick der Mächtigen, einen äusseren Feind aufzubauen, um die eigenen Konflikte unterdrücken und die eigene Unfähigkeit verbergen zu können?
Sollten die Fragen nicht ganz anders lauten:
Was ist das, was ich erhalten will?
Was macht mich aus?
Was würde machen, dass ich ich sein kann, wir wir sein können?
Was wollen wir mit unserer Gesellschaft?
Was wäre Gemeinschaft, in der ich mich wohl fühle?
Was ist meine, unsere Eigenart, die ich schützen will?
Wodurch ist all dies bedroht?
Ist es vielleicht die Gefahr eines ökologischen Kollapses? Weshalb kämpfen wir dann nicht in erster Linie gegen all jene Manager, Gewerkschaftsführer und Politiker, für die das Bruttosozialprodukt noch immer wichtiger ist als unsere Umwelt?
Ist es vielleicht die Verschärfung des Nord-Süd-Konflikts? Warum kämpfen wir dann nicht in erster Linie gegen jene, die behaupten, wir müssten weiter wachsen – womöglich, um der Dritten Welt helfen zu können –, während dieses Wachstum zu Lasten der Dritten Welt geht?
Ist es vielleicht die Gross-Technologie, die uns immer abhängiger vom Ausland macht? Die immer weniger Leuten immer mehr Macht

über immer mehr Menschen verleiht? Die unsere Gesellschaft für Störungen immer noch anfälliger macht? Warum kämpfen wir dann nicht in erster Linie gegen AKWs, Autobahnen, Grossindustrien?
Ist es vielleicht der Anspruch der multinationalen Unternehmen, die Nationalstaaten zu überwinden und die menschliche Gesellschaft der Zukunft zu gestalten? Weshalb kämpfen wir dann nicht in erster Linie gegen jene, für die der Profit der alleinige Steuerungsfaktor für unsere Zukunft sein soll?
Ist es vielleicht die Entwicklung unserer Wirtschaft, die mit ihrer Konzentration, ihrer Zentralisation, ihren Grossstrukturen, ihren Verflechtungen, ihren Abhängigkeiten Demokratie unmöglich macht? Weshalb kämpfen wir dann nicht in erster Linie gegen jene, die uns – nach ihren eigenen Aussagen – immer mehr von sogenannten Sach- und Systemzwängen abhängig machen?
Ist es vielleicht die Vermassung durch Standardisierung, Normierung, Massenproduktion, Massenkommunikation? Weshalb kämpfen wir dann nicht in erster Linie gegen jene, die behaupten, Sozialismus sei die Unterdrückung des Individuums, während sie selber einerseits den genormten Menschen verlangen, andererseits durch das Konkurrenz-Prinzip Egoisten, Egozentriker, Narzissten züchten?
Oder ist all das, was unsere Eigenart ausmacht, das wir schützen wollen, einzig und allein, oder doch vordringlich, durch die russischen Atomraketen und Panzerarmeen bedroht?
Wer setzt denn diese kuriosen Prioritäten?
Was wäre an Problemen gelöst, wenn die Sowjetunion kapitalistisch würde?

Was will eigentlich die Friedensbewegung?
Selbstverständlich geht es in erster Linie einmal um den Kampf gegen die «Nachrüstung» – auch für uns in der Schweiz. Die neuen Mittelstreckenraketen würden uns genauso bedrohen wie die übrigen europäischen Länder. Dieser Kampf allein ist schon ein wichtiger Teil der Bewegung. Wenn er erfolgreich sein sollte: Ist Abbau von Angst nicht allein schon wichtig? Ist die Verhinderung einer weiteren Eskalation nicht bereits etwas Entscheidendes? Ist die Geste des Verzichts nicht ein wichtiger Schritt?
Und doch die Vorbehalte:
Wenn der Erfolg der Friedensbewegung einzig und allein in diesem Schritt bestehen würde, könnte sie sogar das Gegenteil dessen

bewirken, was sie anstrebt. Entspannungsgefühle müssen noch keine Entspannung sein. Eine Entspannung, die darin besteht, dass wir nur – wie bisher – x-mal umgebracht werden können, statt – wie geplant – y-mal, ist kein Schritt in die Zukunft. Eine solche Entspannung kann uns einlullen, indem sie uns einen Frieden im Sinne der Militärs und Politiker vorgaukelt: Es besteht keine unmittelbare Kriegsgefahr. Sind wir dadurch einem echten Frieden näher gekommen? Einem Frieden, der nicht in der Kriegsabwehr besteht?
Ist der nächste Schritt schon wesentlich mehr: Der Verzicht auf Atomwaffen in Europa? Oder gar der Aufbau einer rein defensiven Territorial-Truppe in der Bundesrepublik, z. B. ohne Panzer?
Ist nicht erst der Verzicht auf Militär ganz allgemein das Entscheidende? Wäre nicht erst der Verzicht auf Militär die einzige realistische Lösung, während alle anderen, d. h. die militärischen Lösungen, reine Spekulation bleiben? Hat sich nicht – wenn wir endlich aus der Geschichte lernen wollten – militärische Spekulation noch immer als falsch erwiesen? Führt diese Spekulation nicht immer entweder zur Niederlage oder zu noch mehr Kriegen oder zur Übernahme der Mentalität des Besiegten durch den Sieger und damit schliesslich zum Sieg des Besiegten? Also Entmilitarisierung, Blockfreiheit, Neutralität als das Entscheidende der Friedensbewegung? Haben wir dann Frieden?
Können wir friedlich sein in einer Gesellschaft,

die auf dem Konkurrenz-Prinzip beruht?

Konkurrenz heisst Kampf. Konkurrenz hat zwar immer einen Gewinner, den man gross vorzeigt. Sie hat aber immer auch einen Verlierer, einen Besiegten, einen Versager;

die Karriere schon dem jungen Menschen als Lebensziel vorgibt?

Karriere heisst ebenfalls Kampf. Kampf gegen den Mitmenschen. Ich muss ihn übertrumpfen, unterdrücken wollen;

die Hierarchie als selbstverständliches Ordnungsprinzip befürwortet?

Hierarchie heisst, dass es Mächtige gibt und Ohnmächtige, dass es Leute gibt, die befehlen dürfen, und solche, die gehorchen müssen.

Friedensbewegung muss viel mehr sein und ist viel, viel mehr als Bekämpfen der Mittelstrecken-Raketen, Blockfreiheit und Neutralität, als Entmilitarisierung. Die Friedensbewegung kann zur entscheidenden Bewegung dieses Jahrhunderts werden. Sie kann Anfang einer Revolution – einer Umwälzung – sein, die an die Französische Revolution anschliesst. In der Friedensbewegung haben sich all jene

Kreise zusammengefunden, die mit dem Bekenntnis unserer Gesellschaft zu Demokratie, Christentum, Humanität, Gerechtigkeit endlich ernst machen wollen. Es sind unzählige Kreise, Vereinigungen, Gruppen, Grüppchen, die sich in Bern versammelt hatten. Sie lassen sich inhaltlich nicht erfassen. Vor allem lassen sie sich nicht organisieren, nicht strukturieren. Es wäre ein Widerspruch in sich, denn das Neue besteht u. a. in der Nicht-Organisation, der Nicht-Strukturierung. Das Wesentliche ist, dass all diesen Gruppen, die wir insgesamt als Alternativ-Bewegung bezeichnen können, eine gemeinsame Grundhaltung zu eigen ist:
Rücksichtnahme statt Eigennutz
Liebe statt Ablehnung
Solidarität statt Konkurrenz
Eingeordnetsein statt Überwindung
Hoffnung statt Angst
Sein statt Haben.

Die Friedensbewegung versucht, all jenes zu verwirklichen, das erst Frieden echt machen würde. Wir probieren Gemeinschaften aus,
die nicht denjenigen prämieren, der den anderen unterdrückt, sondern wo jeder den anderen als Partner akzeptiert;
in denen nicht derjenige Gewinner ist, der den anderen fertigmacht, sondern wo jeder mit jedem für jeden leben will;
die nicht von Starken beherrscht werden, sondern in denen Menschen leben, die sich nach dem Schwachen richten;
die nicht rational sein wollen, sondern in denen man Gefühle haben und zeigen darf.

Friedensbewegung ist
der Aufstand der Bürger gegen die Experten;
der Aufstand von Menschen mit Zukunft gegen die alten kranken Männer, die uns regieren;
der Aufstand der Optimisten gegen die Pessimisten;
der Aufstand der autonomen Menschen gegen die Autoritäten;
der Aufstand der realistischen Träumer gegen die defaitistischen Spekulanten.
«Stell dir vor, es ist Krieg, und keiner geht hin.»

Friedensbewegung
macht bewusst;
löst Betroffenheit aus;
macht fähig, sich zu verweigern;
macht fähig, an eine Zukunft zu glauben.

Frieden ist
nicht Passiv-Sein;
nicht Nachgeben;
nicht Ruhe;
nicht Anpassung.

Frieden ist Konfrontation:
Wie soll ich sonst den anderen erkennen können?
Frieden ist Konflikte suchen:
Wie soll ich sonst wissen, wo die Probleme liegen?
Frieden ist Polarisation:

Oder gibt es nur den *einen* Pol, den Pol der Mächtigen?
Frieden ist Auseinandersetzung:
Oder will ich den anderen überwältigen?
Frieden ist Einvernehmen:
Oder will ich der Minderheit diktieren?

Anpasser, Angepasste, aufgepasst:
Ihr wollt überleben?
Mit Rüstung? Mit Atomwaffen? Mit der Neutronenbombe? Mit Militär?
Ihr wollt überleben?
Indem sie euch zu Tode rüsten? Indem sie aus unserem Europa ihr Schlachtfeld machen?
Überleben werdet ihr nur ohne Waffen.
Überleben wird aber nur, wer Widerstand leisten kann.
Widerstand leisten können nur jene, die schon vorher Widerstand geleistet haben.
Widerstandsfähig war nie die schweigende Mehrheit.
Widerstandsfähig sind nur die Rebellen.
Die schweigende Mehrheit – die Angepassten – passen sich unverzüglich auch einem neuen Herrscher an.
Rebellen bleiben Rebellen.
Wollt ihr überleben?
Dann rebelliert!
Hier und jetzt!

So geht die Schweiz kaputt

Roman Brodmann
Heil Dir Helvetia!

Das nationale Selbstverständnis ist eine schwierige Sache in unserem Land – wie in jedem Vielvölkerstaat. Aber man hat sich seit hundert Jahren darin geübt, die Besonderheiten unserer politischen Existenz mit falschen Etiketten zu verkleben, um uns den Ansprüchen anderer Nationen anzugleichen. So gab es zwischen dem französischen Volk und dem deutschen Volk und dem italienischen Volk plötzlich auch ein Schweizervolk, bezeichnenderweise in einem Wort geschrieben, gewissermassen ein europäisches Retortenbaby. Und weil ein Volk herkömmlichen Vorstellungen entsprechend eine Geschichte vorzuweisen hat, und weil die Geschichte eines Volkes ruhmreich zu sein hat, machte man das Geschichtsbedürfnis des Schweizervolkes an den mittelalterlichen militärischen Abenteuern der sogenannten Urschweizer fest.

Am Ende dieser absurden Konstruktion hat das Nationalgefühl von Genfern, Luganesen, Baslern und Graubündnern seine zentrale Wurzel unter anderem auch bei den Schwyzer Raufbolden, die aus schierer Habgier das Kloster Einsiedeln überfielen und, als der Herzog Leopold seine Beistandspflicht gegenüber dem Kloster wahrnehmen wollte, in ganz Europa blankes Entsetzen verbreiteten, indem sie gegen alle damals herrschenden Kriegsregeln ein Heer auf dem Marsch aus dem Hinterhalt meuchelten. Unser nationales Selbstverständnis hat also zwanghaft mit Totschlagen zu tun, und das muss wohl auch so sein, solange man die Armee zum Fetisch stilisiert. Weit logischer wäre es allerdings, unser Bewusstsein als Staatsvolk historisch dort zu verankern, wo die Völkergruppen zu der Gemeinschaft fanden, die man heute als Schweiz begreift. Die Tradition *dieser* Schweiz ist nicht militärisch, sie ist das genaue Gegenteil davon. Zu einem Gefühl, das man gemeinhin als Nationalstolz versteht, hatte ich Zugang nur als verführbares Kind, als kritisch überlegender Mensch nicht mehr. Aber wenn ich als Schwei-

zer unbedingt auf etwas stolz zu sein hätte, dann doch sicher lieber auf Pestalozzi und Dunant als auf Tell und Winkelried, nicht nur, weil ich von den erstgenannten weiss, dass sie wirklich existierten, sondern weil sich das, was Pestalozzi und Dunant versuchten, weiterdenken lässt bis in unsere Tage und über diese hinaus.
Warum, fragte ich mich früher oft, ist der Patriotismus, mit dem wir unsere Kinder impfen (wenn es denn partout nicht ohne ihn geht), nicht ein pazifistischer Patriotismus? Warum pflegen wir die Karabinerfolklore statt das, was für alle Schweizer einen echten traditionellen Ansatz hat: Humanität, Gewaltverzicht, Rotes Kreuz, Neutralität, Völkerbund? Warum kennen unsere Kinder die Daten von Morgarten und Sempach und wissen nichts von der historischen Bedeutung des internationalen Friedenskongresses, der 1912 im Basler Münster eröffnet wurde? Warum sind gerade wir die Ausnahme von der guten Regel, dass man in politisch zivilisierten Ländern das Recht hat, den Mord in Uniform zu verweigern? Warum verführen wir auf protzigen Waffenschauen bereits unsere Kinder zum Spiel mit Raketen und Maschinengewehren, statt ihnen Möglichkeiten zu zeigen, die ein Kleinstaat ohne Waffen im Interesse der ganzen Menschheit wahrnehmen könnte?
Alle diese Fragen sind natürlich längst beantwortet. Wir sind kein Land des Friedens und schon gar nicht ein Land der Humanität. Den langen Frieden verdanken wir nicht unserer Friedensliebe, sondern der listig wahrgenommenen Chance, hinter der Etappe der Kriegführenden mit Anpassung in jeder Richtung fett zu werden. Was von unserer Humanität zu halten ist, wissen vor allem die Juden, denen wir während des Krieges das Asyl verweigerten und die dennoch überlebten (viele werden es wohl nicht sein). Nein, wir sind kein Land des Friedens und der Humanität. Wir sind ein Land, in dem gefrässige, unersättliche, aggressive und brutale Egoisten die Richtlinien der Politik bestimmen, und zu diesen Egoisten passt nichts besser als Militanz und waffentragende Kraftmeierei. Es ist nichts als logisch, dass die gleichen Leute, die als Bankdirektoren das Hehlergeschäft für Kapital- und Steuerflüchtlinge anderer Länder betreiben, ihre analoge Macht beim Militär mit viel Gold auf der Uniform demonstrieren. Ihre Armee ist auch ihre Garantie dafür, dass die Freiheit erhalten bleibt: ihre Freiheit, auszubeuten.
Die Interessenvertreter unserer Geld-Oligarchie sagen, eine Schweiz ohne Waffen wäre nicht mehr die Schweiz der uns vertrauten Art und Weise. Da haben sie hundertprozentig recht. Die Schweiz ohne Armee könnte sich vor allem kaum den schlechten Ruf bewahren, den wir inzwischen weltweit erworben haben, denn der Verzicht auf Bewaffnung würde ja wohl einhergehen müssen mit einem Abbau der

Aggressivität in allen Bereichen, das heisst die Schweiz würde dem Bild ähnlicher werden, das sich andere in früheren Zeiten etwas eilfertig und zu wohlwollend von ihr gemacht haben. Unser Land würde, mit beträchtlicher Verspätung, aber immerhin, in die Rolle wachsen, die ihm vom Rest der Welt immer wieder zugewiesen oder angeboten war und in der es seit vierzig Jahren zunehmend unglaubwürdig wurde.

Sicher gibt es bei uns noch Vorbeter der alten Litanei von der menschlichen, demokratischen, sauberen, ehrlichen, gerechten, versöhnlichen, friedfertigen, freiheitlichen, wohltätigen, redlichen, weltoffenen, fremdenfreundlichen, qualitätsbewussten, gottesfürchtigen, bescheidenen und neutralen Schweiz, aber jenseits der Grenzen denkt man inzwischen ganz anders über uns, und das Schlimme daran ist, dass man dort Illusionen berichtigt hat und uns realistischer sieht als wir ahnen. Man sieht mehr oder weniger fassungslos ein kleines Land, das sein schönes demokratisches Instrumentarium verkommen lässt, ein Land, in dem mit hässlicher Regelmässigkeit die Mehrzahl einer Minderheit reaktionäre Entscheide fällt, ein Land mit einer politischen Friedhofsruhe, die nur gelegentlich von einigen wenigen, exotisch anmutenden Unruhestiftern durchbrochen wird. Und vor allem: ein Land, das sich mit seinem überzogenen militärischen Renommiergehabe weltweit lächerlich macht. Natürlich fehlt beim Blick von aussen teilweise der Sinn für die inneren Zusammenhänge.

Wir mit unserer Innenansicht wissen (oder können wissen, wenn wir wollen), wie die gesellschaftliche Situation mit der militärischen Aufgeblasenheit eine kompakte Einheit bildet: wer total fixiert ist auf die Vermehrung und Bewahrung materieller Vorteile, wer sich das eigene Wohlergehen zum obersten Prinzip macht mit dem gleichzeitigen Wissen um die Not anderer, der kommt ohne Bereitschaft zur Aggression nicht aus. Die Armee hat da eine psychologische Doppelfunktion. Sie verschafft einerseits einen Schein von Sicherung im «äussersten Fall», andererseits liefert sie (und das ist viel wichtiger) allein durch ihr Vorhandensein ein Motiv für die Abgrenzung: da wir angeblich permanent bedroht sind, haben wir auch das Recht, Egoisten zu sein. Die Isolation, in die wir uns da begeben haben, wächst sich allmählich aus zur Klaustrophobie mit der ihr eigenen Hektik, die sich am deutlichsten in der Hexenjagd auf Andersdenkende zeigt.

Es gibt für die Abschaffung unserer Armee praktische Argumente, die unsere gesellschaftspolitische Situation nicht berühren. Sie ergeben sich aus dem einfachen Kalkül, dass unsere Chance, als neutrales, unbewaffnetes Lazarettschiff Europas verschont zu bleiben von einem Krieg, ungleich grösser ist als die Chance, gegen irgend jemand militärisch erfolgreich zu sein – ganz abgesehen davon, dass auch die Grossen diese Chance kaum mehr haben. Die Sprüche von der abschreckenden Wirkung unserer Waffen, die einem möglichen Angreifer den «Eintrittspreis» zu hoch erscheinen lassen, sind nur noch absurdes Theater, wenn man alle denkbaren Möglichkeiten eines kriegerischen Konflikts in Europa durchrechnet.

Wenn es für die Bewaffnung dieses Landes keine rationalen Argumente gibt, bleibt der Mythos, der gleiche Mythos, der im Zweiten Weltkrieg unseren politischen und militärischen Verantwortungsträgern den Mut zum Aberwitz gab, sich für die Réduit-Strategie zu entschliessen, also im sogenannten Ernstfall die fruchtbarsten Teile des Landes und den grössten Teil der Zivilbevölkerung preiszugeben, um irgendwo in den Bergen die Ehre der Armee (und einige privilegierte Existenzen) zu retten. Wenn die Armee kein Mythos mehr ist, was kann sie dann noch sein? Ein Instrument gegen innere Unruhen wie 1918? Das wäre der dringlichste Grund für ihre Abschaffung.

Man sollte diese Armee nicht abschaffen, um Geld zu sparen, sondern um das Geld, das sie verschlingt (es sind immmerhin einige Milliarden jährlich), anders auszugeben: sinnvoll. Man könnte eine Katastrophentruppe ausbilden und ausrüsten, die überall auf der Welt, wo immer ein Bedarf entstünde, einzusetzen wäre. Man könnte eine grosszügig ausgestattete internationale Universität aufbauen, wo Lehrende und Lernende jeder Herkunft behütet wären unter dem Prinzip der absoluten Freiheit von Forschung und Lehre. Man könnte das Asylrecht grosszügiger gestalten. Alle Unternehmen solcher und ähnlicher Art wären geeignet, uns aus der Isolation zu holen, in der wir uns verschanzt und verkrampft haben. Diese Entwicklung als Ergebnis eines freien Entschlusses hätte selbstverständlich auch eine Signalwirkung ausserhalb unserer Grenzen. Man kann das als kühne Hoffnung begreifen, man kann bei diesem Gedanken auch skeptisch werden: ein neuer Schweizer Musterknaben-Nimbus, ein neuer Quell der Selbstgerechtigkeit?

Vor einem falschen patriotischen Zungenschlag wird man sich zu hüten haben, aber es müsste noch nicht gegen den guten Geschmack verstossen, wenn junge Menschen in unserem Land mit einem Schuss Idealismus und Pioniergeist darangingen, weltweite Solidarität zu praktizieren, statt missgelaunt einen sinnlosen Militärdienst abzuleisten und sich dabei für ein hierarchisches Prinzip abrichten zu lassen, das angeblich die Freiheit schützen soll und sie in Wirklichkeit unterdrückt.

Es heisst: die Abschaffung der Armee sei bei der gegenwärtigen

Stimmungslage in der Bevölkerung chancenlos. Das ist eigentlich der wichtigste Grund, mit der Abschaffung schon heute zu beginnen. An der politischen Gleichberechtigung der Frauen hat man auch lange arbeiten müssen. Es ist ein Prozess der Bewusstseinsveränderung zu veranstalten, das ist weit mehr als Kanonen gegen Verträge auszutauschen. Das bedeutet, dass wir unseren Sparbüchlein-Horizont aufsprengen mit der Einsicht, dass unser Überleben keinen Schuss Pulver wert ist, wenn nicht alle überleben. Ich habe keine nationale Frustration, ich will nicht stolz sein auf ein Land, das sich ganz einfach human entwickelt. Es genügte schon, der Peinlichkeit enthoben zu sein, Mitverantwortung tragen zu müssen, wenn einzulösende Wechsel sich als falsch erweisen.

Max Schmid

Die sogenannte Demokratie in der Schweiz

Ein Pamphlet

Demokratie in der Schweiz beruht auf der Fiktion eines göttlichen Naturrechts des Stärkeren über den Schwächeren. Dieses un-menschliche Axiom bildet die Grundlage für das Demokratieverständnis der Vielzahl der Eidgenossen. Nicht ein ethisches Prinzip, basierend auf Menschenliebe, Gerechtigkeit und Vernunft, verbindet die Mitglieder der Willensnation Schweiz, sondern der merkantildemokratische Slogan: *Dem Tüchtigen gehört die Welt*. Folgerichtig beruft sich denn auch die Bundesverfassung der schweizerischen Eidgenossenschaft nicht auf den Willen der Bevölkerung; was sich in unserem Lande tut und nicht tut, geschieht im Namen Gottes des Allmächtigen. Das Schicksal des einzelnen und der Nation gilt als determiniert durch eine höhere Macht. Der Aberglaube prägt das Bewusstsein; das Bewusstsein bestimmt das Sein: Leisetreterei und Duckmäusertum. Pas d'argent, pas de Suisses!

Wo der Starke über den Schwachen regiert, steht nicht der Mensch und seine Bedürfnisse im gesellschaftlichen Mittelpunkt, sondern ein Götze, den man verehren und anbeten kann. Die Heilige Kuh der Schweiz ist das Privateigentum. Die meisten Spielregeln und Gesellschaftsstrukturen sind auf dieses mammonistische Ziel ausgerichtet: Die Verfügungsgewalt über die Produktionsmittel und die bestmögliche Nutzung, Sicherung und Mehrung des privaten Eigentums. Wer diesen täglichen Tanz ums Goldene Kalb mitmacht und sich diesem helvetischen Ritual widerstandslos fügt, hat hierzulande nur wenig zu befürchten. Das Risiko bleibt kalkulierbar, selbst für den Verweigerer: Auch er wird nicht an die Wand gestellt. Höchstens an den Pranger. Denn die Todesstrafe in der Schweiz ist abgeschafft.

«Es gibt viele Arten zu töten.
Man kann einem ein Messer
in den Bauch stechen,
einem das Brot entziehen,
einen von einer Krankheit
nicht heilen, einen in eine
schlechte Wohnung stecken,
einen zum Selbstmord treiben,
durch Arbeit zu Tode schinden,
einen in den Krieg führen usw.
Nur weniges davon ist in
unserem Staate verboten.» *Me-ti*

Die Schweiz ist ein Staat, in dem nicht viel mehr verboten ist, als zur Zeit von Me-ti im China des 5. Jahrhunderts v. Chr. Es wird keiner gezwungen, sich in den Schatten zu stellen. Niemand wird daran gehindert, krank und arm oder reich und gesund zu sein. Jeder darf versuchen, sich im wirtschaftlichen Dschungelkampf seinen Platz an der Sonne zu erobern. Die Schweiz kennt keine Untertanenverhältnisse, keine Vorrechte des Orts, der Geburt, der Familien oder Personen. Sie lässt jedem seine Chance: Vogel, friss oder stirb!

Verglichen mit Grönland ist die Schweiz ein Kleinstaat, aber viel günstiger gelegen. Flächenmässig umfasst unser Territorium rund 42.000 km^2 heimatlichen Bodens. Bei 6 Millionen Schweizern im In- und Ausland ergibt das durchschnittlich für jeden Eidgenossen ein Stück Vaterland von 7000 m^2. Das ist immerhin etwa die Grösse eines mittleren schweizerischen Dorffriedhofes. Die Quadratmeterpreise des Vaterlandes schwanken zwischen einigen Franken in unproduktiven Berggebieten und weit über hunderttausend Franken an der Zürcher Bahnhofstrasse. Es versteht sich von selbst, dass das Naturrecht seinen eigenen Gesetzen folgt und dass seine Anhänger nicht nach gerechter Verteilung des Bodens schreien. So kommt das eben, dass die meisten Schweizer nicht einmal jenes Minimum an Heimaterde besitzen, die sie benötigen, um ihr eigenes Grab zu schaufeln. Wer keinen Ahnen hat, der – nie vor Gefahren bleich – als Reisläufer geplündert und gemordet hat, und auch keinen aristokratischen Banquier als Urgrossvater nachweisen kann, der kommt vielleicht über eine Einheirat zu einem angemessenen und überbauungswürdigen Stück Vaterland. Wer besonders stark und tüchtig ist, schafft es sogar im Alleingang. Ohne jede Skrupel.

Da der einzelne sein Stück Vaterland gegen den bösen Feind jenseits der Grenzen nicht allein verteidigen kann, haben sich die Eidgenossen zu einer Miliz-Organisation zusammengeschlossen, die sich Schweizer Armee nennt. Durch diesen kameradschaftlichen Akt wird nun – mit einem gewaltigen Kostenaufwand in Milliardenhöhe – jedes Stück Boden gemeinsam verteidigt: Der Offizier in der Etappe kämpft für das unfruchtbare Stück Boden des Wildheuers, und der kleine Bergbauer lässt notfalls tapfer sein Leben für den Offizier und dessen Stück Vaterland am Paradeplatz der Zürcher Gnomen. Das ist unser aller gemeinsamer Beitrag für eine Schweiz in Frieden und Freiheit.

Das ererbte oder im Rahmen der Handels- und Gewerbefreiheit erworbene Gut und Vermögen der Eigner darf von den Besitzlosen in freundeidgenössischer Manier mitbenützt werden. Die Regelung zwischen den sogenannten Sozialpartnern erfolgt durch Arbeitsverträge, Mietverträge, Darlehensverträge etc. Der Eigner eines Unternehmens erlaubt dem Besitzlosen, in seiner Fabrik zu arbeiten und die Werkzeuge zu benützen. Der Besitzer eines Hauses gestattet dem Besitzlosen, darin zu wohnen. Und der Bankier leiht dem kleinen Mann von der Strasse Geld, damit er seine durch die Werbung künstlich geweckten Bedürfnisse decken und seine Statussymbole anschaffen kann. Der Mehrwert aus Lohnarbeit, Miete und Zins ermöglicht dem Eigner, sich neues Eigentum anzuschaffen, um daraus wieder seinen Gewinn aus den Leistungen anderer zu ziehen. Will der Eigner das Risiko eines persönlichen Verlustes nicht in Kauf nehmen, gründet er eine Aktiengesellschaft. Im Erfolgsfalle wandert sein Mehrwert vom Portemonnaie in die Brieftasche. Geht die Firma pleite, wird sie einfach liquidiert. Das Risiko ist fair verteilt: Der Unternehmer verliert das eingesetzte Spielkapital, der Lohnabhängige den Arbeitsplatz. Der Unternehmer kann eine neue Aktiengesellschaft gründen, der Lohnabhängige eine neue Stelle suchen.

Yona Friedmann, der berühmte Utopist, hat den modernen Staat – nicht im verächtlichen Sinne – als einen Mechanismus vom Mafia-Typ bezeichnet: Eine Organisation dieser Art übt eine Drohung aus, die nicht wahrgemacht wird, wenn man sich bereit erklärt, eine Abgabe an dic Organisation zu entrichten. Als Gegenleistung sorgt die Mafia für Ruhe und Ordnung und beschützt ihre Kunden (die Bevölkerung) vor andern Mafias, denn man kann nach Friedmann ein Schaf nicht in derselben Woche zweimal scheren.

Die schweizerische Demokratie ist das älteste Mafia-Modell der Welt. Die Staats-Mafia der Schweiz verspricht uns Bürgern die

Bewahrung vor inneren und äusseren Feinden, sofern jeder von uns seinen Tribut (in Form von Steuern, Taxen, Zöllen, Zinsen etc.) entrichtet und sich den Spielregeln anpasst. Die Einnahmen dienen neben der Selbstbereicherung der Mafia-Bosse auch den Schwachen, Untüchtigen und Benachteiligten der Mafia-Familie. Dank einem aufwendigen sozialen System werden Gammler, Trinker, Drogensüchtige, Arbeitslose, Querulanten und andere Randfiguren der Gesellschaft von der Strasse in Heime überführt. Dies verhindert Revolten und erspart Peinlichkeiten seitens der zahlreichen ausländischen Touristen, die jedes Jahr unser Land besuchen. Mit dem Geld werden auch die künftigen Arbeitskräfte in Schulen und Universitäten ausgebildet, die medizinische Wiederinstandstellung der Arbeitskräfte gewährleistet, Ghettos für Alte und Chronischkranke gebaut, Kriminalisierte in Zuchthäuser abgeschoben und viele andere beachtliche Leistungen erbracht. Alles zum Zwecke, Ruhe und Ordnung zu halten und dem Arbeitsmarkt stets frische Kräfte zuzuführen, soweit und solange sie von den Eignern benötigt werden.

Gegen den äusseren Feind verteidigt uns die Militär-Mafia. Da es aber in der Realität diesen äusseren Feind nicht mehr gibt, baut man ihn künstlich auf: durch eine permanente Feindbild-Propaganda in den Medien und durch Indoktrination im Schulunterricht. Der sogenannte böse Feind ist jener, der zum Privateigentum ein gestörtes Verhältnis hat und den vielen das geben will, was bisher den wenigen einzelnen gehört hat. Solche Feinde werden Bolschewiken, Moskowiter und Kommunisten genannt.

Der Feind im Innern wird an verschiedenen Fronten bekämpft. Schlimmster Feind ist der streikende Arbeiter. In Erinnerung an den schmählichen Landesstreik von 1918 schloss die Unternehmer-Mafia 1937 mit der Gewerkschafts-Mafia den sogenannten Arbeitsfrieden. Dieser Arbeitsfrieden erspart seither dem Staat unpopuläre Militär- und Polizeieinsätze gegen streikende Arbeiter. Die Funktionäre der Staats-Mafia, die Bundesbeamten, haben ihr Streikrecht der Treuepflicht geopfert. Wohin es führt, wenn sich Staatsangestellte gegenüber ihren Brotgebern unsolidarisch verhalten, zeigt das Beispiel der Solidarnosč in Polen. Dieser Versuch zur Demokratisierung der Wirtschaft würde auch in der Schweiz den nationalen Notstand bewirken. Kein Eigentümer verzichtet freiwillig auf seine Machtstellung und auf seine Privilegien. «Konfrontiert mit der Alternative, das heilige Privateigentum durch Sozialismus einzubüssen oder durch Faschismus zu erhalten, wird der Kapitalismus stets das zweite wählen.» (Günther Nenning, österreichischer Sozialist und Christ.)

Die Mafia-Bosse in den Schlüsselstellungen von Wirtschaft, Militär, Politik, Wissenschaft und Verwaltung haben zwar Antlitz, Name und Anschrift, aber sie drängen sich nicht in den Vordergrund. Sie ziehen ihre Fäden lieber hinter den Kulissen der Parlamente und nehmen durch ihre Strohmänner Einfluss auf die Gerichte, Medien und Universitäten. Keine Wirtschaftslobby, die in Bern nicht durch mehrere Verwaltungsräte vertreten ist: Banken, Versicherungen, Energie- und Bauwirtschaft usw. Und sie alle sind vom Souverän gewählte Volksvertreter.
Das Recyclingsystem der Mafia funktioniert bestens: Der entmündigte Bürger wählt wieder jene, die ihn entmündigt haben, damit er sie weiter entmündigen kann. Am Tag der Wahl begibt sich die Schweiz in die Pose einer wahrhaftigen Demokratie. Das Volk geht stimmen: Eigner und Besitzlose, Regierende und Regierte, Verwalter und Verwaltete, Kontrollierende und Kontrollierte – sie alle schlüpfen für einen Augenblick in die Rolle des Bürgers und geben sich den Anschein einer egalitären Gesellschaft.
Die Staats- und Unternehmermafia in der Schweiz fühlt sich sogar so stark, dass sie sich den Luxus erlauben kann, dem Stimmberechtigten direkte Volksrechte einzuräumen. Damit soll die Illusion genährt werden, das Volk könne auf ausserparlamentarischem Weg auf die Verfassung, auf die Gesetzgebung und damit auf das Staatsgeschehen einwirken. Als eigentliches Prunkstück der schweizerischen Demokratie gilt die Volksinitiative. Mit ihr können 100.000 Bürger eine Abstimmung für eine Verfassungsänderung oder für eine neue Gesetzesvorlage erzwingen. Dank den millionenschweren Meinungsmachern in Form anonymer Komitees und cleverer Werbebüros, die das Land mit geschickter Gegenpropaganda überfluten, scheitern die meisten Volksinitiativen am Nein der Stimmbürger und Stände. Die Entfremdung des Bürgers vom einstigen Citoyen ist bereits so weit fortgeschritten, dass das Volk oftmals die Förderung seiner eigenen Interessen aus freien Stücken ablehnt: Atomwaffenverbot, Bodenspekulationsverbot, Recht auf Wohnung, Recht auf Bildung, Mitbestimmung der Arbeitenden in den Betrieben, allgemeine Krankenversicherung, Raumplanungsgesetz usw.
Verantwortlich für dieses Debakel sind in erster Linie die Bundesratsparteien und ihre Komplizenschaft mit der Unternehmermafia. Der Bankrott des parlamentarischen Systems in der Schweiz ist nicht mehr aufzuhalten. Parlamentarische Opposition ist längst zu einem Fremdwort geworden. Daran ändert auch die Narrenfreiheit einiger linken Alibi-Volksvertreter nichts. Die Mafia hat alles fest in der Hand: patriarchalisch-autoritär, totalitär. Demokratie made in Switzerland. Die mit dem Armbrustzeichen.

Wer das Mafia-System in der Schweiz kritisiert und dessen Institutionen und Exponenten in Frage stellt, gilt als staatsfeindliches Element, als Landesverräter und als Verfassungsfeind. Kritik in der Schweiz ist nur erlaubt, wenn sie «positiv» ist und das bestehende Mafia-Modell bejaht. Ein gesundes Beispiel für «positive» Kritik ist die Politik der Sozialdemokratischen Partei der Schweiz.
Mit Hilfe offizieller und privater Schnüffler, Spitzel und Datensammler wird der «Wühler» überwacht. Es werden Dossiers über ihn angelegt, bevor es überhaupt zu einer Anklage kommt. Nicht nur seine «Untaten», sondern auch die Vorbereitungen dazu werden durch den strafrechtlichen Mafia-Katechismus geahndet. Demonstrationsverbote, willkürliche Festnahmen, illegale Hausdurchsuchungen, schikanöse Untersuchungs- und Präventivhaft, Verweigerung des rechtlichen Gehörs, Kollektivstrafen und viele andere Verletzungen der Persönlichkeits- und Menschenrechte gehören in der Schweiz zum Alltag. Es sind dies alles Stationen auf dem Weg der einstigen Musterdemokratie zu einem Polizeistaat, der sein Monopol der Gewalt täglich missbraucht.

Die Öffentlichkeit hat sich an diese Skandale bereits so sehr gewöhnt, dass sie nur noch in besonders krassen Fällen und bei persönlicher Betroffenheit aufmuckst. Die Domestizierung des freiheitsliebenden Citoyen zum angepassten Bürger ist abgeschlossen. Orwells 1984 steht vor der Tür. Friedhofsruhe und Ordnung sind eingekehrt. Der *point of no return* ist erreicht. Zwar sind da noch einige Unverzagte, die sich dem totalen Frust widersetzen, durch Utopien, Alternativen, Bürgerinitiativen, Selbsthilfeorganisationen und neue Formen der Kreativität und Kommunikation. Doch auch sie leiden unter dem Klima der Angst und Verunsicherung. Und sie wissen, was auf sie zukommt:
- Wer als Unzufriedener die Demonstrationsfreiheit praktiziert, muss auf Nervengase und Gummigeschosse gefasst sein; er riskiert sein Augenlicht und – vielleicht – sein Leben.
- Wer als Systemkritiker die Rede- und Meinungsfreiheit für sich beansprucht, wird als «Umstürzler» polizeilich registriert und im KIS verewigt.
- Wer als Sozialist und Mitglied einer legalen Partei von der Vereins- und Versammlungsfreiheit Gebrauch macht, riskiert die Bespitzelung durch Telefonüberwachung, Wanzen und Briefzensur.
- Wer als neutraler Zeuge vor Gericht Polizeiübergriffe und Polizeiwillkür bestätigt, geht das Risiko ein, wegen Meineids unter Anklage gestellt zu werden.

- Wer als Fremdarbeiter auf seine Menschenrechte pocht, gilt als «unerwünschtes Element» und wird ausgewiesen.
- Wer als Flugblattverteiler oder als Leserbriefschreiber versucht, Gegenöffentlichkeit herzustellen, läuft Gefahr, strafrechtlich verfolgt zu werden oder seinen Arbeitsplatz zu verlieren.
- Wer aus Gewissensgründen oder politischen Motiven den Militärdienst verweigert, riskiert nicht nur die militärische Aburteilung, sondern auch den Verlust seiner Stelle, seiner Wohnung und seines Studienplatzes.
- Wer als Obdachloser aus seiner Notlage heraus an einer Häuserbesetzung teilnimmt, wird zumeist wegen Hausfriedensbruchs und weiteren Nebendelikten belangt.
- Wer als Strafverteidiger undemokratische Untersuchungsmethoden, Urteilswillkür, Isolationshaft und andere Haftbedingungen in der Öffentlichkeit zur Sprache bringt, gilt bald als «Terroristenhelfer» und riskiert sein Anwaltspatent.
- Wer als betroffener Patient die Unfehlbarkeit der Ärzteschaft anzweifelt und den klinischen Pharmakamissbrauch zur Diskussion stellt, riskiert Hab und Gut durch langwierige Prozesse.
- Wer als Strafgefangener das verfassungsmässige Petitionsrecht ausübt, wird von der Anstaltsleitung mit Arrest bestraft.
- Wer als Journalist die Pressefreiheit nicht als Verlegerfreiheit interpretiert, muss unter dem Druck der Inserenten oder der Verlagsleitung in die Selbstzensur flüchten oder einen neuen Job suchen.
- Wer als Medienschaffender der SRG oder als Zeitungsreporter bei einer Demonstration direkt am Ort des Geschehens berichten will, hat ein Verfahren wegen Landfriedensbruchs zu gewärtigen.
- Wer als Kulturschaffender ein kritisches Kunstverständnis bezeugt, verliert in der Regel seinen Anspruch auf öffentliche Unterstützung und Stipendien.
- Wer als Lehrer die Indokrination seiner Schüler im Sinne der herrschenden Ideologie verweigert, riskiert seine Wegwahl oder ein gänzliches Berufsverbot.
- Wer als Jugendlicher einer in-group angehört, die Hasch konsumiert, wird allmählich kriminalisiert und in die Drogenszene abgedrängt.
- Wer als Schüler seine Interessen verteidigt und sich gewerkschaftlich organisiert oder das Schulsystem in Frage stellt, kann – vor allem an den Mittelschulen – relegiert werden.
- Wer als Student, Assistent, Dozent den Nonsens von der «wertfreien» Wissenschaft nicht akzeptiert und die Lehrfreiheit für alle verlangt, hat seinen Platz an der Universität verloren.

– Wer als Idealist an die Selbstverwirklichung glaubt und autonome Freiräume fordert, hat die letzten Jahre vermutlich nicht in der Schweiz verbracht.

Beat Gsell

Rechtsstaat oder Rechts-Staat

Unser Rechtsstaat ist in Gefahr! So tönt es heute von vielen Seiten. Bürgerliche Parteien und Politiker sehen den Rechtsstaat Schweiz vornehmlich durch «krawallierende jugendliche Banden», durch «Gewaltverbrecher und Terroristen» und «Extremisten der politischen Linken» gefährdet. Auf der anderen Seite des politischen Spektrums wächst die Besorgnis um den Rechtsstaat dann, wenn – wie zur Zeit – Gerichte und Strafbehörden in «freier Rechtsfindung» ihre Entscheidungsbefugnisse zu politischen Zwecken zu missbrauchen drohen oder wenn auf dem Wege der Gesetzgebung neue Bestimmungen in unsere Rechtsordnung eingefügt werden, die den Staat letztlich mit unkontrollierbaren Macht- und Kontrollbefugnissen ausstatten, die den einzelnen und dessen Freiheit existentiell bedrohen.
Stehen sich da nicht zwei verschiedene Verständnisse von Rechtsstaat diametral gegenüber, entsprechend der unterschiedlichen politischen Positionen? Handelt es sich beim «Rechtsstaat» gar nicht um einen juristischen, sondern um einen politischen Begriff? Wer somit vom Rechtsstaat spricht, kommt nicht darum herum, diesen Begriff mindestens kurz zu klären.

Vom «Rechtsstaat» zum «demokratischen und sozialen Rechtsstaat»

Der Begriff des bürgerlichen Rechtsstaates ist in der Auseinandersetzung mit dem Polizeistaat in der zweiten Hälfte des 18. Jahrhunderts und im 19. Jahrhundert entstanden. Er stellt den Versuch dar, die bisher uneingeschränkte und ungebundene Gewalt des absolutistischen Staates abzubauen und Schranken und Umfang der staatlichen Eingriffsmöglichkeiten in die Gesellschaft aufgrund allgemeiner Gesetze klar und verbindlich festzulegen. Die Freiheitssphäre des

Bürgers soll gegenüber staatlicher Macht genau bestimmt und gesichert werden. Gleichzeitig soll staatliches Handeln mit der Bindung an das Gesetz voraussehbar und berechenbar sowie durch die Einsetzung unabhängiger Gerichte kontrollierbar und allenfalls auch korrigierbar werden. Gesetze und richterliche Kontrolle sollen also den einzelnen schützen. Denn wenn sich der Staat nicht an die Gesetze hält, wird er für den Bürger zum Willkürstaat.
Diese formelle Rechtsstaatlichkeit stellt eine Errungenschaft für den einzelnen und dessen Freiheit dar, welche nicht hoch genug eingeschätzt werden kann. Dies allein genügt jedoch nicht. Gewiss, ein Staat, der diesen Ansprüchen genügt, ist formell ein Rechtsstaat. Bleibt aber der Rechtsstaat auf dieses formelle Kriterium beschränkt, so sind die Freiheitsrechte des einzelnen dennoch in Gefahr, wenn der Gesetzgeber diese inhaltlich durch freiheitsfeindliche oder gar freiheitszerstörende Gesetze aushöhlt. Bei einem nicht bloss formell verstandenen Rechtsstaat müssen die Gesetze selbst gewissen inhaltlichen Anforderungen genügen. Rechtsstaatlichkeit verlangt somit eine inhaltliche Konkretisierung im gesamten staatlichen Handeln. In der Diskussion um den Rechtsstaat führt dies dazu, dass man nicht mehr nur vom Rechtsstaat schlechthin, sondern auf dessen Inhalt bezogen vom «demokratischen» und «sozialen» Rechtsstaat spricht. Damit wird aber auch gleichzeitig klar, dass es sich beim Begriff Rechtsstaat um einen politischen handeln muss, müssen doch die Adjektive «sozial» und «demokratisch» erst in der politischen Auseinandersetzung mit einem konkreten Inhalt gefüllt werden.

Der «Rechtsstaat», den sie meinen

Verkümmerter Rechtsstaatsbegriff

Wenn konservative bürgerliche Kreise den Rechtsstaat gefährdet sehen, so stellt man fest, dass sie dazu neigen, den Begriff Rechtsstaat auf seinen rein formellen Aspekt zu reduzieren. Tatsächlich kann sich eine Politik, welche unter dem Motto «Mehr Freiheit – weniger Staat» zum Ziel gesetzt hat, sozialstaatliche Errungenschaften und demokratische Mitwirkungsrechte abzubauen, nur legitimieren, wenn ihr ein Rechtsstaatverständnis zugrunde liegt, welches den Rechtsstaat von dessen Inhalten loslöst.
Angesichts des Druckes einer Anti-AKW-Bewegung oder einer Jugendbewegung wird lautstark über die Gefährdung des Rechtsstaates lamentiert und nach Ruhe und Ordnung gerufen. Die Devisen sind dann: «Gesetz ist Gesetz», wenn es beispielsweise um die formale

Gesetzmässigkeit eines AKW-Bewilligungsverfahren geht, resp. «Strafgesetz ist Strafgesetz», wenn eine unruhige Jugend in den Griff genommen werden soll. Wer aber den aus realen Missständen entstandenen politischen Erscheinungen, wie beispielsweise der Anti-AKW-Bewegung oder der Jugendbewegung, nur den Ruf nach Ruhe und Ordnung als Allerweltsheilmittel zur Rettung des angeblich gefährdeten Rechtsstaates entgegenhalten kann, der zeigt, dass es ihm nur um das reibungslose Funktionieren des bürokratischen Staatsapparates geht und dass er mit der Gefährdung des Rechtsstaates letztlich die Gefährdung seiner eigenen egoistischen Interessen meint. Ihm liegt mehr am Rechthaben denn an der Gerechtigkeit. Dass diese als Beispiele genannten Bewegungen eben gerade Resultat von Defiziten an Demokratie und an Sozialstaatlichkeit sind, bleibt bei einem solchen Rechtsstaatverständnis ausserhalb der Diskussion.

«Rechtsstaat» – Richtschnur für staatliches Handeln!

Ein Weiteres übersehen diese «Ruhe-und-Ordnung-Kreise»: Das Gebot rechtsstaatlichen Handelns richtet sich ja nicht an den Bürger, d. h. den Rechtsunterworfenen, sondern einzig und allein an die staatlichen Organe, also diejenigen, die im Namen des Staates tätig werden, welche das Recht anwenden und somit die staatliche Macht ausüben. Kernpunkt des Rechtsstaatsprinzips ist ja eben gerade, dass staatliches Handeln (und nicht privates) am Recht seine Grenzen finden soll, und zwar zugunsten der politischen Freiheit der Rechtsunterworfenen. Politische Freiheit aber meint doch aktive Beteiligung am politischen Leben; sie meint freiheitliche Initiative und kritische Bewegung der Bürger. Das Rechtsstaatgebot verletzen und die Rechtsstaatlichkeit gefährden, können somit zum vornherein einzig die Inhaber staatlicher Macht.

Hält sich demgegenüber der einzelne für sich oder als Gruppe nicht an die ihm vom Gesetz auferlegten Regeln, so gefährdet dies nicht den Rechtsstaat, sondern bedeutet lediglich einen Verstoss gegen die Rechtsordnung. Dem Rechtsstaat stehen zahlreiche Mittel zur Verfügung, um solchem Verhalten zu begegnen oder es zu verhindern. So verfügt er – um bei den bereits genannten Beispielen der Anti-AKW- und Jugendbewegung zu bleiben – beispielsweise über ein staatliches Instrumentarium, welches eine demokratische und umweltbewusste Energiepolitik ermöglichen würde. Er besitzt Möglichkeiten menschlicher Stadtplanungs-, Lehrlings- und Jugendpolitik. Lediglich eines von vielen Mitteln kann allenfalls auch das Strafrecht sein. Als repressives Mittel ist es aus rechtsstaatlicher Sicht insbesondere dann problematisch, wenn es als politisches Mittel eingesetzt wird, um soziale Massenbewegungen zu kriminalisieren.

Diese Gefahr zeigte sich in letzter Zeit am Beispiel der exzessiv angewendeten Strafgesetzbestimmung des Landfriedensbruches in ganz besonderer Schärfe.

Repressiver Ordnungsstaat

Welchem Rechtsstaat bürgerlich-konservative Kreise das Wort reden, zeigt sich schliesslich auch dann, wenn sie ihren sonst so hoch gehaltenen politischen Leitsatz «Mehr Freiheit – weniger Staat» genau dort ausdrücklich als nicht anwendbar erklären, wo die reine Ordnungsfunktion des Staates mittels Polizei und Militär zur Diskussion steht. Damit wird der Begriff Rechtsstaat auf den repressiven Ordnungsstaat beschränkt und droht in sein Gegenteil verkehrt zu werden; ist doch dieser Begriff gerade im Kampf gegen die übermässigen Kompetenzen eines Polizeistaates entstanden. Der Staat hat aber nicht nur Ordnungsfunktion, sondern die Aufgabe, ausgleichend und Ungleichheit abbauend, sozial tätig zu werden.

Die Schweiz – ein demokratischer und sozialer Rechtsstaat?

Strafrecht als Indikator

Verschiedentlich wird als Ort, wo der Rechtsstaat ganz besonders seine Probe bestehen müsse, das Strafrecht genannt. In der Tat treffen im Strafverfahren staatliche und Individualinteressen mit besonderer Härte und einschneidenden Folgen für den Betroffenen aufeinander.
Die Schweiz hat es im Bereiche Strafrecht seit der Mitte dieses Jahrhunderts geschafft, rechtsstaatliche liberale Strafrechtsprinzipien entscheidend abzubauen.
1942 wurde der das Demonstrationsrecht gefährdende und in seiner heutigen weiten Auslegung gar vernichtende Tatbestand des Landfriedensbruches (Art. 260 StBG) ins schweizerische Strafgesetz aufgenommen, nachdem diese Bestimmung 20 Jahre zuvor noch vom Schweizervolk in einer Abstimmung abgelehnt worden war. 1950 erliess das Parlament, ohne dass das Referendum ergriffen wurde, äusserst weitgehende Staatsschutzbestimmungen, und nun wurden vor kurzem Artikel ins Strafgesetz aufgenommen, welche es erlauben, Vorbereitungshandlungen (Art. 260 StGB) sowie den Aufruf zu Vergehen mit Gewalttätigkeiten (Art. 259 StGB) zu bestrafen.
Alle diese Strafbestimmungen, welche die Strafbarkeit einerseits und die Eingriffsmöglichkeiten der Polizei anderseits in weitem Masse ausdehnen und ins Ermessen der Behörden stellen, widersprechen aufs schwerste der rechtsstaatlichen Garantiefunktion, welche das

Strafrecht für den Bürger haben sollte, nämlich ihm klar zu zeigen, was erlaubt und was nicht erlaubt ist, und ihm einen freien Bereich legaler politischer Betätigung zu sichern. Welchem politischen Strafrecht mit solchen rechtsstaatswidrigen Bestimmungen die Tore geöffnet werden, zeigt, stellvertretend für viele andere, das vom Basler Strafrechtsprofessor Stratenwerth in einem Lehrbuch genannte Beispiel von erschreckender Konsequenz: Wer als prinzipieller Gegner von Atomwaffen in der Öffentlichkeit gegen die Ausrüstung der Schweizer Armee mit solchen Waffen eintritt, obwohl das (nach der Meinung der Atomwaffenbefürworter) dazu führen könnte, dass die Schweiz sich eines Tages einer militärischen Erpressung beugen müsste, erfüllt grundsätzlich hier und heute in der Schweiz den Tatbestand des Landesverrates (Art. 266 StGB).
Parallel zum Abbau von liberalen Strafrechtsgarantien durch solche uferlose Strafbestimmungen erfolgt auch der Abbau von prozessualen Rechten. Eine Reihe von Kantonen revidieren ihre Strafprozessordnungen. Die Tendenz ist dabei eindeutig: Einführung einer präventiven Telefonüberwachung ohne Mitteilungspflicht an den Betroffenen und ohne Beschwerderecht, Einschränkungen der Verteidigerrechte durch den Ausbau der Kompetenzen der Polizei im Untersuchungsverfahren, Einführung der Präventivhaft sowie der Möglichkeit des Ausschlusses von Verteidigern. Das sind lediglich einige Beispiele. Ein komplikationsloser Verlauf des Strafverfahrens – notfalls unter Verletzung liberaler Rechte des Beschuldigten – ist einziges Ziel solcher Gesetzesänderungen. Diesem Ziel wird alles andere, insbesondere die rechtsstaatlichen Freiheits- und Verfahrensgarantien für den einzelnen, untergeordnet.
Der Abbau liberaler Garantien ist schliesslich begleitet vom Ausbau der polizeilichen Überwachungs- und Registrierungsmittel. Im Polizeicomputer KIS soll jeder fünfte Schweizer – sei er nun vorbestraft oder gehöre er eben zu den sogenannten Personen mit Vorgängen – gespeichert werden können. Auch in anderen Bereichen, wie z. B. in der Armee oder der Arbeitslosenversicherung, sollen Computersysteme die Erfassung von Personen und deren Eigenschaften ermöglichen. Kennzeichnend für die rechtsstaatliche Fragwürdigkeit ist dabei das Fehlen jedwelcher verbindlichen datenschutzrechtlicher Regelung, welche den einzelnen gegen die elektronische staatliche Kontrolle und Überwachung auch nur notdürftig schützen würde. Dabei wäre es eben gerade Aufgabe des bürgerlich-liberalen Rechtsstaates, den einzelnen vor dem ungerechtfertigten Einblick des Staates in seine Privatsphäre zu schützen. Bezeichnend ist, dass dieses Rechtsstaatsprinzip heute offenbar nur noch beim Geschäfts-, Steuer- und Bankgeheimnis aufrechterhalten werden soll.

Sozialstaat?

Durch die Einführung der sozialen Kranken- und Unfallversicherung und der Altersvorsorge hat die Schweiz seinerzeit wichtige Schritte in Richtung sozialer Rechtsstaatlichkeit getan. Dieser Prozess ist heute weitgehend zum Stillstand gekommen: Die von der Bundesverfassung seit 1945 vorgesehene Mutterschaftsversicherung besteht heute noch immer nicht. Die in einer Volksabstimmung 1972 einer allgemeinen Volkspension vorgezogene berufliche Altersvorsorge (2. Säule) wird zwar demnächst obligatorisch eingeführt, es steht jedoch bereits fest, dass diese das von der Verfassung vorgeschriebene Ziel, nämlich die Ermöglichung der Fortsetzung der gewohnten Lebenshaltung, nicht erreichen wird. Im Bereiche der AHV/IV besteht nach erfreulichen Ansätzen und einer Phase des bescheidenen Ausbaus nun die Tendenz, im Rahmen bürgerlicher Sparpolitik Sozialstaatlichkeit wieder abzubauen. Sowohl bei der Altersvorsorge als auch bei der ab 1984 für alle Arbeitnehmer obligatorischen Unfallversicherung kann klar festgestellt werden, dass private Versicherungen und Kassen sich einen grossen Marktanteil an Versicherungs- und Vorsorgegeschäft sichern konnten.

Wie in keinem anderen westeuropäischen Staate stellt sich in der Schweiz die Macht der Unternehmer noch völlig ungebrochen und unangetastet dar. Betriebliche oder gar unternehmerische Mitbestimmung gibt es nicht. Die Schweizer arbeiten am längsten, einen Kündigungsschutz vor ungerechtfertigten Entlassungen kennen sie nicht. Ein grosser Teil der Arbeitskräfte, nämlich alle Ausländer, sind auch von minimalster demokratischer Mitwirkung ausgeschlossen. Soziale Grundrechte, welche dem Bürger einen klagbaren Anspruch auf staatliche Leistungen einräumen würden, kennt die schweizerische Bundesverfassung nicht. Das Zürcher Arbeitsgericht ging schliesslich vor kurzem so weit, sogar das Streikrecht in der Schweiz als nicht garantiert und deshalb inexistent zu erklären. Die Gleichstellung von Mann und Frau wurde zwar vor kurzem in die Bundesverfassung aufgenommen, zu ihrer Realisierung fehlt es aber noch auf Jahre hinaus an der nötigen gesetzlichen Konkretisierung. Die Schweiz gibt für die militärische Landesverteidigung immer noch in etwa gleich viel Geld aus, wie für die ganze soziale Wohlfahrt. Führen bürgerliche Sparpolitik sowie die bürgerlichen Bestrebungen zur Reprivatisierung staatlicher Tätigkeitsbereiche zum Erfolg, so wird schon bald die militärische Landesverteidigung wieder eindeutig die erste Stelle im jährlichen Bundesbudget für sich beanspruchen. Auch darin spiegelt sich die Tatsache wider, dem rein ordnenden, repressiven Staat gegenüber dem Sozialstaat den eindeutigen Vorzug zu geben.

Gerichtliche Kontrolle?
Schliesslich bleibt zu fragen, ob die Gerichte die ihnen von der Rechtsstaatsidee zugedachte Rolle der Kontrolle und Korrektur wirklich wahrnehmen können. Leider zeigt hier gerade die letzte Zeit, in welcher sich die Gerichte mit der Bewältigung der sogenannten Jugendunruhen zu befassen hatten, dass der Justizapparat dazu neigt, auf jede Störung im zwangshaft ablaufenden Rechtsgetriebe so zu reagieren, als seien die Fundamente des ganzen Staates bedroht. Anders ist die völlig unverhältnismässige Reaktion auf die Jugendunruhen bis hinauf zum Bundesgericht nicht zu erklären. Die Strafurteile zu den unser Staatswesen wahrlich nicht grundsätzlich bedrohenden Jugendunruhen haben faktisch zur Aufhebung der Demonstrationsfreiheit und zu gravierenden Eingriffen in die Medienfreiheit geführt. Dies lässt unweigerlich die Frage aufkommen: Was haben wir von unseren Gerichten bei verschärften sozialen Auseinandersetzungen im Innern zu erwarten? Rechtsstaatlichkeit bewährt sich nun einmal nicht in der alltäglichen Routinearbeit, sondern eben am Ausnahmefall.

Rechtsstaat als politischer Auftrag

Soziale und demokratische Rechtsstaatlichkeit ist nicht einfach vorgegeben, sondern muss in politischen Auseinandersetzungen erkämpft und geschaffen werden. Mit der Feststellung «die Schweiz ist ein Rechtsstaat» oder «die Schweiz ist kein Rechtsstaat» ist wenig gewonnen. Entscheidend ist, dass die Mängel an Rechtsstaatlichkeit konkret festgestellt werden und deren Beseitigung zum Ziel eines politischen Programms der Demokratisierung der Gesellschaft gemacht wird.
Die Bilanz der hier lediglich stichwortartig angeführten rechtsstaatlichen Defizite macht klar: Vorherrschend ist die Tendenz, Rechtsstaatlichkeit nicht nur nicht mehr aus-, sondern explizit abzubauen. Die fortschrittlichen sowie die liberalen Kräfte sind in die Defensive gedrängt. Im politischen Alltag müssen sie sich vornehmlich darauf beschränken, vor Jahren erkämpfte liberale und soziale Positionen wenigstens zu halten. Gezwungenermassen kommt dabei die Entwicklung einer sozialstaatlichen Programmatik und erst recht deren reale Durchsetzung zu kurz. Einen demokratischen und sozialen Rechtsstaat zu verwirklichen müsste aber heissen, das Fernziel vor Augen zu haben, unsere Wirtschaftsgesellschaft im Sinne einer durchgehenden Demokratisierung umzustrukturieren. Der Entwurf einer solchen Programmatik soll – insbesondere unter den Bedingungen des Kleinstaates Schweiz – auch die Infragestellung unserer Armee und der militärischen Landesverteidigung miteinbeziehen.

Jean Ziegler
Wir gehen über Leichen

I. Der Krieg der Bankiers gegen die Völker der Dritten Welt

Seit Generationen führen schweizerische Fluchtgeldorganisationen, von den Devisenabteilungen der Grossbanken direkt oder von zwielichtigen Finanzgesellschaften, die in Kommission für die Grossbanken «arbeiten», geführt, aus jeder Ecke der Welt in Umgehung der lokalen Devisen- und Steuergesetze Milliarden von Franken in die Schweiz ab. Gold- und Immobilienpreiserhöhungen haben diesen Fluchtgeldmilliarden im Verlaufe der Jahre zu einem astronomischen Wertzuwachs verholfen.
Das Schweizerische Bankgeheimnis, Art. 47 des Bundesgesetzes über die Banken und Sparkassen von 1934, ist der Heilige Schrein der Schweizerischen Eidgenossenschaft. Es ist das Fundament, auf dem die helvetische Wirtschaftsprosperität ruht. Dank dem allerheiligsten Bankgeheimnis wird jeder bestraft – mit Gefängnis –, sei er Generaldirektor der Bank, Abwart oder unbeteiligter Dritter, der irgend etwas aussagt über eine Finanztransaktion, die Identität eines Kontoinhabers, die Höhe eines Kontos oder die Nummer, unter der das Konto geführt wird. Das hermetische Geheimnis gilt nicht nur gegenüber ausländischen Behörden, es gilt auch gegenüber dem einheimischen kantonalen oder eidgenössischen Fiskus. Bestraft wird sogar Anstiftung und fahrlässige Verletzung. Hans Schmid, Finanzexperte der Sozialdemokratischen Partei der Schweiz, schätzt denn auch die jährliche Summe der hinterzogenen, steuerflüchtigen Vermögenswerte, die dem schweizerischen Fiskus entgehen, auf rund 100 Milliarden Franken.
Das Bankgeheimnis begründet eine schweizerische Nationalindustrie: die Hehlerei. Volkswirtschaften in der ganzen Welt werden geplündert, das Fluchtgeld in die Schweiz übergeführt, auf Nummernkonten reingewaschen (das heisst: mit einer neuen Identität

versehen) und dann in New York, Brasilien, im Berliner Immobilienmarkt und in Eurodollarspekulationen wieder investiert.

Der Schweizer Bankier gibt für Fluchtgeld kaum Zinsen. Er verkauft dafür sein Schweigen, und auch sein Know-how bei der Reinvestition, teuer. Den ausländischen Kapitalisten stört das nicht weiter: der Kurswert des Schweizer Franken steigt sowieso jedes Jahr gegenüber fast jeder andern Währung in der Welt. So kommen die kalten Monster in ihrer klimatisierten Hochburg auf dem Zürcher Paradeplatz allmonatlich zu neuen Milliarden von Gratisgeld. Ein Traum, wie in Stuart Wright Mills selbst im kühnsten Profit-Delirium nicht erlebt hat!

Diese Milliarden werden investiert: nicht etwa vornehmlich in der Schweiz, wo die Löhne hoch sind und die Gewerkschaften (fast eine halbe Million Mitglieder beim Schweizerischen Gewerkschaftsbund allein) unangenehm dreinreden, sondern dort, wo ein Schweizerfranken noch etwas abwirft: in Südafrika etwa, wo die Rassendiktatur die schwarzen Arbeiter per Polizeiterror zur Produktionsdisziplin zwingt; in Brasilien, Argentinien, Südkorea, Indonesien, Zaire, wo stramme Generäle längst mit den lästigen Gewerkschaften aufgeräumt haben.

Die Eidgenossenschaft ist der drittgrösste ausländische Investor in Südafrika und Brasilien. Seit dem Militärputsch vom März 1976 sind die Schweizerische Kreditanstalt und der Waffenschieberkonzern Bührle zu den zwei liebsten Geschäftspartnern der argentinischen Generäle aufgestiegen. Mit dem Zaire-Diktator Mobutu verhandelt gewinnbringend der ehemalige Schweizer Finanzminister und heutige Handelsreisende für allerhand europäische Investment-Trusts, der Tessiner Nello Celio. Mobutu, gemäss der Rechnung der Zeitschrift «Fortune» einer der zehn reichsten Männer der Welt, hat nicht nur den Grossteil seines Riesenvermögens in die Schweiz geschleust, er hat auch der Alusuisse und vielen andern helvetischen Grosskonzernen in seinem Minenwunderland, auf Kosten der Volkswirtschaft, profitträchtige Konzessionen verschachert.

Im Schweizerischen Imperium geht die Sonne nie unter.[1] Im Ziergarten des internationalen Monopolkapitalismus ballt sich ungeheure Macht. Die Schweiz hat eine Oberfläche von genau 41.295 Quadratkilometer. Das macht 0,15 Prozent des bewohnbaren Erdbodens. Ihre Bevölkerung macht weniger als 0,03 Prozent der ganzen Weltbevölkerung aus, nämlich 6,431.000 Menschen (davon sind 909.906 erst noch Ausländer; Zahlen 31. 12. 1981). Dieses Land ist der erste Geldmarkt der Welt, der erste Markt für Gold, der erste Umschlagplatz für Rückversicherungen. Es ist die fünftgrösste Finanzmacht der Erde, die elftgrösste Industriemacht. Und wenn man das Pro-Kopf-Einkommen 1981 in den OECD-Statistiken nachsieht, entdeckt man mit Freuden (wenn man Schweizer ist), dass die Eidgenossen mit über 20.000 Dollar Pro-Kopf-Einkommen zum zweitreichsten Volk der Erde, gleich hinter den Bewohnern der Ölscheichtümer am fernen Golf, gehören. «Nur wer im Wohlstand lebt, lebt angenehm», sagt Bertolt Brecht.

Wohlstand ist zwar schlecht verteilt in der Schweiz.[2] Aber einige Eidgenossen geniessen ihn, wie wahrscheinlich nur sehr wenige andere Leute auf dieser Erde. Wurzel und Fundament, Waffe und Zukunft dieses ungeheuerlichen schweizerischen Reichtums, dieses gigantischen Hehlersystems, dieser raffinierten, gekonnten, bestgeölten, stets mit Seriosität, Fleiss und Kompetenz gesteuerten Maschine des helvetischen Bankenbanditismus ist das Bankgeheimnis. Ihm verdanken einige wenige Zürcher Monster, bürgerliche Ex-Bundesräte und protestantische Genfer Privatbankiers politische, wirtschaftliche, ideologische Macht, wie sie einst nur indische Maharajas, spanische Könige oder mittelalterliche Päpste kannten: eine Macht, die im Versteckten spielt, von Geheimnis geschützt ist und absolut keiner Kontrolle, sei sie staatlicher, kollegialer oder privater Art, unterworfen ist. Die grossen Treuhandgesellschaften, die gemäss Gesetz die Bilanzen der Grossbanken, Versicherungskonzerne etc. prüfen müssen, gehören fast allesamt den Grossbanken.

Maximalisierung des Profits, gleich zu welchem menschlichen oder politischen Preis, heisst das Gesetz ihres Handelns. Macht ist der Wahn, der diese Leute treibt.

II. Totemistische Gewalt

Die Schweiz ist ein absolut faszinierendes Land. Ein Leben genügt nicht, es zu erforschen. Lichtjahre trennen die Zürcher Bahnhofstrasse von der sardischen Kolonisations-Stadt Carouge, seit 1815 dem Kanton Genf einverleibt. Welten liegen zwischen Sils-Maria und Romanshorn, zwischen den lieblichen Landschaften am Genfer See und den wilden, bis in den Mai hinein verschneiten Höhen des Säntis. So vielfältig wie die Landschaft sind die Menschen: einen solchen Reichtum an Eigenart, an gelebter, parzellierter Geschichte, an autonomer, im kleinsten Raum geborener Kultur gibt es wohl kaum irgendwo anders in Europa. Seit 1291 besteht die Schweizerische Eidgenossenschaft. Ihre heutige Staatsordnung – ein Föderativstaat mit 26 souveränen Teilstaaten, jeder mit einer kompetenzenreichen Regierung, einem Parlament und vielen Souveränitätsrechten ausgestattet – ist wahrscheinlich die freiheitlichste der Welt: das heisst jene

Staats- und Verfassungsordnung, die dem Bürger die grösstmögliche direkte Kontrolle über die Tätigkeit der Exekutive, der Legislative, der Verwaltung einräumt. *Dieses wunderschöne Land ist uns irgendwie abhanden gekommen.*

«Die Freiheit ist das einzige Gut der Welt, das sich nur abnützt, wenn man es nicht gebraucht», schreibt Voltaire. Unsere Freiheit ist schon halb tot, nur weil wir sie nicht gebrauchen. Wie ist es möglich, dass eine Nation, die 1848 (im Gründungsjahr des Bundesstaates) die in ganz Europa einzige siegreiche liberale Revolution durchsetzte, deren Freischärler gegen die Reaktion und das Patriziat in Luzern, Stans und Schwyz zu Felde zogen, deren bewaffnete Studenten auf dem Peloponnes an der Seite der griechischen Aufständischen gegen die türkische Kolonialherrschaft kämpften, es heute zulässt, dass ihr Ruf in der Welt von ein paar golfspielenden, NZZ-lesenden, arroganten, bornierten, wenn auch instrumental begabten Bank-Gnomen ruiniert wird?

1978 streikten die guatemaltekischen Schmidheiny-Arbeiter der Eternit-Filiale Duralita gegen ihre Hungerlöhne und wurden von der guatemaltekischen Polizei zusammengeschossen. Warum stellten sich die Mehrheit der Schweizer Öffentlichkeit und die Bundesregierung mit all ihrem diplomatischen Pomp hinter Schmidheiny, die Holderbank und die Duralita und nicht hinter den halbverhungerten guatemaltekischen Arbeiter, seine geplagte Familie, die ja nur jene Werte des Lebens, der Gerechtigkeit verteidigen, die einst das Fundament unserer Eidgenossenschaft bildeten?

Am 15. Januar 1982 wurde in Rom der Vizedirektor des fünftgrössten Bankimperiums Helvetiens, der Bank Leu, Guido Ernesto Corecco, mit zwei Komplizen wegen Steuerhinterziehung und Kapitalfluchtbeihilfe zu zwei Jahren Zuchthaus verurteilt: Reaktion der grossen bürgerlichen Blätter in der Schweiz: die italienische Justiz ist korrupt. Zur selben Zeit wird die viertgrösste Schweizer Bank, die vom Ex-Bundesrat Ernst Brugger stramm geführte Schweizerische Volksbank, in den Vereinigten Staaten bei strafrechtlich verbotenen Börsenmanipulationen erwischt: die Commodity Futures Trading Commission (CFTC) erhebt Anklage. Reaktion der Regierung in Bern: es handelt sich um einen vom Konkurrenzneid inspirierten Angriff auf eine schweizerische Institution und damit auf die Schweiz.

Im Morgengrauen des 23. März 1982 umstellten Polizeigrenadiere das Gelände in Zürich, wo das Autonome Zürcher Jugendzentrum beheimatet war. Feuerwehr und private Bulldozer rissen unter dem Schutz von mit Helm, Knüppel, Tränengasgranaten und Hartgummigeschossen bewaffneten Hundertschaften das Zentrum der assimi-

lationsunwilligen Jugendlichen nieder. Der abtretende Zürcher Stadtpräsident, der sonst durchaus friedfertige, recht nette und kultivierte Ex-Historiker Sigmund Widmer, befragt nach dem Sinn der Nacht-und-Nebel-Aktion, teilte der Presse gleichmütig mit: «Es gab da noch einige Pendenzen zu erledigen. Die habe ich vor meinem Auszug aus dem Rathaus erledigt.» Er hätte auch sagen können: «Da war noch Ungeziefer in der Stadt. Das habe ich jetzt vertilgt.»
Seit Juni 1980 rebellierten die Jugendlichen in Zürich. Die Rebellion ist momentan gebrochen, selbst die äusseren Spuren sind, wie sich's eben im sauberen Zürich gehört, gesäubert und getilgt. Dass hinter der Jugendrevolte, hinter den vielen tausend engagierten, aufbegehrenden Jugendlichen aller Schichten, aller Berufe echte Probleme drängen könnten, kommt weder dem Stadtpräsidenten noch den sterilen Juristen in Bern, die auf die Jugendunruhen mit einer drastischen Strafrechtsverschärfung reagieren, in den Sinn.
Interessant an all den eben erwähnten Reaktionen scheint mir die gemeinsame Psychopathologie zu sein: reagiert wird auf Missstände mit *totemistischer Gewalt*. Die Symptome werden negativiert. Die Gründe werden verschleiert. Das Bestehende – und sei es noch so widersinnig – wird sakralisiert. Nur weil es besteht. Die Schweizer – ein Volk von Angsthasen. Sie heulen mit den Schafen. Eine tiefe Unsicherheit sitzt ihnen in den Knochen. Sie pflegen Feindbilder. In den skurrilen Riten ihrer Offiziersgesellschaften, Zunftgesellschaften und freisinnigen Quartiervereinen werden dann diese Feinde beschworen, beschimpft, zerstört.

III. Bevorstehender Gletschersturz?

Mao Tse-tung: «Auch die stärksten Mauern stürzen ein an Rissen.»
So eilfertig der Bundesstaat sich auch in den innen- und aussenpolitischen Dienst der herrschenden Banken-Oligarchie stellt, so ungeheuer auch die wirtschaftliche Macht dieser Oligarchie ist, so verkümmert auch die ideologische Debatte in den schweizerischen Parteien ist, die Vitalität eines Volkes lässt sich nie ganz ersticken. Es gibt in der Schweiz ein «pays légal» und ein «pays réel».
Das Kollektivbewusstsein scheint sich kaum zu bewegen. Der letzte Generalstreik fand im Jahre 1918 statt, und seit 1939 gab es, vertraglich vereinbart, kaum einen Streik mehr. Das Kollektivbewusstsein, wenn es sich bewegt, bewegt sich im Rhythmus helvetischer Alpengletscher. Einige Millimeter pro Generation. Aber in den Alpen gibt es auch hin und wieder, wenn auch selten, Gletscherstürze. Ich glaube, ein solcher Gletschersturz steht unmittelbar bevor.

Die unaufhaltsam anschwellenden Fluchtgeldströme aus Europa und der ausgehungerten Dritten Welt, die Umleitung der Petro-Dollar-Milliarden auf Schweizer Nummernkonten, die völlig unkontrollierte Devisenspekulation der schweizerischen Grossbanken führen zu einem ständigen Anstieg des internationalen Kurswertes des Schweizer Franken. Die Schweizer Industrieprodukte sind wie eh und je von hervorragender Qualität. Sie können aber auf ausländischen Märkten des hohen Frankenkurses wegen immer weniger abgesetzt werden. Im Jura, in Genf, in Neuenburg, aber auch in der Ostschweiz serbeln ganze Zweige der Exportindustrie dahin, sterben ab. Die Arbeitslosigkeit wurde bis anhin mehrheitlich exportiert: sizilianische, andalusische, portugiesische Fremdarbeiter wurden heimgeschickt.

Aber Hunderttausenden von Schweizer Bürgern, ausgerüstet mit reellen, potentiell wirksamen Freiheitsrechten, geht das Licht auf: *Der frei wütende helvetische Banken-Banditismus* zerstört nicht nur das Ansehen unseres Landes in der Welt und stürzt die geplünderten Hungerländer der Dritten Welt durch systematisch organisierte Überverschuldung in immer neues, noch schrecklicheres Elend, er zerstört jetzt auch die Arbeitsplätze in der Schweiz selber. Derweil die Industrie darniederliegt, machen Grossbanken Jahr für Jahr neue astronomische Profite: Die Schweizerische Bankgesellschaft, das erste Bankimperium des Landes, hat nach eigener, sicher unterbewerteter Rechnung 1981 14,5 Prozent mehr Reingewinn gemacht als im Vorjahr.

Der kluge Niklaus Meienberg, wie Roman Brodmann und so mancher andere begabte Schriftsteller aus der Schweiz vertrieben, rezitierte:

»Die Banken
Haben wir nicht
Aber die Wörter
Nehmen wir ihnen weg»[3]

Die Allmacht der Banken ist zwar heute keineswegs gebrochen. Die allen sichtbaren, sich häufenden Funktionsschäden der helvetischen Akkumulations- und Hehler-Maschine aber zerstören die biedere Maske des friedfertigen Philanthropen, des unpolitischen Patrioten, des sauberen, arbeitsamen Nur-Fachmanns, hinter der sich Zürcher, Genfer, Basler, Berner und Luganeser Geldschieber seit Generationen erfolgreich verstecken. Die Masken fallen. Blut rinnt von den Fassaden. Die kolumbianischen Kinder, die guatemaltekischen Arbeiter, die geschundenen Frauen Südafrikas sterben zwar nicht auf dem Trottoir der Zürcher Bahnhofstrasse. Aber die Zusammenhänge werden trotzdem klar. Wo Opfer sind, da sind auch Mörder. Und wer für so viel Elend und Qual in der Welt verantwortlich ist, der kann sich nicht mehr hinter der Schweizerfahne in Deckung bringen. Die Macht der Grossbanken tritt heute in ihrer nackten Arroganz zutage. Und diese Arroganz mobilisiert wiederum den Gerechtigkeitssinn, den Freiheitswillen von Hunderttausenden von Schweizer Bürgern. Das Volk wird siegen. Die Schweizer werden – in nicht ferner Zukunft – die Macht des kalten Monsters brechen. Der Traum der Schweizer heisst: Nationalisiert die Grossbanken, jagt die Gnomen aus dem Land (nach Florida, wo sie sowieso schon in die Ferien gehen); macht eine Aussenpolitik der tatkräftigen Solidarität mit den Ärmsten dieser Erde; eine Innenpolitik der Gerechtigkeit und der Verteilung des Reichtums, der Gleichberechtigung zwischen Fremden und Einheimischen, zwischen Mann und Frau, zwischen Erwachsenen und Jugendlichen; gebt den Schweizern ihre Geschichte, ihre Freiheit zurück ... und seht dann zu, zu welch unerhörten Leistungen der kollektiven Kreativität, der internationalen Solidarität, der geistigen Erfindungskraft dieses erstaunliche Volk im Herzen Europas fähig sein wird.

[1] Siehe Jean Ziegler, «Das Schweizer Imperium», rororo-Taschenbuch, 1982.

[2] Riesig ist die Lohnspanne zwischen einem Bankdirektor (im Mittel 500.000 Franken pro Jahr) und einem Bauarbeiter (26.000 Franken pro Jahr brutto). Überall herrscht grosse Ungleichheit: Die Schweiz hat 380.000 Beamtinnen und Beamte. Ein Staatssekretär oder Bundesamt-Direktor, die meist den Banken oder der Grossindustrie nahestehen, verdient im Jahr 200.000 Franken brutto; ein Briefträger am Ende der Karriere 28.000 Franken.

[3] Niklaus Meienberg, *Die Erweiterung der Pupillen beim Eintritt ins Hochgebirge, Poesie 1966–1981*. Limmat-Verlag, Zürich, 1981.

H. A. Pestalozzi
Der Dreck ist unsichtbar*

Nestbeschmutzer heissen jene, die bei uns den Dreck ausmisten wollen. Nestbeschmutzer heissen jene, die an der glänzenden Fassade Schweiz kratzen und den Dreck sichtbar machen.
Nestbeschmutzer heissen jene, die die Fenster öffnen und frische Luft hereinlassen.
Welch grossartiges Land könnte die Schweiz sein, wenn wir alle einmal die Fenster öffnen, den Glanz von den Fassaden kratzen und den Dreck ausmisten würden! Doch wer an der Macht ist, wer verantwortlich ist für all diesen Dreck, der wehrt sich. Es ist ihm wohl im Dreck; er lebt davon. Zürich ist nur ein Beispiel.

Sie ist geradezu sprichwörtlich: die Sauberkeit von Zürich. Selbst der Tourist getraut sich kaum, den Zigarettenstummel auf den Boden zu werfen. Auf Zürichs Strassen gibt's keinen Unrat. Der See ist blau. Die Berge sind weiss. Die Blumen in den Parkanlagen und zwischen den Strassenbahngleisen stehen stramm ausgerichtet. Autos mit Rostflecken werden aus dem Verkehr gezogen. Der Sprayer von Zürich wird verhaftet; die Rechnung für die Reinigung der Betonmauern erreicht eine sechsstellige Zahl.
Sommer 1980: Woche für Woche klirren Schaufenster im Zentrum von Zürich. Strassenbarrikaden werden errichtet. Luxusgüter aus den Schaufensterauslagen fliegen in die Limmat. Zehntausend Bürgerinnen und Bürger gehen auf die Strasse, solidarisieren sich mit den Jungen, geben ihrem Unmut Ausdruck. Die sauberen Betonwände sind vollgesprayt mit: «Keine Macht für niemand», «Alle Macht den Amöben», «Freiheit für Grönland», «Nieder mit dem Packeis». Eine Fernsehsendung wird «gesprengt», weil sich die Jugendlichen weigern, sich dem inhaltslosen verbalen Blabla der Erwachsenen anzu-

* Artikel in der Zeitschrift «Extrablatt – Österreichs illustriertes Magazin für Politik und Kultur», Nr. 7, Juli 1981.

passen und statt dessen ihre eigenen nichtverbalen, aber umso eindrücklicheren Kommunikationsformen anwenden.
Advent 1980: Jugendliche leeren Müllsäcke auf der Bahnhofstrasse aus, die «schönste Einkaufsstrasse der Welt» ist übersät mit Abfall. Symbolik des weihnachtlichen Einkaufsrummels: Die Verschwendungsgesellschaft produziert Abfall – sonst nichts. Monatelang steht vor dem Stadthaus Tag für Tag eine Mahnwache älterer Frauen mit Fackeln. Ein Mädchen übergiesst sich auf dem saubersten Platz von Zürich – dem Bellevue (deutsch: «Zur schönen Aussicht») – mit Benzin, zündet sich an, stirbt. Die gleiche Tat, begangen von einem Jan Pallach oder einem buddhistischen Mönch in Vietnam, erregt weltweites Aufsehen. In Zürich beseitigt ein Sondereinsatz der Polizei Nacht für Nacht die Kerzen am Bellevue. Am Weihnachtsabend nehmen 5000 Zürcherinnen und Zürcher – zu einem grossen Teil Leute über 40 – an einer Demonstration teil, werden von der Polizei eingekreist und mit Wasserwerfern, Tränengas und Gummigeschossen zusammengeknallt.
Die Schweiz hält den Weltrekord im Pillenschlucken: 45 Tonnen Schmerzmittel pro Jahr. Rund 20 Prozent der Schweizer Bevölkerung konsumieren regelmässig Schmerz- und Beruhigungsmittel. Von 4000 befragten Jugendlichen im Alter von 13 bis 17 Jahren nehmen zwei Drittel Medikamente zu sich, nur ein Drittel ist sauber. Zürich ist die Stadt mit der höchsten Selbstmordquote aller Städte der Welt.
Geld stinke nicht – non olet –, heisst es. Weshalb stinkt dann Zürich von Geld? Gut, der Luxus in den Schaufenstern der Bahnhofstrasse ist provokativ. Na und? Der Reichtum der Oberen wird in Paris weit stärker zur Schau gestellt. Das Zentrum von Zürich ist fest in den Händen der Banken. Na und? In Frankfurt sind die Wolkenkratzer der Banken weit schlimmer. Die Stadt Zürich entvölkert sich zusehends; beste Wohnquartiere werden Bürohäusern und Luxusappartements geopfert. Na und? Die Wohnmisere in Berlin ist mindestens so gross. Der Kursaal von Zürich mit seinen Bäumen und seinem Garten wurde abgerissen; ein IBM-Bürogebäude steht nun dort. Prächtige Villen am See wurden durch die Trutzburgen anderer Multis wie Alusuisse, Elektrowatt usw. «ersetzt». Na und? Wo geschieht denn nicht ähnliches? Autobahnen werden in Zürich mitten durch die Stadt geführt – gegen eine Milliarde Franken für sechs Kilometer Autobahn durch ein Wohnquartier. Na und? Auch andere Städte werden durch ihre «Stadtväter» zerstört.
Der «Sonderfall Zürich» besteht nicht in der einzelnen Erscheinung, sondern darin, dass hier auf engstem Raum all das konzentriert ist, was heute Unbehagen auslöst. Wenn man die Problematik der

Entwicklung der letzten zwanzig Jahre modellartig aufzeigen wollte – man müsste Zürich konstruieren.
Auf der einen Seite der ungeheure materielle Wohlstand, wie er in den Schaufensterauslagen, der Bautätigkeit, der «grosszügigen» Strassenplanung, der Präsenz der multinationalen Grossunternehmungen, den Bilanzsummen der Grossbanken zum Ausdruck kommt. «Es geht den Jungen doch so gut wie noch nie. Was wollen die eigentlich noch mehr?»
Auf der anderen Seite die wachsende Einsicht, dass dieser Wohlstand nichts mit Wohlbefinden zu tun hat und dass dieser Fülle von materiellen Gütern entsprechende Lasten, Kosten, Schäden gegenüberstehen.
Der Wohlstand geht

- zu Lasten der Dritten Welt. Wir beuten sie nicht nur durch unseren Lebensstil aus. Viel konkreter in Zürich: Auf die Konti der Zürcher Banken fliessen mehr Fluchtgelder aus der Dritten Welt, als von der Schweiz je für Entwicklungshilfe und private Investitionen in diesen Ländern ausgegeben wurde;
- zu Lasten der Nachwelt. Wir hinterlassen ihr eine durch Bürohäuser, Luxusappartements, Autobahnen zerstörte Stadt, kaputte Strukturen und Abfall, Müll;
- zu Lasten der Umwelt. Die Lebensverhältnisse in der Stadt sind offenbar derart unerträglich geworden, dass sich Wochenende für Wochenende wahre Völkerwanderungen in die «Erholungsgebiete» ergiessen, hundert und mehr Kilometer von der Stadt entfernt;
- zu Lasten der Gesundheit. Einzelne Strassen in der Stadt Zürich weisen die höchsten Abgas-«Werte» von Europa auf;
- zu Lasten unserer Bekenntnisse und unseres gesellschaftlichen Leitbildes. Wir predigen zwar Christentum und Humanität, aber:
  - Das Bankgeheimnis mit seinen Nummern-Geheimkonti hat überhaupt keinen anderen Zweck, als dass man nach Belieben lügen kann. Die Lüge als Basis des Zürcher Wohlstandes?
  - Die Schweiz hätte mit 12 Prozent die höchste Arbeitslosenquote von Europa. Sie weist aber keine Arbeitslosen aus. Man hat einfach die Ausländer heimgeschickt. Ausländische Arbeitskräfte sind beliebig hin- und herschiebbares Menschenmaterial.
  - Die Waffenfabrik von Zürich hat im Zweiten Weltkrieg für Nazi-Deutschland gearbeitet. Heute gibt es kaum eine kriminelle Regierung – Chile, Bolivien, Argentinien, Brasilien usw. –, die *nicht* mit Schweizer Waffen ausgerüstet wäre. Die Stadt Zürich hat sich vom Waffenfabrikanten ein Kunsthaus schenken lassen.
  - Die Praktiken der Schweizer Multis gehören zu den übelsten in der Welt. Alusuisse vertreibt die Eingeborenen in Australien;

Nestlé ist schuld am Tod unzähliger Kleinkinder in der Dritten Welt; BBC beutet mit dem Elektrokartell Entwicklungsländer aus.

Dieser ganze wirtschaftliche und moralische Dreck fliesst in einer Kleinstadt von weniger als 400 000 Einwohnern zusammen. Das Paradoxe: Der Dreck ist nur möglich, weil die Fassade der Sauberkeit Ehrlichkeit, Seriosität, Offenheit, Fortschrittlichkeit, Stabilität vortäuscht.

«Sonderfall Zürich»: Die Konzentration an Schmutz hinter strahlender Fassade, verdrängt durch die Heuchelei des selbstgerechten «Bürgers».

«An die Wand stellen», «Im See ersäufen», «Aufhängen, an jedem Laternenpfahl einen», «Zusammenbinden und langsam krepieren lassen», «Mit rostigen Dosendeckeln kastrieren» – authentische Aussagen patriotischer, senkrechter Zürcher Bürger während friedlicher Jugenddemonstrationen.

500 verletzte Demonstranten. Durch Gummigeschosse herausgeschossene Augen. Von der Genfer Konvention für den Kriegsfall geächtetes Tränengas, das in geschlossene Gefangenenwagen hineingespritzt wird. Ein Bezirksanwalt, der mit seiner Pistole auf einen Demonstranten schiesst – Streifschuss am Ohr –, ohne dass eine Untersuchung durchgezogen wird. Polizeiliche Hausdurchsuchungen ohne Ausweis. Vorsorgliche Verhaftungen ohne richterliche Verfügung. Gewalttätige Polizisten, die weder durch Nummer noch sonstwie identifiziert werden können und die sich gesetzeswidrig weigern, den Namen anzugeben. Verletzte Demonstranten, die auf der Notfallstation vor die Wahl gestellt werden, entweder auf eine Strafanzeige gegen die Polizei oder auf jede Versicherungsleistung zu verzichten. Verurteilungen allein aufgrund der widersprochenen Aussage eines einzelnen Polizisten. – Dies alles sei nicht nur legitime, sondern sogar legale – wenn auch an sich kriminelle – Gegengewalt der Behörden und der Polizei gegen die Gewalt der Jugendlichen. So heisst es in Zürich.

Mitten im Sommer 79 marschiert das Schweizer Militär in Zürich ein. Natürlich nicht, um Zürich zu besetzen. Waffenschau nennt sich der Rummel. Auf allen Plätzen der Zürcher Innenstadt stehen Panzer, Kanonen, Schützenpanzer, Flab-Geräte. Fallschirmjäger springen ab. Düsenjäger simulieren Raketenangriffe. Kinder hantieren an Maschinengewehren. Kinder dürfen in Schützenpanzern Karussell fahren. Demonstration der Verbundenheit von Volk und Armee, heisst es.

Zürich: Beispiel einer militaristischen Bürgerschaft. Der zentrale Platz von Zürich heisst Paradeplatz. Er ist umsäumt von den

Grossbanken. Darunter liegen Tresore. Die Führungsspitzen der Grossbanken sind im Militär mindestens Oberste, wenn nicht sogar Brigadiers. Der nach Jahren kürzlich abgelöste Stadtpräsident von Zürich zog schon 1968 den Einsatz der Armee gegen die eigene Jugend in Erwägung. Auch er ist Oberst. Ohne Verbindung zur Rüstungsindustrie und zur ebenfalls vom Militär beherrschten Bauindustrie wäre eine Karriere gar nicht möglich gewesen. Die Parteikarriere wurde vom sogenannten «Sozialen Kapital», d. h. dem Migros-Konzern, finanziert. Im Grossstaat spricht man vom militärisch-industriellen Komplex. In Zürich ist alles viel einfacher: Überall sitzen die gleichen Leute – der militärisch-wirtschaftlich-politische Filz. Vor Weihnachten 1980 wurden Armee-Helikopter auf die Farben der Zürcher Polizei umgespritzt.

Der Geschäftsführer eines Zürcher Modehauses wird fristlos entlassen, weil er sich in einem Leserbrief kritisch zum Polizeieinsatz in Zürich geäussert hat. Lehrlinge werden auf die Strasse gestellt, weil sie an einer Demonstration teilgenommen haben. Lehrern wird gekündigt, wenn sie sich in der Schule politisch äussern. Das Politikverbot in der Schule heisst, dass die bestehenden Strukturen unter keinen Umständen zur Diskussion gestellt werden dürfen. «Die Schule hat Spiegel der bestehenden Gesellschaft zu sein» – so der Zürcher Erziehungsdirektor – auch *er* Oberst der Schweizer Armee und finanziert vom Migros-Konzern.

Lehrer und Schüler werden in Wirtschaftskunde ausgebildet – durch Beauftragte des Schmidheiny-Konzerns, dessen Geschichte brutalster kapitalistischer Methoden erst noch geschrieben werden muss. Tageszeitungen werden mit Inseratenboykotts belegt, wenn sie die Geschehnisse in Zürich umfassend zu schildern versuchen. Für die Information über die Zürcher Ereignisse mussten ausländische TV- und Radiostationen gewählt werden, weil die Schweizer Medien unter dem Druck rechtsradikaler Kreise stehen.

Zürich ist nicht nur Modellfall für Fehlentwicklungen unserer Gesellschaft, sondern auch für den Amoklauf der Mächtigen der heutigen Wirtschaft und Gesellschaft, die sich ihr Versagen nicht eingestehen können. Sie haben nur noch *ein* Ziel: ihre Macht zu erhalten. Die Schweiz darf stolz darauf sein, wie es ihr gelungen ist, staatliche Totalitarismen aller Farben – schwarz, braun, rot – abzuwehren. Sie hat nicht bemerkt, dass sie einem ebenso gefährlichen Totalitätsanspruch – dem Anspruch der Wirtschaft, dem Bürger sagen zu müssen, wie er sich zu verhalten habe – in weiten Bereichen bereits erlegen ist. Es ist der graue Faschismus der Bürohäuser, Autobahnen, Computer und der Massanzüge der Manager. Faschismus ist die Übertragung des Management-Prinzips auf die Gesellschaft. Zürich ist auch hier Modellfall – nicht nur für die Schweiz. Zürichs Schmutz ist unsichtbar. Die Fassaden der sauberen Stadt sorgen dafür. Wollen wir die Fassaden einreissen, damit das Äussere mit dem inneren Gehalt übereinstimmt? Wie denn das? Wollen wir die Augen verschliessen vor der Macht? Militär, Polizei, «Erziehungsdirektion» – und vor allem die Wirtschaft sorgen dafür, dass den Fassaden nichts geschieht.

Die andere Möglichkeit: Können wir den Dreck beseitigen? Den Kampf aufnehmen mit all den Monstern, Gnomen, Ratten und dem übrigen Geschmeiss, das Zürich zum Zentrum der internationalen Schieberei, des Waffenhandels und der schmutzigen Gelder gemacht hat? Etwa der Marsch durch die Institutionen? Dabei selber korrupt werden?

Es gibt eine dritte Möglichkeit: Leben! Sein! Das Autonome Jugendzentrum (AJZ! AJZ! AJZ!) als Symbol. Sich selber sein, in einer neuen, selbstgestalteten Gemeinschaft. Autonom sein. Sich den totalitären Ansprüchen entziehen können. Eigene Lebensformen entwickeln, ohne sich schmutzig zu machen.

Zürichs Regierung hat das AJZ dem Erdboden gleichgemacht – auch ein Symbol. Dort, wo Ansätze sichtbar wurden, die auf ein menschlicheres Zürich hoffen liessen, stehen jetzt die freisinnigen Krokusse in Reih und Glied. Zürich ist wieder sauber. Der Dreck kann weiterfliessen.

August E. Hohler
Gift statt Ferment
Gewalt in unserer Gesellschaft

Habt Salz in euch und haltet Frieden untereinander.
Markus 9.50

Das ist kein Aufruf zur Rebellion, sondern zur Nachdenklichkeit (die allerdings, hartnäckig genug betrieben, durchaus rebellisch machen kann). Als ich darum gebeten wurde, für dieses Buch über *«Gewalt in unserer Gesellschaft»* zu schreiben, fühlte ich mich zunächst vergewaltigt. Es stand wenig Zeit zur Verfügung, um das schwierige, vielschichtige, widersprüchliche Thema anzugehen, und ich empfand wenig Lust, mir an dieser heiklen Frage die Finger zu verbrennen. Ehrlichkeit des Denkens ist gefährlich; Lippenbekenntnisse gegen die Gewalt sind billig zu haben. Aber in Ruhe liess mich die unbequeme Aufforderung nicht. «Die Tage schrumpfen und trocknen ab, da hatte er Begehr, die Wahrheit zu sagen», schrieb Jean Améry, der bohrende Nachdenker über Gewalt und Gegengewalt, einmal von sich.

«Begehr, die Wahrheit zu sagen»? Ja. Und die rituelle akademische Frage, was denn Wahrheit sei, ist in unserem Zusammenhang fehl am Platz. Wir alle, wenn wir wollen, können die Wahrheit sehen und wissen: dass die Menschheit am Abgrund steht; dass sie erstmals in ihrer Geschichte die Möglichkeit der Selbstvernichtung hat; dass diese Selbstzerstörung, insofern sie schleichend erfolgt, längst und täglich im Gang ist; dass sie als plötzliche Totalkatastrophe jederzeit eintreten kann und jeden Tag wahrscheinlicher wird.

Das ist beunruhigend genug. Aber womöglich noch beunruhigender ist, dass die Kenntnis der Wahrheit offenbar nichts fruchtet: der Zerstörungsprozess läuft weiter, die Uneinsichtigkeit der meisten Menschen, voran der mächtigen, schreit zum Himmel. «Begehr, die Wahrheit zu sagen»? Die Schwierigkeit besteht wohl darin, *wie* die

Wahrheit zu vermitteln und aufzunehmen, *wie* der – vielleicht gar nicht so uneinsichtige – Mensch zu erreichen sei. Darauf richte ich meine Nachdenklichkeit. Im Falle der Gewalt ist die Wahrheit so nah, dass wir sie leicht und gern übersehen. Wir sehen die Gewalt im Nahen Osten, aber nicht in unserem Alltag, sehen sie allenthalben in der Welt, nur nicht in der eigenen Familie.
Und anderseits: Die destruktive Gewalt, die in ihrer Selbstverständlichkeit und Allgegenwart in die hintersten Ritzen unseres Lebens, unseres Wesens dringt und uns vergiftet, ohne dass wir es richtig merken – diese teils offene, teils versteckte, geleugnete, unbewusste Gewalt, an der wir zugrunde gehen können, ist nicht die einzige Art von Gewalt. Wir haben «vergessen» – und das ist für ein angeblich christliches Volk geradezu abenteuerlich –, dass es eine andere Art der Gewalt gibt, eine konstruktive, positive, produktive: zum Beispiel die Gewalt des Wortes, das Fleisch wird, der Lebendigkeit, die den Tod überwindet, der Begeisterung, die Grenzen sprengt. Die Geburt Jesu, seine Auferstehung, die Ausgiessung des Geistes werden uns in den Berichten der Schrift als «gewaltige» Ereignisse vorgestellt. Es gibt in der Tat – östliche Völker wissen darüber anscheinend besser Bescheid – die schöpferische Gewalt der Liebe, des Lebens, des Geistes. Es gibt die sanfte Gewalt der Verzauberung, der Gnade, der Einsicht, die nicht minder erschütternd sein kann. «Schrecklich», sagt Brecht, «ist die Verführung zur Güte.»
Das führt uns zum Nachdenken über die merkwürdige Ambivalenz des Gewaltbegriffs.

«Gewalt» gehört zum Verb *«walten»,* dessen älteste, ursprüngliche Bedeutung *«stark sein»* war; daraus entwickelte sich die Bedeutungsreihe *«stark sein, beherrschen, regieren, besitzen»;* heute steht «walten» hauptsächlich für *«herrschen, wirken».*
Das Substantiv *«Gewalt»* meint 1. «Macht und Befugnis, Recht und die Mittel, über jemanden/etwas zu bestimmen, zu herrschen», 2. «rücksichtslos angewandte Macht, unrechtmässiges Vorgehen, Zwang», 3. «körperliche Kraft, Anwendung physischer Stärke», 4. «elementare Kraft, Stärke, Heftigkeit» (zitiert nach Dudens «Bedeutungs-Wörterbuch»). Abgeleitete Wörter wie *«gewaltsam»* und *«gewalttätig»* bedürfen keiner weiteren Erläuterung; wohl aber ist die Verwendung des Adjektivs *«gewaltig»* zu beachten: es bedeutet «sehr gross, sehr stark, mächtig», auch «grossartig». «Ein gewaltiger Anblick» sagen wir etwa bei einem Sonnenaufgang in den Bergen. Spürt man den Doppelsinn von walten, von Gewalt? Oder (vielleicht genauer): Spüren wir, wie die ursprüngliche Bedeutung «stark sein» vorwiegend in eine Richtung, in eine fatale, kippte?

Es gibt also die Gewalt als Gewalttätigkeit, die unterwirft, verletzt, vernichtet, und die Gewalt als Kraft, als Stärke, als Energie, die lebensnotwendig, lebenspendend ist. Es gibt das Walten als – «männliches» – *Herrschen* (Beherrschen, Regieren, Besitzen) und das Walten als – «weibliches» – *Wirken* (Starksein, Bewirken, am Werk sein, gewähren lassen). Die Frage, die sich aufdrängt und unter der Hand als Schicksalsfrage der Menschheit (oder einer Ehe) erweist, lautet so: *Setzt Wirkung Herrschaft voraus, und Herrschaft Besitz? Oder können wir kraftvoll wirken, ohne gewalttätig zu herrschen? Können wir stark sein, ohne andere schwach zu machen? Ist Zwischenmenschlichkeit ohne Herrschaft und Besitzergreifung möglich?* Sie ist möglich und auch wirklich, aber so selten und unerwünscht, dass sie gemeinhin als unmöglich gilt. Einem erstickenden Überschuss an Gewalt im Sinne von Herrschaft des Menschen über den Menschen steht ein beängstigendes Defizit an «gewaltiger» Kraft zu herrschaftsfreier Mitmenschlichkeit gegenüber.
«Gewalt in unserer Gesellschaft»: das meint, leider, die Herrschaft des Menschen über den Menschen, die wir für gegeben und unvermeidlich halten, die uns in Fleisch und Blut übergegangen ist. Die sich am lautesten gegen jede (jede?) Anwendung von Gewalt verwahren, machen von ihr häufig am selbstverständlichsten, unverfrorensten Gebrauch: Schizophrenie unserer Zeit, vielleicht aller Zeiten, Logik des Patriarchats, seit Menschen über Menschen herrschen. Ich deklariere die Ausbeutung der Dritten Welt als Entwicklungshilfe, denunziere die Steinwürfe jugendlicher Chaoten als unerträglichen Terror, postuliere aber die Ausweitung unserer Waffenexporte; und wehe, wenn meine Frau meine Gedankengänge nicht teilt ...

Schizophrenie:
Wir sind natürlich gegen blutige Gewalt, gegen Waffengewalt, gegen Krieg. Prinzipiell. Aber man muss natürlich verstehen, dass die Engländer die Falkland-Inseln den Argentiniern nicht einfach überlassen konnten; und eifrigen Schweizer Offizieren lieferte dieser läppische, gleichwohl tödliche und niemandem etwas einbringende Operettenkrieg willkommene Argumente für die Nützlichkeit unserer Armee im (weiterhin unwahrscheinlichen) Fall eines konventionellen europäischen Konflikts. «Konventionell» ist übrigens eine Vokabel, die sich zur Kriegsverharmlosung vortrefflich eignet; aber dem «konventionellen» Zweiten Weltkrieg fielen 55 Millionen Menschen zum Opfer. Im nächsten, atomaren, das stimmt, werden es unvergleichlich mehr sein.
Wir sind natürlich gegen Mord, Schlägereien, Vergewaltigung, dagegen, dass Menschen einander umbringen, verletzen, entwürdi-

gen. Aber wenn die *«elterliche Gewalt»* (ein entlarvender Begriff, der die Kinder als «Besitz» voraussetzt) nicht weiterweiss, mit Überredung, Befehl, Drohung nicht weiterkommt, ist die zum Schlag erhobene Hand so natürlich wie das Auslaufen der britischen Flotte oder israelische «Vergeltung» – und im Effekt genauso absurd: alle Schläge kommen zurück. Und wenn die *«staatliche Gewalt»* (deren Legalität nicht automatisch ihre Legitimität verbürgt) in der Auseinandersetzung mit ungebärdigen Jugendlichen um Argumente, Verständnis und taugliche Massnahmen verlegen ist, dann darf sie damit rechnen, dass eine verstörte, verängstigte Bürgerschaft den Einsatz von Wasserwerfern, Tränengas und Gummiknüppeln besser versteht als zerbrochene Schaufensterscheiben und verschmierte (oder verzierte) Betonwände, auch wenn die Polizei als strafender Arm des Staates mehr Seelen kaputt macht als die Gegengewalt rebellierender Jugendlicher.
Seelen? Dass heranwachsende Menschen die Lieblosigkeit ihrer Eltern und Betreuer, deren Verlogenheit und doppelte Moral, den Leistungs-Noten-Beförderungsdruck der Schule, fehlende Lehrstellen und unerschwingliche Zimmerpreise als Gewalt empfinden, die ihnen den Lebensatem abschneidet: sollte uns das nicht einleuchten? Und wenn es nicht einleuchtet: kann es uns wenigstens veranlassen, den Gewaltbegriff genauer, differenzierter zu betrachten?

Gewalt, Vergewaltigung hat viele Gesichter; anonyme Waffengewalt, rohe Körpergewalt ist die Spitze des Eisbergs. *Vergewaltigung* im engeren Sinn, der sexuelle Missbrauch der Frau durch den Mann, ihre gewaltsame Inbesitznahme (umgekehrt nicht möglich, da Erektion auch mit Gewalt nicht erzwungen werden kann), ist als ständig zunehmendes Faktum ebenso beunruhigend und bezeichnend wie als Symbol im weiteren Sinn. Vergewaltigung ist die männliche, destruktive Form von Gewalt, Herrschaft im Grund immer Vergewaltigung (Vergewaltigung, Unterwerfung jedoch nicht selten ersehnt – von Männern wie Frauen –, Herrschaft für schwache Menschen leichter zu ertragen als Freiheit).
Vergewaltigungen finden in unserer Gesellschaft am laufenden Band statt: teils brutal-unmenschlich und insofern schnell erkennbar, teils raffiniert-verführerisch und insofern ein süsses Gift (zum Beispiel in der Werbung), am häufigsten «einfach so», als scheinbarer «Naturvorgang». Natürlich kann der Geschäftsmann mit Rücksicht auf seine Kunden, der Angestellte mit Rücksicht auf seine Vorgesetzten die eigene abweichende Meinung, falls vorhanden, nicht äussern. Natürlich? Gewiss mag es manchmal erforderlich sein, dass wir uns *«in der Gewalt haben»,* uns also beherrschen; aber dass wir uns und

anderen und der Wahrheit *«Gewalt antun»,* sie verfälschen, uns verleugnen: das sollte natürlich sein?
Es ist in der Tat weitherum zur zweiten Natur geworden, in der Wirtschaft, in der Armee, in der Kirche. *«Wes Brot ich ess, des Lied ich sing»,* ist gewiss nicht neu und war nie besonders rühmlich (wenn auch oft begreiflich – warum sollten Abhängige obendrein Helden sein?); aber die Perfektion der abgeforderten oder eilfertig erbrachten Anpassung und Entfremdung ist doch oft erschreckend. Wer Prokurist werden, ungestört Lehrer bleiben will, tut gut daran, zu meinen, was die Mehrheit meint, über El Salvador, Südafrika oder Dienstverweigerung nicht nebenaus zu denken. Dass einer zu seinem Gewissen steht, das ihm Wehrdienst verbietet, wird hierzulande (wie in der DDR) bestraft, womöglich doppelt: mit Gefängnis und Verlust der Stelle. «Uneinsichtigkeit» besteht dann in der pathologischen Sprache unserer Militärgerichte darin, dass sich einer von seinem Gewissen, seiner Überzeugung, seinen Argumenten nicht abbringen, also nicht vergewaltigen lässt; das Ja zur bewaffneten Gewalt wird in unserer verrückten Welt für Einsicht gehalten. Und was soll man von der Sexual-, Ehe-, Scheidungsmoral halten, die unter Johannes Paul II. neu oder wieder verstärkt in Schwang gekommen ist? Sie mutet dem (gläubigen) Menschen Bedürfnis- und Gewissensverleugnungen zu, die ihm Gewalt antun, auch dann, wenn er unmenschlichen Vorschriften zuwiderhandelt, es aber mit schlechtem Gewissen tut.
Und so weiter. Dass uns laufend Gewalt angetan wird, dass wir uns laufend Gewalt antun, also unecht, also nicht wir selber sind – wie kommt das?

Wie? Eigentlich ist es ganz einleuchtend. Wenn in einer Gesellschaft der *Profit* das Mass und Ziel aller Dinge ist, nicht der *Mensch,* dann muss der Mensch korrigiert, konditioniert, den Zwecken der Herrschenden, Besitzenden dienstbar gemacht, seinen eigenen Bedürfnissen entfremdet werden, und das geht am besten, wenn Gewaltanwendung – nötigenfalls brutale, lieber natürlich subtile – als normales zwischenmenschliches Verhalten gilt. Der Ellbogen, Wappenzeichen der kapitalistischen Konkurrenzgesellschaft, in der Leistung vor Entfaltung, Rendite vor Wohlbefinden kommt, dürfte längst unser wichtigster Körperteil sein, Neid eine hervorstechende Charaktereigenschaft. *«Jeder zieht seine Waffe»,* sagte jüngst unvermittelt eine Frau zu mir, als sie, dieser robusten Gesellschaft nicht recht gewachsen, ihrer eigenen «Waffenlosigkeit» und damit Anormalität innewurde.
Wo gehobelt wird, fliegen Späne; die Arbeitslosen gehen in die

Millionen, doch den Banken geht es gut wie nie. Kriege sind wieder an der Tagesordnung, was aber nicht weiter auffällt, wenn im Alltag «jeder seine Waffe zieht», Sportplätze und Autobahnen zu Schlachtfeldern werden und das Fernsehen haufenweise Brutalitäten in die guten Stuben giesst. Ein zwölfjähriges amerikanisches Kind – vorläufig besser bedient als ein schweizerisches – hat 10.000 TV-Morde und Unmengen an Werbung hinter sich; schwer zu sagen, was schlimmer ist. (An Immunisierung glaube ich übrigens nicht; hätten die Amerikaner sonst Reagan gewählt?)

«Jeder zieht seine Waffe.» Aber dazu sind zwei Anmerkungen nötig. Erstens, dass, wenn das stimmt, die meisten Bekenntnisse zur und Forderungen nach *Gewaltlosigkeit* reichlich hohl klingen; zweitens, dass sich die Waffen der Mächtigen und der Ohnmächtigen, der Herrschenden und der Beherrschten, der Besitzenden und der Besitzlosen gewaltig unterscheiden – und *«dass die Botschaft von der Gewaltlosigkeit immer an die Unterdrückten gerichtet ist»,* wie Max Frisch in seinem «Tagebuch 1966–1971» schreibt. Legale Gewalt (staatliche, wirtschaftliche, polizeiliche, militärische) stellt sich selber nicht in Frage, lehnt dafür die *Gegengewalt* der Kleinen, Schwachen, Unterdrückten umso fulminanter ab.
Am besten, es kommt gar nicht so weit. Der grösste Triumph der legalen Gewalt besteht ja darin, dass die Kleinen die Anschauungen der Grossen übernehmen, dass in der Schweiz, zum Beispiel, die Mehrheit der Urnengänger mit ziemlicher Regelmässigkeit gegen die eigenen Interessen und für die Freiheit des Grosskapitals stimmt. Aber nicht alle sind bereit, «strukturelle Gewalt» widerstandslos zu schlucken oder ihre Wut am falschen Objekt (an Ausländern, an Jugendlichen) auszulassen. Wenn der Rechtsstaat ein Bodenrecht deckt, das Städte zerstört, Landschaften verwüstet, Häuserspekulation erlaubt, welche die Mieten in horrende Höhen treibt – sind dann illegale Häuserbesetzungen nicht ein legitimes Mittel der Gegengewalt und rechtsbürgerliche Krokodilstränen über sie nicht widerlich? (Wer ausser dem Heuchler kann leugnen, dass Ohnmacht Überdruck bewirkt und dieser zum «letzten Ausweg» der gewaltsamen Entladung verführt, die den gordischen Knoten lösen soll?) Werden wir Atomkraftwerke ohne Gegengewalt los, wenn nicht einmal demokratische Volksentscheide gegen formaljuristisch abgesicherte Unternehmerabsichten etwas vermögen? Ist der Feminismus nicht eine notwendige Gegenkraft-Gegengewalt, solang patriarchalische Gewalt die Welt mit Kriegen, Naturvergewaltigungen, sozialer Ungerechtigkeit, Unfreiheit überzieht?

Solang jedenfalls ist es arrogant, Gegengewalt zu verdammen und vom Machtlosen Gewaltlosigkeit zu verlangen. Diese Rechnung geht nicht auf. Erst und nur, wenn *alle* destruktive Gewalt, blutig-brutale sowohl wie unblutig-raffinierte, der Ächtung anheimfällt, wenn Herrschaft des Menschen über den Menschen geächtet wird, beginnt die Rechnung zu stimmen. Erst, wenn und wo *«violence»* durch *«power»* abgelöst wird, Gewalttätigkeit durch konstruktive Gewalt als Lebensenergie, kann Friede im kleinen und grossen, daheim und in der Welt, entstehen. Es mag altmodisch sein, an die Gewalt des Lebens, der Liebe, des Geistes zu erinnern; aber von *dieser* Gewalt sich überwältigen zu lassen, macht wahrhaft frei. *Pneuma,* der biblische Ausdruck für den Heiligen Geist, heisst Hauch, Luft, Atem, Lebensgeist, und das ist, wie alt es sei, hochmodern: Ohne Atem kein Leben, ohne Herrschaftslosigkeit kein Atem. Wo freie Menschen atmen und einander atmen lassen, können sie zum Salz der Erde werden, kann die Gewalt des Geistes sich entfalten: Ferment statt Gift.

Als Ferment kann der friedliche Mensch, kann die Friedensbewegung – *nonviolent but powerful,* gewaltlos aber kraftvoll – die Mächtigen der Welt das Fürchten lehren, spät, vielleicht nicht zu spät. «. . . wie wenn ein gewaltiger Sturm daherführe.»

Frieden durch Rüstung
Der Wahnsinn der Politiker

Das Kriegsgeschrei der Regierung Reagan und ihrer Satelliten in Westeuropa hat auch den Falken in der Schweiz Auftrieb gegeben. Mit demonstrativer Einmütigkeit stellten sich Regierung, Parlamentarier aller grösseren Parteien und Vertreter von Armee und Wirtschaft hinter das «Nachrüstungs»-Konzept, also hinter die Idee, der Frieden auf der Erde werde sichergestellt, wenn wir die Russen nicht nur zwanzigmal, sondern dreissigmal umbringen können. Wie wenn jemals in der Menschheitsgeschichte Rüstung nicht *zu Krieg geführt hätte! Noch nie haben die Exponenten der Gesellschaft derart zu erkennen gegeben, welch wahnwitzige Ideen ihre Köpfe beherrschen, bei jeder Logik und Vernunft. Nachstehend setzen sich drei international anerkannte Fachleute aus völlig verschiedenen Lagern mit dem Irrsinn der Politiker und ihrer Drahtzieher auseinander.*

HAP

Gert Bastian
Atomkrieg durch Nachrüstung

Die immer leidenschaftlicher aufflammenden Proteste gegen die Fortsetzung des nuklearen Rüstens und die wachsende Anzahl von Politikern, Wissenschaftlern und Soldaten, die sich diesseits und jenseits des Atlantik gegen neue nukleare Strategien und gegen das Verfügbarmachen der ihnen gemässen, verfeinerten Nuklearwaffen wenden, zeigen, welch entscheidender Wandel in der Beurteilung möglicher nuklearer Kriegsformen bereits eingetreten ist.
Über Jahrzehnte hinweg hat der *totale Atomkrieg* als die einzig vorstellbare, wegen der Unkalkulierbarkeit von Risiken und Folgen allerdings äusserst unwahrscheinliche Form eines nuklearen Krieges gegolten.
Mit der Verfügung über neuartige nukleare Systeme tritt jedoch die Gefahr eines auf Europa begrenzbaren und mit solch besserer Berechenbarkeit nicht mehr im bisherigen Ausmass unwahrscheinlichen Nuklearkrieges mehr und mehr in den Vordergrund.
Zwar ist es richtig, dass der Einsatz von Nuklearwaffen immer schon fester Bestandteil aller militärstrategischen Konzepte der NATO und des Warschauer Paktes gewesen ist. Doch sind einschneidende und vor allem die Europäer gefährdende Veränderungen im nuklearen Kriegführungsdenken der USA unverkennbar. Ein kurzer Rückblick auf die Entwicklung der strategischen Konzepte macht das deutlich.
Solange die unangefochtene Überlegenheit der USA im Bereich der Nuklearwaffen eine Strategie der massiven Vergeltung erlaubte, brauchte ein diese Vergeltung provozierendes Verhalten der östlichen Führungsmacht kaum befürchtet zu werden.
Als jedoch die Drohung mit einer «massiven» Vergeltung wegen des sich abzeichnenden Gleichstandes an nuklearer Zerstörungsfähigkeit zwischen den Supermächten an Glaubwürdigkeit zu verlieren begann, machte die inzwischen verbesserte Fähigkeit der NATO zur konventionellen Verteidigung die Ablösung der bisherigen Vorstel-

lungen durch eine Strategie der flexiblen Reaktion auf jede Art von Aggression und damit eine weiterhin wirksame Abschreckung möglich.
In diesem neuen strategischen Konzept wurde auch ein Ersteinsatz von Nuklearwaffen der NATO nicht ausgeschlossen, sollte ein mit überlegenen Kräften vorgetragener Angriff der Warschauer-Pakt-Armeen eine krisenhafte Entwicklung der Landschlacht zur Folge haben. Doch ganz unabhängig davon, dass plausible Gründe für einen solchen Angriff zu keiner Zeit erkennbar gewesen sind, war die NATO jetzt auch konventionell stark genug, um selbst einer grossangelegten Aggression ohne Einsatz von Nuklearwaffen standhalten zu können.
Es beweist ja keineswegs das Gegenteil, wenn in den jährlichen NATO-Übungen das Kriegsgeschehen regelmässig mit weniger günstigem Verlauf simuliert wurde. Dienten diese Übungen mit dem zugrunde gelegten wechselhaften Geschehen bis hin zum Einsatz von Nuklearwaffen doch in erster Linie der Verbesserung in der Zusammenarbeit der Stäbe und im Gebrauch der komplizierten Verfahren, nicht der Überprüfung vorstellbarer Kriegsbilder.
Freilich blieb immer noch unberechenbar, ob sich nicht die andere Seite bei einer erfolglosen Angriffsoperation zum Ersteinsatz nuklearer Waffen entschliessen würde. Doch die auf jeder Stufe einer Aggression eindrucksvolle Fähigkeit der NATO zur angemessenen Reaktion machte auch diese Annahme wenig wahrscheinlich, solange kein Zweifel an der Entschlossenheit der westlichen Schutzmacht möglich war, die verfügbaren Machtmittel, soweit erforderlich, auch einzusetzen.
Ganz anders stellt sich demgegenüber die Lage heute dar. Deuten doch neue Überlegungen darauf hin, dass das strategische Potential der USA nicht mehr mit der bisher vorausgesetzten Selbstverständlichkeit für den Schutz ausseramerikanischer Interessen zur Verfügung steht. In Verbindung mit der Absicht, das eurostrategische Nuklearpotential erheblich zu vergrössern, und im Hinblick auf manche Vorstellungen von einer besseren Berechenbarkeit der Risiken und Folgen eines mit verfeinerten Nuklearwaffen ausgetragenen «limited nuclear war» wächst deshalb die Gefahr, dass bei einem Versagen der Abschreckung ein Krieg in Europa von einem recht frühen Stadium an als «nuclear war in Europe» ausgetragen werden würde.
Bei dieser Überlegung kann auch nicht unberücksichtigt bleiben, dass es sich bei den als Antwort des Westens auf die sowjetische SS-20 deklarierten Mittelstreckensystemen Pershing 2 und Cruise Missile um eine völlig neuartige Waffengeneration handelt, deren Einsatzkri-

terien der NATO Möglichkeiten der nuklearen Kriegführung eröffnen, wie sie die SS-20 dem Osten keineswegs erschliesst.
Der Unterschied liegt einmal darin, dass die Sowjetunion mit noch so vielen SS-20-Raketen zwar die europäischen Verbündeten der USA vernichtend treffen, jedoch die nukleare Gegenmacht selbst nicht entscheidend schwächen kann. Während die USA mit den zur Stationierung in Europa vorgesehenen Systemen in die Lage versetzt werden, der Sowjetunion, ganz ohne Rückgriff auf das amerikanische strategische Nuklearpotential, Schäden kriegsentscheidenden Ausmasses anzudrohen oder zuzufügen.
Darüber hinaus wird die Chancengleichheit zwischen Ost und West auch noch durch ein anderes Merkmal der jeweiligen landgestützten Mittelstreckenwaffen beeinträchtigt werden; nämlich durch ihre unterschiedliche Eignung zum Erstschlag.
Obwohl die technische Leistungsfähigkeit der SS-20 noch nicht eindeutig geklärt zu sein scheint, kann diesem Potential des Ostens eine Fähigkeit zum Erstschlag nämlich nicht zugesprochen werden.
Muss doch ein Erstschlag nur dann befürchtet werden, wenn mit ihm so entscheidende Vorteile errungen werden können, dass der Angegriffene sie auch mit einem Vergeltungsschlag nicht mehr ausgleichen kann. Oder wenn es möglich erscheint, eben dieses Vergeltungspotential in seiner Wirkung so zu reduzieren, dass die von ihm ausgehenden Schäden berechenbar werden.
Schliesslich kann auch die unzureichende Überlebensfähigkeit bestimmter Systeme den «Besitzer» zu dem Gedanken verführen, einem möglichen Entwaffnungsschlag der Gegenseite durch ihren frühzeitigen Einsatz zuvorkommen zu müssen.
Das alles trifft jedoch auf das sowjetische SS-20-Potential nicht zu. Mit ihm kann weder das Territorium der westlichen Supermacht erreicht noch deren Fähigkeit zur Kriegführung entscheidend beeinträchtigt oder gar das westliche Vergeltungspotential drastisch reduziert werden. Auch ist anzunehmen, dass Beweglichkeit und Reichweite der SS-20 im grossflächigen Stationierungsgebiet eine Bereithaltung erlauben, die nach Art und Auflockerung eine hohe Überlebensfähigkeit garantiert. Ein Zwang zum frühzeitigen Einsatz dieser Waffen, um ihrer drohenden Vernichtung zuvorzukommen, besteht für die Sowjets daher nicht.
Im Westen jedoch müssen solche Überlegungen nach einer Stationierung von Pershing-2-Raketen und Marschflugkörpern auf dem europäischen Festland und auf den Britischen Inseln zu eher gegenteiligen Ergebnissen führen.
Erstens, weil diese Systeme den USA die bereits erwähnte Möglich-

keit verschaffen, die Sowjetunion von Europa aus in ihren empfindlichsten Regionen zu treffen und damit die Fähigkeit der östlichen Führungsmacht, Krieg zu führen, erheblich zu schwächen. Vor allem natürlich dann, wenn sich die militärischen Ziele, auf welche die neuen Waffen vorwiegend gerichtet werden – soweit verlegbar – vor einer Mobilmachung noch auf den im Frieden eingenommenen Plätzen befinden.
Zweitens, weil sich aus der geringen Überlebensfähigkeit dieser landgestützten Systeme des Westens in den engen Stationierungsräumen, zumindest in den Augen der Sowjets, ein regelrechter Zwang zum Einsatz in einem Erstschlag ergibt, sobald in einer Zeit höchster Spannung ein Versagen der Abschreckung nicht mehr ausgeschlossen werden kann. Dabei ist es recht unerheblich, ob die NATO einen Erstschlag tatsächlich plant oder ob sie das nicht tut. Entscheidend ist allein, dass die offenkundigen Merkmale dieses Potentials auf der Gegenseite zu dieser Befürchtung Anlass geben müssen. Eine Wirkung, wie sie von den weitgehend überlebensfähigen und deshalb auch zu einem Vergeltungsschlag geeigneten strategischen und eurostrategischen Systemen der NATO keinesfalls ausgeht.
Es ist deshalb unrealistisch, zu glauben, die Sowjetunion würde in den zur Stationierung in Europa vorgesehenen landgestützten Mittelstreckensystemen lediglich die Antwort der NATO auf die SS-20-Aufstellung sehen, nur weil der Westen sein Vorhaben mit diesem Zusammenhang begründet.
Wahrscheinlicher ist, dass die Sowjetunion in der «Nachrüstung» der NATO den Beweis für eine einschneidende Veränderung im nuklearen Kriegführungsdenken des Westens erblickt und sich deshalb zu ebensolchen Veränderungen im militärstrategischen Konzept der Warschauer-Pakt-Staaten entschliesst.
Bedenklichstes Ergebnis solcher Veränderungen könnte sein, dass ein sowjetischer «pre-emptive strike» gegen die Stationierungsräume der Pershing 2 und Marschflugkörper in einer Zeit verschärfter Spannung wahrscheinlicher wird. Aber auch wenn die Sowjets darauf verzichten sollten, sich dieses landgestützte Potential der NATO bei drohender Kriegsgefahr durch einen vorwegnehmenden Entwaffnungsschlag vom Hals zu schaffen, muss befürchtet werden, dass bei einem Versagen der Abschreckung ein Krieg in Mitteleuropa nicht ohne diese Waffen ausgetragen werden und deshalb in einem sehr frühen Stadium zum Atomkrieg in Europa eskalieren würde.
Wegen der besonderen Gefährlichkeit der neuen nuklearen Waffengeneration des Westens für die östliche Kriegsmaschinerie wird diesem Potential in der Beurteilung beider Seiten zwangsläufig eine zentrale Bedeutung zukommen. Es wird deshalb nahezu unvermeid-

bar in das Kriegsgeschehen einbezogen werden, ganz gleich, welche Seite der anderen mit einem Ersteinsatz von Nuklearwaffen zuvorkommt.
In dem Mass jedoch, in dem nicht mehr damit gerechnet werden kann, dass nach einem Versagen der Abschreckung ein Krieg in Mitteleuropa ohne alsbaldigen Einsatz von Nuklearwaffen geführt und beendet werden würde, muss sich das Interesse der Europäer an einer mit neuentwickelten Nuklearwaffen der USA geführten Verteidigung ihrer Existenz verlieren und anderen Lösungen ihres Sicherheitsstrebens zuwenden.
Wären doch vor allem in den hochentwickelten und darum extrem empfindlichen Staaten Mitteleuropas bei einer Kriegführung mit Nuklearwaffen Verwüstungen einzukalkulieren, die zum totalen Verlust der Fähigkeit führen müssten, als organisierbare Gemeinwesen fortzubestehen.
Es liegt auf der Hand, dass ein solches Ergebnis die Frage, wer schliesslich «Sieger» bleiben würde, unwesentlich macht. Deshalb können alle Überlegungen im Zusammenhang mit den neu geplanten Rüstungsschritten der NATO immer nur zu dem allein vertretbaren Ergebnis führen, dass ein auf Europa begrenzbarer Nuklearkrieg auch in Zukunft ausgeschlossen bleiben muss und nichts unternommen werden darf, was ihn denkbar macht.
Was immer die andere Seite im Frieden tut, im Westen dürfen Nuklearwaffen niemals zum «Führen» eines Krieges entwickelt und bereitgestellt werden. Solche Waffen haben auch in Zukunft einzig und allein dem Zweck zu dienen, einen Nuklearkrieg mit der Vergeltungsdrohung unmöglich zu machen, und in ihrer technischen Auslegung auch unmissverständlich nur diesem Zweck zu entsprechen, solange keine allgemeine Ächtung von Nuklearwaffen ihren Besitz entbehrlich macht, was freilich auf Dauer die einzig vernünftige Lösung sein kann.
Denn selbst wenn die SS-20-Aufstellung gegenüber Westeuropa der Sowjetunion die fälschlich unterstellten, grundsätzlich neuen Möglichkeiten der nuklearen Erpressung oder Kriegführung einräumen würde, wäre der Westen schlecht beraten, wenn er der Sowjetunion auf diesem Weg folgen und sich auf das gefährliche Terrain vermeintlicher Duellfähigkeit begeben würde.
Die zwischen Ost und West extrem unterschiedlichen Bedingungen hinsichtlich der Verwundbarkeit der Waffensysteme, der Empfindlichkeit ihrer Stationierungsräume, der Siedlungsdichte und damit auch der Abhängigkeit der Bevölkerung vom Funktionieren der lebensnotwendigen Infrastruktur schliessen jeden Gedanken an Chancengleichheit von vornherein aus.

Tatsächlich kann jedoch die dem Stationierungsbeschluss der NATO zugrundeliegende irreführende Behauptung von einer zur «Nachrüstung» des Westens zwingenden «Vorrüstung» des Ostens nicht aufrechterhalten werden, wenn man alle in Ost und West vorhandenen Nuklearpotentiale «in und für Europa» gegeneinander hält.

Unbestritten erhöht zwar die SS-20-Stationierung Umfang und Bedrohlichkeit des sowjetischen Mittelstreckenpotentials gegenüber Westeuropa. Aber auch Umfang und Bedrohlichkeit des dagegenstehenden TNF-Potentials (Theater Nuclear Forces) der NATO sind in den letzten Jahren in nicht minder eindrucksvoller Weise mehrfach gesteigert worden und garantieren eine unverändert wirksame Abschreckung, zumal die nächsten Verbesserungen – auch ohne Pershing 2 und Marschflugkörper – bereits bevorstehen.

Entscheidend ist jedoch, dass die SS-20-Raketen der Sowjetunion keinesfalls so grundsätzlich neue Möglichkeiten der nuklearen Kriegführung erschliessen, wie sie den USA von den mit ganz anderer Zielsetzung entwickelten Pershing-2-Raketen, Cruise Missiles und Neutronenwaffen bei einer Verfügbarkeit in Europa erschlossen werden. Diese Systeme können deshalb nicht als Antwort des Westens auf die sowjetische Mittelstreckenrüstung gesehen werden. Vielmehr sind sie Ergebnisse eines sich ändernden nuklearen Kriegführungsdenkens der westlichen Supermacht, als dessen Instrumente diese Waffen in Europa ohne jeden ursächlichen Zusammenhang mit der SS-20 unverzichtbar sind.

Als vollkommen abwegig muss die Vorstellung bezeichnet werden, mit der bewussten Inkaufnahme all jener Risiken, die sich aus der Landstationierung nuklearer Mittelstreckenwaffen für die Bevölkerung in dichtbesiedelten Ländern voraussehbar ergeben, die Bereitschaft zur Risikogemeinschaft mit den USA unter Beweis stellen zu müssen.

Das ohnehin ungleich höhere Risiko der Europäer bei jeder Art von Krieg zwischen Ost und West steht ausser Frage. Es wird auch von vielen fair denkenden Amerikanern gesehen, die sich deshalb genauso entschieden gegen eine «Nachrüstung» wenden wie immer mehr Menschen in Europa auch.

Es ist deshalb falsch und unredlich, den Kritikern der «Nachrüstung» eine antiamerikanische Haltung zu unterstellen. Tatsächlich vereinigt diese für uns Europäer lebensnotwendige Kritik Menschen diesseits und jenseits des Atlantik in dem gemeinsamen Bestreben, Entwicklungen zu verhindern, die zum nuklearen Krieg in Europa hinführen können.

Dieses Bestreben verdient es daher, von all jenen unterstützt zu

werden, deren Fähigkeit zur objektiven, vorurteilsfreien Bewertung nachprüfbarer Tatsachen weder durch naives Wunschdenken noch durch blindwütigen Antikommunismus beeinträchtigt wird.
Ein sehr kluger, zeitgenössischer Denker hat in einem seiner Bücher den Tag des Abwurfs der ersten Atombombe auf Hiroshima als die eigentliche Zeitwende in der Menschheitsgeschichte bezeichnet. Zeitwende deshalb, weil der seit jeher im Bewusstsein individueller Bedrohtheit lebende Mensch erst von diesem Tag an mit der Furcht leben muss, auch als Spezies ausgelöscht zu werden.
Leider scheint die Bedeutung dieser Zeitwende nicht sehr tief ins Bewusstsein der Menschheit, erst recht nicht ins Bewusstsein ihrer Sachwalter gedrungen zu sein.
Wäre es anders, dann hätten die wesentlichsten Anstrengungen so vieler Völker nicht darauf gerichtet sein können, immer mehr nukleare Zerstörungsfähigkeit zu entwickeln und anzuhäufen, anstatt Nuklearwaffen zu ächten und abzuschaffen.
Dann hätten «Gleichgewicht» und «Abschreckung» nicht zu Fetischen erhoben werden können, denen in geradezu manischer Besessenheit geopfert wird, was als Ausdruck von Vernunft und Bereitschaft zur friedlichen Koexistenz in uns allen einmal soviel Hoffnung entzündet hat.
Denn Gleichgewicht im hier angestrebten Sinn bedeutet nichts anderes als Wettrüsten, das beweisen die Erfahrungen der letzten Jahrzehnte. Und Abschreckung wird immer begleitet sein – und ist auch immer begleitet gewesen – von Versuchen, den Abschreckungsmechanismus zu unterlaufen, um sich einseitige Vorteile zu verschaffen.
Diese Versuche, und die dabei entwickelten Fähigkeiten, bilden die grösste Gefahr für den Frieden. Sie führen zu dem Ergebnis, dass mit den scheinbar erreichten einseitigen Vorteilen ein Nuklearkrieg nicht länger die unwahrscheinlichste aller Katastrophen bleibt, sondern in immer höherem Mass als begrenzbar und damit als führbar, ja gewinnbar im Sinn traditioneller Kriegsvorstellungen angesehen wird.
Auch die «Nachrüstungs»-Waffen, wie sie bei uns stationiert werden sollen, sind ein Schritt zum Unterlaufen des Abschreckungsmechanismus. Ein Schritt, um dem Westen einseitige Vorteile zu verschaffen, die den Nuklearkrieg in Europa möglich machen.
Sich diesem Bestreben entgegenzustellen, ist nationale Notwendigkeit und nach meinem Verständnis von der Verantwortung mündiger Staatsbürger in einer demokratischen Gesellschaft nichts anderes als Ausdruck des Bekenntnisses zu ebendieser Gesellschaft.
Darum ist es gut und wichtig, dass immer mehr Menschen in Europa

und auch in den USA den Kampf aufnehmen für Vernunft und Menschlichkeit, der untrennbar auch ein Kampf ist gegen den Wahnsinn des permanenten Wettrüstens, gegen die Inhumanität von Massenvernichtungswaffen und gegen immer mehr Nuklearwaffen in unseren Ländern.
Atomwaffenfreiheit, wo immer beginnend, muss das Ziel dieses Kampfes sein, der von der Menschheit gewonnen werden muss, will sie nicht an sich selbst zugrunde gehen.

Anton-Andreas Guha
«Frieden» durch Abschreckung?

«Nicht den Frieden zu erhalten, sondern ihn erst zu schaffen gilt es, denn wir haben keinen. Wir leben im Rüstungskrieg, in einem auf die Dauer unhaltbaren Waffenstillstand.» Dieses Wort Bertha von Suttners ist von bestürzender Aktualität, obwohl – oder gerade weil – es die «sicherheitspolitische» Wirklichkeit des Jahres 1896 beschreibt. Die erste Trägerin des Friedensnobelpreises erkannte, dass Europa am Vorabend eines Krieges lebte. Dieser Vorabend begann 1871, mit dem Ende des deutsch-französischen Krieges. Der Vorabend des Zweiten Weltkrieges begann 1918/19; auch er war von Anbeginn an ein Waffenstillstand, der allmählich in einen Rüstungskrieg ausartete, schließlich in den furchtbarsten Vernichtungskrieg der Geschichte.

Und heute? Dass wir in einem Rüstungskrieg leben, ist eine offenkundige Tatsache. Wird es ein «auf die Dauer unhaltbarer Waffenstillstand» sein? Wird er, wie fast jeder Rüstungskrieg, abermals in einen Schiesskrieg ausarten? Hat Bertha von Suttner, mit anderen Worten, ein Gesetz der europäischen Geschichte formuliert? In der Tat liesse sich die Geschichte Europas als eine Kette von Kriegen und Waffenstillständen bezeichnen, von Kriegen und Rüstungskriegen, als Geschichte von Kriegen. Der britische Philosoph Thomas Hobbes bezeichnete die Alltagspolitik der europäischen Staaten, also die «Friedenspolitik», als eine «dauernde kriegerische Haltung». Sie galt ihm als «der Natur des Menschen gemäss», als «natürlicher Zustand». Für Goethe war «der Krieg in Wahrheit eine Krankheit». Wer hat recht, Hobbes oder Goethe? Muss zwischen beiden eigentlich ein Widerspruch bestehen? Können nicht beide recht haben? Dann wäre das artgemässe Verhalten des Menschen, nämlich der Zwang, Krieg zu führen, in Wahrheit eine Krankheit . . . Welch eine anthropologische Perspektive, die diese Überlegung eröffnet!

Frieden jedenfalls als dauerhaften Zustand ohne Gewalt oder ohne Drohung mit Gewalt, hat es nie gegeben. «Der Frieden ist das Meisterstück der Vernunft», sagt Immanuel Kant, und Blaise Pascal ergänzt: «Frieden besteht nicht in einem blossen Verschontsein von Krieg, sondern in der Eintracht des Denkens und der Gesinnung.» So gesehen wäre die europäische Geschichte eine Geschichte ohne Vernunft und gegen die Vernunft. Kants Verständnis von Frieden macht deutlich, wie absurd es ist, mit der offiziellen Terminologie den gegenwärtigen Zustand des Nichtkrieges, des Rüstungskrieges, als «Frieden» zu bezeichnen. Dieser Zustand wird aufrechterhalten mit den gewaltigsten, jede Phantasie übersteigenden Vernichtungsmaschinerien, die die Menschheit je gekannt hat, und der Drohung, sie auch um jeden Preis einzusetzen, wobei diese Maschinerien unter Einsatz gewaltiger geistiger und finanzieller Mittel tagtäglich weiter perfektioniert und vermehrt werden.

Wenn nun Hobbes ebenso recht hätte wie Kant und Goethe, so wäre die logische Folgerung, daß «artgemässes» menschliches (politisches) Verhalten ohne Vernunft ist, also eine Krankheit.

Wie auch immer, deprimierend muss wirken, wenn auch die Amtswalter der beiden christlichen Kirchen trotz der aufklärenden Kritik, die an ihnen geübt wird, sich partout nicht davon abhalten lassen, weiterhin den Friedensbegriff der Politik zu verwenden, der sich mit dem Friedensbegriff der Heiligen Schrift unter keinen Umständen vereinbaren lässt. «Friede», Schalom, das bedeutet «Heil sein» oder «Versöhnung», Versöhnung mit Gott, der Natur, den Menschen und damit auch mit den Feinden. Die «intellektuelle und moralische Unzulänglichkeit», die Thomas Mann in der Sicherheitspolitik mit atomaren Massenvernichtungswaffen entdeckt, gilt somit auch für die Amtswalter der Kirchen, die doch in der Lage sein müssten, nicht nur aus der Bergpredigt einen anderen als den gängigen Begriff – und damit Verständnis – von Frieden zu entwickeln.

Aber nicht nur den Friedensbegriff, auch den Begriff und die Vorstellung von «Verteidigung» haben sich die beiden Kirchen, die zumindest als moralische Institutionen – trotz des Verdiktes von Thomas Mann – von erheblichem Einfluss sind, von der Politik aufdrängen lassen. Verteidigung mit und durch das Schwert? Als Petrus das Schwert zog, um in reiner, also moralisch lauterer Absicht seinen Herrn und Meister zu verteidigen, traf ihn die Zurechtweisung: «Stecke dein Schwert zurück in die Scheide! Denn wer das Schwert zieht, soll durch das Schwert umkommen.»

Wer diese Szene auf die Gegenwart überträgt, muß erschrecken: Die NATO – auch der Warschauer Pakt – behalten sich ausdrücklich den Ersteinsatz von Atomwaffen vor, zum Zwecke der «Verteidigung».

Aber ist Verteidigung mit Atomwaffen überhaupt militärisch möglich? Wird nicht, wer das atomare Schwert zieht, durch das atomare Schwert umkommen?

Traditionelle militärische Sicherheitspolitik beruhte, ehe Atomwaffen verfügbar und massenhaft einsetzbar wurden, auf zwei Voraussetzungen: auf Abschreckung und, falls diese versagen sollte, auf der Fähigkeit, einen Krieg zu führen; sei es einen defensiven, sei es einen offensiven. «Si vis pacem – para bellum», wenn du Frieden willst, sei kriegsbereit, lautete die «sicherheitspolitische» Formel des römischen Imperiums; sie enthält jene zwei grundsätzlichen «Optionen»: Abschreckung und Fähigkeit (übrigens auch die Entschlossenheit) zur Kriegführung. Bemerkenswert auch das Verständnis von «Frieden», das in dieser Formel zum Ausdruck kommt; es ist ein Droh-Frieden, ein Zustand des Nicht-Krieges, eben ein «Rüstungskrieg», ein «auf die Dauer unhaltbarer Zustand». Mehr kann Abschreckung auch nicht leisten, als einen «auf Dauer unhaltbaren Zustand» nur für eine Weile zu stabilisieren.

Indessen haben die Staaten Ost- und Westeuropas keinerlei rationale Möglichkeiten zur Kriegführung mehr; für sie entfällt jene zweite Voraussetzung klassischer militärischer Sicherheitspolitik. Die Staaten Europas könnten auch keinen bellum iustissimum führen. Ihnen ist die Fähigkeit genommen, selbst vitalste Interessen, eine «freiheitliche Grundordnung» hier, «sozialistische Errungenschaften» dort, mit militärischen Mitteln zu sichern, zu verteidigen, denn nach den Kriegführungskonzeptionen sowohl der NATO als auch des Warschauer Pakts würde jeder Krieg in Europa zwangsläufig in einen mit taktischen Atomwaffen (TNF = Theater Nuclear Forces) geführten eskalieren. Die NATO behält sich ausdrücklich den Ersteinsatz von Kernwaffen vor, die sowjetische Führung geht davon aus, daß ihr ein Krieg in Europa von den Imperialisten aufgezwungen würde, er mithin als ein «Existenzkampf zweier gegensätzlicher Gesellschaftsordnungen» geführt werden müßte (so der stellvertretende Verteidigungsminister Ogarkow). Wer einen Existenzkampf führt, setzt sofort alle Mittel ein, übrigens auch, weil er gewinnen, d. h. überleben will. Die Kriegführungskonzeption der NATO, die «flexible response», mit ihrem selektiven, begrenzten, kontrollierten Kernwaffeneinsatz, der «zur Warnung» des Gegners gedacht ist, damit dieser innehalte und umkehre, sich seines Risikos bewußt werde, ist schlicht Makulatur.

Ein Krieg mit taktischen Atomwaffen könnte *in* Europa weder lokal noch quantitativ begrenzt werden, wohl aber liesse er sich mit hoher Wahrscheinlichkeit *auf* Europa begrenzen. Denn eine Begrenzung liegt zunächst im Existenzinteresse der beiden Supermächte, die letztlich über die Inszenierung des Infernos entscheiden. Die Abkehr von der *»massive retaliation»,* der massiven Vergeltung, als «Verteidigungs»-Doktrin der NATO, und die Konzipierung der «flexible response», der abgestuften Reaktion, sind ein weiteres Indiz. Im übrigen läuft die nukleare Planung der USA spätestens seit Ende der 60er Jahre darauf hinaus, einen Atomkrieg so lange wie möglich auf Europa zu begrenzen. Der frühere Verteidigungsminister James Schlesinger sprach diese «Option» klar aus, nach ihm die Präsidenten Nixon, Ford, Carter, ferner Ex-Außenminister Kissinger, hohe Generäle, wie u.a. der jetzige Chef des Strategischen Luftkommandos (SAC), General Bennie Davis. Schließlich bezeugt diese Konzeption auch Admiral a.D. Gene La Rocque, bis 1976 mit der strategischen Planung im Pentagon betraut.

Reagan hatte daher recht, als er Ende Oktober vorigen Jahres erklärte, er könne sich durchaus eine Kriegssituation vorstellen, in der die beiden Supermächte nicht auf den roten Knopf drücken, um sich gegenseitig in einen strategischen Holocaust hineinzureissen. Reagans Äusserung wurde als Skandal empfunden, zu Unrecht! Ein Skandal war vielmehr das Entsetzen der westeuropäischen Öffentlichkeit, weil es zum Ausdruck brachte, dass die Völker nicht über das informiert sind, was seit 15 Jahren offizielle «Verteidigungskonzeption» ist.

Daraus folgt logischerweise, dass taktische Kernwaffen nur für die beiden Weltmächte tatsächlich taktische Kernwaffen sind. Für die Europäer sind es bereits strategische Waffen, also endgültige, hinter denen es keine weitere Steigerung bzw. Eskalation gibt; denn der Tod ist die letzte Eskalation. Es wird darüber hinaus aber auch deutlich, dass die Verteidigungskonzeption der «flexible response» nur für die USA tatsächlich eine rationale Verteidigungskonzeption ist. Die USA könnten sich tatsächlich in Europa verteidigen, bis zum letzten Europäer.

Mit anderen Worten: Beide Supermächte haben jene zweite Voraussetzung klassischer Sicherheitspolitik, nämlich die Kriegführungsfähigkeit in Europa. Sie können zu kalkulierbaren Kosten und Opfern in Europa Krieg führen, defensiv oder offensiv, mit konventionellen wie mit taktisch-nuklearen Waffen. Erst wenn die UdSSR angegriffen würde, wäre es ein strategischer Krieg und die beiden Weltmächte gerieten in jene Situation, in der sich die Europäer längst befinden: in den «Vernichtungsfall». Die in beiden Paktsystemen geltende Kriegführungskonzeption begünstigt also ausschliesslich die beiden stärksten Mächte.

Damit ändert sich aber auch der Charakter der Abschreckung. Wenn die UdSSR Kriegführungsoptionen in Europa hat, so bedeutet dies, dass sie nicht unmittelbar, d. h. durch die direkte Androhung eines schweren Schadens, abgeschreckt wird. Weder wird sie von den konventionellen Waffen der NATO noch von den TNF der Amerikaner abgeschreckt, weil sie von ihnen nicht betroffen wird und das Risiko für sie relativ kalkulierbar erscheint, dass ein Krieg begrenzt gehalten werden könnte. Dennoch wird die Sowjetunion abgeschreckt, nämlich durch die Vernichtung Ost- und Westeuropas im Falle eines Angriffs (im Rahmen des Abschreckungssystems ist die UdSSR ein für allemal mit der Angreiferrolle behaftet, sonst bräche das Abschreckungssystem zusammen und grosse Ratlosigkeit breitete sich aus). Diese Konsequenz drohen ihr die Vereinigten Staaten an, und zwar glaubwürdig, denn sie haben von ihren Verbündeten, den atomaren Habenichtsen, das Mandat, über Zeitpunkt und Umfang eines TNF-Einsatzes zu entscheiden.

Abschreckung für Europa funktioniert also dadurch, dass keine politische Führung im Kreml ein politisches Interesse von solcher Vorrangigkeit haben kann, dass sie es um den Preis der Zerstörung Europas durchsetzen könnte oder wollte. Denn die Zerstörung Europas wäre ein solches Inferno (Experten rechnen mit wenigstens 100 Millionen Sofort-Toten), dass es auch das politische System in der Sowjetunion destabilisieren müsste.

Diese relative Sicherheit für Europa durch indirekte Abschreckung wird jedoch durch vier Entwicklungen auf rapide und für uns lebensgefährliche Weise verringert: Durch

a) die forcierte atomare Hochrüstung Frankreichs und Grossbritanniens, die in wenigen Jahren ein Existenzrisiko für die Sowjetunion schaffen wird,

b) durch die Modernisierung und den Ausbau der in Europa stationierten und dem NATO-Oberbefehlshaber unterstellten atomaren Mittelstreckenwaffen der USA,

c) durch die beabsichtigte Stationierung von atomaren Mittelstreckenwaffen vom Typ Pershing 2 und Cruise Missiles auf dem europäischen Festland,

d) dadurch, dass die UdSSR westliche Vorstellungen hinsichtlich des glaubwürdigeren Einsatzes von modernisierten, d. h. verkleinerten und zielpräziseren atomaren Kurzstreckenwaffen übernimmt. Die Sowjetunion ist dabei, nun ebenfalls ihre TNF zu «modernisieren», ihre Zielpräzision zu perfektionieren, die Sprengwirkung zu verkleinern, um die Begleitschäden für die Zivilbevölkerung zu verringern. Die Aussicht, dass mit dem Einsatz von grosskalibrigen TNF unter der eigenen Zivilbevölkerung Blutbäder apokalyptischen Ausmasses angerichtet würden, hatte in den Augen der NATO die Glaubwürdigkeit der taktischen Atomwaffen stark gemindert, damit auch ihre abschreckende Wirkung, weil der Gegner, also die Sowjets, davon ausgehen konnte, solche selbstzerstörenden Waffen würden niemals eingesetzt. Daher also Zielpräzision und Verringerung der Sprengwirkung, Verringerung der Schadenswirkung; dadurch höhere Glaubwürdigkeit des Einsatzes und höhere Abschreckung. Da nun die Sowjets just dasselbe tun, haben beide Seiten, genauer: beide Supermächte, unversehens wieder eine recht brauchbare Kriegführungsmöglichkeit. Die psychischen Barrieren werden abgebaut, die Atomwaffen verlieren ihren Schrecken, man nennt sie fast liebevoll «Mini-Nukes». «Alles nicht so schlimm für die Zivilbevölkerung, die Europäer werden es schon überleben.» Die einzige halbwegs vernünftige, auch moralische Legitimation für die Einführung von Atomwaffen, nämlich die Gewissheit, dass sie niemals eingesetzt werden dürfen und damit ein für allemal den Krieg verhindern, wird zerstört. Ein als führbar gedachter Krieg wird auch geführt.

Innerhalb des Abschreckungsdenkens, das dem Gegner ja stets den *worst case,* das denkbar schlechteste Motiv für sein Handeln unterstellt, erscheint diese Option, die die modernisierten TNF eröffnen, dann als Gewissheit. Die Rüstungsspirale wird sich weiterdrehen, die Dynamik sich verstärken, vor allem dann, wenn die Westdeutschen erkannt haben werden, dass sie bei den Mittelstreckenwaffen eine Debatte über den Rock führen, während es doch die Kurzstreckenwaffen der Sowjets sind, die im Kriegsfall unser Nessushemd wären, an dem wir verbrennen.

Abschreckungsdenken enthält zahllose Widersprüche, die es unwahrscheinlich erscheinen lassen, dass sich mit ihm ein Krieg verhüten lässt; vielmehr steigt die Kriegswahrscheinlichkeit. Abschreckung muss ständig durch Drohgesten praktiziert werden, sonst könnte der Gegner an der Entschlossenheit zweifeln und sich zu militärischen Abenteuern hinreissen lassen. Damit wäre der Abschreckung nicht gedient, sie hätte versagt. Glaubt der Gegner jedoch die Drohung, so wird er so stark rüsten, dass er sie im Kriegsfall ausschalten kann. Abschreckung trägt also die Rüstungsdynamik als Prinzip in sich.

Oder: Abschreckung bietet Sicherheit – im «Frieden» – theoretisch nur auf der Basis des Gleichgewichts. Abgesehen davon, dass niemand bisher Gleichgewicht definieren konnte: Im Krieg kann Sicherheit nur durch militärische Überlegenheit erreicht werden. Daher strebt Abschreckung auch nach militärischer Überlegenheit, trägt also die Rüstungsdynamik als Prinzip in sich.

Abschreckungsdenken führt in der Regel zu Realitätsverzerrung, weil sie auf – psychotischer – Angst beruht. Sie unterstellt ja dem Gegner prinzipiell den *worst case,* d. h. die Absicht, jede Option zu nutzen, was seinen optimalen Vorteil, aber meinen maximalen Nachteil bedeutet. Der Gegner nutzt seine Optionen nicht nur militärisch (indem er nach Überlegenheit strebt), sondern auch politisch, indem er beispielsweise um Einflusssphären in der Dritten Welt kämpft und allenthalben Guerilla-Bewegungen unterstützt. Worst-case-Denken hält den angenommenen Gegner unbegrenzt in der Feindbildrolle fest, selbst dann, wenn er ehrlich gemeinte Friedensgesten machen und sogar teilweise realisieren sollte. Das Abschreckungssystem ist institutionalisiertes Misstrauen; im übrigen erfordern die totalen Waffen den totalen Feind, sonst wäre ihre Monstrosität nicht zu rechtfertigen.

Die Realitätsverzerrung und der Realitätsverlust durch Abschreckung werden besonders krass sichtbar, wenn der Westen, vor allem die USA, alle ausschliesslich sozial- und gesellschaftspolitisch motivierten Befreiungsbewegungen in der Dritten Welt als Teil des Ost-West-Konflikts interpretiert. Der Krieg in El Salvador beispielsweise erscheint als von Moskau entfacht und geschürt; chronische Repression und Ausbeutung werden als Konfliktursachen geleugnet. Nota bene werden erst durch diese Realitätsverzerrung, die zu einer politischen, militärischen und ökonomischen Unterstützung der traditionellen repressiven Eliten führt, die Befreiungsbewegungen an die Seite Moskaus getrieben – so geschehen mit Kuba, Angola, Mocambique, Äthiopien, Nicaragua.

Abschreckung als psychotisches Symptom ist lernunfähig. Innerhalb des Abschreckungssystems wird also nicht nach der Realität, sondern nach psychotischen Vorgaben, Prämissen, Annahmen, Befürchtungen, Erwartungen, Glaubenshaltungen, Hoffnungen usw. geplant, Politik getrieben, gerüstet. Die Gefahr von Fehlwahrnehmungen und Fehleinschätzungen politischer Krisen und des Verhaltens der Gegenseite ist erheblich. Der Faktor Mensch innerhalb dieses Systems bleibt – versteht sich – der wichtigste, gleichzeitig jedoch der am wenigsten kalkulierbare!

Innerhalb des Abschreckungssystems bleibt auch das Dogma vom militärischen Gleichgewicht – als Voraussetzung für das Funktionieren von Abschreckung und damit für die Erhaltung des «Friedens» – ein bloss theoretisches, realitätsfernes, das die Geschichte nicht bestätigt. Alle grossen Konflikte des 19. und 20. Jh.s entstanden aus einer Position des militärischen Gleichgewichts heraus, der Erste Weltkrieg ist dafür das beste Beispiel. Historisch-empirische Untersuchungen von 99 Konfliktsituationen von 1817 bis 1965 ergaben, dass die Kriegswahrscheinlichkeit durch das Streben nach militärischem Gleichgewicht ungleich höher ist als die Kriegsverhütung. Denn Gleichgewicht müsste – eine Minimalbedingung – in Verhand-

lungen der Kontrahenten verbindlich festgelegt werden. Das ist bisher nirgendwo gelungen. Vielmehr wird Gleichgewicht stets einseitig von den Kontrahenten festgelegt, und zwar so, dass sie der andere nicht akzeptieren kann. Die historische Bedeutung des SALT-II-Vertrages lag gerade darin, dass zum ersten Mal ansatzweise die Festlegung eines Gleichgewichts (bei den strategischen Fernwaffen) versucht wurde. Prompt wurde er nicht ratifiziert. Streben nach Gleichgewicht bedeutet immer Streben nach numerischem Gleichgewicht und treibt damit den Rüstungswettlauf weiter an, damit wiederum Angst, Misstrauen, die Gefahr von Fehlwahrnehmungen und steigert schliesslich die Risikobereitschaft, vermeintliche militärische Chancen zu nutzen, ehe sie der Gegner nutzt.
Statt des gefährlichen Strebens nach (numerischem) militärischem Gleichgewicht wäre es wesentlich sinnvoller, sich am Kriterium der «Stabilität» zu orientieren. Stabilität, gleichzusetzen auch mit «auftragsbezogenem Gleichgewicht», müsste nicht nach Zahlen der Militärpotentiale schielen und auch nicht danach, was der Gegner tut. Stabilität bestimmt den Umfang des Militärpotentials an der Aufgabe, einen Angriff des Gegners zu tragbaren Opfern für die eigene Seite und möglichst hohem Risiko für den Aggressor abzuwehren, damit natürlich zunächst abzuschrecken. Bei den konventionellen Waffen ist diese Stabilität gegeben, denn die Sowjets hätten, bei realistischer und nüchterner Betrachtung, keine Chance, weder für einen Angriff aus dem Stand noch auch für einen lange vorbereiteten massiven Angriff.
Diese Stabilität ist freilich für die Europäer gegenstandslos, weil jeder Krieg mit grösster Wahrscheinlichkeit in einen taktischen Atomkrieg eskalieren würde. In solch einem Fall aber wären die konventionellen Waffen von Anbeginn an Schrott. Stabilität gibt es nur für die beiden Grossmächte, denn ein TNF-Krieg in Europa würde für sie unvermeidlich in einer Patt-Situation, einem Unentschieden enden – für Europa im Inferno. Ebenfalls nur für die beiden Supermächte relevant ist die Stabilität bei den euro-strategischen Waffen. Seit die Sowjetunion bei den strategischen Waffen gleichgezogen hat, ist die strategische Nukleargarantie der USA nicht mehr gegeben, ist der Nuklearschirm zugeklappt. Die psychotische, im Rahmen des Abschreckungssystems verständliche Reaktion der Europäer: Die Bedrohung durch die Sowjets ist gestiegen, weil sich das Risiko für die Sowjets vermindert habe. Stabilität wäre beispielsweise bei den strategischen Waffen gegeben, wenn jede Seite 200 Megatonnen (MT) atomarer Vernichtungskraft unter allen Umständen über dem feindlichen Territorium zur Explosion bringen könnte. Dann wären 72 Prozent der Industriekapazität zerstört und 50 Millionen Men-

schen – «Feinde» – getötet, 80 Millionen Verletzte hätten keine längerfristige Überlebenschance. Das ist garantiert, denn gegen Raketen gibt es (noch) keine Abwehrmöglichkeit und (noch) keine Chance, sie im Erstschlag auszuschalten. Statt 200 MT könnten die USA gegenwärtig mindestens 6700 MT einsetzen, die Sowjets 9000 MT. Eine andere Rechnung: Mit 100 Atomsprengköpfen liessen sich 60 Prozent der Elektrizitätserzeugung des Gegners zerstören, damit 80 Prozent der Industriekapazität lahmlegen. Die «Nebenfolge» wären etwa 10 Millionen Tote. 100 Sprengköpfe zerstören also sowohl die USA als auch die UdSSR als existenzfähige Industriegesellschaft. Nimmt man diese 100 Sprengköpfe als Zerstörungseinheit und legt einen Faktor von 0,8 zugrunde (weil nicht jede Rakete ins Ziel trifft), so haben heute die USA mit ihren 11 000 Atomsprengköpfen 88mal die Fähigkeit, die Sowjetunion unter allen Umständen als existenzfähige Industriegesellschaft zu zerstören. Die Sowjets ihrerseits könnten mit ihren 7000 Sprengköpfen – bei einem Faktor von 0,7, weil sowjetische Raketen als qualitativ weniger gut gelten – die USA 49mal zerstören.

Beide Seiten verfügen also über vielfache Übertötungskapazitäten (overkill). Obwohl Übertötungskapazitäten an sich nichts nützen und – bei nüchterner Betrachtung – auch keine abschreckende Wirkung mehr haben, sprechen beide Seiten von «Überlegenheit» und von wachsender Bedrohung des Gegners, wobei sie die Stückzahlen der Sprengköpfe im Auge haben oder die Sprengkraft der Raketen. Die ohne jeden Zweifel gegebene Stabilität wird geleugnet, aus psychotischer, realitätsverzerrender Angst. Täglich werden dem strategischen Arsenal vier Sprengköpfe hinzugefügt.

Der psychotische Charakter des Rüstungswettlaufs lässt sich an einem Beispiel treffend verdeutlichen: Angenommen, zwei Gegner stehen sich in einem engen Gang auf kurze Distanz gegenüber. Jeder hat 50 Handgranaten bei sich. Sollte der eine abziehen und werfen, so wirft der andere auch, beide wären gleichzeitig tot. Wenn der eine noch zehn Handgranaten dazutut, so müsste sich der andere nicht noch stärker bedroht fühlen. Beide bräuchten sich nicht, sofern sie klar zu denken vermögen, vor der 50., 40., der 20. oder 10. Handgranate des Gegners zu fürchten, sondern nur vor der ersten, nur diese schreckt in Wirklichkeit ab. Es ist unsinnig, von Überlegenheit zu reden oder von «zusätzlicher Bedrohung», wenn der andere noch mehr Granaten anhäuft. Er steigert seine Sicherheit nicht.

Ebensowenig aber verbessert sich die Sicherheit der beiden, wenn sie jeweils fünf Handgranaten wegnehmen und «auf ein möglichst niedriges Niveau» herabrüsten. Wohl aber könnte es Vertrauen schaffen, wenn der eine begänne, Vorleistungen zu erbringen und in mehreren Gesten einige Handgranaten aus seinem Arsenal zu entfernen. Er ginge kein Risiko ein, verminderte seine Sicherheit nicht, gäbe aber dem Gegner Signale des guten Willens. Sollte der sich nicht aus dem Abschreckungsdenken befreien können, würde er diese Gesten freilich als besonders raffinierte Gemeinheit interpretieren und als «Trick», ihn einzulullen.

Auf diesem Niveau bewegt sich unsere Sicherheitspolitik. In Abwandlung von Kurt Tucholsky könnte man sagen: Wie Klein Moritz sich die Sicherheitspolitik vorstellt, so ist sie auch.

Doch «Kriege entstehen in den Köpfen der Menschen», heisst es in der Präambel zur Verfassung der UNESCO, daher wird auch die strategische Stabilität durch «Denken» gefährdet, d. h. durch Überlegungen, wie man aus diesem Patt («Wer zuerst schiesst, stirbt als zweiter») herauskommen könnte; wie sich ein strategischer Krieg doch führen liesse; wie man Kriegführungsoptionen erwerben könnte – trotz allem, trotz des ungeheueren Risikos.

In den USA glauben einflussreiche Militärplaner Optionen dadurch gefunden zu haben, dass sie mit zielpräzisen Waffen selektive Schläge gegen Militärziele androhen und im Kriegsfall ausführen; in der Erwartung, dass der Gegner nicht seinerseits massiv zurückschlägt, weil er damit den Gegen-Gegenschlag und damit seine endgültige Vernichtung auslösen würde. Schlesinger hat diese Option als erster formuliert, sie ist in Carters Präsidentendirektive-59 enthalten; Reagans Militärberater Colin S. Gray glaubt: «Victory is Possible» (so der Titel eines Aufsatzes); Haig, Weinberger, Reagan und Vizepräsident Bush haben sich diese Option zu eigen gemacht. Die amerikanischen Rüstungsanstrengungen versuchen, auch den strategischen Krieg «gewinnbar» zu machen, zu tragbaren Opfern und Kosten. Gene La Rocque formuliert drei Axiome: Der Krieg mit der Sowjetunion ist unvermeidlich, er ist auf Europa begrenzbar, er ist gewinnbar, auch wenn er nicht begrenzt werden sollte.

Sprengkopfzahlen spielen in dem Augenblick wieder eine Rolle, in dem eine der beiden Supermächte oder beide glauben, dass sich eine Technologie entwickeln lasse, die den Erst- oder Entwaffnungsschlag ermöglicht. Und diese Aussicht besteht durch das forcierte Wettrüsten im Weltraum. Beide Seiten versuchen, Killersatelliten, Laser- oder Partikelstrahlwaffen zu entwickeln, Satelliten als Abschussstationen für Strahlenwaffen usw.; sie versuchen die Zweitschlagsfähigkeit des Gegners auszuschalten und ihn zum Papiertiger zu degradieren. In etwa 10 bis 15 Jahren werden sich technologische Durchbrüche abzeichnen. Wie sich dann diejenige Supermacht verhalten wird, die das Rennen zu verlieren droht, lässt sich gut vorstellen.

Die offizielle Politik macht hinter der Abschreckung einen Punkt.

Der Bürger und Wähler wird nicht darüber aufgeklärt, was geschähe, wenn die Abschreckung versagt, welches die Konsequenzen wären. Er *kann daher die Sicherheitspolitik insgesamt nicht beurteilen, also de facto auch nicht legitimieren; er kennt das Risiko nicht.* Er glaubt, dass Abschreckungspolitik unbegrenzt lange kriegsverhütend wirkt («hat seit 1945 den Frieden bewahrt»).

Wenn Abschreckung (und eine auf ihr beruhende Sicherheitspolitik) einen Atomkrieg nicht 100prozentig verhüten und dies nicht garantieren kann, wird das Risiko unerträglich und unverantwortlich hoch.

Selbst wenn die gegenwärtige Sicherheitspolitik positiv mit 5 : 1 zu veranschlagen wäre, so wäre dies immer noch die Situation des Russisch-Roulett-Spiels. Kein vernünftiger Mensch spielt Russisch-Roulett, *unsere Sicherheitspolitik ist aber risikoreicher und daher ungleich gefährlicher als Russisch-Roulett! Ein taktischer Atomkrieg würde die Geschichte Europas beenden.*

Erhard Eppler
Europa – Kriegsschauplatz oder Brücke?

Dass es darum geht, Europa nicht zum atomaren Kriegsschauplatz werden zu lassen, dass Europa also leben, überleben will, dürfte gar kein Gegenstand der Diskussion sein.
Aber wie ist dies mit der Brücke zwischen Ost und West, Nord und Süd?
Für einen Arbeiter in den sambischen Kupferminen oder für eine Plantagenarbeiterin in Ecuador sind wir Norden, Teil der industrialisierten Welt. Und das ist ja auch so. Für einen Angestellten in einer rumänischen Handelsgesellschaft, der vom eigenen Opel Rekord oder gar Mercedes träumt, sind wir im Westen, Teil einer Welt, die nach anderen, sprich kapitalistischen Regeln funktioniert, und das ist ja auch so, wobei ich hinzufügen möchte, dass dieser Westen nach seinen Regeln mühsam funktioniert, aber eben doch noch besser als der Osten nach den seinen.
Das Bild von der Brücke kann also nicht meinen, daß wir nicht wüssten, wohin wir gehören. Wir gehören zum Norden, weil dies so ist, und wir gehören zum Westen, weil wir dies, bei aller Kritik an dem, was hier vorgeht, so wollen. Daran ändert die militärische Neutralität nichts, nicht die der Schweiz heute, auch nicht, falls dies geschähe, die anderer Teile West- und Zentraleuropas in der Zukunft.
Es gibt keinen erstrebenswerten Mittelweg zwischen einem bürokratisierten, unbeweglichen und phantasielosen Staatskapitalismus und einem zunehmend bürokratischen und vermachteten Privatkapitalismus. Was wir demokratischen Sozialismus nennen, hätte sein Recht nicht zwischen den beiden, sondern jenseits von beiden.
Wenn wir so Position bezogen haben, lautet die nächste Frage: Was können wir dafür tun, dass Nord und Süd, Ost und West gemeinsam überleben können, wenn möglich so, dass Leben nicht nur vegetieren, malochen, hungern nach Brot und nach Menschlichkeit bedeutet?

Lasst mich beginnen mit Nord und Süd.
In sechs Jahren administrativer Tätigkeit habe ich vieles in Frage gestellt und auch verändert, was sich Entwicklungshilfe nannte. Heute, nach weiteren acht Jahren, weiss ich, dass mein Denkansatz keineswegs zu radikal, sondern zuwenig radikal war. Heute ist mir klar, dass den meisten Ländern im Süden alles schadet, was sie auf unsere Wege locken, drängen oder stossen soll. Solange das Gesamtverhältnis des Nordens zum Süden so angelegt ist, dass der Süden so werden soll wie wir, läuft der Süden in Sackgassen. Warnschilder, die diese Sackgassen ankündigen, sind heute die dramatisch wachsende Verschuldung, die dramatisch wachsende Arbeitslosigkeit und die ebenso dramatisch fortschreitende Umweltzerstörung.
Nehmen wir das Musterland Brasilien, da haben wir alles beisammen: Dieses Land hat sich mit atemberaubendem Tempo unter einer Militärherrschaft in der Weise industrialisiert, wie dies im Westen vorexerziert worden war. Die Folge: Damit die Ölrechnung für Tausende von Fabriken und Millionen von Autos bezahlt werden kann, muss fruchtbares Land mit Rohrzucker bepflanzt werden, nicht damit die Menschen essen, sondern damit die Autos fahren können.
Nicht nur die Kluft zwischen reich und arm ist unerträglich geworden: Heute hungern dort mehr Menschen als vor zehn Jahren; ohne das Wohlwollen des westlichen Bankensystems wäre das Land bankrott; gegenüber dem Ballungsraum von São Paulo ist der von Stuttgart fast ländlich-unversehrt; und was an tropischem Wald vernichtet wird, dürfte uns alle noch teuer zu stehen kommen.
Aber eben: Dies war das Musterland eines kapitalistisch – meist durch multinationale Konzerne – erzeugten Wirtschaftswachstums. Machen wir uns nichts vor: Entwicklungshilfe her oder hin, unsere Wirtschaft ist genau an dieser Art von Entwicklung interessiert. Was schert es deutsche Baufirmen, wenn sie in Opec-Ländern für 1 Mrd. DM das Stück technisch unüberbietbare Krankenhäuser hinstellen, was schert es sie, wenn diese riesigen Reparaturwerkstätten für körperliche Defekte monatlich sogar dann 5 Mio. DM Unterhaltungskosten erfordern, wenn gar kein Personal für den Betrieb zu finden ist? Was schert es die chemische Industrie von Basel bis Ludwigshafen, wenn unsere Art von Landwirtschaft im Süden die Bodenerosion vorantreibt, wenn dort die Schädlinge noch rascher gegen Gifte resistent werden als hier? Was schert es die Automobilindustrie Europas, wenn eine Stadt nach der andern im Verkehrschaos und im Gestank verkommt? Was schert es unsere Investoren, wenn eine Kunstfaserfabrik für 100 oder 200 Arbeiter Tausende von Schäfern oder Webern brotlos macht?

Was kümmert es unsere Waffenexporteure, wenn für jeden exportierten Panzer auch dann Menschen sterben, wenn dieser Panzer nie eingesetzt wird: einfach weil die Militarisierung des Südens das Elend noch hoffnungsloser macht?
Hauptsache, die Bilanzen unserer Multis stimmen.
Solange dies die Wirklichkeit ist, hat Entwicklungshilfe, wo sie gut ist, den Sinn, solche Wirkungen ein bisschen abzumildern; wo sie schlecht ist, sie noch zu verstärken. Worauf es ankommt, ist, ob wir für die Dritte Welt partnerschaftsfähig werden.
Und dies setzt dreierlei voraus:
Erstens die Einsicht, dass die meisten Länder des Südens unseren Weg auch dann nicht gehen können, wenn die meist von uns korrumpierten Oberschichten dies wollen;
zweitens, dass wir zusammen mit den Einsichtigen und noch nicht Korrumpierten im Süden Wege einer technischen und ökonomischen Entwicklung suchen, die diesen Kulturen und Klimazonen angemessen sind;
drittens, dass wir vor allem fragen, was wir hier bei uns ändern müssen, damit der Süden leben kann.
Lasst mich dies am Beispiel der Energieversorgung erläutern:
Für die Länder der Dritten Welt ist eine Energieversorgung durch dezentrale und möglichst erneuerbare Energiequellen vorteilhafter als durch zentralisierte Grosstechnologie. Für grosstechnische Anlagen fehlt ihnen:
Erstens das Kapital; wie soll ein armes Land in zehn Jahren zwei Milliarden Mark für ein Kernkraftwerk investieren, ehe der erste Strom fliesst?
Zweitens die technische Erfahrung; sie reicht bei uns nicht aus, Unfälle zu verhindern. Wie soll dies in technisch weniger geübten Gesellschaften sein?
Drittens die technische Infrastruktur, zum Beispiel ein weiträumiges Netz zur Verteilung des Stroms.
Viertens die politische Stabilität; Kernkraftwerke passen nicht in Länder, in denen Bürgerkrieg herrscht oder droht.
Nuklearexport in die Dritte Welt setzt dort einen Prozess in Gang, dessen Scheitern abzusehen und teilweise schon sichtbar ist. Der deutsche Nuklearexport nach Persien ist zusammengebrochen, im Fall Brasilien droht ähnliches. Energiepolitik im Interesse der Dritten Welt bedeutet also:

> Drastische Energieeinsparung in Industrieländern, damit fossile Energieträger, vor allem Öl, dort noch erschwinglich bleiben. Jeder Liter Öl, jede Kilowattstunde Strom, die wir zu Hause einsparen, ist ein winziges Stück Entwicklungshilfe.

Großzügige Hilfe bei der Erschliessung dezentraler und erneuerbarer Energiequellen.

Hier sind es vor allem drei Energiequellen, die es zu erschliessen gilt:

die bisher kaum genutzte Wasserkraft, etwa in den Anden oder im südlichen und östlichen Afrika;

die Sonnenenergie, deren Umwandlung in elektrische Energie, etwa für dezentral zu speisende Wasserpumpen, heute schon wirtschaftlich ist;

organische Energiequellen, neben Biomasse vor allem Holz.

Dass Sonnenenergie auch dort nicht genutzt wurde, wo sie im Überfluss vorhanden ist, hängt mit einem Modell von Entwicklung zusammen, das vom Norden kopiert war. Deshalb wird Sonnenenergie im Süden erst genutzt, wenn sich auch der Norden darin – sehr viel weniger erfolgreich – versucht. Wenn wir die Menschen dort ermuntern, andere, eigene Wege zu gehen, so werden sie dies nur dann nicht als neueste Masche des Kolonialismus empfinden, wenn wir selbst bereit sind, über die Anwendung einfacherer Technologien oder eine weniger aufwendige Lebensweise bei uns mit uns reden zu lassen; wenn sie, wie bei der Sonnenenergie, sehen, dass wir ihren natürlichen Vorsprung hinnehmen. Die von Schumacher angestossene Diskussion über kapital- und energiesparende, dafür aber arbeitsintensive Technologien für Länder mit brachliegender Arbeitskraft kann nur dann weiterführen, wenn wir in Europa unsere herkömmliche harte Technologie nicht für tabu erklären.

Wenn wir anderen eine weniger energiefressende Form der Landwirtschaft nahelegen, dann müssen wir diese zu Hause mindestens in Alternativmodellen selbst praktizieren. Wer anderen Massenverkehrsmittel empfiehlt, tut gut daran, gelegentlich selbst solche zu benutzen.

Die Entwicklungspolitik eines Landes entscheidet sich nicht in einem Ministerium, nicht einmal in einer Regierung. Beide spiegeln häufig nur wider, inwieweit eine Gesellschaft kooperationsfähig ist. Die Deutschen sind es nur bedingt, weniger als die Niederländer oder die Schweden, mehr vielleicht als die Japaner. In Schweden kann sich jede Regierung eine Entwicklungshilfe leisten, die sich an den Bedürfnissen der ärmsten 800 Millionen Menschen orientiert, in Japan mit seinem ungebrochenen Nationalismus in allen Wirtschaftsfragen könnte dies keine. Je weniger eine Gesellschaft vom Leistungszwang gepeitscht, vom Prestigekonsum getrieben, von Konkurrenzangst gejagt ist, je offener eine Gesellschaft ist für Neues, Ungewohntes, Fremdes, je stärker der Wille nach mehr Freiheit, Gerechtigkeit und Solidarität eine Gesellschaft bestimmt, je unverkrampfter eine Demokratie gelebt wird – um so eher wächst ein

Klima der Partnerschaft, ohne das Entwicklungspolitik immer ein Kümmerdasein führen muss. Zeige mir deine Entwicklungspolitik, und ich sage dir, wer du bist. Über die Qualität unserer Entwicklungspolitik wird jeden Tag entschieden, und zwar im eigenen Land, in seiner Einkommenspolitik, seiner Energiepolitik, seiner Verkehrspolitik, aber auch in allem, was seine gesellschaftlichen Kräfte tun oder unterlassen, kurz: bei uns selbst.

Was ich hier anpeile, wird nicht von den USA, sicher auch nicht von der Sowjetunion ausgehen. Die östliche Supermacht hat mit ihrer eigenen Fehlentwicklung genug zu tun. In der westlichen Supermacht wurde ein Präsident gewählt, der dem Süden nicht mehr zu sagen hat als dies:

> Seht zu, dass euer Land für unsere Multis attraktiv wird, sie werden euch dann schon helfen.
>
> Wenn ihr stramm anti-sowjetisch – notfalls auch zusammen mit den chinesischen Kommunisten – operiert, könnt ihr von uns auch Waffen, Weizen und Maschinen bekommen.

Welchen Rückschritt die Reagan-Administration bedeutet, kann der ermessen, der die entwicklungspolitische Diskussion der frühen siebziger Jahre mitgemacht hat. Alles, was damals mit Robert MacNamara, Jan Pronk, Judith Hart, Ernst Mechanek, Maurice Strong erarbeitet wurde, hat Reagan vom Tisch gewischt.

Dass hier Europa, Westeuropa, gefordert ist, hat François Mitterrand verstanden. Aber eben: So wie die US-Regierung Frankreich gegen die vernünftige Haltung Helmut Schmidts in der Polenkrise ausspielen konnte, so spielt sie in Sachen Dritte Welt Genscher und Schmidt gegen Cheysson und Mitterrand aus.

Wenn verzweifelte Menschen im Süden nach Hilfe ausschauen, dann bleibt im Grunde nur noch Westeuropa.

Der Osten könnte auch dann nicht, wenn er wollte. Die USA wollen nur, was den Osten schwächt. Japan hat sich einem kaum verhüllten Wirtschaftsimperialismus verschrieben.

Was wir brauchen, ist ein westeuropäischer Konsens in folgenden Punkten:

> Widerstand gegen den Versuch der USA, die Dritte Welt nur noch als Kampffeld zwischen Ost und West und als Betätigungsfeld für die amerikanische Grossindustrie zu verstehen.
>
> Hilfe für die Kräfte, die für ihre Länder eigene, ihrer Tradition und Kultur gemässe Wege gesellschaftlicher und wirtschaftlicher Veränderung suchen.
>
> Gemeinsame Anstrengungen in Europa, solche Versuche durch Erarbeitung von angemessener Technologie zu unterstützen. Dies gilt vor allem für die Energieversorgung, das Verkehrswe-

sen, das Gesundheitswesen und die Landwirtschaft.
Überprüfung unserer eigenen Innenpolitik, vor allem auf diesen Feldern, mit dem Ziel, partnerschaftsfähig zu werden.

Was das Ost-West-Verhältnis angeht, so möchte ich von einer Äusserung des früheren Vizepräsidenten der USA, Mondale, ausgehen: Er meinte, militärische Stärke sei noch keine Politik, wenn man keinen Plan für den Frieden habe.
Dies ist eine überaus höfliche Beschreibung dessen, was heute in Washington vor sich geht. Wie immer man den Einfluss Ronald Reagans auf seine eigene Politik einschätzt, wir haben es mit einem Mann zu tun, für den das Leben sich immer als Kampf der Guten gegen die Bösen, schliesslich als Sieg der Guten über die Bösen dargestellt hat. Dieses Weltbild, das heute die Politik der USA beherrscht, lässt Waffenstillstände zu, aber letztlich keinen Frieden. Frieden zwischen Gut und Böse ist nicht nur unmoralisch, sondern auch unmöglich.
Dabei vollzieht sich die US-Politik gegenüber dem Osten auf den zwei Ebenen der Propaganda und der praktischen Politik. In der Propaganda wird uns Angst eingejagt vor der Dynamik kommunistischer Weltrevolution und vor sowjetischer Überlegenheit. In der praktischen Politik wird auf allen Gebieten, von der Rüstung bis zur Ökonomie, Druck ausgeübt in der Absicht, ein ohnehin morsches, zerfallendes Imperium an seinen inneren Ausweglosigkeiten krepieren zu lassen. Spannend wird es da, wo die realpolitische Zielsetzung – selten, aber eben doch – sich öffentlich kundgibt, etwa in der Neujahrsrede des Präsidenten oder in Interviews von Weinberger. Dann fragt sich der verwirrte Beobachter, was denn nun stimme: Ob die Sowjetunion dabei sei, sich die Welt zu unterwerfen oder an inneren Widersprüchen zugrunde zu gehen – beides zusammen ist recht unwahrscheinlich.
Die These, dass die östliche Führungsmacht auf allen Gebieten, ausser dem militärischen, geradezu erschreckend schwach sei, ist kaum zu widerlegen. Die Bindekraft der kommunistischen Ideologie lässt nach, auch in der Sowjetunion selbst. Die sowjetische Industrie ist auf dem Weltmarkt nach wie vor nicht konkurrenzfähig. Die Konkurrenten der USA sind ökonomisch Westeuropa und Japan, nicht die Sowjetunion.
Wenn es Gefahr aus dem Osten gibt, so besteht sie in den achtziger Jahren vor allem an zwei Punkten:
Die Sowjetführung könnte versucht sein, ihre ideologische, politische und ökonomische Schwäche durch militärisches Auftrumpfen zu überspielen.

Die Sowjetführung könnte zu dem Ergebnis kommen, dass die Rüstungsanstrengungen des Westens schon in den späten achtziger Jahren, vor allem aber im letzten Jahrzehnt unseres Jahrhunderts, die Sowjetunion so in die Ecke manövrieren könnten, dass die Frage C. F. von Weizsäckers akut wird: Was tut der Bär, wenn er in der Ecke ist, und vor allem, ehe er in der Ecke ist?

Die Gefahr solcher Kurzschlüsse wäre noch grösser, wenn die nächste Führungsgeneration in Moskau Bilanz zöge und zu einem negativen Saldo unter Breschnews Entspannungspolitik käme.

Ehe wir nach der Rolle Europas fragen, müssen wir nach Ursachen und Anlässen Ausschau halten, die einen Konflikt zwischen den Supermächten auslösen könnten. Sie dürften nach menschlichem Ermessen nicht in Europa liegen. Die Wahrscheinlichkeit einer US-Intervention in Polen ist so gross und so klein wie die eines sowjetischen Überfalls auf die Bundesrepublik. Die Sowjetunion in ihrem heutigen Zustand braucht ein wirtschaftlich intaktes Westeuropa als Handelspartner und ein politisch handlungsfähiges Westeuropa als Dämpfer für amerikanischen Kreuzzugsgeist.

Sie hätte nichts von einer europäischen Atomwüste – die sich dann mindestens bis Moskau erstrecken würde. Und sie kann auch nicht scharf darauf sein, sich in Frankfurt oder gar in Bern all die Probleme potenziert auf den Hals zu laden, mit denen sie seit bald 40 Jahren in Osteuropa nicht zu Rande kommt.

Kurz: Ich glaube nicht, dass es in Washington oder Moskau umsetzungsfähige Strategien gibt, die Demarkationslinien in Europa zu verschieben.

Aber es gibt sehr wohl umsetzungsfähige Strategien, die auf den Nahen Osten, Zentralamerika, Kambodscha, wohl auch auf Teile Afrikas zielen.

Der explosivste Landstrich unserer Erde dürfte der Nahe und Mittlere Osten sein; zum einen, weil von seinen Quellen die Ölversorgung des Westens – nicht übrigens die des Ostens – abhängt, zum andern, weil der israelisch-arabische Konflikt heute, nicht ohne das Zutun Menachem Begins, vom Frieden weiter entfernt erscheint als jemals zuvor. Mir graut vor der Vorstellung, dass beides, der Kampf um das Öl und der Kampf um das Israel, das Begin vorschwebt, sich verknäueln könnte. Und ich würde mich auch nicht wundern, wenn man in Israel darüber nachdächte, ob nicht die Reagan-Administration ein Geschenk ist, das sich so rasch nicht wiederholt.

Jedenfalls: Die Gefahr für Europa besteht vor allem darin, dass die Weltmächte ausserhalb Europas in eine nicht mehr beherrschbare Konfrontation geraten und dass dann der Funke auf Europa

überspringt. Er wird dies um so sicherer tun, je mehr eine Weltmacht von Europa aus militärisch bedroht werden kann oder sich bedroht fühlt. Dies ist das entscheidende Argument gegen Raketen, die von Deutschland aus in fünf Minuten den Kreml treffen können.
Was kann, wenn diese Analyse wenigstens in der Tendenz richtig ist, Funktion und Position Westeuropas sein? Dabei meine ich mit Europa zuerst einmal die Europäische Gemeinschaft. Ich möchte dies in zehn Thesen andeuten:

1. Westeuropa braucht auch künftig die Rückendeckung der USA gegenüber der Weltmacht Sowjetunion, so wie die USA die Kooperation der Westeuropäer brauchen. Dieses gemeinsame Interesse ist die Basis der NATO. Diese Basis würde nur dann brüchig, wenn gegensätzliche Interessen gewichtiger würden als gemeinsame.
2. Westeuropa hat kein Interesse daran, die Sowjetunion unter einen ökonomischen, politischen und schliesslich militärischen Druck zu setzen, der die Sowjetunion nach innen verhärten und nach aussen unberechenbar machen kann. Wir müssen auf absehbare Zeit mit dem Sowjetsystem leben und auf seine Wandlungsfähigkeit setzen.
3. Westeuropa hat ein ökonomisches und politisches Interesse an wirtschaftlicher Zusammenarbeit mit allen Ländern des Warschauer Paktes. Auch unsere Sicherheit wird um so grösser sein, je wichtiger wir als Handelspartner werden.
4. Westeuropa wird militärisch um so sicherer sein, je weniger sich die Sowjetunion von Europa aus bedroht fühlt. Daher müssen westeuropäische Verteidigungsanstrengungen darauf zielen, ein hohes Risiko für jeden Angreifer glaubhaft zu machen, ohne dass von Westeuropa eine Bedrohung der Sowjetunion ausgeht. Dies setzt voraus, dass an die Stelle der Strategie der flexiblen Antwort ein reines Verteidigungskonzept tritt, das sich in Umrüstung auf rein defensive Waffen und Organisationsstrukturen niederschlägt.
5. In einer Epoche, in der neue Waffentechnik einen atomaren Krieg wieder begrenzbar, führbar und schliesslich gewinnbar erscheinen lässt, hat Europa ein gesteigertes Interesse an atomwaffenfreien Zonen, die schliesslich zu einer grossen Zone ohne atomare Waffen zusammenwachsen können. Europäische Staaten, die selbst keine atomaren Waffen herstellen, sollten auf ihrem Territorium auch keine stationieren.
6. Westeuropa muss eine eigene Politik gegenüber der Dritten Welt entwickeln, abstimmen und durchsetzen. Ausgangspunkt dafür könnten die Vorstellungen der französischen Regierung sein.
7. Eine eigene Nahostpolitik Westeuropas wird in dem Masse dringlicher, wie amerikanische Rückendeckung die Regierung Begin zu Handlungen ermutigt, die immer neues Konfliktpotential anhäu-

fen. Dabei kann die Europäische Gemeinschaft an ihre gemeinsame Nahostresolution anknüpfen.

8. Die Teilung Europas durch die Beschlüsse von Jalta ist nur zu überwinden, wenn europäische Politik von dieser Realität ausgeht. Da keine Weltmacht zulassen wird, dass ihr Einfluss in Europa auf Dauer einseitig vermindert wird, muss ein Prozess eingeleitet werden, der auf beiden Seiten die Eigenständigkeit der Bündnispartner gegenüber ihrer Führungsmacht stärkt und neue Verbindungen zwischen den Europäern auf beiden Seiten knüpft. Dabei sind zu jedem Zeitpunkt die Sicherheitsinteressen beider Weltmächte zu berücksichtigen.

9. In dem Mass, wie es gelingt, militärische Drohpotentiale in West- und Osteuropa zu verringern, gemeinsame politische und wirtschaftliche Interessen zu schaffen, in dem Masse könnten – wohl erst in den neunziger Jahren – Vereinbarungen spruchreif werden, welche die bestehenden Bündnissysteme überwölben und relativieren, schliesslich sogar ersetzen.

10. Nur in diesem Prozess könnte ein Ausscheren von Bündnispartnern der beiden Systeme aus ihren Allianzen sinnvoll werden.

Ein Ausscheiden der Bundesrepublik aus der NATO hier und jetzt würde die Sicherheit von niemandem erhöhen.

Ich habe bei alledem von Europa gesprochen, nicht von Deutschland. So natürlich es ist, wenn die alten Nationen Europas sich zu Wort melden, wenn es um Leben und Tod, ihr Leben und ihren Tod als Nationen geht, so sicher ist auch, dass ein Chaos von Nationalismen das letzte ist, was uns helfen kann. Daher steht auch das Thema Wiedervereinigung der Deutschen jetzt nicht an. Nur wenn die Europäer – und hier meine ich nun alle – einen Weg finden, im Spannungsfeld der Supermächte ihre gemeinsamen Interessen zur Geltung zu bringen – und die gibt es –, haben sie eine Chance gemeinsamen Lebens und Überlebens.

Die Schweizer Abschreckung

Hansjörg Braunschweig

Der Machtanspruch der Armee*

Aspekte zur Militarisierung der Gesellschaft

Dem militärischen Denken liegt ein bestimmender Absolutheitsanspruch zugrunde, den ich der Armee abspreche, weil er Demokratie und Mitmenschlichkeit widerspricht.

Das militärische Denken bedarf einer Präzisierung: Nicht in jedem Fall stimmt es mit den Überlegungen und Handlungen der Armee überein. Nicht jeder Verantwortliche der Armee ist von der Kritik am militärischen Denken betroffen. Es wäre zu einfach, die Armee kurzerhand als Verkörperung des Undemokratischen, des Unmenschlichen darzustellen. Das militärische Denken ist Bestandteil der ganzen Gesellschaft und kann ausserhalb der Armee konsequenter vertreten werden. Armee und Gesellschaft lassen sich gerade in der Schweiz nicht trennen. Ihre Beziehungen zueinander bilden ein Verhältnis gegen- und wechselseitiger Abhängigkeit. Die Abschaffung der Armee würde die Gesellschaft der Gegenwart noch nicht vom militärischen Denken befreien. Eher würde eine befreite Gesellschaft die Armee zum überflüssigen und absterbenden Fremdkörper machen.

Wenn wir den Absolutheitsanspruch der Armee richtig sehen, ist es nur folgerichtig, dass militärische und militärpolitische Fragen der demokratischen Diskussion entzogen sind. Solche Gespräche werden häufig schon nach kurzer Zeit emotionell, polemisch. Man spürt, dass es nicht um eine Sachfrage, sondern um ein Tabu geht. Wer dagegen verstösst, macht nach militärischer Auffassung nicht von seinen demokratischen Rechten Gebrauch, sondern stellt die Schweiz in Frage, ist subversiv, wenn nicht landesverräterisch, und seine Kritik ist destruktiv.

* Aus «Armee als Machtinstrument. Die Sozialisationsagentur Militär» in «Wohlstand und Ordnung? Zur Soziologie der Schweiz heute», edition etcetera, Basel 1978.

Als Beispiel könnte die jahrzehntealte Diskussion der Militärausgaben bis zum gegenwärtigen Rüstungsreferendum der Sozialdemokratischen Partei der Schweiz genannt werden. Ob Senkung oder auch nur Begrenzung, ob Bindung an die Sozialausgaben oder Einbezug in die Sparmassnahmen der letzten Monate und Jahre – fast immer wurde die vaterländische Gesinnung des Antragstellers in Frage gestellt. Die bürgerlichen Politiker sind zahlreich, die vehement für jede Sparmassnahme des Staates eintreten, nur die Militärausgaben sind davon ausgeschlossen und sollen noch gesteigert werden!
Der Absolutheitsanspruch des militärischen Denkens erklärt die Dialog-Unfähigkeit der Armee, ihr mangelndes Kritik- und ihr fragwürdiges Demokratieverständnis, die hierarchische Stellung der Offiziere und die stillschweigende Rechtfertigung der Gewaltanwendung.
Weitere Hinweise ergeben sich auf Grund der nachfolgenden Beispiele: die militärischen Symbole, die Militärdienstverweigerung, die atomare Aufrüstung, die Gesamtverteidigung, Alternativen zur militärischen Landesverteidigung (aktive und solidarische Aussenpolitik, Friedensforschungsinstitut).

Kritik an den militärischen Symbolen

Symbole spielen in der Armee eine grössere Rolle, als man zunächst annimmt: die Fahne, die Fahnenübergabe, die Ehrenstellung des Fähnrichs, das Gelöbnis, der Eid, der Schwur, die Militärmusik, die Nationalhymne, das Verlesen der Kriegsartikel, die Bedeutung des Helms, die Wache (neuerdings mit scharfer Munition – beileibe kein Zufall), das militärische Begräbnis, die Beförderung, die Degradierung.
Symbolische Handlungen appellieren in der Regel an die Gefühle der Menschen. Die Soldaten, die ihre Gefühle verbergen müssen, schützen sich davor, indem sie geringschätzig vom militärischen Primborium, vom Fahnentürk reden. Symbole sind – das ist ihr Wesen – einer rationalen Betrachtungsweise entzogen, sind Zeichen des Absolutheitsanspruchs der Armee. Dafür spricht auch ihr religiöser Gehalt – religiöse Verbrämung, würde der Kritiker sagen.
Die enge Verknüpfung zwischen militärischem Symbol und Religion äussert sich im Kreuz, im Schwur, im Feldgottesdienst, zu dem die Soldaten bis in die jüngste Zeit hinein – mit Helm – abkommandiert wurden (!), und im Feldprediger und seiner Stellung als bevorzugter Offizier (ohne Offiziersausbildung). Als Folge ergibt sich in Reden und Predigten eine Vermischung zwischen dem militärischen und

göttlichen Schutz: «Ich vertraue auf den Herrgott, aber auch Ihnen, meine Herren», schloss Divisionär P.-M. Halter seinen Jahresrapport 1978 der Grenzdivision 5.
Eine ähnliche Funktion erfüllt die Militärjustiz: Mit ihr verfügt die Armee über ein eigenes Organ, um in ihrem Bereich Recht und Unrecht zu sprechen, sich nicht der zivilen Gerichtsbarkeit und dem zivilen Strafrecht unterzuordnen und um die eigene Rechtmässigkeit, eingeschlossen die legale und angeblich legitime Gewaltanwendung, nicht in Frage stellen zu müssen. Das sind die wirklichen Gründe, weswegen die Armee unter keinen Umständen bereit ist, auf die Militärjustiz zu verzichten, selbst wenn sie mehr als jedes andere Organ der Armee angefochten ist.

Die Forderung nach einem Zivildienst für Militärdienstverweigerer

Seit Beginn dieses Jahrhunderts kämpfen pazifistische, linke, liberale und kirchliche Kreise für einen Zivildienst anstelle der bisherigen Freiheitsstrafen für Militärdienstverweigerer. Gewandelt haben sich nur die Gründe der Gegner eines Zivildienstes. Während Jahrzehnten stand die Schwächung der Wehrkraft als Argument im Vordergrund, seit den sechziger Jahren führen sie die Rechtsgleichheit oder das Prinzip der allgemeinen Wehrpflicht oder die kleine Zahl der Militärdienstverweigerer als Gründe an. Im Hintergrund dürfte eine andere Absicht ausschlaggebend sein: Der Militärdienst soll ohne Wahlmöglichkeit und ohne Ausnahme geleistet werden und für alle absolute Geltung haben, die auch nicht durch die Glaubens- und Gewissensfreiheit des einzelnen in Frage gestellt werden darf. Es darf weder Zweifel noch Verunsicherung geben. Die rechtliche Anerkennung des Zivildienstes neben dem Militärdienst würde dem Stellungspflichtigen die Frage aufdrängen, ob die militärische Gewaltanwendung im Zeitalter der Massenvernichtungsmittel ethisch und politisch noch verantwortet werden kann und ob die Armee heute noch den früheren Stellenwert besitze. Eine solche Fragestellung sei unerwünscht, sagte ein früherer Vorsteher des Militärdepartements. Deswegen ist der Anspruch des Staates der Überzeugung des Individuums überzuordnen. In diesem Sinne hat sich auch die Praxis der Militärjustiz entwickelt: Religiös und ethisch argumentierende Militärdienstverweigerer, die anstelle einer Gefängnisstrafe mit Haft rechnen können, müssen ihre schwere Gewissensnot beweisen, und das Divisionsgericht entscheidet darüber. Eine Befugnis, die einem Gericht im Rechtsstaat nicht zusteht. Das Wesen des Rechtsstaates besteht in der Anerkennung höherer Werte wie Glauben, Gewissen, persönliche Überzeugung, die seiner Beurteilung entzogen sind. Rechtsprechung mit dieser Praxis erhebt einen Absolutheitsanspruch, der dem totalitären Staat vorbehalten ist. Ganz deutlich sagte es Oberst Dr. Hans-Rudolf Kurz, früher stellvertretender Direktor der eidgenössischen Militärverwaltung: «Der Grundsatz der schweizerischen Landesverteidigung ist zeitlos und absolut.» Die rational, das heisst, politisch argumentierenden Militärdienstverweigerer kommen regelmässig nicht in den Genuss eines privilegierten Strafvollzuges, denn bei ihnen entfällt nach militärischer Auffassung ein Absolutheitsanspruch, und die Armee mit ihrem Anspruch hat keine Veranlassung, die Nachteile ihrer Bestrafung zu mildern. Diese fragwürdige Zweiteilung der Militärdienstverweigerer lag der bundesrätlichen Zivildienstvorlage zugrunde, die deswegen von zahlreichen grundsätzlichen Befürwortern eines Zivildienstes bekämpft und die am 4. Dezember 1977 von Volk und Ständen abgelehnt worden ist.

Der Kampf gegen die atomare Aufrüstung

Nach Brechung des Widerstandes in Ungarn durch sowjetische Panzer im Jahre 1956 – Höhepunkt des kalten Krieges – erhoben vorerst hohe Schweizer Offiziere und später auch Leute aus dem Volke den Ruf nach Atomwaffen. Als Antwort entstand die «Schweizerische Bewegung gegen atomare Aufrüstung», die mit ethischen, politischen, religiösen und militärischen Argumenten diesen Forderungen entgegentrat. Allen Überlegungen gemeinsam waren die unbekannten genetischen Wirkungen der Atombomben. Unsere Verantwortung bezieht sich nicht nur auf Gegenwart und lebende Menschen, sondern auch auf Zukunft und die späteren Generationen. Die Befürworter einer atomaren Aufrüstung parierten die neue wissenschaftliche Dimension mit dem Schlagwort «lieber tot als rot». Ganz abgesehen davon, dass dieser Ausspruch der Alternative der Atomwaffengegner nicht gerecht wurde, erinnerte er in erschreckender Weise daran, wie leichtfertig die Militärgeschichte zu allen Zeiten das Leben der einzelnen behandelt hat, und verriet damit in neuer Form den Absolutheitsanspruch des militärischen Denkens.

Von der militärischen Landesverteidigung zur Gesamtverteidigung

Bewusst und systematisch wurde in den sechziger Jahren die militärische Landesverteidigung in die totale Landesverteidigung umgewan-

delt, die aus vier Säulen besteht: Armee, Zivilschutz, wirtschaftliche Kriegsvorsorge und die geistige Landesverteidigung. Das Unbehagen über diese Entwicklung wurde durch eine Umbenennung der «totalen Landesverteidigung» in «Gesamtverteidigung» ausgeräumt. Ein Antrag im Nationalrat, durch eine regelmässige Berichterstattung über die Institution «Gesamtverteidigung» die parlamentarische, das heisst demokratische Kontrolle zu ermöglichen, wurde ausdrücklich abgelehnt.
Gesamtverteidigung verkörpert das Bestreben, alle Bereiche des öffentlichen und kulturellen Lebens auf ein Ziel, auf die Verteidigung gegen die militärische Bedrohung von aussen, gegen einen Angriff am Tage X auszurichten. Fragen, ob diese Bedrohung vorhanden ist, ob sie tatsächlich militärischer Natur ist, ob der Tag X überhaupt kommen muss, werden weder aufgeworfen noch diskutiert. Diese Eingleisigkeit und Blindheit lassen die totale Landesverteidigung totalitär werden. Aus dieser Tendenz ergibt sich der Einbezug der Frauen, der in der Sicht der Befürworter der Gesamtverteidigung nur konsequent ist.
Diese Befürchtung wird durch andere gleichgerichtete Entwicklungen bestärkt: Als Beispiel erwähne ich das Personalinformationssystem der Armee (PISA), an deren Einführung die Armee seit Jahren arbeitet. Ohne rechtzeitige gesetzliche Grundlage über Datenschutz sollen die Daten aller Angehörigen der Armee gesammelt und verwendet werden. Die Betroffenen wissen nichts über die Herkunft, die Richtigkeit, den Umfang, die Verwendung der Daten und die Verbindung mit anderen Datenbanken. Das PISA diene ausschliesslich der administrativen Vereinfachung und Rationalisierung, erklären die Verantwortlichen. Sie und wir alle wissen, wieviel Macht besitzt, wer über Datenbanken verfügen kann und an keine gesetzlichen Grundlagen gebunden ist.

Alternativen zur militärischen Landesverteidigung

In der Regel werden geschichtliche Erfahrungen und politische Wandlungen von der Bedrohungs-Diskussion ausgeschlossen. Das Verhalten eines möglichen Feindes darf nicht erklärt und schon gar nicht verständlich gemacht werden. Das würde ihn seiner Unheimlichkeit und seiner Unberechenbarkeit berauben. Je fremdartiger und je unerfindlicher ein fremder Staat oder ein fremdes Volk in der Vorstellung der Schweizer existiert, desto besser eignet sich dieser Staat als potentieller Feind oder wenigstens als Feindbild. Das trifft zu für die Sowjetunion und die slawischen Nachbarn, für China und

asiatische Völker, für arabische Staaten und schwarze Stämme Afrikas, aber auch für Frankreich, Italien und Spanien mit ihren kommunistischen Minderheiten, die einmal demokratisch zu Mehrheiten werden oder weniger demokratisch die Macht übernehmen könnten.
Seit das Bild der kleinen, unschuldig bedrohten Schweiz nicht mehr mit der Wirklichkeit übereinstimmt, ist dieses Bild zur nicht mehr diskutierbaren Ideologie der Schweizer Armee geworden. Um ihre Existenz dauernd zu rechtfertigen, erklärte der bereits erwähnte Oberst Dr. H. R. Kurz am 8. Dezember 1972 im Gottlieb-Duttweiler-Institut in Rüschlikon anlässlich einer Tagung «Jugend und Armee – Braucht die Schweiz noch eine Armee?»: «Die heutige Bedrohungslage hat im Grunde genommen keine prinzipiellen Auswirkungen auf unsere Landesverteidigung.» Oder zur gleichen Zeit eine ähnliche Stellungnahme: «Die Freisinnig-demokratische Partei des Kantons Zürich ist dabei zum Schluss gekommen, dass sich unsere Verteidigungspolitik nicht nach dem stets ändernden internationalen Klima und nach wechselnden politischen Situationen richten kann und dass zu einer grundlegenden Änderung der schweizerischen Wehrpolitik keinerlei Anlass besteht» (NZZ, 6. November 1972, Nr. 518, S. 27).
Solche ideologische Fixierung entzieht die Frage nach der militärischen Bedrohung, nach dem Sinn der Armee und nach Alternativen einer sachlichen Diskussion.

Aktive und solidarische Aussenpolitik als Alternative

Ohne internationale Konflikte, Machtstrukturen und Ungerechtigkeiten, Ängste und Misstrauen beschönigen oder gar in Abrede stellen zu wollen, kann niemand übersehen, dass sich Staaten und Völker durch zahlreiche technische, wirtschaftliche und politische Entwicklungen immer mehr verflechten und gegenseitig voneinander abhängig werden. Die Einsichten nehmen zu, dass Probleme im eigenen Interesse gemeinsam bearbeitet und gelöst werden müssen. Diese Einsicht ist in der schweizerischen Aussenpolitik nur beschränkt sichtbar: Wohl wurden nach dem Zweiten Weltkrieg Solidarität und Disponibilität (die Bereitschaft, gute Dienste im Bereich der Diplomatie anzubieten und vermittelnd tätig zu sein) zu Maximen der Aussenpolitik erklärt und seither regelmässig in Worten wiederholt. Sie kamen aber in den Beziehungen zu den kommunistischen Staaten, zur Dritten Welt, zu den internationalen Organisationen und in den meisten Konfliktfällen kaum zum Tragen.

In Wirklichkeit ist die schweizerische Aussenpolitik in erster Linie auf die Erhaltung der eigenen staatlichen Unabhängigkeit mittels bewaffneter Neutralität und auf die eigenen kurzfristigen wirtschaftlichen Interessen ausgerichtet. Sie ist in ihrer Grundhaltung nationalistisch und konservativ, das heisst der Schweiz und ihren bestehenden Strukturen verpflichtet. Mit anderen Worten: Unsere Aussenpolitik ist der Militärpolitik untergeordnet, bestimmt durch Bedrohung und Feindbilder. Daran scheitert die internationale Solidarität. Das eine schliesst das andere aus. Volk und Behörden haben zu wenig Vertrauen in die Vereinten Nationen, weil dort die möglichen Feinde der Schweiz versammelt sind und sogar die Mehrheit bilden könnten. In der Entwicklungszusammenarbeit steht die Schweiz quantitativ am Schwanz der Industriestaaten; das ist verständlich, wenn die Partner gleichzeitig auch als bedrohliche Feinde gesehen werden. Noch offensichtlicher kommt diese Zwiespältigkeit in den West-Ost-Beziehungen der Schweiz zum Ausdruck, nur wenig verdeckt durch die wirtschaftlichen Interessen der schweizerischen Privatwirtschaft. Ein Land kann nicht jeden Tag den Wehrwillen betonen, zum Tabu erklären und den Willen zur internationalen Zusammenarbeit ignorieren, ohne in die Isolation, ins internationale Abseits zu geraten. Es ist nur eine Frage der Zeit, bis sich diese Folge des militärischen Denkens auch auf die Handelsbeziehungen der Schweiz und auf die Exportwirtschaft nachteilig auswirkt.
Eine Aussenpolitik, gelöst vom militärischen Denken, dürfte nicht auf eine durch die internationale Verflechtung gar nicht mehr bestehende Unabhängigkeit, sondern müsste auf möglichst selbstgewählte und gegenseitige, das heisst partnerschaftliche Abhängigkeiten im Rahmen der internationalen Staatengemeinschaft ausgerichtet sein. Eine solche Aussenpolitik wäre auch offen gegenüber allen Bemühungen um Entspannung, um schrittweise und gegenseitige Rüstungsbeschränkung und Abrüstungsvorschläge. Heute wird sie bedauerlicherweise vom Grundsatz diktiert: «Die Schweiz wird als letzter Staat abrüsten!»

Beispiel: Friedensforschungsinstitut

Am Debakel eines schweizerischen Friedensforschungsinstituts im letzten Jahrzehnt lassen sich der Absolutheitsanspruch und die Dominanz des militärischen Denkens eindrücklich belegen und veranschaulichen:
Am 19. Dezember 1966 überwies der Nationalrat das Postulat Max Arnold zur Schaffung eines schweizerischen Instituts für Konflikt-

forschung, Friedenssicherung und Rüstungsbeschränkung. Der damalige Aussenminister, Bundesrat Willy Spühler, nahm den Vorstoss mit grösstem Wohlwollen entgegen, aber schon der sich vernehmlassende Wissenschaftsrat wollte sich mit der Erforschung internationaler Beziehungen und Konflikte begnügen und verzichtete ausdrücklich auf den Aspekt der Rüstungsbeschränkung. Dagegen setzten sich Altbotschafter Anton Roy Ganz, das Institut für Sozialethik des Schweizerischen Evangelischen Kirchenbundes, die Professoren Hans Ruh in Bern, Daniel Frei und Bruno Fritsch in Zürich, Theodor Leuenberger in St. Gallen, Heiner Ott, Hans Saner und Arnold Künzli in Basel, Curt Casteyger in Genf und viele andere in Wort und Schrift für die Schaffung eines Instituts aller wissenschaftlichen Richtungen in der Friedensforschung ein. Dazu hätte auch die kritische Friedensforschung gehört, die einem positiven Friedensbegriff verpflichtet ist und längerfristig auch systemverändernde Erkenntnisse einbezieht.
An diesem Punkt, da die Freiheit der Forschung ohne Einschränkung auf dem Spiele stand, setzte die zunehmende Zurückhaltung des Stabes der Gesamtverteidigung ein, der immer wieder zur Stellungnahme eingeladen wurde und die Integration eines Institutes für Sicherheitspolitik im Rahmen der Gesamtverteidigung wünschte. Als dieses Bemühen scheiterte, hatte sich die Opposition des militärischen Denkens endgültig durchgesetzt und das Institut für Friedensforschung – angeblich aus finanziellen Gründen – zu Fall gebracht. Der Bundesrat: «Der Rat für Gesamtverteidigung war der Meinung, die ganze Angelegenheit sei in der vorliegenden Form noch nicht reif zur Verwirklichung.» Gustav Däniker, Divisionär und Militärpublizist, bezeichnete die Friedensforschung als «Versuch höherer intellektueller Verunsicherung», und Bundesrat Rudolf Gnägi doppelte vor einer Offiziersgesellschaft nach: «Wenn sich zeigen sollte, dass die Friedensforschung die Bevölkerung noch mehr verunsichern würde, so müsste diese Tätigkeit unverzüglich eingestellt werden.»

Das Miliz-System als Machtinstrument

Der Ruf nach neuen Waffen, Organisationsformen oder höheren Ausgaben für die Armee wurde in der Vergangenheit häufig von einzelnen Kommandanten oder von Offizieren erhoben, die militärische Vereine vertreten (politisch und wirtschaftlich am einflussreichsten ist die Schweizerische Offiziersgesellschaft, die für ihre Postulate nicht nur mit Worten, sondern neuestens auch mit offiziösen Wehrvorführungen wirbt).

Er wurde von anderen Offizieren aufgenommen, die im Eidgenössischen Militärdepartement, in der Finanzverwaltung oder in der Justizabteilung arbeiten. Medienleute, oft Offiziere, unterstützten ihn in der Presse oder im Radio (das Fernsehen stand zeitweise etwas abseits, so dass Spannungen zwischen EMD und Fernsehen entstanden).

Die Spitze des EMD, der Bundesrat, die kantonalen Militärdirektoren und das Parlament nahmen die Vorschläge wohlwollend auf, denn ihre Mitglieder gehörten mehrheitlich dem Offiziersstande an, vielleicht mit Ausnahme der Sozialdemokraten. Die Militärvorlagen stiessen im Volk eher auf ein positives Echo, wenn nicht gar auf Verständnis oder Wohlwollen, denn unter den Meinungsmachern sind die Offiziere zahlreich. Als Meinungsmacher betrachten wir die Verantwortlichen der politischen Parteien, der Berufs- und Interessenverbände, die Medienleute, hohe Beamte, Lehrer, Professoren, Pfarrer, Ärzte, Unternehmer, Gewerbetreibende, Vereinspräsidenten, Selbständigerwerbende und viele andere. Die Machtstellung der Milizoffiziere ist hinter zahlreichen Querverbindungen verschleiert und versteckt.

Nach traditioneller Auffassung ist das Miliz-System demokratisch und Ausdruck der Verbundenheit zwischen Volk und Armee. Durch die personelle Verflechtung und das Fehlen oder die Nichtanerkennung einer Opposition muss der demokratische Charakter des Miliz-Systems mehr als nur in Frage gestellt werden. Die Frage verhärtet sich zur Gewissheit, wenn die Problematik überhaupt nicht erkannt wird. Die zynische Gegenfrage «Also Berufsarmee?» weist auf eine falsche Alternative hin.

Der bürgerlich-demokratische Staat anerkennt mit Selbstverständlichkeit die Gewaltentrennung zwischen gesetzgeberischer, ausführender und richterlicher Gewalt und übersieht die Verknüpfung von militärischen, zivilen, privatwirtschaftlichen und demokratischen Strukturen.

Der militärisch-industrielle Komplex

Der jahrzehntealte Kampf gegen die schweizerische Kriegsmaterialausfuhr erfuhr in den siebziger Jahren mit Volksinitiative und Volksabstimmung einen neuen Höhepunkt. Die Gegner argumentierten mit ethischen, religiösen und politischen Gründen im Sinne einer Aussenpolitik der internationalen Solidarität gegen den Waffenexport der Privatwirtschaft und forderten eine Beschränkung auf neutrale Empfängerstaaten. Die Befürworter wiesen im wesentlichen

darauf hin, dass unsere Armee auf Waffenentwicklungen der Privatwirtschaft angewiesen sei, die nur dank dem Ausfuhrgeschäft möglich und zumutbar seien.
In dieser Auseinandersetzung wurde an Einzelfällen zahlreiche Verflechtungen zwischen Privatwirtschaft und Armee sichtbar, die mit Fug und Recht als militärisch-industrieller Komplex kleinstaatlicher Prägung bezeichnet werden müssen.
Die Sachverständigen, die im Militärdepartement für den Einkauf von Waffen und Kriegsmaterial verantwortlich sind, sind auf gute Beziehungen mit der Privatwirtschaft angewiesen. Gleichzeitig müssen sie den Waffenexport der Geschäftspartner kontrollieren und in gewissen Fällen aus aussenpolitischen Gründen verbieten, obwohl sie als Kunden daran interessiert sein könnten. Beamte und Vertreter der Privatwirtschaft sind in den meisten Fällen Offiziere und durch dieselbe Waffengattung oder durch persönliche Beziehungen miteinander verbunden. Einige Waffenfirmen, die am Kriegsmaterial direkt interessiert waren, griffen massiv durch Inserate in den Abstimmungskampf ein. Nicht selten wechseln Beamte mit gleicher oder ähnlicher Funktion in die Privatwirtschaft oder umgekehrt. Hohe Offiziere werden nach ihrem Rücktritt Verwaltungsräte in Unternehmen der Kriegsmaterialbranche oder umgekehrt. Die Vertreter der privaten Rüstungsbetriebe sitzen in militärischen Gremien, beraten EMD und Armee und untersuchen die staatlichen Rüstungsbetriebe; und bürgerliche Parteien verlangen aus finanziellen und ideologischen Gründen deren Reprivatisierung.
Die Übereinstimmung privatwirtschaftlicher und militärischer Interessen ist offensichtlich, und es drängt sich die Frage auf, ob diese Übereinstimmung noch wesentlich weiter gehen könnte: Armee und Privatwirtschaft benötigen einen möglichen Feind oder ein Feindbild. Beide sind auf Soldaten resp. Angestellte und Arbeiter angewiesen, die gehorsam sind, sich unterordnen, ihre demokratischen Ansprüche wie «Demokratisches Recht in der Armee» oder «Mitbestimmungsrecht» beschränken. Im schlimmsten Fall von Arbeitsunruhen ist die Privatwirtschaft auf die Staatsgewalt angewiesen, die sich auch in der Armee und ihrem verfassungsmässig vorgesehenen Einsatz im Innern manifestiert. Die Armeeleitung wünscht diesen Auftrag nicht, hat sich aber dagegen noch nie zur Wehr gesetzt. Die Offiziere der Armee sind auch «Offiziere» der Privatwirtschaft.

H. A. Pestalozzi
Die Schweizer Armee – das Märchen vom hohen Eintrittspreis

«Das Fürstentum Liechtenstein hat beschlossen, radikal aufzurüsten» – hiess es in den Mittagsnachrichten. Es sei angesichts der Weltlage nicht mehr länger verantwortbar, das Ländle jedem Angreifer offenzuhalten. Ein solches Vakuum müsse Feinde geradezu anziehen. Die Bevölkerungszahl erlaube die Aufstellung eines ganzen Regiments; hinzu kämen nochmals annähernd so viele Frauen. Dies führe zu einer Verteidigungsdichte wie in keinem andern Land Europas. Da bekanntlich ein Angreifer dreimal so viele Truppen einsetzen müsse, wie dem Verteidiger zur Verfügung stehen, würde ein Feind eine Division benötigen. Einen solchen Eintrittspreis könnten jedoch auch die Russen kaum verkraften. Um dem Feind mit gleichwertigen Mitteln entgegentreten zu können, sei die Beschaffung von fünf Panzern, eines Kampfhelikopters sowie zur Luftraumverteidigung einer Boden-Luft-Rakete beschlossen worden. Die verschiedenen in Frage kommenden Modelle befänden sich bereits in Evaluation. Strategisch von besonderer Bedeutung sei die Süd-Ost-Flanke, da nicht sichergestellt sei, ob die Schweizer einem feindlichen Vorstoss über die Luziensteig standzuhalten vermöchten.
Der Effekt dieser Meldung war in der Schweiz durchschlagend. Ungläubigkeit, Konsternation, mitleidiges Lächeln, Finger an der Schläfe – dies waren die Reaktionen. An den Stammtischen der Studentenschaften erzählten sich die Schweizer Jung-Offiziere bereits die ersten Liechtensteiner Soldatenwitze. In den Schützenvereinen wieherten gestandene Unteroffiziere vor Vergnügen ob der grotesken Liechtensteiner Aufrüstung, sofern sie sich nicht gerade über die Einschätzung der Schweizer Kampfkraft empörten: «Wenn wir schon die Russen nicht aufzuhalten vermögen, wie wollen es dann diese Zwerge schaffen!» Bundesrat Chevallaz und Generalstabschef Zumstein lobten zwar in der Öffentlichkeit den Verteidigungswillen des Nachbarstaates in höchsten Tönen; hinter verschlossenen Türen gab man sich jedoch amüsiert.

Ersetzen Sie Liechtenstein durch Schweiz und Schweiz durch Westeuropa: Es ist die Situation der Schweizer Armee. Wer wäre nicht im Ausland schon dieser Ungläubigkeit begegnet, wenn die Sprache auf unsere Rüstung kam! Wer hätte nicht schon das schallende Lachen des Ausländers erlebt, wenn ein Schweizer allen Ernstes behauptete, unsere Armee werde die Russen abschrecken! Wer hätte nicht schon ein mitleidiges Lächeln geerntet, wenn er behauptete, Hitler hätte die Schweiz wegen ihrer Armee verschont! «Glauben Sie wirklich, dass Hitler es gewagt hat, mit der ganzen übrigen Welt Krieg zu führen, ja sogar in die unendlichen Weiten Russlands vorzustossen, dass er es aber nicht gewagt hat, die Schweiz anzugreifen?» Welcher stramme Schweizer wäre nicht schon in seinem Stolz zutiefst verletzt gewesen, wenn ausländische Touristen all die Wehrmänner in den Bahnhöfen, die Jungschützen mit Sturmgewehr in der Strassenbahn, das Geknalle am Sonntagmorgen, die demonstrativen Tief- und Überschallflüge unserer Luftwaffe, bis zu den ulkigen Täfelchen an irgendwelchen verrosteten Tankbarrikaden «Photographieren verboten – Militärische Anlage» als Teil der Schweizer Folklore – ähnlich dem Männerreigen in Appenzell – gewertet haben! «Die Schweizer kommen mir vor wie der kleine Fritzli, der laut singt, wenn er in den Keller hinuntersteigt, um dem bösen Mann Eindruck zu machen.» Woher denn diese Diskrepanz zwischen dem Urteil des aussenstehenden Beobachters und dem sturen oder naiven Glauben des «Normal»-Schweizers an «seine» Armee? Woher denn diese Kritiklosigkeit des Schweizers einer Institution gegenüber, die wie keine andere nicht nur die ganze Gesellschaft prägt, sondern ihn auch jahrelang persönlich beeinflusst? Woher denn diese irrationale Überreaktion des Schweizers, wenn jemand sich getraut, diese Armee auch nur zur Diskussion zu stellen?

Ich war Militarist; restlos überzeugt, geradezu fanatisch; über 1500 Diensttage, mehr als vier meiner «besten Jahre» hergegeben; viele freiwillige Dienstleistungen, Instruktionsgehilfe, selbstverständliche Karriere bis zum Major, viele Jahre Bataillonskommandant. Jahrzehntelang wäre ich nie auf die Idee gekommen, dass mit dieser Armee etwas nicht in Ordnung sein könnte. Wie hätte ich auch sollen! Wilhelm Tell und Winkelried waren unsere Helden. Die ganze Schweizer Geschichte bestand aus Krieg – so wurde es uns in der Schule beigebracht. Die kleine Schweiz hat gekämpft. Immer waren da irgendwelche bösen Feinde; aber die kleine Schweiz hat gesiegt. Vaterlandsliebe, Treue bis in den Tod, Aufopferung, Ehre, Tapferkeit – die Tugenden, denen wir nachzueifern hatten. Wir waren sogar stolz auf die Söldnerheere. Die Schweizer waren tapfer, auch wenn es nur um das Geld ging. Mit Inbrunst sangen wir als Buben: «Vom Barette schwankt die Feder»; mit der besonders eindringlichen Strophe: «Sollte ich einst liegenbleiben in der bluterfüllten Schlacht» – für irgendeinen fremden Herrscher. Und wenn wir mit der Landeshymne gelobten: «Froh noch im Todesstreich – Schmerz uns ein Spott», dann sehnten wir uns geradezu nach dem Heldentod.

Freizeitgestaltung als Pfadfinder mit Sonderfunktion «Meldefahrer im Kriegsfall».
Turnen und Sport als militärischer Vorunterricht.
«Knabenschiessen» mit Händedruck höchster Offiziere.
Mit 16 Jahren bereits im militärischen Hilfsdienst: Fliegerbeobachtung. Stolz auf die Uniform, auch wenn die HD-Armbinde störte; enttäuscht, als der Krieg zu Ende war – der nächste Dienst wäre doch noch viel toller geworden.

Was nützte da noch die ganze Rebellion im Privatleben? Das Militär hatte uns bereits. Wir rückten zwar in die RS noch als «Swing Boys» ein – wie die Freaks damals hiessen. Aber schon nach wenigen Wochen wirkten Zuckerbrot und Peitsche. Wir hatten schliesslich 15 Jahre Indoktrination hinter uns, wir waren innerlich bereit. Wir wurden angepasst, integriert in das System Militär. Wir wurden Militaristen.

Und in der Tat: es ist geradezu erstaunlich, wenn man in unserer Gesellschaft *nicht* Militarist wird. Die Normalerziehung bringt uns doch von frühester Jugend an bei, etwas werden zu müssen, Karriere machen zu müssen. Nur wer den anderen übertrumpft, ist ein guter Mensch: Wer mehr ist als der andere, dem steht das Leben offen. Der «andere» ist ein Versager.
Militär ist zeitlich geraffte und hierarchisch potenzierte Wiedergabe des Konkurrenzprinzips unserer Erziehung und unserer Schule. In dreimal 17 Wochen Rekrutenschule plus einige Monate Unteroffiziers- und Offiziersschule durchläuft man die ganze Skala der Unter- und Überordnung, bis man innert kürzester Zeit zum Herren wird, der seinen Untergebenen befiehlt. Die hierarchische Überordnung ist damit – meist für das ganze Leben – auch beruflich sichergestellt. Wer Zweifel am Prinzip Militär äussert oder auch nur verspürt, stellt sich selbst in Frage.

Ähnlich läuft der Militarismus-Prozess beim «Versager»: «Ich bin ja – das haben mir Erziehung und Schule beigebracht – weniger wert als die andern, die höher aufgestiegen sind als ich. Also akzeptiere ich die

Hierarchie. Ich akzeptiere die Vorgesetzten. Ich akzeptiere den Befehl – auch in meinem Privat- und Berufsleben.»
Aber: Auch wenn ich – im Vergleich zu den Oberen – ein Versager bin, so bietet mir Militär wenigstens die Chance, nicht ganz unten bleiben zu müssen. Gefreiten- und Wachtmeisterabzeichen, Auszeichnungen als guter Schütze, Gebirgsspezialist, Panzerfahrer und weiss nicht was noch alles, Sonderurlaub und sonstige Vergünstigungen für spezielle Leistungen heben mein Selbstvertrauen: «Auch *ich* bin wer! Dank Militär!» – Endstation Heldentod.

Und jene, die nicht einmal zu einem Schützenabzeichen fähig sind? Hier hilft die geistige Landesverteidigung. «Das Vaterland zählt auf dich! Jeder an seinem Platz! Hüte dich am Morgarten! Auf dich kommt es an! Der Dank des Vaterlandes ist dir gewiss!» Wenigstens einmal im Leben eine Anerkennung – wenn auch nur auf dem Gefallenen-Denkmal. Ohne mich geht es nicht! Dank Militär! Danke, Leutnant, Hauptmann, Major, Oberst, Herr General!

Und schliesslich: «Es ist so schön, Soldat zu sein, Rosemarie!» Militär als Indianerlis der Erwachsenen, Militär als Kameradschaftserlebnis, Militär als Gruppenerlebnis, Militär als Potenzersatz.

Wie sollten da Zweifel aufkommen?
Im Gegenteil: Der Glaube war grenzenlos.
Die Armee – Schule der Nation
Die Armee – Bindeglied der Nation
Die Armee – Überwindung sozialer Schranken*
Die Armee – Basis der Eidgenossenschaft
Die Armee – nationale Identifikation
Die Armee – soziale Integration
Die Armee – Bewährungsprobe des einzelnen
Und vor allem: die Armee als Friedensgarant.
Haben denn nicht wir selbst noch die ständige Bedrohung durch Hitlerdeutschland während des Zweiten Weltkriegs erlebt? Waren wir denn nicht noch völlig gefangengenommen von der heldenhaften Abwehrbereitschaft der Schweizer Armee? Wurde uns denn nicht in unzähligen Filmen, Büchern, Erzählungen dargetan, ja «bewiesen», dass es die starke Schweizer Armee gewesen sei, die uns vor Tod und Verderben bewahrt habe? Gehörten wir nicht selbst noch halb zur

* «In der Armee kann ein Student auch mal mit einem Hilfsarbeiter reden.» So formulierte es ein Vertreter des «Forum Jugend und Armee».

berühmten Aktivdienst-Generation, die doch nicht zugeben konnte, dass sie sich sechs Jahre lang an der Nase hat herumführen lassen, dass all die Strapazen und Entbehrungen vielleicht irgendeinen nicht erkennbaren Sinn gehabt haben mochten, ganz bestimmt aber nicht den, die Schweiz vor Hitler zu schützen. (Wie die offizielle Schweiz reagierte, wenn es später trotz allem einer «gemerkt» hatte, erlebte Max Frisch mit seinem «Dienstbüchlein».)

Weshalb stehen ich, viele meiner Freunde und Bekannten, Hunderttausende von Schweizern nun doch plötzlich «auf der anderen Seite»? Weshalb haben plötzlich 40 000 Bürger in Bern gegen den Rüstungswahnsinn und für einen echten Frieden ohne Militär demonstriert? Wie kommt es, dass die weltumspannende Friedensbewegung sogar in der militaristischen Schweiz eine Grundwelle auslösen konnte?

Der Kampf für eine freie, friedliche Schweiz ohne Armee darf nicht isoliert als «Problem Militär» betrachtet werden. Er ist Teil eines unerhörten Bewusstseinsprozesses in unserem Volk. Immer mehr Schweizerinnen und Schweizer werden sich bewusst, wie unsere Wirtschaft Amok läuft, wie sie ziel- und konzeptionslos nur noch versucht, eine zum Selbstzweck gewordene Maschinerie in Gang zu halten. Wer für diese zerstörerische Wirtschaft nach neuen Inhalten und Zielen sucht, *muss* sich auch mit der Armee befassen. Die Parallelen sind zu offensichtlich.

Wer die heutige Art Wirtschaft akzeptiert, der akzeptiert, dass der Mensch nichts, das Kapital aber alles gilt; der akzeptiert, dass einige wenige Kapitalisten die ganze Macht in den Händen haben; der akzeptiert, dass Profit der alleinige Steuerungsfaktor dafür ist, was in dieser Gesellschaft geschieht und was nicht; der akzeptiert auch das Prinzip Militär.
Wer diese Art Gesellschaft akzeptiert, wer eine Gesellschaft akzeptiert, die auf Gewalt, Hierarchie, Patriarchat beruht, der akzeptiert auch die Armee.

Viel wesentlicher ist aber das Umgekehrte:
Wer einmal gemerkt hat, dass wir und diese Art Wirtschaft und Gesellschaft allmählich all das zerstören, was uns lieb ist, dass wir uns mit dieser Art Wirtschaft und Gesellschaft immer weiter von unseren Bekenntnissen zu Demokratie, Christentum, Humanität, Gerechtigkeit entfernen, dass wir mit dieser Art Wirtschaft und Gesellschaft all das untergraben, was die «Eigenart Schweiz» ausmachen würde, der

kann auch das Prinzip Militär, d. h. Gewalt, Aggression, Macht, Befehl, Subordination nicht länger ertragen.
Wer einmal gemerkt hat, dass uns nur noch die Prinzipien Rücksicht, Sein, Sanftheit, Liebe, Solidarität, Miteinander und Füreinander weiterbringen und aus dem heutigen Schlamassel befreien können, der weiss auch, dass dies nicht möglich ist in einer Gesellschaft, die derart von der Armee beherrscht ist. Dies ist der Grund, weshalb sich auch in der Schweiz die Friedensbewegung zur Basisbewegung all jener Kreise entwickeln konnte, die noch an eine Zukunft glauben und sich gegen den Defätismus eines Chevallaz, eines Zumstein oder der Führungsspitzen unserer Wirtschaft zur Wehr setzen.

Man kann nicht einerseits für naturgerechten biologischen Landbau eintreten und anderseits das Armeeprinzip Gewalt befürworten.
Man kann nicht einerseits für die Erhaltung von Biotopen, ökologischen Systemen oder ganzer Landschaften eintreten und anderseits das Armeeprinzip Zerstörung befürworten.

Man kann nicht einerseits für den Schutz der Tiere eintreten und anderseits das Armeeprinzip Vernichtung befürworten.
Man kann nicht einerseits für das demokratische Prinzip der Selbstverwaltung in der Wirtschaft eintreten und anderseits das Armeeprinzip Hierarchie befürworten.
Man kann nicht einerseits für das Autonomieprinzip Emanzipation eintreten und anderseits das Armeeprinzip Befehl befürworten.
Man kann nicht einerseits für gelebtes Christentum eintreten und anderseits das Armeeprinzip Aggression befürworten.
Man kann nicht einerseits für das Sanftheitsprinzip einer ökologischen Wirtschaft eintreten und anderseits das Armeeprinzip Härte befürworten.
Man kann nicht einerseits für das Prinzip Rücksicht des verantwortungsbewussten Konsumenten eintreten und anderseits das Armeeprinzip Rücksichtslosigkeit befürworten.
Man kann nicht einerseits für das Seins-Prinzip eintreten und anderseits das Armeeprinzip Haben befürworten.

Bei wem einmal dieser innere Prozess in Gang gekommen ist, dem *muss* es so ergehen wie mir und all den anderen bewussten Schweizern. Er wird beginnen, die Armee mit «unschweizerischen» Augen zu betrachten: Stimmt das eigentlich, was uns seit Jahrzehnten eingetrichtert wurde und was eine gleichgeschaltete Presse (ganz zu schweigen von Fernsehen und Radio) auch nicht einmal ansatzweise zu diskutieren wagt?

Schule der Nation?
Tötenlernen als das uns Einigende?

Bindeglied der Nation?
Feinde als das Verbindende?

Nationale Identifikation?
Im Massengrab?

Oder gar Bürgerarmee? Der Soldat als Bürger in Uniform? Es war eine Hoffnung; sie gehörte zum jahrzehntelangen Irrglauben; die Identität von Bürger und Soldat. Es war eine Fiktion. Nicht das Militär wurde «verbürgerlicht», nicht die Demokratie, nicht der Bürger wurde die Basis der Armee, sondern die Gesellschaft wurde militarisiert. Der Offizier ist auch im Zivilleben der Vorgesetzte; der Soldat ist auch im Zivilleben der Untergebene. Der Vorgesetzte befiehlt; der Untergebene gehorcht. Die Prinzipien des Militärs werden auf Wirtschaft und Gesellschaft übertragen. Beispiel: Die meisten Grossunternehmen der Schweiz liessen ihr Kader in der Nachkriegszeit nach den Grundsätzen des «Harzburger Modells» schulen. Das «Harzburger Modell» wurde von einem ehemaligen SS-General entwickelt und verbreitet. Es ist nichts anderes als die Übertragung der Führungsprinzipien der ehemaligen deutschen Wehrmacht auf die Wirtschaft. Es sind noch heute die Prinzipien dieser Wirtschaft. Der beste Beweis dafür sind die endlosen und meist hoffnungslosen Versuche, mit unzähligen Seminaren neue Führungsmodelle zu entwickeln, um damit vom «Harzburger Modell» wegzukommen. Aber beherrschen denn diese Prinzipien nicht alle Bereiche unseres Staates, unserer Gesellschaft, unserer Institutionen? Machen denn nicht Hierarchie, Befehl und Strafe alle unsere Strukturen aus? Wo bestimmt denn der autonome Bürger? Dem man im Bereich Militär sogar die Kompetenz abspricht, im Rahmen eines demokratischen Rüstungsreferendums über die finanziellen Prioritäten unserer Politik mitbestimmen zu können? Eine klarere Absage an die Theorie vom Bürger als Soldat könnte es wohl kaum geben.
Sobald man einmal merkt, wie sich all die angeblichen inneren Werte und Vorgaben der Armee in nichts auflösen, dann taucht die entscheidende Frage auf: Wie steht es mit dem allem zu Grunde liegenden Prinzip des hohen Eintrittspreises?
Erweist sich nicht auch dieser Grundsatz als labiles Kartenhaus, wenn nicht sogar als bewusste gigantische Irreführung?

Ich zitiere Roman Brodmann («Wochenzeitung» vom 5. November 1981):

«Es gibt diesen ganz einfachen Tatbestand, dass die Armee unseres Bundesstaates in ihrer Geschichte nur zweimal zum Schiessen kam und beide Male auf Schweizer Arbeiter schoss. Passionierte Landesverteidiger nehmen allein schon die Nennung dieser schlichten Fakten (die keiner widerlegen kann) als persönliche Beleidigung, und im nächsten Augenblick machen sie geltend, dass wir immerhin den Zweiten Weltkrieg nur dank unserer Armee mit unverletzten Grenzen überstehen konnten, weil nämlich dem Adolf Hitler der Eintrittspreis zu hoch war. Diese Mythologie bildet seit dreissig Jahren die Grundlage für Rüstungsmilliarden, Wehrsteuern und Dienstauffassungen. Ihr Kern ist ein Glaubenssatz, der nicht diskutiert werden darf, weil er aus Widersprüchen besteht.

Da haben einerseits unsere höchsten Militärs beschlossen, im Ernstfall die Armee ins Réduit zurückzuziehen, also den inneren Alpenraum zu verteidigen und den Rest den Invasoren preiszugeben. Ein nicht unbeträchtlicher Rest: die Zivilbevölkerung, die Familien der meisten (zurückgezogenen) Soldaten, die Städte, der Jura, das Mittelland, das Alpenvorland, fast alle Produktionsmittel, die ergiebigsten Agrargebiete. Das alles wäre der Preis dafür gewesen, dass man in den Bergtälern eine bessere militärische Chance genutzt hätte, um den Ruf der Armee und einige privilegierte Existenzen zu retten. Merkwürdigerweise gab es gegen diese zynische Strategie nie grösseren Widerspruch. Oberstkorpskommandant Ernst beschreibt in seinen Memoiren, wie man sich im Generalstab über die Gelassenheit wunderte, mit der die Réduit-Idee in der Öffentlichkeit aufgenommen wurde.

Denn das Ganze war ja nicht als geheime Kriegslist à la Morgarten gedacht, sondern als strategisches Konzept vor aller Welt auf den Tisch gelegt. Und obschon die Führer der deutschen Wehrmacht wussten, dass sie erst in den Alpen mit ernsthaftem Widerstand zu rechnen hatten, scheuten sie im Hinblick auf den hohen Blutzoll den Schritt über unsere Grenze. Mit dieser Absurdität setzt man sich nicht auseinander, das ist kein Thema für Diskussionen, es gilt allein der Glaubenssatz: die Schweiz blieb vom Zweiten Weltkrieg verschont, weil ihre Armee der deutschen Wehrmacht zu stark war. Das hier aufgebaute Tabu ist so gewaltig, dass in seinem Schatten jede Form von Geschichtsfälschung und Geschichtsverleugnung möglich ist.

Kürzlich übte sich Hans Rudolf Kurz wieder einmal öffentlich als Militärhistoriker. Er beschäftigte sich mit dunklen Geheimdienst-Geschichten des Zweiten Weltkriegs, ohne sie heller zu machen,

rätselte an der Frage herum, in welchen Phasen des Krieges die Schweiz militärisch gefährdet gewesen sein könnte, und stellte schliesslich fest, erst nach dem Krieg habe man dann erfahren, dass es bei der deutschen Wehrmacht nie einen ernsthaften Plan gegen uns gab, wörtlich: ‹. . . dass auf keiner der massgebenden Planungsstufen von Wehrmacht und Heer irgendwelche Vorarbeiten für eine ‹Operation Schweiz› befohlen worden sind.› Wie kommt Oberst Kurz, der über viele Jahre hinweg Chef-Propagandist des Militärdepartements war, dazu, solche Unwahrheiten zu verbreiten?
Denn die Wahrheit ist, dass Hitler Ende 1942 den Befehl erteilte, einen Plan für die Besetzung der Schweiz auszuarbeiten, und dass der Generalstab des Heeres 1943 das ‹Unternehmen Tannenbaum› vorlegte, ein ganzes Buch von detaillierten Plänen, in denen man heute noch nachlesen kann, wie die Invasion der Schweiz und ihre Besetzung innerhalb von sechs Tagen vor sich gehen sollte.
Federführend für das Unternehmen Tannenbaum war der General Adolf Heusinger, den man 1957 noch zum Generalinspektor der Bundeswehr ernannte. Heusinger lebt noch in Köln, ein freundlicher alter Herr, jederzeit bereit, auch über sein Unternehmen Tannenbaum Auskunft zu geben, natürlich auch darüber, warum Hitler und der Generalstab schliesslich auf die Durchführung des Plans verzichtet haben, wobei dann von mehreren Motiven die Rede ist, nur nicht von der beängstigenden Kampfkraft unserer Armee und vom ‹Eintrittspreis›. Darum ziehen es unsere Militärhistoriker vor, die Existenz des Angriffplans einfach nicht zur Kenntnis zu nehmen: Wenn es ihn nicht gab, kann man sich auch die Erklärungen schenken, warum er nicht zur Durchführung kam. Und unsere Medien mit ihrem grossartigen Recherchierjournalismus sind bis heute nicht auf die Idee gekommen, einmal mit dem Mann zu sprechen, dessen Name unter den damaligen Angriffsplänen gegen unser Land deutlich zu lesen ist.
Es ist nicht wahr, dass die Schweiz dank ihrer Armee vom Zweiten Weltkrieg verschont blieb. Wenn diese historische Erkenntnis sich einmal gegen die professionellen Legendenhüter durchgesetzt hat, kann man über Sinn und Zweck unserer Rüstung noch einmal und sachlicher reden. Wenn . . . Aber es gibt ja zum Glück Schweizer, die aussterben, und Schweizer, die nachwachsen.»

In der Tat: Spätestens beim Rückzug der Armee ins Réduit hätte man doch merken sollen, dass die Armee keine einzige der ihr gestellten Aufgaben zu erfüllen bereit war, sondern dass sie nur noch ein Ziel hatte: sich selber zu schützen, wenn auch – gemäss Réduit-Konzept –

nur für drei Wochen. Ist es nicht bezeichnend, mit welch operettenhafter Schau dieses Réduit-Prinzip befohlen wurde? Der General verfrachtete die ganze Führungsspitze der Armee auf einen Vergnügungsdampfer auf dem Vierwaldstättersee und fuhr bei hellem Tageslicht mitten in den sogenannt kritischsten Tagen des Jahres 1940 von Luzern aufs Rütli. Eine einzige Fliegerbombe hätte die ganze Armee lahmlegen können.

Aber weshalb ist Hitler denn nicht gekommen? Wozu hätte er auch kommen sollen? Wir haben ja alles gemacht, was er von der Schweiz nur erhoffen konnte. Wir haben ihm Lebensmittel, Waffen, Munition und Ausrüstungsgegenstände geliefert. Wir haben ihm die Durchfahrtsrechte durch den Gotthard eingeräumt – die sicherste Nord-Süd-Verbindung ohne feindliche Luftangriffe. Geld und Gold wurden bei unseren Banken – im Réduit – sicher aufbewahrt. Die Zensur kam seinen Wünschen nach. Die Spitzen der Gesellschaft zeigten sich sehr aufgeschlossen. Die verhassten Juden wurden an der Grenze abgewiesen. Um die Endlösung zu erleichtern, wurden sie auf unseren Wunsch hin mit einem Stern im Pass gekennzeichnet.

Die Armeeführung ging zwar nicht so weit wie im Ersten Weltkrieg, als 1915 General Wille forderte, die Schweiz solle auf der Seite Deutschlands in den Krieg ziehen. Aber unsere Dienste haben Hitler offenbar gereicht.

Was soll da die absurde Heroisierung unserer Armee im Zweiten Weltkrieg?

Aber ist die heutige Situation nicht noch viel absurder?

Die Existenz der Armee und ihre Aufrüstung werden mit folgenden Prämissen gerechtfertigt:

1. Die Sowjetunion will Westeuropa erobern. Dies ist ihr ständiges Ziel. Die Sowjetunion ist dem Westen militärisch weit überlegen. Also müssen wir aufrüsten; auch die Schweiz, denn wir dürfen nicht das schwächste Glied in der Kette sein.
   Aber wenn die Sowjetunion Westeuropa erobern will und uns doch so überlegen ist, weshalb wartet sie denn zu, bis wir weiter aufgerüstet haben und damit gleich stark werden wie sie? Weshalb hat sie nicht schon längst angegriffen?

2. Falls die Russen angreifen sollten, ist die NATO nicht in der Lage, den Angriff abzuwehren. Aber der Schweiz wird es gelingen!

3. Die Russen wollen zwar aus ideologischen Gründen die ganze Welt erobern. Aber die Schweiz interessiert sie nicht. Die Schweizer Armee ist zu stark. Da die Schweizer Armee aus neun Divisionen besteht, müsste die Sowjetunion – nach der militärischen Milchmädchenrechnung – 27 Divisionen einsetzen. Das wird sie niemals tun – Ideologie hin oder her.

4. Die Schweizer Armee ist da, um nicht eingesetzt werden zu müssen – das Prinzip des hohen Eintrittspreises. Und wenn die Schweiz nun trotzdem angegriffen würde? Dann müsste die Armee unverzüglich kapitulieren. Sonst erreicht sie das Gegenteil dessen, was sie wollte. Sie wollte ja einzig und allein den Krieg verhindern. Allein diese Überlegung genügt bei weitem, um die groteske Logik des hohen Eintrittspreises offensichtlich werden zu lassen.

5. Falls die Russen trotz des hohen Eintrittspreises angreifen, werden wir den Kampf im Mittelland führen. (Wer einen Krieg aus ideologischen Gründen führt, dürfte sich wohl kaum für die Berge interessieren.)
Bei Hitler waren wir zwar zu schwach, um das Mittelland zu verteidigen, aber den russischen Panzerarmeen, Luftflotten und Atombomben gegenüber sind wir stark genug.

6. Wenn die Russen trotz des hohen Eintrittspreises angreifen, werden wir selbstverständlich rechtzeitig kapitulieren, bevor alles zerstört ist. «Eine schon im Frieden vorweggenommene, verpflichtende Entscheidung . . ., eher die völlige Vernichtung des Volkes als den Verlust seiner staatlichen Selbständigkeit hinzunehmen, wäre eher ein Akt eines vorgreifenden gedanklichen Heroismus als eine glaubhafte, im allgemeinen Konsens solid begründete, haltbare Realität.» – So eine 1967 vom damaligen Generalstabschef eingesetzte Studienkommission für strategische Fragen. Noch eindeutiger äusserte sich Oberstkorpskommandant Alfred Ernst im Jahre 1971: «Mit der Vernichtung oder einer nicht mehr erträglichen Schädigung unserer Bevölkerung fällt der Sinn unserer Abwehr dahin.» Wieviel Prozent unserer Bevölkerung müssen sterben, bis die Schädigung nicht mehr erträglich ist? Wie viele Atombomben – in jedem Manöver der Schweizer Armee vom Gegner eingesetzt! – ertragen das Schweizer Volk und seine verstrahlten Nachfahren?

7. Doch im übrigen: Wir werden siegen! Ohne diese Annahme, an die zwar kein Mensch glaubt, müssten alle übrigen Überlegungen in sich zusammenfallen. Um das Unmögliche möglich zu machen,

bedient man sich der ungeheuerlichsten Gedankenakrobatik: «Die Menschen müssen immer wieder bekennen, was ihnen wichtiger ist, ein Friede, der unter Umständen mit Knechtschaft, Vergewaltigung und Tod verbunden ist, oder die Freiheit, welche notfalls nur durch das Bestehen eines verlustreichen Kampfes erhalten werden kann.» – So der Leiter der SAD-Fachgruppe für Gesamtverteidigung.
Perverser geht es nicht mehr. Friedensbereitschaft, gewaltfreier Widerstand, soziale Verteidigung führen zu Vergewaltigung und Tod. Der militärische Kampf bewahrt uns davor und führt uns in die Freiheit!
Wie wenn militärische Abwehr heute nicht schlicht und einfach Vernichtung des Volkes, Zerstörung des Landes, Untergang der Schweiz heissen würde!

Glauben denn Bundesrat Chevallaz, Generalstabschef Zumstein, die ganze Führungsspitze der Armee und all die Kriegstreiber aus dem Lager von Rudolf Friedrich den Wahnsinn, den sie dem Volk präsentieren? Wohl kaum. In offiziösen, eigentlich nicht für die Öffentlichkeit bestimmten Stellungnahmen geht man sogar soweit, zuzugeben, dass die Armee nichts anderes als Staffage sei. Oder wie wäre sonst die von der Schweizerischen Offiziersgesellschaft und dem Schweizerischen Aufklärungsdienst verbreitete These zu erklären: «Unsere Souveränität ruht einzig und allein auf den amerikanischen Interkontinental-Raketen»?

Im übrigen: Wenn es ihnen mit ihrer Vaterlandsliebe und ihrem Abwehr-Getue ernst wäre, weshalb akzeptieren dann diese Herren,
- dass uns die heutige Energiepolitik immer verwundbarer und vom Ausland noch abhängiger macht?
- dass statt der staatspolitisch erwünschten rund 20 Prozent ländlicher Bevölkerung heute noch 6 Prozent in der Landwirtschaft tätig sind?
- dass dank Honegger, Chemie und Kapital immer noch mehr Bauern liquidiert werden sollen?
- dass wir heute nicht mehr in der Lage sind, die Ernährung der Bevölkerung im Kriegsfall sicherzustellen?
- dass die Zerstörung der Heimat in rasendem Tempo fortschreitet?
- dass in den letzten Jahrzehnten eine Fläche von der Grösse des Kantons Thurgau vom grauen Feind Beton auf alle Zeiten besetzt worden ist und der Feind tagtäglich weiter vorstösst?

- dass das Tessin bereits fest in deutscher Hand ist und andere Kantone sich nicht schnell genug verkaufen können?
- dass wir wegen der internationalen Kapitalverflechtungen schon längst nicht mehr Herr und Meister im eigenen Hause sind, ja gar nicht mehr wissen, wer wirklich Herr und Meister ist?
- dass wir mit den Nationalstrassen immer noch mehr einladende Rollbahnen für einen mechanisierten Gegner durchs Land legen?

Glauben die Herren, das Schweizer Volk merke nicht, welche Schindluderei mit ihm getrieben wird, wenn ein Generalstabschef die militärischen Gefahren der Atomkraftwerke bagatellisiert; ja sich zum zynischen Spruch hinreissen lässt, man werde dafür sorgen, dass die Kriegshandlungen von den Atomkraftwerken ferngehalten werden? Das Volk kann ja nicht wissen, dass man nur Generalstabschef werden kann, wenn die Rüstungsindustrie zustimmt, und dass die Rüstungslobby von demselben Werbe- und Public-Relations-Büro betreut wird, das sich von der Atomindustrie finanzieren lässt. Der frühere Chef dieses Lobby-Büros dürfte einer der nächsten Generalstabschefs sein. Glauben denn die Herren, das Volk spüre angesichts solcher Haltungen und Aussagen nicht, welche Farce die Armee wirklich ist?

Sind es denn nicht Farcen:
- die ewig gleichen feindlichen Vorstösse über Rhein und Bodensee?
- die ewig gleichen Bereitstellungsräume der mechanisierten Divisionen, um dem Feind im entscheidenden Moment in die Flanke stossen zu können?
- das ewig gleiche Feindbild der riesigen russischen Panzerarmeen?
- der Schweizer Soldat in seinem Weltkrieg-II-Bunker mit Weltkrieg-II-Waffen an irgendeinem Feldweg, wo vielleicht einmal einige deutsche Soldaten hätten durchkommen können?
- die Festungen mit Zielräumen, die sich nach den möglichen Bereitstellungen der deutschen Infanterie richteten?
- der Schweizer Soldat in seinem «Chugeli-Bunker», der ihn zwar ein Trommelfeuer oder die Primärwirkungen einer nicht allzu nahen A-Explosion überstehen, jedoch keine drei Tage Verstrahlung überleben lässt?
- der Schweizer Spion in Österreich?
- der Schweizer Geheimdienstler, der für die CIA arbeitet?
- das Landhaus in Irland als Sitz einer schweizerischen Exilregierung?
- die Manöverübungen, die immer so angelegt werden, dass man noch eine Chance hat?

- die Übungen von Luftschutz, Zivilschutz und Sanitätsdienst mit den Weltkrieg-II-Bildern, weil man bei realistischen Annahmen nichts mehr ausrichten könnte?
- die Luftwaffe, die nie – nicht einmal lokal – die Luftüberlegenheit wird erringen können und unseren mechanisierten Truppenverbänden damit keine Chance zum Einsatz lässt?
- der Einkauf von dreimal mehr Lastwagen als man brauchen kann?
- eine Million Ausländer in der Schweiz, die von einem Tag auf den anderen heimgeschafft werden müssten, während die Schweizer Armee mobilisieren sollte?

Dass die Armeeführung selber nicht an ihre Armee glaubt und dass den Politikern jedes Vertrauen in diese Armee fehlt, zeigen die Massnahmen, die man laufend im Innern unseres Landes zum Schutz dieser Armee treffen muss.

Eine selbstbewusste Armee verhält sich völlig anders. Eine selbstbewusste Armee

- anerkennt Dienstverweigerer. Sie hat es nicht nötig, Mitbürger, die den Kriegsdienst nicht verantworten können, zu kriminalisieren.
- erlaubt die Diskussion über sich selbst, um das eigene Selbstverständnis ständig überprüfen zu können.
- braucht in Friedenszeiten keine Ausnahmegerichte in Form der Militärgerichtsbarkeit und der Disziplinarstrafgewalt. Sie anerkennt die bürgerlichen Rechtsnormen.
- begrüsst die Möglichkeit eines Rüstungsreferendums, um immer wieder neu ihre demokratische Legitimation einholen zu können.
- akzeptiert die Prioritäten, wie sie vom Volk gesetzt werden.
- weiss, dass im Falle einer feindlichen Besetzung nur kritische Rebellen Widerstand leisten können und niemals angepasste, disziplinierte Untergebene.
- begrüsst und unterstützt die Friedens- und Konfliktforschung, und zwar nicht als ihre Ergänzung, sondern als mögliche Alternative, um sich letztlich selbst überflüssig zu machen.

Die Folgen dieses Mangels an Selbstbewusstsein sind verheerend. Was bleibt der Armee anderes übrig, als im Schweizer Volk eine eigentliche Kriegspsychose zu schaffen? Bedrohungsängste müssen geschürt werden.

- Scharfe Munition auf der Wache wegen der vielen Terroristen, Saboteure, Spione.

- Zurückdrehen der Oswald-Bestrebungen für eine vernünftigere Armee.
- Ruf nach mehr Disziplin. Überwachung des reglementarischen Verhaltens der Soldaten durch den Bürger in Zivil. Aktenzeichen XY gegen die Soldaten. Jeder sein eigener Polizist; jeder sein eigener Spitzel.
- Wehrunterricht in der Schule.
- Waffenchilbis, Vorbeimärsche, Volksbelustigungen mit der Armee.
- Faschistische Gleichschaltung der Jugend: «Vergessen wir ... nicht, dass der Charakter eines Zwanzigjährigen noch umgebogen werden kann: Ein Baum, der die ersten Früchte trägt, die aber nicht ins Konzept passen, wird umgepfropft, weil der Stamm mit den Wurzeln gut ist. Unseren Jungen, die nicht ins Konzept passen, muss es gleich ergehen.» – So ein Generalstabsoberst im «Schweizer Soldat».
- Jugend und Sport schon wieder als militärischer Vorunterricht.
- Bundeslager der Pfadfinder dank Armee. Pressebeeinflussung exklusiv durch das Lobby-Büro der Rüstungsindustrie.
- Eidgenössische Turn- und Sportschule als Ableger der Armee. Dokumentation dank Armee-Computer.
- Private Staatsschutz-Büros mit internationaler Verflechtung.
- Verstärkung der militärisch an sich wertlosen Rituale wie ausserdienstliches Schiesswesen, Schützenfeste, Fahnenübergaben, Brevetierungen, Besuchstage, Rekrutenfeiern.
- Nicht nur Sturmgewehr mit Munition im Schrank (um sich notfalls durch die feindlichen Panzerarmeen zu den eigenen Truppen durchkämpfen zu können), sondern neuerdings auch noch die persönliche Gasmaske. (Natürlich plombiert, damit man sich nicht sinnvollerweise vor polizeilichem Tränengas schützen kann.) Man könnte ja zu Hause von einer Verstrahlung oder von einem C-Einsatz überrascht werden; ob Frau und Kinder daneben krepieren, spielt keine Rolle. *Die Armee muss überleben.*

Was mich bei der Vorbereitung dieses Buches am meisten überrascht hat, war die Spontaneität, ja Begeisterung, mit der die angefragten Autoren ihre Mitwirkung zusicherten. Nur wenige sagten ab. Wohl niemand hätte abgesagt, wenn der Titel des Buches gelautet hätte: «Schafft die Armeen ab!» Dies kam nicht in Frage, weil das Buch dann genauso unverbindlich geblieben wäre wie all die Friedensbeteuerungen der Politiker. Man hätte weiterhin warten können, bis «die andern» endlich «mitmachen», wenn nicht schon beginnen würden. Wenn die Armee schon nicht in der Lage ist, ihren Auftrag zu erfüllen, weshalb erbringen wir dann nicht die Vorleistung, die weltweit eine Signalwirkung haben könnte? Einzig und allein deshalb, weil dann die jahrzehntelange Indoktrination beim Schweizer «Normal»-Bürger zu wirken beginnt. Man gibt uns zwar recht; man weiss, dass das Prinzip des hohen Eintrittspreises Unsinn ist; man kann unsere Argumente nicht widerlegen. «Und wenn die Russen dann doch kommen?» – so die eingetrichterte Reaktion; die Fixierung funktioniert. Und schon fühlt man sich davon befreit, aus der Einsicht die Konsequenzen ziehen zu müssen.

Genau von dieser Fixierung auf die vermeintliche Alternative: «Hier freie Schweiz dank Militär – dort Besetzung durch die Russen und Untergang der Schweiz» müssen wir uns lösen können. Es ist schwierig, nachdem uns dies jahrzehntelang eingebläut worden ist.

Die Alternativen lauten heute völlig anders:

Neutralität	– Teil der NATO
Souveränität	– Abhängigkeit von den USA
gewaltfreie Gemeinschaft	– gewaltsame Gesellschaft
Frieden mit der Welt	– Ausbeutung der Dritten Welt
Vorleistung mit Abrüstung	– Weiterrüsten
Friedensofferten	– Spekulation mit der Abschreckung
Überleben dank offener Grenzen	– Untergang durch militärische Abwehr
Weiterbestehen, weil wir überlebt haben	– Ausgelöscht sein, weil nichts mehr da ist
Selbständig bleiben dank sozialer Verteidigung	– Anpassung an die neuen Machthaber
Sich befreien dank zivilen Widerstands	– Aufgehen im Reich des Siegers
Rettung der Schweiz	– Untergang der Schweiz

Die Wahl ist klar:
Wenn wir die Schweiz retten wollen, müssen wir die Armee abschaffen.

Wie wird die Armee reagieren? Wird sie bereit sein, sich der Herausforderung einer Friedensbewegung, einer Volksinitiative,

einer Konfrontation mit besten Köpfen unseres Volkes zu stellen oder wird sie sich wie bisher rein repressiv hinter ihrem Machtapparat verschanzen und das Volk mit dem Geblödel von den Drahtziehern in Moskau für dumm verkaufen wollen? Wird sie damit all jenen recht geben, die behaupten, die Armee habe noch nie der Landesverteidigung gedient, sondern ausschliesslich den Profiten der Rüstungs- und Bauindustrie einerseits und andererseits der Aufrechterhaltung der bestehenden Machtstrukturen, d. h. dem Kampf nach innen, gegen die eigenen Bürger?
Wir werden sehen!

Die Diskussion hat begonnen

1. Argumente von oben

von Pierre Arnold, Präsident der Verwaltungsdelegation des Migros-Genossenschafts-Bundes (im Brückenbauer Nr. 29 vom 23. Juli 1982).

«Die Aussage lässt an Deutlichkeit nichts zu wünschen übrig. Praktisch an jeder Sitzung ihres Zentralkomitees gibt die Kommunistische Partei der Sowjetunion von neuem ihre Absicht bekannt, das kommunistische System mit allen Mitteln der ganzen Welt aufzuzwingen. Das Ziel, das die Kreml-Gewaltigen im Auge haben und zu dem sie sich durchaus aufrichtig bekennen, lässt sich mit Händen greifen: Sie streben nach der Weltherrschaft. Aber diese schwerhörige Welt will den Marschtritt der Soldatenstiefel in den versklavten Satellitenländern nicht hören. Sie glaubt nicht mehr an die unverhüllten Vorhaben der Feinde der Freiheit, und sie breitet den Schleier der Selbsttäuschung über die unmissverständlichen Drohungen derer, die die Erde dem Kollektivismus untertan machen wollen. Sie will nicht sehen, dass der russische Bär seine Tatzen ausstreckt, um sich auf dem Wege über Asien, Afrika, Lateinamerika und Europa den ganzen Globus gefügig zu machen. Ist denn Afghanistan nicht der beste Beweis für die Unersättlichkeit der Sowjets?
Noch schlimmer ist, dass man den wirtschaftlichen Zusammenbruch Russlands und seiner Satelliten nicht wahrhaben will. Obwohl ihr eigener Boden überaus fruchtbar ist, hätten ihre Völker Hunger ohne die Agrarproduktion des Westens. Und was noch krasser erscheint: Die bescheidenen Flächen, die den Kolchosenbauern als Privatland zum Eigenanbau überlassen bleiben, bringen reichlichere Ernten als

das Kolchosenland. Also ein totales Fiasko! Die Unterdrückung der Freiheiten vergällt gleichzeitig die Leistungsfreude und endet im schlimmsten wirtschaftlichen Schlamassel, das die Menschheit jemals erlebte. Die parisitäre Bürokratie erdrückt den Menschen wie die Wirtschaft. Einzig die Angst hält das Gesellschaftsgefüge zusammen. Kanonen sind wichtiger als Butter. Eine mächtige und bedrohliche Armee sorgt dafür, dass die kommunistischen und kollektivistischen Ideen unangetastet bleiben. Die sogenannte Nomenklatura, das heisst der Kreis der Privilegierten, führt die Zügel und schwingt die Peitsche. Und bei alledem verschweigt die Sowjetunion nicht einmal, was sie vorhat.

Vom Frieden

Wer ist nicht für den Frieden? Kann man aber im Kreise der Menschen und der Völker für alle Zeiten mit einem solchen Gleichgewichts- und Ruhestand rechnen? Schon auf der Stufe des einzelnen ist Freiheit und Friede unter Nachbarn nicht denkbar ohne Gesetze, ohne Gerichte und ohne Bestrafung der ‹Bösen›, die gegen die geltenden Regeln verstossen.

Der Friede ist wünschenswert. Man muss mit Geduld, mit festem Willen und Entschlossenheit nach ihm streben. Er ist das höchste Ziel, das einzige, das eines freien Menschen würdig ist, der sozial denkt und seinen Nächsten achtet.

Aber bleibt uns der Friede erhalten, wenn eine bedeutende Nation, die bis an die Zähne bewaffnet ist, ständig und unmissverständlich ihre Absicht bekundet, ihr kollektivistisches System der ganzen Welt aufzuzwingen und gegen den Kapitalismus anzukämpfen, der die Freiheit und das Eigentum aufrechterhalten will?

Laufen schwache, unbewaffnete Völker letztlich nicht Gefahr, sich dem Willen stärkerer Nachbarn beugen zu müssen? Und sind gewisse Regierungen nicht gar zu leicht geneigt, bei wirtschaftlichen und politischen Schwierigkeiten zu Hause den Krieg nach aussen zu tragen, um ihre Stellung zu erhalten?

Solche unliebsamen Fragen zwingen uns zum Nachdenken. Die Geschichte lehrt, dass nur jene den Frieden bewahren können, die selber entschlossen sind, frei zu bleiben und im Frieden zu leben.

Gefahren

Gewiss wiegen die Gefahren, die auf uns allen lasten, schwer genug. Die Atombombe, die jederzeit gezündet werden kann, flitzt, in Satelliten verborgen, tagtäglich mehrmals über unsere Häupter hinweg. Auch in Lagersilos, in U-Booten oder Flugzeugen, die sich in ständigem Einsatz befinden, liegt sie bereit, um ihr verheerendes

Werk zu vollenden. Besonders arg erscheint, dass immer mehr Regierungen über diese Vernichtungswaffe verfügen. Bald wird es ein Kinderspiel sein, eine solche Bombe zu bauen. So liegen die Dinge! Dieser Wettlauf lässt sich nicht aufhalten. Was nützt es, den Erdball ein paar dutzendmal zerstören zu können? Einmal genügt vollauf. So bleibt denn für den, der im Konfliktsfall imstande wäre, als erster den Drücker zu betätigen, leider keine andere Abschreckung als die Drohung mit gleich schlimmer Zerstörung. Mit gutem Recht darf man darum sagen, dass einzig der bewaffnete Friede, der aufgrund einer Art gegenseitigen Gewährenlassens die Begehrlichkeiten unterdrückt und die Herrschsucht eindämmt, als echter Friede gelten kann.
Die Rüstungsausgaben sind unerhört und erscheinen völlig widersinnig – aber sie bilden den Preis jener Freiheit, die uns allen so teuer ist. Und wenn ein waffenstarrendes Land unmissverständlich zum ‹letzten Gefecht› bläst, in der klaren Absicht, unsere Lebensart gewaltsam zu ändern, dann bleibt uns nichts anderes, als uns zur Wehr zu setzen und unsere Freiheiten zu verteidigen.

Bleiben wir wachsam
Jeder einzelne hat das Recht auf seine eigene Meinung. Das ergibt sich aus dem Freiheitsbegriff und aus der Achtung vor dem Nächsten. Und das bedeutet, dass meine Meinung und Ihre Meinung genau gleich respektiert werden sollen.
Jenen, die ‹Lieber rot als tot› rufen, antworte ich rundheraus: Ich will weder rot noch versklavt noch tot, sondern schlicht und einfach frei sein. Und ich bin gewillt, den erforderlichen Preis zu zahlen, damit ich es bleiben kann.»

2. Argumente von unten

von Ralf Winkler, Arbeiter

«Was Sie ‹mit aller Deutlichkeit› den ‹lieben Genossenschaftern› im ‹Brückenbauer› Nr. 29/1982 mitteilten, das hört sich an wie das einfältigste Geschwätz eines primitiven Rossknechts am Biertisch. Und es stellt sich dazu die Frage: Wer von denkenden, halbwegs vernünftigen Menschen fällt denn noch auf solches Geschwätz herein, mit dessen Wahrheitsgehalt es an allen Ecken und Enden nicht stimmt?
Vom Böölimaa ‹Sowjetkommunismus›, mit dem Sie so ausgiebig herumfuchteln, lasse zumindest ich mich nicht schrecken. Zwar weiss auch ich, dass im Osten und da, wo – Ihren Worten nach – der

‹Marschtritt der Soldatenstiefel in den versklavten Satellitenländern› von der ‹schwerhörigen Welt› nicht gehört werden will, vieles nicht stimmt. Doch weiss ich ebenfalls, dass auch im Westen, in der sogenannten ‹freien› Welt, es die ‹Gewaltigen› gibt, die nach Weltherrschaft, nach Geldherrschaft, nach Irrsinnsherrschaft streben. Deshalb machen die Soldaten- und Polizeistiefel in den viel näher liegenden ‹freiheitlich-demokratischen› und ‹friedliebenden› Ländern – wie beispielsweise der Schweiz – mir mindestens ebensosehr Sorge. Dass ein ‹Kreis der Privilegierten› die Zügel zu führen und die Peitsche zu schwingen ‹versteht› (zumindest es praktiziert, wenn auch eher ohne Verstand), ist nicht nur im Osten zu beobachten. Auch hier in der ‹freien› Schweiz kann solches erlebt und erlitten werden.

Sie finden, der Friede sei wünschenswert. Dessen bin ich nicht so sicher. Zumindest möchte ich wissen, was für ein Frieden. Jedenfalls Ihr ‹Friede› scheint mir gar nicht so wünschenswert. Denn hinter diesem versucht sich einiges zu verbergen, das ich eher als unfriedlich, kriegerisch, unehrlich und unsozial und deshalb als friedensgefährdend und friedensverhindernd betrachte.

Sie finden weiter, die Geschichte lehre, ‹dass nur jene den Frieden bewahren können, die selber stark und entschlossen sind, frei zu bleiben und im Frieden zu leben›. Mich lehrte die Geschichte, dass man dem Pierre Arnold nicht so schnell und gedankenlos seine Märchen glauben darf, sondern statt dessen sich bemühen sollte, erst überhaupt einmal einen Frieden zu erringen, zu schaffen, bevor man ihn ‹bewahren› kann; erst frei zu werden, frei zu sein, bevor man frei ‹bleiben› kann und selber erst mal genügend *moralische* Stärke aufzubringen hätte, um auf jene unmenschlichen, selbstmörderischen und hochkriminellen Waffen verzichten zu können, mit denen so manche glauben, eine nicht vorhandene Freiheit ‹schützen›, einen nicht existenten Frieden ‹bewahren› zu können.

In einem Zeitalter, das zwei Weltkriege – mit Hiroshima dabei – hinter sich hat und das heute mit wahnsinnigen Overkill-Kapazitäten ‹glänzen› kann, bedeutet der Griff zu den verbrecherischen Waffen der Militärs keineswegs ein Zeichen der Stärke, sondern ist eine Manifestation der Schwäche, der Unvernunft und schwerer Geistesgestörtheit. Mich interessiert also die ‹Friedensbewahrung› jener ‹Starken› und ‹Entschlossenen› keineswegs, die – lässt man sie weiter wüten, ‹hüten› und ‹schützen› – es bald geschafft haben werden, den totalen Grabesfrieden zu realisieren.

Und auch jene ‹Freiheit› der von Angst und Wahnideen Unfreien nicht, die in ihrer ‹Freiheit› glauben, möglichst massiv Repression auf jene Menschen ausüben zu müssen, die für mehr Gerechtigkeit, für eine vernünftigere Wirtschaft und eine friedlichere Welt mit men-

schenwürdigeren Verhältnissen kämpfen und demonstrieren. Welch eigenartige ‹Freiheit› ist es doch, anständige, um ihr Recht, ihre Freiheit und um eine erfreulichere Zukunft kämpfenden Menschen durch Polizei zusammenknüppeln, durch eine faule Justiz in Gefängnisse werfen oder durch Militärs abknallen zu lassen.
Oder die seltsame ‹Freiheit› der Oberfreien, etwa durch misswirtschaftende Misswirtschaftsführer, wie auch durch fehlpolitisierende Fehlpolitiker Arbeitslose zu schaffen und arbeitswillige Menschen durch Kurzsicht, Unvernunft, blindmachende Profitgier um sichere, menschlich vertretbare Arbeitsplätze zu betrügen.
Da wäre auch noch die so ‹grandios› genützte ‹Freiheit› der Gewaltabergläubigen, mit der Verschleuderung von Milliarden an Zeit-, Geld-, Material- und Energie-Einheiten für eine wahnsinnige, selbstmörderische und völlig unmoralische Fehlaufrüstung schliesslich den totalen Ruin herbeizuführen.
Oder die ‹Freiheit› der Dummköpfe, Gangster oder Geistesgestörten, ihre Mitwelt in Angst und Schrecken zu versetzen, sie womöglich krank und süchtig zu machen, um sie so noch ‹gewinnbringender› ausbeuten zu können.
Weiter wäre da die ‹Freiheit› der herrschenden ‹Freien›, ihre ach so ‹freien› Mitbürger zu Konsum- und Produktionssklaven, zu untertänigsten Duckmäusern abzurichten im Solde einer von Moral, Vernunft und Menschlichkeit weitgehend freien Schiess- und Scheissgesellschaft.
Oder die ‹Freiheit›, im Gefängnis zu landen, wenn Menschen beispielsweise von der nach Schweizerischem Bundesverfassungsartikel 49 als ‹unverletzlich› erklärten Glaubens- und Gewissensfreiheit Gebrauch machen und sich im Militär *nicht* zu Staatsterroristen abrichten lassen wollen.
Auch ist die ‹Freiheit› nicht zu vergessen, in die Drogen zu flüchten und an ihnen kaputtzugehen, wenn man es als junger, sensibler Mensch inmitten all dieser Schwindel-‹Freiheiten› einer herrlichen ‹freien Welt› mit all ihrer ‹Humanität›, ‹Demokratie›, ‹Solidarität›, ‹christlicher Nächstenliebe› und Erzheucheleien nicht mehr aushält.
Wenn Sie also mit aller Deutlichkeit finden, ‹die Rüstungsausgaben sind unerhört und erscheinen völlig widersinnig – *aber* sie bilden den Preis jener Freiheit, die uns allen so teuer ist›, dann nehmen Sie dies zur Kenntnis: Ihre ‹Freiheit› ist nicht meine Freiheit, und Ihre Scheiss-‹Freiheit› mit den ‹Qual-itäten›, wie oben angedeutet, ist mir keineswegs teuer. Oder aber doch viel zu teuer, wenn ich an die Milliarden denke, welche – wenn es nach ‹Freien› Ihrer Art geht – weiterhin für eine völlig sinnlose, hochkriminelle, hochruinöse und letztlich selbstmörderische Landes- und Freiheits-‹Verteidigung›

verschleudert werden sollen. Eine ‹Freiheit›, die mit solchen Mitteln und Methoden zu Tode zu ‹verteidigen› ist, kennzeichnet sich selbst.
Wenn Sie schreiben, jeder einzelne hätte das Recht auf seine eigene Meinung (‹Das ergibt sich aus dem Freiheitsbegriff und aus der Achtung vor dem Nächsten›) und das bedeute, ‹dass meine Meinung und Ihre Meinung genau gleich respektiert werden sollen›, so tönt das für mich sehr hohl, und ich denke an die Meinungs-‹Freiheit› der ‹TAT›-Redaktoren, die Sie seinerzeit so tapfer zu Tode ‹verteidigten›. Oder ich denke auch an einen Hans A. Pestalozzi, der – wenn ich richtig orientiert bin – das GDI-Institut deshalb verlassen musste, weil er es wagte, *seine* Meinung in öffentlichen Vorträgen frei zu äussern.
Zum Schluss aller Ihrer Deutlichkeiten antworten Sie jenen, die ‹Lieber rot als tot› rufen: ‹Ich will weder rot noch versklavt noch tot, sondern schlicht und einfach frei sein.› Wunderbar, diese Antwort. So herrlich, dass dabei unwillkürlich ein Bild vor mir auftaucht. Das Bild des kleinen Peters, wie er in seiner ganzen Grösse und Schönheit da steht und aus voller Lunge kräht: ‹Ich will weder rot noch tot, sondern frei sein. Ich bin gewillt, den erforderlichen Preis zu zahlen, damit ich es bleiben kann.› Und der diesen Vers so lange und so heftig kräht, bis darob sein Kopf vor lauter Anstrengung rot und röter wird und er plötzlich in seiner Gefängniszelle, der so schön vergoldeten, tot zu Boden sinkt. Endlich von seinem Wahn befreit. Und noch ein weiteres Bild zeigt sich vor meinen Augen: das des Festredners – es geht ja immerhin auf den 1. August zu – wie er mit Pathos in die Menge hinaus deklamiert: ‹Wir wollen frei sein, wie die Väter waren. Lieber den Tod, als in der Knechtschaft leben!› Und der dabei nicht merkt, wie er mit diesen seinen hohlen Sprüchen den zufällig anwesenden Jungen nicht einmal mehr ein müdes Lächeln abzunötigen vermag, da diese schon längst realisiert haben, wie ‹frei› schon ihre Väter waren oder es noch sind.
Nein, auch ich will nicht ‹frei› sein, wie mein Vater es war oder wie der grosse Herr Pierre Arnold es anscheinend jetzt noch ist. Für mich soll nach Möglichkeit lieber nicht lebenslang gelten, was für so viele ‹freie› Schweizer eine entweder mit Resignation oder mit Sinnestrübung hingenommene ‹Selbstverständlichkeit› ist: ‹Lieber den Tod als *nicht* in der Knechtschaft (etwa der Banken, der Zinsvögte, der Profitsüchtigen, der Machtgierigen, der Gewaltanbeter, der Heuchelbrüder, Lügentanten und all ihrer Verwandten) zu leben bzw. zu vegetieren.›
Immerhin hatten Sie die Freiheit, Ihre Meinung, die ich nicht teilen kann, im ‹Brückenbauer› äussern zu können. Für den Fall, dass Sie – entgegen meiner Vermutung – es mit der Freiheit und ihrer Verteidigung bzw. Durchsetzung ehrlich gemeint haben sollten, so mache ich

Ihnen den Vorschlag, die Liberalität aufzubringen, um auch diese meine Meinung im ‹Brückenbauer› zu publizieren (statt sie mit der Wut des ‹Freien› zu unterdrücken und zu verfluchen). Solches deshalb, um – nach Möglichkeit frei von Angst – dabei zu erfahren, was herauskäme, welche Diskussionen stattfänden, ob und welche Veränderungen es eventuell zur Folge hätte.
Bringen Sie, so wäre zu wünschen, den Mut und die Freiheit auf, auch über diese meine Kritik ernstlich nachzudenken? Dies sogar auf die ‹Gefahr› hin, dabei jene Freiheit zu gewinnen, welche erforderlich ist, um einem stets Neues, Unbekanntes und – vielleicht – Besseres mit sich bringendem Leben nicht mehr allzu hindernd im Wege zu stehen? Oder will Ihre jetzige ‹Freiheit› zu solchem nicht ausreichen? Sind Sie mit ihr zu sehr in überlebten Vorstellungen versklavt?»

Der Brief wurde im «Wir Brückenbauer» *nicht* publiziert.

Konradin Kreuzer
Der schweizerische Zivilschutz – ein Beitrag zum Krieg

Der schweizerische Zivilschutz (ZS) hat Weltgeltung, er ist im Ausland legendär, ist nachahmenswertes Vorbild. Er verbreitet die These, man könne im Schutzraum einen Atomkrieg überleben und könne weiterleben. Das impliziert, ein Atomkrieg sei führbar, sei noch nicht das Ende. Die These kann – auch bei Leuten am Schalthebel – geradezu als Ermunterung dienen, den Krieg auszulösen. Der zweite internationale Kongress der Ärzte zur Verhinderung eines Atomkrieges (IPPNW = International Physicians for the Prevention of Nuclear War, 3.–6. April 1982 in Cambridge/GB) ist einhellig zum Schluss gekommen, ein Atomkrieg zwischen den Grossmächten könne nicht begrenzt werden. Über die Rolle und die Auswirkungen des Zivilschutzes in einem Atomkrieg hielt die IPPNW-Arbeitsgruppe in ihrem Schlusspapier[1] u.a. fest:

> Zivilschutz ernsthaft zu betreiben verführt die Öffentlichkeit zum Glauben, ein Atomkrieg sei überlebbar, und ermuntert Regierungen, auf solcher Basis zu planen. Jede der beiden Weltmächte beobachtet die Zivilschutz-Vorbereitungen der andern mit Misstrauen und registriert sie als Provokation. Zivilschutz wird so zum destabilisierenden Faktor.
>
> Zivilschutzanstrengungen von atomwaffenfreien Staaten, beispielsweise der Schweiz, führen zum Export sowohl von Konzepten wie von Technologie, welche Illusionen von Schutz auch in Ländern verbreiten, welche als A-Waffen-Zielgebiete zu betrachten sind. Zu argumentieren, Zivilschutz sei eigentlich für einen konventionellen Krieg gedacht, missachtet das hohe Risiko einer Eskalation zum Atomkrieg.

Entgegen landläufiger Meinung, die kleine Schweiz habe zur Kriegspolitik der Nuklearmächte nichts beizutragen, registrieren hier ausländische Beobachter einen spürbaren, unter Umständen verhängnisvollen Einfluss der Schweiz auf die internationale Politik.

Man sollte das auch im Inland erkennen, und es ist notwendig, die These vom Überleben eines Atomkriegs nach Schweizerart neu zu überprüfen.
Dies zu tun ist darum sehr dringend, weil die Schweiz nicht nur Nimbus verbreitet, sondern sehr konkret wirkt, ist sie doch Exporteur technischer Zivilschutzinstruktionen und Welt-Ausbildungszentrum für den Zivilschutz, Dauergastgeberland für Fachleutedelegationen aus Ländern in Nord und Süd.
Wie lautet denn die These?

> »Der Schutzraum – Mittelpunkt aller ZS-Massnahmen:
> Der Schutzraum bietet Schutz vor den Waffenwirkungen der modernen Kriegstechnik.» (BZS-Plakat 107.1)[2]

Konzeption 1971 des schweizerischen Zivilschutzes[3]

Am 11. August 1971 genehmigte der Bundesrat die Konzeption 1971 (K 71), und bis im März 1972 hatten der Ständerat und der Nationalrat von ihr «zustimmend Kenntnis» genommen. «Obwohl nicht Gesetz, ist die K 71 verbindlicher Leitfaden für den Auf- und Ausbau des Zivilschutzes» (BZS-Plakat 103.1). Juristen mögen sich über die Rechtsgültigkeit dieser Grundlage Gedanken machen. In den Jahren seither ist viel Geplantes verwirklicht worden, zuallervorderst der obligatorische Schutzraumbau. Der Stand heute wird, in Pauschalzahlen gerechnet, dem «ZS-Grundsatz: Jedem Einwohner einen Schutzplatz» (BZS-Plakat 103.3) annähernd gerecht. Dass es mit dem Betonbunker unterm Haus und den darin installierten V.A. (= Ventilations-Aggregaten) und dazu gehörenden plombierten Filtern nicht getan ist, das hat die 1981 ausgebrochene Diskussion um das *«Malaise im Zivilschutz»* deutlich gemacht. Der Urheber der Malaise-Diskussion hat die Sachlage treffend zusammengefasst:

> «Insgesamt muss man ehrlicherweise einsehen und zugestehen, dass der schweizerische *Zivilschutz,* im Gegensatz zur schweizerischen Armee, *nicht einsatzbereit und nicht funktionstüchtig* ist. Wenn es morgen ernst gälte, müsste in einer Art und Weise improvisiert und dilettiert werden, die jedem Verantwortlichen das Grauen einflösst und Bevölkerung und Behörden zutiefst beunruhigen sollte. *Das, was wir in Beton bereitgestellt haben, ist in keiner Weise mit Funktionstüchtigkeit gepaart.»* (Heinrich Stelzer, Chef des Amtes für Zivilschutz des Kantons Zürich, am 8. Juli 1981 in der Neuen Zürcher Zeitung.)

Die Schutzräume mit Luftmaschinen sind zwar gesetzlich erzwingbar. Für die Möblierung und Ausstattung und die Versorgung mit lebenswichtigen Vorräten gibt es aber keine gesetzliche Grundlage, und die Behörden können nur Empfehlungen geben. Die privaten Schutzräume im Land sind denn auch praktisch nirgends ausgerüstet und bezugsbereit. Überaus mager steht es mit der *Ausbildung* in der Zivilschutz-Organisation, die zwar geschäftig betrieben, aber auf viel Nebensächliches ausgerichtet wird. So mussten Schutzraumchef-Kandidaten (es sind rund 120 000 solche auszubilden) als «Ordnungshüter verantwortlich für die Einrichtung, den Bezug und das Leben im Schutzraum» (BZS-Plakat 108.6), bisher hauptsächlich sogenannte Nagelkurse absolvieren: Lernen, wie man aus den landesüblichen Kellerverschlägen die (vielerorts morschen oder ausgetrockneten) Dachlatten vermessen, verbuchhalten, demontieren, entnageln, zusägen und zu (laut Schutzraumhandbuch)[4] genormten Schutzraum-Liegestellen zusammennageln kann.
Die Konzeption 1971 enthält in sich vielerlei Widersprüche, wodurch das Gesamtbild stellenweise arg verzerrt wird. So entstehen Divergenzen zwischen theoretischen Wünschen des Bundesamtes und praktischen Notwendigkeiten von Ortsfunktionären in den ausführenden Gemeinden. Es entstehen auch Gewissenskonflikte, etwa bei Orts-Chefs, die frank gestehen, dass sie an die These vom Überleben eines Atomkriegs im Schutzraum nicht glauben, und dennoch gerade solches instruieren (müssen).
Immer wieder wird die Gültigkeit der K 71 betont. Somit ist auch der folgende Satz im Abschnitt 2.31 nach wie vor gültig:

> «Die lange Dauer gewisser Waffenwirkungen erfordert die Ausrüstung sämtlicher Schutzräume für eine autarke Phase von zwei bis maximal vier Wochen mit Trinkwasser, geeigneter Schutzraumnahrung und Material.»

Für diese autarke Phase müssen die Schutzräume nicht nur mit Trinkwasser und Nahrung versorgt, sondern auch mit Insassen versehen werden, sonst verfehlen sie zweifellos ihren Zweck. «Der Zivilschutz ist ein Teil unserer Sicherheitspolitik und Gesamtverteidigung.» (BZS-Prospekt 1981 K 71) Dann muss eine in der Armee alte (und gute) Selbstverständlichkeit auch im Zivilschutz gelten: Vorgesetzte (Offiziere) haben das, was sie ihren Untergebenen befehlen und zumuten, in ihrer Ausbildung zuerst am eigenen Leib zu erproben – das Schiessen, Mutübungen, Ausdauer, Entbehrungen. Im Zivilschutz heisst das, die Vorgesetzten müssen die Hauptaufgabe, die sie der ganzen Bevölkerung zumuten, zuerst am eigenen Leib erfahren. Meines Wissens hat der schweizerische Zivilschutz diesen Ernstfall

nie geübt. Nie ist ein Aufenthalt von zwei bis maximal vier Wochen autark und reglementsgetreu in einem voll ausgerüsteten und voll belegten privaten Schutzraum geübt worden. Ich betone, im *privaten* Schutzraum, gemäss TWP 66;[5] denn dieser müsste das Obdach sein für weitaus die Mehrheit der schweizerischen Bevölkerung, wenn ein Krieg droht oder ausbricht. Alle bisher in den Zivilschutzkursen gespielten *(ja, gespielten)* Übungen sind in geräumigen, nur teilbelegten, für höchstens ein paar Tage versorgten, mit WC, Duschen und meist Klimaanlagen ausgestatteten Zivilschutz-*Anlagen* gemäss TWO 77[6] durchgeführt worden. Der Plausch, die Gemütlichkeit derartiger Gesellschaftsanlässe wird schnell erlöschen, wenn die Funktionäre einmal auf je 1 m^2 brutto Bodenfläche bzw. in 2,5 m^3 Atemraum ohne fliessendes Wasser und Kanalisation und ohne Mannschaftsküche, von der Aussenwelt abgeschlossen, autark also, ihre zwei Pflicht-Kurswochen verbringen, und zwar zusammen mit ihren (erwachsenen!, ich will keine Kindsmisshandlung propagieren) Familienangehörigen. Den ersten Kurs werden logischerweise die Spitzen der Gesamtverteidigung und insbesondere des Zivilschutzes durchstehen müssen, angefangen bei den oberen Schirmherren Chevallaz, Furgler, Honegger, Wyser, Zumstein, Mabillard, Imobersteg und wie sie alle heissen, ebenso wie die Regierungs- und Funktionsspitzen der kantonalen Gesamtverteidigungs- und Zivilschutzämter. Das alles unter Friedensbedingungen, indessen bei ausgefallener Stromversorgung, mit der einzigen Übungszugabe eines (in privaten Schutzräumen ja nicht vorhandenen) Nottelefons von innen nach aussen. Ohne diese Erfahrung betrachte ich die Zivilschutzspitzen für nicht legitimiert, der Bevölkerung einen derartigen Schutzraumaufenthalt zuzumuten.[7]
Welche Aufgaben stellt sich der schweizerische Zivilschutz? Das Bundesamt für Zivilschutz umschreibt sie in Schlagworten in seinen Werbeaktionen und Plakatausstellungen für die Bevölkerung wie folgt:

«Zivilschutz-Aufgaben
1. Schützen, Retten, Heilen
2. Verhinderung von Kriegen
3. Hilfeleistung bei Katastrophen
4. Minderung der Erpressungsgefahr» (BZS-Plakat 103.2)

Ich zweifle daran, ob die Zivilschutzorganisation imstande wäre, *auch nur eine* der vier Teilaufgaben, geschweige denn die Gesamtaufgabe zu bewältigen. Mit Fragen und Einwänden versuche ich im folgenden, diese Zweifel deutlich zu machen:

Das müsste die Hauptaufgabe sein, den schützenden Beton überzustülpen, der «vor den Waffenwirkungen der modernen Kriegstechnik» schütze. Bundesamtliche Schlagzeilen in der BZS-Plakatserie 107 lauten etwa: «Der Schutzraum ... bietet: einen hohen Schutzgrad ... Schutz vor konventionellen Waffenwirkungen ... vor chemischen Kampfstoffen ... vor radioaktivem Ausfall ... vor Druckwirkungen von Kernwaffenexplosionen ...» Die BZS-Plakatserie 101 aber stellt u.a. fest: «Nukleare Waffen können *schlagartig* ganze Bevölkerungsteile und Städte zerstören ... Atomare Verstrahlung gefährdet oder zerstört grossflächig alle Lebewesen und verhindert *auf Jahre* hinaus neues Leben ... Moderne Schutzräume sind die *einzige Alternative* gegen die heute möglichen Bedrohungen. Es gibt keinen besseren Bevölkerungsschutz.» (Kursiv durch die Red.) Kann man die innere Widersprüchlichkeit besser demonstrieren als mit dieser Slogan-Reihe?
Man muss sich das Leben im Schutzraum in einer Strahlenlage ausmalen, für welche ich skizzenhaft eine Vorlage des Bundesamtes[8] gebrauchen will.

1 Tag nach der Explosion.
(Bodenexplosion, Energieäquivalent = 1 Megatonne)

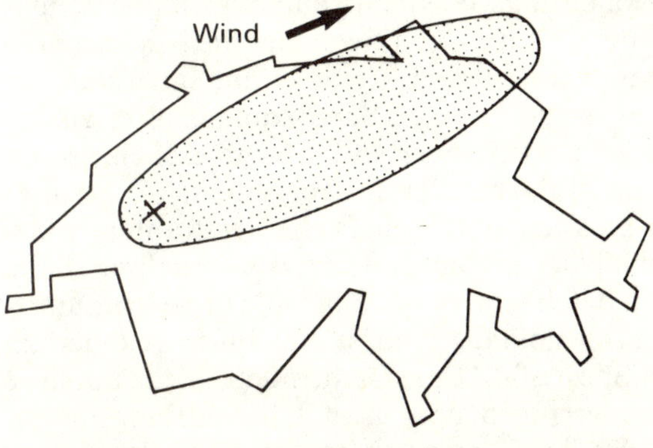

Länge: 600 km

Breite: 35 km

Fläche: 21 000 km²
½ Fläche CH

Mittlere Dosisleistung nach einem Tag: 2 bis 10 R/h

x = Explosionspunkt

Durch lokalen radioaktiven Ausfall verstrahltes Gebiet

Allerdings darf man sich den Krieg nicht – wie das schweizerische Zivilschutzexperten gern tun – als *einen* Abwurf *einer* Atombombe vorstellen, basta, und das weit weg von der Schweiz, so dass wir – wieder einmal – ungeschoren davonkommen. Die schönen Kreise von Wirkradien könnten durch mehrere A-Waffen-Einsätze empfindlich gestört und Zigarrenausbreitungsmodelle unbrauchbar werden.

Ich habe mir, nachdem ich im Einspracheverfahren gegen das Atomkraftwerk Gösgen die schweizerischen Katastrophenschutz-Konzepte im Detail analysiert hatte [9], vorzustellen versucht, wie sich ein Leben im Schutzraum abspielen müsste, wenn man die baulichen Gegebenheiten, die Handbuchvorschriften und die amtlichen Empfehlungen zugrunde legen und befolgen will. Es ist daraus eine Schilderung geworden, welche mich selber und ein grosses Auditorium von Ärzten in Hamburg tief betroffen gemacht hat. Ich begnüge mich hier mit dem Quellenhinweis [10], möchte aber ein paar grundsätzliche Schutzraumaspekte im Rahmen der K 71 zu bedenken geben. Eines der Plakate sagt:

> «Gemeinschaft – Im Schutzraum leben Familienmitglieder zusammen.» (BZS-Plakat 108.7)

Rund 600 000 Männer und ein paar tausend Frauen im FHD* leben aber im Ernstfall als Angehörige der Armee fern von ihren Lieben, ebenso rund 500 000 Mann (und 20 000 Frauen) als Zivilschutzdienstpflichtige. Der Zivilschutz führt ein eigentliches Eigenleben, denn in einem verstrahlten Gebiet sind seine Angehörigen ebenso in die Zivilschutzanlagen gezwungen wie wir in die Schutzräume. Es gibt keine Kommunikation zwischen der Zivilschutz-Organisation und dem Gros der Bevölkerung von noch rund 5 Millionen Menschen. Telefonverbindungen – sofern das Netz oder die behelfsmäßig gelegten Drähte überhaupt intakt sind – gibt es nur innerhalb der Organisation, aber nicht in die privaten Schutzräume. Von aussen her in die Schutzräume ist nur Radioverbindung vorgesehen, soweit die Insassen mit den empfohlenen Transistorgeräten ausgerüstet sind. Die Landessender müssten intakt sein (siehe Verstrahlungsskizze), der Empfang innerhalb der Betonwände müsste vernehmbar, die Gerätebatterien müssten frisch sein. Auch wenn alle diese Voraussetzungen erfüllt sind, sind bestenfalls landesweite Informationen zu erwarten, lokale nur im Spezialfall. Eine Gemeindebehörde und ihre Ortsschutz-Organisation verfügen über kein Übermittlungsinstrument, mit dem sie sich der Bevölkerung in den privaten Schutzräumen mitteilen könnten. Völlig ausgeschlossen sind Mitteilungen in umgekehrter Richtung, von den Schutzrauminsassen an die Aussenwelt. So sind die Menschen in den Schutzräumen bald in totaler Isolation und im Ungewissen über das Geschehen draussen. Der Streit, ob Drinbleiben oder Ausbrechen, dürfte früher oder später im Ausbrechen enden – Strahlenlage hin oder her.

* FHD = Frauenhilfsdienst

Es kann also nicht weit her sein mit dem Hauptsatz der Konzeption, ausgedrückt im bundesamtlichen Slogan

»Gesamtverteidigung und Zivilschutz
Mittel: Zivilschutz
Der Zivilschutz übernimmt den Schutz
und die Betreuung der Zivilbevölkerung.» (BZS-Plakat 102.10)

Viele Menschen wissen – auch Zivilschutzangehörige und -funktionäre bis hinauf in die Spitzen –, dass wir einen Atomkrieg mit oder ohne Schutzräume nicht überleben können, aber sie retten sich in *Ausflüchte,* in die eine vom begrenzbaren Atomkrieg, in die andere vom zu erwartenden konventionellen Krieg und in die dritte vom Katastropheneinsatz, um den Zivilschutz zu rechtfertigen. Zur Ausrede vom konventionellen Krieg genügt es hier, einen Satz aus der K 71 zu zitieren (Abschn. 1.23 [3]):

»Anfänglich konventionell geführte Kriege schliessen immer die Gefahr einer Eskalation zu Kriegen mit Massenvernichtungswaffen in sich.»
Ein anderer Plakat-Slogan sagt: «ZS-Grundsatz: Vorbeugen ist billiger als heilen –
Schützen = billiger als retten» (BZS-Plakat 103,8)

Die Menschen erst im Schutzraum gegen einen ausgebrochenen Krieg schützen wollen, das heisst in meinen Augen nicht vorbeugen. Vorbeugen wäre, den Krieg nicht ausbrechen lassen, ihn am Entstehen hindern. Das ist die einzige Alternative. Die ist nur gangbar, wenn die Menschen, die die Sinnlosigkeit eines Betondeckels in einer nicht mehr lebensfähigen Wüste begreifen, zu solcher Sinnlosigkeit = Zivilschutz nicht mehr gezwungen werden, und wenn denen, die es noch nicht begriffen haben, ihr vermeintlicher Trost = Zivilschutz entzogen wird – wenn also alle Kräfte und Mittel von diesem Leeraufwand abgezogen und auf die Alternative Kriegverhindern umgeleitet werden.

2. Verhinderung von Kriegen

Die dazugehörige Bildsymbolik (aus BZS-Plakat 103.2) zeigt, dass die Konzeption 1971 gar nicht wünscht, was sie hier sagt. Damit, dass man sich im Innern eines waffenstarrenden Igels in ein Betonverlies einkerkert – und zwar schon wochenlang vor dem befürchteten Ausbruch eines drohenden Krieges, wie es eine der wichtigsten Teilstrategien der K 71 im Schilde führt, nämlich die des vorsorglichen Bezugs der Schutzräume durch die Bevölkerung –, damit kann man keinen Krieg verhindern. Wollte man es tun, müsste man sich

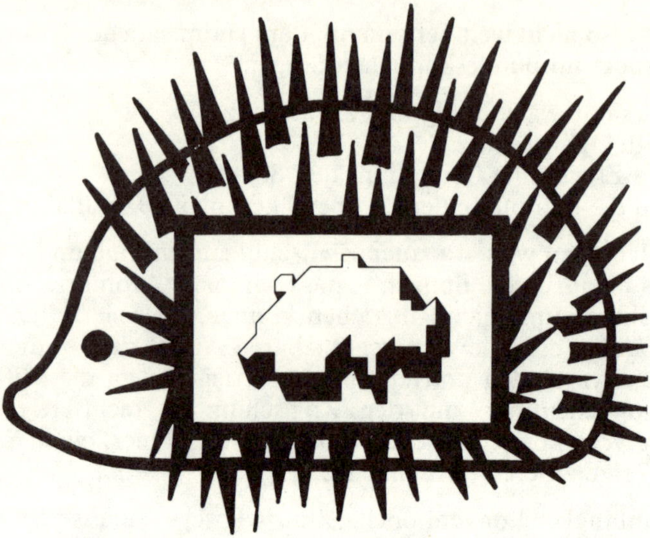

ganz im Gegenteil öffnen und mit Friedens- (statt mit Waffen-) Strategien nach aussen mitteilen. Das aber haben die Schweizer, die schon während des Zweiten Weltkrieges und seither dazu die schönsten Möglichkeiten gehabt hätten, gründlich verpasst.
Der Igel zeigt, was man wirklich möchte: einen dereinst ausgebrochenen Krieg von schweizerischem Territorium fernhalten – wie eh und je. Wenn man das auf diese Art könnte.
Noch viel weniger aussichtsreich erscheint mir die Aufgabe 4. «Minderung der Erpressungsgefahr», und zwar notabene auch der atomaren Erpressbarkeit. Solche Vorstellungen sind in meinen Augen ganz einfach peinlich. Bleibt Ausflucht Nummer 3.

3. Hilfeleistung bei Katastrophen

Man erinnere sich an den Slogan «Der Schutzraum – Mittelpunkt aller ZS-Massnahmen». In welcher Art Katastrophen soll der Schutzraum nützlich sein? Etwa bei einem Staudammbruch, den das Bundesamt als Bildsymbol aufs Plakat gebracht hat? Oder gehst du bei einer Überschwemmung oder einem Orkan in den Schutzraum, oder bei einem Erdbeben? Weisst du zeitig genug vorher, wann ein Erdbeben kommt, oder wann in einem chemischen Werk etwas explodiert? Soll der Schutzraum bei einem Grossfeuer, Eisenbahnunglück, Flugzeugabsturz hilfreich sein? Solche Ereignisse reiht das Bundesamt für Zivilschutz in seiner gelben Broschüre «Zivilschutz im Katastropheneinsatz» in einem historischen Rückblick über 23 Seiten und über 23 Jahrhunderte auf. In keinem der angeführten Beispiele hätte ein Schutzraum getaugt.

Auch ich bin dafür, dass man sich auf Notereignisse, auf Katastrophen vorbereitet und ausbildet. Das wird auf freiwilliger Basis vielerorts getan, und zwar, wie vielerlei Erfahrung lehrt, sehr wirksam: in der Medizin, der Feuerwehr, in sozialen Bereichen, bei Samaritern, im technischen Bereich. Dazu braucht es keine obligatorische Organisation namens Zivilschutz. Es braucht sie aus einem viel wichtigeren weiteren Grund nicht. Es ist nicht nötig und ist nicht von gutem, nach der Armee nun auch die ganze Bevölkerung bis in die letzten Verästelungen unter eine Art militärische Kontrolle zu setzen. Zuweisungsplanung, Blockchefsystem mit Personalregistraturen, das hierarchische Gefüge haben das schon in erschreckendem Mass entwickelt. Überdeutlich ist die Absicht erkennbar in den Vorschlägen zur Änderung der Militärorganisation dahingehend, dass Offiziere viel früher als bisher aus der Armee in den Zivilschutz übertreten oder aber, Offiziere in der Armee bleibend, im Zivilschutz wirken sollen.

Bleibt wirklich nichts mehr Gutes an unserem vielgerühmten Zivilschutz? Sind der grosse Aufwand an Geld und Beton und Zeit und die eingebrachte Begeisterung der Initianten und der heutigen Führung umsonst gewesen? Entreissen wir gutgläubigen Menschen einen letzten Trost und Strohhalm, an den sie sich in ihrer Angst vor einem Krieg klammern? Untauglich in einem atomaren Krieg, untauglich vermutlich auch in einem chemischen Giftkrieg, untauglich zur Dissuasion oder zum Widerstand gegen Erpressung, und untauglich bei Katastrophen. Zwei Aspekte bleiben, die für Schutzräume sprechen könnten.

Ein nicht-eskalierender konventioneller Krieg könnte Schutzräume rechtfertigen. Die hier anzubringenden Vorbehalte sind aber weiter vorn formuliert worden. Die Meinungen darüber, wie (un)wahrscheinlich ein konventionell bleibender Krieg rund um die Schweiz sei, gehen weit auseinander.

Den zweiten Aspekt hat der schwedische Vertreter unserer Arbeitsgruppe im IPPNW-Kongress von Cambridge verfochten. Prof. Lars Engstedt meinte, in einem Land, das voraussichtlich nicht direktes Zielgebiet für Atomwaffen sei, bestehe die Gefahr vor allem darin, dass es von radioaktivem Ausfall getroffen werde. Dann, und dies gelte vor allem für Schweden, wäre ein Zivilschutz mit Schutzräumen immer noch notwendig und nützlich.

Dieser Gedankengang lässt sich schlecht auf die Schweiz übertragen, denn die mitten im industrialisierten wahrscheinlichen Zielgebiet Europa liegende Schweiz ist viel zu klein, um in einem atomaren Austausch als Randgebiet taxiert zu werden. Sie wäre eher als Bestandteil des Zielgebietes zu betrachten.

Was tun?

Der Zivilschutz in der Schweiz ist obligatorisch. Zum Verweigern auffordern ist strafbar. Dem einzelnen Zivilschutz-Dienstverweigerer mag diese Betrachtung, so hoffe ich, einige Hilfe geben, insbesondere die Feststellung, dass unser Zivilschutz durchaus als Beitrag zum Krieg interpretiert werden darf. Argumentieren sollte man in der Schweiz allerdings noch dürfen, ohne sich strafbar zu machen, und das habe ich zu einer Aussage von Bundesrat Furgler, dem Obersten Schutzherrn des Zivilschutzes, getan:

> *Bundespräsident Kurt Furgler sagte* im Rendez-vous am Mittag Radio DRS am 24. November 1981:
> «. . . Und im Zivilschutz haben wir ein typisches Beispiel, wo es sogar ohne Staatshilfe geht: den privaten Schutzraumbau. Für diesen haben Bund, Kantone und Gemeinden bis vor kurzem 65 Millionen Franken bezahlt. Heute zahlt der Bürger allein. Er will es auch, weil er dafür verantwortlich ist und es auch vermag.»
>
> *Dazu sage ich:*
>
> Ganz einverstanden: Wer einen Schutzraum bauen will, der soll ihn auch bezahlen.
> Aber nur, *wenn auch gilt:* Wer keinen Schutzraum bauen will, der soll keinen bauen müssen!
> (Wandzeitung am Friedenstreffen in Luzern, 12./13. Dezember 1981.)

Die Armee abschaffen, ist ein Postulat. Das ist eine hohe Hürde auf dem langen Weg der Verfassungsinitiative. Das greift an ein schweizerisches Heiligtum – eine jetzt erst recht zu hoch gewordene Hürde, angesichts der Flucht des Schweizervolks nach rechts und in verschärfte Ruhe und Ordnung. Es isoliert zu tun – mich schaudert. Wäre es denkbar, beide Postulate kombiniert anzupacken: die Armee abschaffen *und den Zivilschutz?* Ein Heiligtum und ein Halbheiligtum. Wehr und Trost zusammen in Frage stellen. Man sollte darüber nachdenken.
Wenn die Schweiz ihren mustergültigen Zivilschutz abschafft, weil er einer kritischen Prüfung nicht standhält, und wenn die Schweiz weltöffentlich erklärt, die These vom Überleben eines Atomkrieges im Schutzraum sei ein Luftgebilde und lasse sich nicht halten, dann leistet die Schweiz über ihre Landesgrenzen hinaus einen wichtigen Beitrag zur Verhütung eines Krieges.

Quellen

[1] Final Draft of the Working Group Session on «The Role and Effectiveness of Civil Defence in Nuclear War»

[2] Zivilschutz-Ausstellungsplakate des Bundesamtes für Zivilschutz (BZS), 3003 Bern

[3] Konzeption 71 des Zivilschutzes (Bericht des Bundesrates an die Bundesversammlung vom 11. August 1971 und Konzeption 1971 des schweizerischen Zivilschutzes) publiziert im «Mitteilungsblatt des Zivilschutzes», Publikationsorgan des Bundesamtes für Zivilschutz, Nr. 15, Oktober 1971

[4] »Schutzraumhandbuch», Provisorische Ausgabe 1978 des Bundesamtes für Zivilschutz, Bern (vergriffen)

[5] TWP 1966, Technische Weisungen für den Privaten Schutzraumbau (vom 15. November 1966)

[6] TWO 1977, Technische Weisungen für die Schutzanlagen der Organisation und des Sanitätsdienstes (vom 1. Oktober 1977)

[7] Ausführlicher begründet in «Lern Deinen Schutzraum kennen»... «Lernt unseren Schutzraum kennen», «nux» Nr. 23, Ostern 1982 (Redaktion Konradin Kreuzer, CH 4112 Flüh)

[8] Aus: «Der Schutz vor radioaktivem Ausfall in der Landwirtschaft. Was das landwirtschaftliche Kader vom Strahlenschutz wissen muss», Hrsg. Bundesamt für Zivilschutz

[9] Analysenergebnisse von schweizerischen Katastrophenschutzkonzeptionen (im Rahmen der Einspracheverfahren gegen die Betriebsbewilligung AKW Gösgen, Hearing vor dem Bundesamt für Justiz vom 11. Januar 1980), publiziert in «nux» Nr. 11–15, 1980·

[10] «Zivilschutz in einem Atomkrieg», Vortrag am Medizinischen Kongress zur Verhinderung des Atomkrieges am 19./20. September 1981 in Hamburg, publiziert in «nux» Nr. 20 und 21, Nov. und Dez. 1981
sowie in: «Die Überlebenden werden die Toten beneiden», Pahl-Rugenstein, Köln 1982 (= Buch zum Kongress)

[11] «Was bringt und was hinterläßt die Wolke?» «nux» Nr. 12. Juni 1980

Jürg Frischknecht
Die Schweiz schützt sich vor Schweizern: Die Gesamtverteidigung

«Demokratische Selbstbestimmung ist nach unserer Überzeugung die beste Voraussetzung für die Freiheit des Individuums, die allgemeine Wohlfahrt und die lebendige Weiterentwicklung unseres Staatswesens. Unsere Sicherheitsanstrengungen dienen vor allem dazu, diese Selbstbestimmung zu erhalten, das heisst, die Freiheit, unsere Angelegenheiten selber zu ordnen.» [1]

Ein schönes Zitat. Es steht in der Broschüre «Unsere Sicherheitspolitik», herausgegeben von der Zentralstelle für Gesamtverteidigung (ZGV). Seit 1970 ist Gesamtverteidigung offizieller Titel für eine spezielle staatliche Organisation und für die Idee, im Zeitalter des totalen Krieges sei Landesverteidigung nicht bloss Sache der Armee, sondern umfasse eine ganze Palette von Massnahmen, von einer friedensstützenden Aussenpolitik bis hin zu Staatsschutz und psychologischer Abwehr im Innern.

Der Begriff verkörpert aber auch (in einem weniger offiziellen Verständnis) die Tendenz der Militärs, immer mehr politische und gesellschaftliche Bereiche der Sicherheitspolitik zuzuordnen, unterzuordnen, zu militarisieren. Die regierende bürgerliche Mehrheit, die Schweizerische Offiziersgesellschaft (SOG) und weitere Kreise versuchen seit Jahrzehnten, das militärische Geschwür weiter auszudehnen

– was stets mit einem Abbau demokratischer Selbstbestimmung verbunden ist, schön formulierte Ziele hin oder her.

Das Stichwort Gesamtverteidigung steht zum Beispiel für die Versuche,

- die Frauen in die militärische Organisation zu integrieren;
- staatlich zu indoktrinieren (ein Zivilverteidigungsbuch für die Erwachsenen, Wehrkunde für die Schüler);
- in Manöverdispositiven und am Gesamtverteidigungs-Sandkasten den Krieg gegen den inneren Feind zu proben, also den Klassenkampf von oben;

- kritische Wehrmänner zu bespitzeln und im Ernstfall zu internieren;
- ausgerechnet dem famosen Obersten Albert Bachmann den Spezialdienst anzuvertrauen (also jene staatliche Geheimorganisation, die «günstige Voraussetzungen für den aktiven Widerstand gegen eine Besetzungsmacht in der Schweiz zu schaffen» hat).[2]

Je mehr staatliche Aktivitäten unter der Klammer Gesamtverteidigung erfasst werden, desto mehr Bereiche werden aus der direkten demokratischen Selbstbestimmung ausgegrenzt, desto grösser also der militärisch dominierte Staat im Staat. Das mag zwar durch entsprechende Rechtserlasse formell abgestützt sein, aber die direkte Kontrolle durch den Bürger ist ausgeschlossen. Ein verselbständigter Apparat der herrschenden Elite, Konkordanz ohne Volk. Die Logik der Gesamtverteidigung: Demokratie verteidigen, indem man sie abbaut.[3]

Geistige Landesverteidigung: helvetische Gehirnwäsche

Sichtbarster Ausdruck der Versuche, die Landesverteidigung nicht auf die Armee zu beschränken, sind die jahrzehntelangen Bemühungen um eine Geistige Landesverteidigung (bezeichnend, dass es für den scheusslichen Ausdruck keine vernünftige französische Übersetzung gibt). Ausgangspunkt dieser Bemühungen ist eine Haltung, die dem Bürger misstraut, die es deshalb für nötig hält, ihm mittels staatlicher Propaganda die richtige Einstellung beizubringen – eine Art helvetische Gehirnwäsche, auf jeden Fall eine Unmündigkeitserklärung.

Bundesrat Rudolf Gnägi hat 1967 in einer unvergessenen 1.-August-Rede die Essenz der Geistigen Landesverteidigung auf eine kurze, faschistoide Formel gebracht: «Möge es uns vergönnt sein, alles Defaitistische, Unschweizerische und Fremde, das unserem Wesen nicht angepasst ist, auszumerzen und zu überwinden.»[4] Gnägis Urschrei der Ganzheitsideologie dokumentiert eine Haltung, die sich in den dreißiger Jahren angesichts der nationalsozialistischen und faschistischen Bedrohung herausgebildet hat. Die Kulisse: SPS-Bekenntnis zur Landesverteidigung, Friedensabkommen, Landigeist, politischer Burgfrieden. Ein Volk, eine Armee. Volksgemeinschaft, nicht Klassengegensätze. Einer für alle, alle für einen.

Die Armeestelle Heer und Haus, die diesen Geist hegte und pflegte, wurde bei Kriegsende aufgelöst; private Organisationen übernahmen die Aufgabe.[5] Ersatz für die entfallene äussere Bedrohung war rasch gefunden: der Kommunismus (den man als Bolschewismus seit 1918

auch im Innern bekämpft hatte). In den fünfziger Jahren dominierte der kalte Krieg das innenpolitische Klima: eine formierte, erstarrte Gesellschaft, in der jede oppositionelle Regung als kommunistisch inspiriert oder wenigstens als naive Handlangerei diffamiert wurde. Das Verpassen der Etikette kommunistisch genügte, um Unbequeme ins gesellschaftliche Offside zu drängen. Bezeichnend, dass 1956 die Dienststelle Heer und Haus reaktiviert wurde.
(Mit zu dieser Formierung gehörte die ausbleibende differenzierte Diskussion über die Rolle der Schweiz während des Weltkriegs. Man rechnete ersatzweise mit den Fröntlern und den Zweihundert ab und verdrängte die anpasserische Haltung bürgerlicher Politiker, das Liebäugeln von Wirtschaftsführern mit faschistischen Gesellschaftsmodellen, die peinlich-nazifreundliche Haltung höchster Offiziere. Man sang unkritisch den Refrain von der Armee und ihrem General, die die Schweiz vor Bösem bewahrt hätten – mit dem zynischen Konzept, Land und Leute aufzugeben und ein Réduit zu verteidigen.)
Mit den sechziger Jahren kamen die Nonkonformisten (und später die Studenten), die gegen die Erstarrung des kalten Krieges opponierten, Kritik und Debatte ins öffentliche Leben zurückholten. Grund genug für die Geistigen Landesverteidiger, ihr Weltbild offensiver zu propagieren. 1964 beschloss die SOG, «die Vorbereitung einer Bewegung zur Erziehung des Volkes an die Hand zu nehmen», und setzte eine Kommission für geistige Landesverteidigung ein, die 1967 einen Bericht präsentierte, den selbst eine «Weltwoche» als «Manifest für Untertanen» kritisierte. Zwei Kostproben aus dem totalitär inspirierten Bericht: «Die schulentlassenen Jugendlichen können oft nur auf Umwegen angesprochen werden, indem sie vorerst irgendeiner Organisation, die zur Mitarbeit in der GLV bereit ist, zuzuführen sind. Für die jungen Stimmbürger (etwa bis gegen dreissigjährig) stellt sich, soweit sie nicht von sich aus Anschluss an im Sinne der GLV tätigen Vereine suchen, das Problem der Schaffung besonderer Organisationen, eventuell sogar mit Parteicharakter.» Und: «Für die Erwachsenen sind zu den bestehenden noch weitere Bildungsmöglichkeiten auszuloten und insbesondere die Massenmedien einzuspannen.»[6]
1965 erschien eine Vorauflage des Zivilverteidigungsbuches, verfasst vom damaligen Major Albert Bachmann. Die bereinigte Fassung wurde 1969 in alle Haushalte verschickt (und hätte später allen Frischvermählten abgegeben werden sollen). Im Kapitel «Die zweite Form des Krieges» hetzt das staatlich finanzierte Machwerk gegen Pazifisten und Oppositionelle (die Vorauflage war noch intoleranter). Immerhin: Bachmanns Werk, das die Identifikation des Bürgers mit der Armee hätte stärken sollen, provozierte linke und liberale

Geister. Beim wachen und kritischen Teil der Bevölkerung wurde das Vertrauen in die Armee geschwächt.
Diese (und weitere) Konzepte Geistiger Landesverteidigung haben eines gemein: Sie machen Stimmung gegen die politische Opposition im eigenen Land, hetzen gegen unbequeme Minderheiten. Gegen Minderheiten, von denen die Schweiz seit 1945 wahrlich nicht bedroht war. Hat die PdA unsere Landschaft zersiedelt wie keine Generation zuvor? Hat der Kreml all die multinationalen Firmen mit Sitz in der Schweiz unter Kontrolle? Haben die Pazifisten bedenkenlos Atomkraftwerke aufgestellt? Ist die Machtkonzentration der Grossbanken von den Subversiven inszeniert worden? Geistige Landesverteidigung ist, zieht man Bilanz, eine gigantische Ablenkungsübung: Da wurde der Popanz eines äusseren und inneren Feindes aufgebaut von jenen, die die Schweiz hemmungslos in ihrem Interesse veränderten.
Das Zivilverteidigungsbuch war die letzte grössere Zuckung der Geistigen Landesverteidiger. Dieses Konzept staatlicher Propaganda ist abgewirtschaftet. Als ein Nationalrat 1981 eine Neuauflage anregte, winkte der Bundesrat müde ab.
Ein später Ausläufer dieses Konzepts war der Bericht «Jugend und Landesverteidigung», in dem 1978 eine ZGV-Kommission im alten Geist die Verankerung der Wehrkunde in den verschiedensten Lehrplänen postulierte. Motto: «Nicht jede Propaganda ist Indoktrination.»[7] Der Bundesrat hat den Bericht inzwischen in die Schubladen versenkt. Unsere Gesamtverteidiger müssen sich wohl auf lange Zeit mit einem neidvollen Blick in die DDR begnügen.
Weitblickendere Propagandisten unter den Militärs haben längst geschaltet. Sie zielen nicht mehr aufs Hirn, sondern auf den Bauch. Keine Hirnwäsche mehr, sondern emotionales Kitzeln durch hautnahe Identifikationsangebote: Tage der offenen Tür, Wehrvorführungen, Defilees. Divisionär Frank Seethaler inszenierte im Frühling 1979 in Zürich den neuen Propagandatyp modellhaft: Armee als Show, als Chilbi für Väter und Kinder, ein emotionales Befriedigen der Sehnsüchte nach Stärke. Karussell-Fahrten auf der Kanone, Rumklettern im Panzer, auch mal ein Schuss – das fährt mehr ein als eine langweilig-indoktrinierende Wehrkunde.

Der innere Feind im Visier

Gesamtverteidigung ist längst mehr als Armee plus Geistige Landesverteidigung. Der Bundesrats-Bericht von 1973 führt in trauter Dreieinigkeit die Begriffe «Information, psychologische Abwehr,

Staatsschutz» auf. Die damit befassten Stellen, steht dort kärglich, «bekämpfen staatsfeindliche Umtriebe und verfolgen im Neutralitätsschutz- und Verteidigungsfall eine ausgewogene Kontrollpolitik». Und weiter: «Unter Staatsschutz im engeren Sinne sind alle nichtmilitärischen und nicht aussenpolitischen Massnahmen der zivilen Behörden zu verstehen, die im Interesse der inneren und der äusseren Sicherheit der Eidgenossenschaft getroffen werden. Es geht um den Schutz unserer rechtsstaatlichen demokratischen Einrichtungen, um die Aufrechterhaltung von Ruhe und Ordnung sowie um den Schutz unserer Beziehungen zu anderen Staaten und unserer Neutralität. Die vorwiegend strafrechtlichen und administrativen Massnahmen richten sich gegen staatsfeindliche Umtriebe und gegen verbotene nachrichtendienstliche Tätigkeit zum Nachteil unseres Landes oder von Drittstaaten.» Leider erfährt der Bürger nicht, was sich der Bundesrat unter «administrativen Massnahmen gegen staatsfeindliche Umtriebe» alles hat einfallen lassen.

«Als die Räte 1973 den Bericht zur Kenntnis nahmen, war für uns der Durchbruch da», freute sich der damalige ZGV-Direktor, Oberst und Altregierungsrat Hermann Wanner. Seither seien vor allem die nötigen organisatorischen Strukturen aufgebaut worden, um die militärischen und zivilen Stellen für den Ernstfall zu verzahnen.

Publikationen und Äusserungen der ZGV sind meist in nüchternem Ton gehalten, ohne Gehässigkeiten gegen Oppositionelle à la Zivilverteidigungsbuch. Doch hinter der täuschenden Fassade wird weiterhin der böse Feind im Innern ins Visier genommen. So auch an der letzten Gesamtverteidigungsübung im Februar 1980, wo insgesamt 3000 Personen den Ernstfall probten (ziviler Leiter war der Urner Ständerat Franz Muheim, ein Mann mit ausserordentlich engen Beziehungen zu Oberst Bachmann).

Die Linkspresse dokumentierte umgehend geheime Szenarios dieser Übung:[8]

- Übungsteilnehmer hatten «sofort etwas zu unternehmen», denn in der «Kommune Rössli Stäfa» habe sich eine Gruppe linker Offiziere mit SP-Leuten und «Kommunemitgliedern» verschworen und vom Bundesrat verlangt, «den Widerstand gegen die Warschauer-Pakt-Truppen aufzugeben und sich den neuen europäischen Verhältnissen anzupassen».
- «Am Montagabend hat in Willisau ein Komitee ‹Helvetische Volksrepublik› seine Gründungsversammlung durchgeführt. Es setzt sich zusammen aus Anhängern sozialistischer und pazifistischer Ideen.»
- «Da ist wieder Radio Kobra, der aufgestellte Sender für Leute, die noch nicht abgestellt sind. Wieder einmal geklöpft hat es in

Winterthur bei einem Attentat auf drei Stellwerke. So richtige Pfuscher, die nicht einmal etwas in die Luft jagen können, ohne dass ein paar draufgehen. Gestern war in Basel eine Demo, ein Friedensmarsch mit ein paar hundert Leuten ...»

Für die Gesamtverteidiger sind die Feinde geortet: Sozialisten, Kommunisten, Pazifisten, AKW-Gegner. Die Einseitigkeit von solchen Szenarien hat der heutige ZGV-Direktor Alfred Wyser im Herbst 1981 unverblümt zugegeben: «Es stimmt natürlich nicht, dass in den Armeestab- und Gesamtverteidigungsübungen der Feind immer aus dem Osten kommt. Anderseits – und das muss man ganz offen zugeben – wäre es völlig unrealistisch, eine Übung anzulegen, die nicht aufgrund der aktuellen wirklichen Situation mögliche Bedrohungssteigerungen, Bedrohungseskalationen, vorsieht ... Die Grundbedrohung von den Machtmitteln her nicht bei den Sowjets zu sehen wäre Vogel-Strauss-Politik. Eine Übungsanlage hat also nicht neutral, sondern bedrohungsgerecht zu sein.»[9]

«Nicht-neutrale, bedrohungsgerechte» Szenarios haben in der Schweizer Armee eine lange Tradition:[10]

- «Im Zusammenhang mit der Kritik an den Ostverträgen und dem Sturz der Regierung Brandt ist ein überraschender Angriff der roten Streitkräfte unter Einsatz von taktischen Atomwaffen auf die BRD und Österreich erfolgt.» (1972)
- «Die französische Regierung hat am 15. 9. 1981 mit der UdSSR ein Abkommen über die Benützung der unterirdischen U-Boothafen Cherbourg und Royan abgeschlossen. Die darauf entstandenen Tumulte konnten mit Polizei und Militär nicht niedergeschlagen werden. Die Volksfrontregierung bittet um Verstärkung durch östliche Truppen.» (1981)
- «In Zürich führten Mitglieder des demokratischen Manifests und der revolutionären marxistischen Liga eine grossangelegte Demonstration gegen die ‹Scharfmacher von Wien› durch.» (1977; bei den «Scharfmachern» sind exilierte Mitglieder der Charta 77 gemeint, mit der sich sowohl das Manifest wie die RML solidarisiert hatten.)

Wohlverstanden: Das sind bloss ein paar per Zufall bekanntgewordene Dispositive, die gegen Oppositionelle im Innern und gegen sozialistische Regierungen von Nachbarländern agitieren. Nicht-neutral ja, aber bedrohungsgerecht?! So oder so: In der schweizerischen Armee wird systematisch der Krieg gegen eigene Landsleute geprobt.

Und das bedarf der Vorbereitung in Friedenszeiten: Staatsschutz, psychologische Abwehr. Militärische und zivile Stellen arbeiten eng zusammen. Chef der EMD-Abteilung Abwehr ist Peter Huber,

bekannt als Chef der Bundespolizei – in deren Gebäude an der Berner Taubenstrasse 16 die EMD-Abteilung Abwehr auch residiert.
Die Armee verlässt sich indessen nicht bloss auf die Daten des zivilen Staatsschutzes, sondern sammelt auch selbst, wie Divisionär Johann Hüssy gegenüber Oberleutnant R. offen zugab: «Es trifft zu, dass über Ihre Person auf der Stufe Mech Div 4 Informationen über Ihr Zivilleben, Ihre berufliche Tätigkeit sowie über Ihre persönlichen Beziehungen eingeholt wurden.» Und weiter: «Solche Auskünfte werden mündlich oder/und schriftlich jeweilen sowohl bei staatlichen, nicht staatlichen und privaten Quellen eingeholt.» Er sei «nicht bereit, ... die Informationsquelle bekanntzugeben». Oberleutnant R. war das Dossier dank einer Panne bekanntgeworden; die dort enthaltenen Informationen waren grösstenteils falsch.[11]
Heute werden oppositionelle Wehrmänner «bloss» bespitzelt und registriert. Im Ernstfall würden sie interniert, eine Aufgabe, mit der sich die Territorialzonen beschäftigen. In der Territorialzone 4 wimmelt es von Mitgliedern von Cinceras Informationsgruppe Schweiz. Oberstleutnant Cincera Ernst absolviert seinen Dienst im selben Büro wie Oberst Gilgen Alfred.
Der Filz zwischen Armeestellen und unheimlichen Patrioten liesse sich an zahllosen Beispielen belegen. Hier ein paar wenige. Robert Vögeli, früher Mitkämpfer von Cincera und heute Leiter des Instituts für politologische Zeitfragen (Anti-Spionage, Anti-Subversion), war lange Zeit Dienstchef Heer und Haus in der Zürcher Felddivision 6. Der langjährige ZGV-Pressesprecher Georg Bruderer leitete die SAD-Fachequipe Subversion (Schweizerischer Aufklärungsdienst).
Um die Schweiz vor der Subversion zu schützen, werden bei Bedarf ungeniert Gesetze verletzt. Werner Schorno, Berner Untersuchungsrichter für Wirtschaftskriminalität, lieferte der Organisation Cincera widerrechtlich die exakten Personalien von 51 Dienstverweigerern – Daten, zu denen er als militärischer Untersuchungsrichter Zugang hatte. Ein regelrechter nachrichtendienstlicher Informationsaustausch verband die Organisation Cincera mit dem Heer-und-Haus-Dienstchef René Schmid in der EMD-Abteilung für Sanität. Ohne Zweifel sind die wenigen bekanntgewordenen Fälle höchstens die Spitze des Eisberges.
Schorno erhielt von der Militärjustiz symbolisch fünf Tage bedingt. Schmid hätte sich vor einem zivilen Richter wegen Amtsgeheimnisverletzung verantworten müssen. Er fühlte sich von Staat und Freunden im Stich gelassen, verstand die Welt nicht mehr und erschoss sich. Er war überzeugt gewesen, zum Wohle des Vaterlandes zu handeln, Amtsgeheimnis hin oder her.
Eigenmächtiges Handeln hoher Offiziere ausserhalb demokratischer

Strukturen und rechtsstaatlicher Normen hat in der Schweiz eine lange Tradition. Das Büro Ha des St. Galler Majors Hausammann und die Offiziersverschwörungen des Sommers 1940 gelten im heutigen historischen Urteil weitgehend als Vorbilder – ungeachtet der Tatsache, dass solche Zirkel ausserdemokratisch, letztlich putschistisch orientiert sind.
Die Mühe von hohen Offizieren, die Vorrangstellung der Politik zu akzeptieren, ist immer wieder festzustellen. Ein Vortrag des Berner Professors und Obersten Max Kummer, von Heer und Haus verbreitet, agitierte offen gegen die Instanz, der Heer und Haus unterstellt ist: gegen den Bundesrat, dem «eine vorweggenommene Kapitulation» vorgeworfen wird: «Die Armee wird im Stich gelassen von der eigenen Führung.»[12]
Insbesondere bei Rüstungsbeschaffungen klagen die Militärs über die leidige Unterordnung unter die Politik. Beispielsweise in einem Protokoll der Zürcher Offiziers-Gesellschaft, in dem postuliert wird, «die Nullen in Bern dorthin zu setzen, wo sie hingehören».[13] Oder in einem Aufsatz des SOG-Präsidenten und Obersten Peter Keller über die «Vorprogrammierte Krise unserer Landesverteidigung». Unter dem Zwischentitel «Der Primat der Politik und seine Schwäche» klagt Keller: «Die Gefahr ist offensichtlich, dass eine Reihe von politischen Faktoren dringend notwendige Entscheide über die materielle Rüstung unserer Armee in einem Ausmass verzögern, das von ihrem Auftrag her nicht verantwortet werden kann.»[14]
Das sind zwar vorsichtige Töne, aber in der Richtung dennoch eindeutig: Sachzwang vor Demokratie. Solche Tendenzen könnten sich rasch ausweiten: Eigentlich könnten die Militärs sachverständiger und rascher entscheiden als die gelähmten Politiker. Es wäre doch alles so viel einfacher, wenn die Gesamtverteidiger auch noch die Rüstung bestellen könnten.

Öffentlichkeit herstellen

Die Militärs setzen alles daran, über ihre Gesamtverteidigungs-Planspiele gegen den Feind im Innern weiterhin den Geheimhaltungsschleier zu legen. Die Medien üben sich weitgehend in falscher Solidarität; im Zweifelsfall schweigen sie. Und die Armee-Experten der parlamentarischen Linken schlagen sich zwar fleissig mit Rüstungsfragen herum, aber eine ebenso intensive Auseinandersetzung mit der militärischen Disziplinierung der politischen Opposition findet man nicht.[15]
Erst gelegentlich wird das Schweigen fürs Vaterland durchbrochen,

von Dissidenten, die den Umgang der Schweizer Armee mit politisch oppositionellen Kräften nicht für ein militärisches Geheimnis halten, sondern für eine Frage, die im öffentlichen Interesse öffentlich diskutiert gehört – auch wenn die Militärs ihre Geheim-Stempel auf die Unterlagen gedrückt haben. Die Prognose darf gewagt werden, dass künftig auch im Armeebereich mehr Dissidente für Transparenz sorgen werden. Als echter Beitrag zu demokratischer Selbstbestimmung.

Anmerkungen

[1] Unsere Sicherheitspolitik (Gesamtverteidigung), herausgegeben von der Zentralstelle für Gesamtverteidigung, Bern 1975

[2] Bericht der Arbeitsgruppe der Geschäftsprüfungskommission an den Nationalrat über ihre zusätzlichen Abklärungen zur Angelegenheit Bachmann, 19. Januar 1981

[3] Die offizielle Haltung des Staates ist formuliert in: Bericht des Bundesrates an die Bundesversammlung über die Sicherheitspolitik der Schweiz (Konzeption der Gesamtverteidigung), 27. Juni 1973; das Parlament hat antragsgemäss vom Bericht Kenntnis genommen.
An kritischen Publikationen zum offiziellen Konzept der Gesamtverteidigung seien hier erwähnt:
Robert Junod, Gesamtverteidigung ... ein Trugschluss? Zürich 1972 (Verlag Schweizerischer Friedensrat)
Rolf Thut, Claudia Bislin, Aufrüstung gegen das Volk, Zürich 1977 (eco verlag)
Peter Weishaupt, Wieviel Sicherheit bietet unsere Armee? Zürich 1980 (Schriftenreihe des Schweizerischen Friedensrates)

[4] Eine unentbehrliche Materialsammlung zum Thema Armee wie auch zu anderen Bereichen findet sich in: Max Schmid, Demokratie von Fall zu Fall, Repression in der Schweiz, Zürich 1976 (Verlagsgenossenschaft, jetzt Limmat Verlag)

[5] Jürg Frischknecht, Peter Haffner, Ueli Haldimann, Peter Niggli, Die unheimlichen Patrioten, Zürich 1979 (Limmat Verlag); insbesondere das Kapitel «Kader der Nation – SAD»

[6] Bericht der SOG-Kommission für Geistige Landesverteidigung, Allgemeine Schweizerische Militär-Zeitschrift, April 1967

[7] Der vertrauliche Bericht ist in vollem Umfang abgedruckt in: Lehrer, vorwärts marsch! tell aktuell 1, Zürich 1979

[8] Vorwärts, 7. 2. 80 und 21. 2. 80, das konzept, Februar 1980

[9] Weltwoche, 5. 8. 1981

[10] SP-Information, 21. 10. 1981, dmb (DM-Pressedienst), 17. 4. 1977

[11] dmb, 9. 2. 1977

[12] focus, Februar 1975

[13] Tagwacht, 12. 9. 1978

[14] NZZ, 5. 5. 1981

[15] Schwarzbuch EMD, Notizen zur Panzerschlacht 68, SPS, Bern 1979
Andreas Herczog, Rüstung – Die heilige Kuh im Bundeshaus, Materialien zur schweizerischen Rüstungs- und Militärpolitik, Zürich 1982 (POCH-Verlag)

Rosmarie Kurz
Frauen – die Hilfstruppen des Patriarchats*

Die Diskussion um einen nationalen Frauendienst ist fast so alt wie der Kampf um die Frauenrechte. Damals wie heute wird sie allerdings weniger von der Sorge um die Gleichberechtigung als von der Realität des modernen Krieges diktiert, der zunehmend alle Bereiche des gesellschaftlichen Lebens berührt.
Diese Realität aber wird – das müssen wir uns stets vor Augen halten – mit oder ohne Frauendienst nicht durch Frauen bestimmt. Frauen haben nie gezählt, wenn es um die grundsätzlichen Fragen ging, beispielsweise welche Bedrohung zu fürchten und welche Sicherheitsmassnahmen zu treffen sind. Frauen haben «keinen Anteil an den Gedanken und Produktionsexperimenten, die ihren Untergang betreffen.» (Christa Wolf)

Frauen, die praktischen Reinigungskräfte des Patriarchats

Während zwei Weltkriegen bildeten die Frauen für die Armeen das unentbehrliche Heer der Hilfskräfte: Frauen ersetzten die Männer in der Landwirtschaft, in der Verwaltung, in Verkehrsbetrieben etc. Frauen pflegten und umsorgten die verwundeten oder vom Dienst erschöpften Kämpfer. Frauen, «diese praktischen Reinigungskräfte des Patriarchats» (Irmtraud Morgner), räumten schließlich in den kriegführenden Ländern die Trümmer weg.
Dass den Frauen eine gleichberechtigte Integration in die Armee weiterhin verwehrt blieb, entspricht der extremen Rollenverteilung in unserer Gesellschaft, die dem Mann Stärke, Kampfgeist, eine «natürliche Brutalität», der Frau aber Fügsamkeit und eine «natürliche Friedfertigkeit» zuschreibt – vielleicht nicht zuletzt, um damit ein Stück «heile Welt» zu erhalten.

* Überarbeiteter Text aus der Zeitschrift «Schritte ins Offene», Nr. 4/1982

Ich glaube nicht, dass sich dieses Rollenverständnis und ein entsprechendes Verhalten inzwischen entscheidend verändert haben – weder bei uns noch anderswo in Ost und West. Verändert haben sich aber die Waffensysteme und damit die Bedürfnisse der Militärapparate: Neben der militärischen ist die zivile Verteidigung zu einem wichtigen Teil der Gesamtverteidigung geworden, die ein Heer von Hilfskräften und die Mitwirkung der gesamten Bevölkerung beansprucht. Die Rekrutierungsstrategen sehen zudem ihre Personalbestände durch den Geburtenrückgang gefährdet, der sich ab 1985 in allen westlichen Ländern auswirken dürfte. Hier liegt der Grund für das wachsende Interesse der Militärapparate an einer Dienstpflicht der Frauen.

Das EMD und die Frauen

Nachdem in unserem Land der Appell zu freiwilliger Mitarbeit wenig Echo fand, wurde – bereits in den fünfziger Jahren – der Ruf nach einer obligatorischen Dienstpflicht laut. Die Gunst gleicher Rechte – so wurde im Vorfeld zur Abstimmung über das Frauenstimmrecht argumentiert – sollte durch gleiche Pflichten, respektive durch die aktive Unterstützung des Militärapparates honoriert werden.
Im Zeichen der Frauenemanzipation hat sich inzwischen die Ausdrucksweise, nicht aber das Anliegen verändert: Heute wird uns Frauen die Mitwirkung in der Gesamtverteidigung als eine Bildungschance, als ein Beitrag zu unserer Emanzipation und als weiterer Schritt zu umfassender Partnerschaft angepriesen und voraussichtlich auch bald verordnet.
Zu dieser kosmetischen Retusche haben auch die Frauenverbände beigetragen: Der Bund Schweizerischer Frauenorganisationen (BSF) unterbreitete 1971 und 1979 eigene Vorschläge. Der Akzent wurde auf Partnerschaft und «echte Bildung» gelegt. Frauen sollten «zur Übernahme verantwortungsvoller Aufgaben gegenüber der Gemeinschaft» ausgebildet werden. Unter dem Motto «Dem Lande nützen und tausend Dinge lernen» wurden 1979 in einer breiten Umfrage bei den Mitgliedorganisationen Modelle zur Diskussion gestellt. Im Verhältnis 2 : 1 wurde ein obligatorischer Grundkurs für Überlebensausbildung von den Mitgliedorganisationen befürwortet. Frau Irene Thomann vom BSF begründete in einem Referat zu «Partnerschaft in der Gesamtverteidigung» die Vorschläge ihrer Organisation:
«Wir leisten Dienst, wenn wir dadurch zu unserem Recht auf Ausbildung kommen. Wir helfen, wenn uns geholfen wird, die nötige Sicherheit zu erlangen. Wir müssen in dieser Frage einen gesunden Egoismus walten lassen . . .»

Der Widerspruch zur «natürlichen Rolle der Frau» wird in den Überlegungen des BSF durch «eine flexible Rollenverteilung» überwunden. Die Frauen sollen im zivilen Rahmen der Gesamtverteidigung mitwirken. «Es darf nicht zur Gleichmacherei kommen ... Ein Waffendienst der Frau soll weiterhin ausgeschlossen bleiben» (Thomann).

Zur selben Zeit (1979) erschien eine «Studie zur Mitwirkung der Frau in der Gesamtverteidigung», die Frau Andrée Weitzel, ehemalige Chef-FHD, im Auftrag des Bundesrates erarbeitet hatte. Wie der BSF (in dessen Studiengruppe sie mitgearbeitet hatte) plädierte auch Frau Weitzel für ein Recht der Frauen auf eine Ausbildung für den Katastrophen- bzw. Kriegsfall.

Auch sie begrenzte die Mitwirkung der Frau, deren natürliche Aufgabe es sei, für Kinder, Kranke und Alte zu sorgen, auf den zivilen Bereich der Gesamtverteidigung. Im Blick auf die zu erwartenden Unterbestände in der Armee sollen alle Möglichkeiten der freiwilligen Rekrutierung voll ausgeschöpft werden. Frau Weitzel erklärt eine Verfassungsänderung für wünschbar, die ein Obligatorium für «gewisse Dienstpflichten» grundsätzlich ermöglicht, «ohne das lange Prozedere einer Totalrevision der Bundesverfassung abzuwarten», die «Frauen im Rahmen der Gesamtverteidigung zu Dienstleistungen verpflichten will». Frau Weitzel legt zudem Gewicht auf einen staatsbürgerlichen Unterricht, der Buben und Mädchen für die Aufgaben der Landesverteidigung zu motivieren hätte.

Von den Sozialdemokratinnen, den Antimilitaristinnen und zu einem späteren Zeitpunkt auch von feministischen Gruppierungen wurden sowohl die Stellungnahmen des BSF als auch die Vorschläge von Frau Weitzel – ihre Begründungen und ihr Rollenverständnis – vehement abgelehnt. Übereinstimmend wehrten sich diese gegen eine Fixierung der sicherheitspolitischen Anstrengungen auf den Katastrophenfall. Anstelle des Rechts auf das Erlernen von Überlebensstrategien fordern sie das Recht, Sicherheitspolitik auf allen Ebenen mitzubestimmen, um jene Entwicklungen zu verhindern, die uns eines Tages in die Luftschutzkeller zwingen könnten.

Zur Zeit wird der Schlussbericht einer Studiengruppe erwartet, die vom «Stab für Gesamtverteidigung» eingesetzt wurde, um den Weitzel-Bericht zu überarbeiten. Dieser Schlussbericht wird an den Bundesrat gehen, der über eine Vernehmlassung zu entscheiden hat. Durch Indiskretionen wurden die voraussichtlichen Vorschläge der Studiengruppe bereits bekannt.

Die Vorschläge der Studiengruppe zur «Mitwirkung der Frau in der Gesamtverteidigung», wie sie von Monika Oettli in der Basler Zeitung vorgestellt wurden:

«Obligatorischer Schulunterricht»: Grundlageninformation und -ausbildung zu Sicherheitspolitik und Gesamtverteidigung, entweder innerhalb des staatsbürgerlichen Unterrichts im 9. Schuljahr oder verteilt auf mehrere Schuljahre.

«Obligatorischer Frauendienst»: Allgemeine Aktivdienst- und Instruktionspflicht im Rahmen der Gesamtverteidigung, oder (als Untervariante) allgemeine Aktivdienst- und einmalige Instruktionspflicht.

«Wahlobligatorischer Frauendienst»: Instruktionspflicht für alle Frauen, die sich nicht freiwillig in Dienste im Gesamtverteidigungsbereich einteilen lassen, mit einwöchiger Grundausbildung mit 18 Jahren und drei mal drei Tagen Wiederholungskurs in ca. zehnjährigem Abstand bis zum 50. Altersjahr.

«Teilobligatorien für einzelne Berufsgruppen»: Dienstverpflichtung für Aktive bzw. ehemalige Angehörige ernstfallwichtiger Berufsgruppen (etwa Sanitätsbereich, öffentliche Verwaltung, Kriegswirtschaft, Erziehungswesen).

«Freiwilliger Frauendienst»: Dieser besteht entweder in der Beibehaltung des Status quo mit freiwilligem Frauenhilfsdienst, Rotkreuzdienst und Zivilschutz, oder Beibehaltung des Status quo und sukzessive Erweiterung auf Kriegswirtschaft und koordinierte Dienste.

Man weiss zudem, dass für den Fall einer Vernehmlassung ein Fragebogen ausgearbeitet wurde, der unter anderem die Frage enthält: «Sollen Frauen, die in der Armee Dienst leisten, zu ihrem Selbstschutz bewaffnet werden?» (Monika Oettli in der Basler Zeitung vom 6. 2. 1982.)
Durch eine Teilrevision des Bundesgesetzes über die Militärorganisation wird zur Zeit auf gesetzlicher Ebene der Boden für ein erstes Frauenobligatorium vorbereitet: Aus dem jetzigen Frauenhilfsdienst (FHD) soll der Militärische Frauendienst (MFD) werden.
Freiwillig bliebe nach dem vorliegenden Entwurf der Eintritt in diesen Militärischen Frauendienst. Wer aber für «tauglich» befunden würde, hätte einen obligatorischen Militärdienst zu leisten.

Zur Namens- und Statusänderung des Frauenhilfsdienstes (FHD) im Rahmen der Revision der MO (Militärorganisation). Art. 3 bis (neu).

Der Frauenhilfsdienst wurde auf Grund einer «Notsituation» im Jahre 1939 gemäss Bundesratsbeschluss eingeführt. Diese Verordnung wurde bis heute beibehalten. Mit dem Vorentwurf zum Bundesgesetz über die Militärorganisation ist mit Art. 3 bis die gesetzliche Verankerung des FHD's vorgesehen. Die Umbenennung in MFD (Militärischer Frauendienst) beinhaltet also nicht alleine eine Namensänderung.
Es wird im besonderen davon ausgegangen, den bisherigen Hilfsdienst aufzulösen und den MFD mit einem eigenen Statut zu versehen. Somit ändert sich der Dienst zu einem selbständigen Teil der Armee, was der Frauenhilfsdienst nicht war.
Verschiedene Gründe werden in der Revision angeführt.
Einerseits geht es darum, den Dienst «attraktiver zu gestalten». Die Stellung der Frau in der Armee soll der zunehmend anerkannten und neu zu definierenden Stellung der Frau in Beruf und den übrigen gesellschaftlichen Bereichen angepasst werden.
Dies wird für die Armee wichtiger, da die «Sicherstellung des Nachwuchses in quantitativer wie in qualitativer Hinsicht» problematischer wird.
Ausser der Lückenbüsserinnenrolle würde dies für die Frauen, die sich freiwillig zum MFD gemeldet haben und für tauglich befunden werden, ein Obligatorium gemäss Art. 8 der allgemeinen Militärpflicht bedeuten. Damit gäbe es neu, was bis anhin juristisch unmöglich war: Dienstverweigerinnen.
Wir sehen in dieser Vorbereitungshandlung einen weiteren Schritt zum gesamten Einbezug der Frauen in die Gesamtverteidigung. ...

Ist die militärische Dienstpflicht eine logische Folge der Überwindung von Rollennormen?

Wer die Geschichte des militärischen Frauendienstes kennt, wird dies kaum behaupten wollen. Der Frauendienst war nie als ein Beitrag zur Gleichberechtigung gemeint, sondern stets von den militärischen Bedürfnissen diktiert worden. Es wurde immer sorgsam darauf

geachtet, dass die übertragenen Aufgaben der «natürlichen Rolle der Frau» entsprechen.
Würde sich diese Situation ändern, wenn auch die Frauen Zugang zu den Waffen hätten? Einige radikale Feministinnen um *Alice Schwarzer* (BRD) fordern für die Frauen «grundsätzlich Zugang zu allen Machtbereichen, also auch zum Militär». Sie gehen davon aus, dass Waffen Macht bedeuten und dass in fast allen Ländern der Welt allein die Männer über die «Macht der Gewehre» verfügen.
Verleihen Waffen ihren Trägern Macht? Sind die militärischen Waffenträger nicht ihrerseits ein Machtinstrument in den Händen anderer – eines Systems, das überall in der Welt der Erhaltung bestimmter Privilegien und erst dann der Verteidigung dient? Die Mächtigen dieser Welt haben mit dem Instrument Armee – deren autoritären Strukturen, dem Zwang zu Anpassung und Gehorsam – gute Erfahrungen gemacht. Vielleicht ist das mit ein Grund, warum Frauen heute in die Militärapparate einbezogen werden sollen: um sie in der Mühle der militärischen oder paramilitärischen Ausbildung zu entpolitisieren, emanzipatorische Bestrebungen zu verhindern.

Gleiche Rechte wozu?

Ich habe zunehmend Mühe mit dem Begriff «Gleichberechtigung». Mit dem positiven Ausgang der Abstimmung um gleiche Rechte für Mann und Frau wurde 1981 sicher ein wichtiger Schritt in der Geschichte der Frauenbefreiungsbewegung getan, für den sich Generationen von Frauen eingesetzt haben. Eine Menge bleibt noch zu tun, auf gesetzlicher Ebene, wie auch – und vor allem – im Alltag von Frau und Mann.
Vor allem wichtig scheint es mir nun aber, dass wir uns intensiv mit der Qualität der Rechte beschäftigen, die wir anstreben, soll der Kampf gegen die Unterdrückung der Frauen nicht auf einen Kampf um die volle Integration der Frauen in die Männergesellschaft reduziert werden.
Haben wir Frauen uns genügend mit der Frage beschäftigt, ob und wie weit wir die männlichen Domänen von Politik, Wirtschaft, Wissenschaft und Verteidigung in ihren Strukturen und den dahinter stehenden Werten akzeptieren – wie weit wir tatsächlich in diesen Strukturen funktionieren – auf gleicher Ebene mit Männern konkurrieren – und es weiterhin akzeptieren wollen, dass die Aufnahmebedingungen in die Männergremien von jenen gestellt werden, die bisher die Macht ausübten und Entscheidungen trafen?

«Nicht nur die Herrschaft der Männer, sondern darüber hinaus die Herrschaft der Männlichkeit zu überwinden, muss das Ziel einer gemeinsamen Emanzipation der Geschlechter sein.»

Das sagt ein Mann (Horst E. Richter). Er meint damit eine auf das «Prinzip der technischen Funktionalität reduzierte Männlichkeit», die in einer von Empfindungen befreiten Atmosphäre des Denkens die Unmenschlichkeiten des Industriezeitalters herbeigeführt hat: Die atomare Abschreckung, die Umverteilung des Hungers in die Dritte Welt, die Vergewaltigung der Natur.

«Wir wollen nicht so werden wie die Männer ...
in unserer Gesellschaft
unter dem Leistungsdruck
emotional verarmt
zu Bürokraten versachlicht
zu Spezialisten verzweckt
zum Karriere-Machen verdammt ...» (Dorothee Sölle)

Wenn wir nicht unsererseits unterdrücken, zerstören, Arbeitsplätze wegrationalisieren, die Dritte Welt ausbeuten, die Todesproduktion unterstützen wollen, kann Gleichberechtigung für uns kein Ziel, sondern nur Mittel zum Ziel sein.
Ich meine damit keineswegs, dass wir die gesamte verfehlte Entwicklung den Männern überlassen und uns selber in eine bessere, weiblichere, zärtlichere Welt zurückziehen sollten.
Eine «weiblichere» Welt wird aber nicht durch die totale Integration der Frauen in vorgeprägten Strukturen entstehen. Sie hat nur dann eine Chance, wenn es der Frauenbewegung gelingt, eine eigene Vision von Leben zu entwickeln und diese Vision zu einem Politikum zu machen.

Peter Weishaupt
Bringt mehr Menschen um mit Schweizer Waffen
Kleines Waffenausfuhr-ABC der Schweiz

Eine der übelsten Folgen des Prinzips «Militär» in der Schweiz sind Waffenhandel und Waffenausfuhr. Ohne Waffenausfuhr könne keine eigene Rüstungsindustrie aufrechterhalten werden; ohne eigene Rüstungsindustrie könne die Landesverteidigung nicht sichergestellt werden. Falls diese Logik stimmt, wäre dies allein schon ein Grund, so rasch wie möglich die Armee abzuschaffen. Für jeden anständigen Schweizer muss es ein unerträglicher Gedanke sein, dass heute überall auf der Welt unzählige Menschen mit Schweizer Waffen terrorisiert und umgebracht werden müssen – und nach dem Willen des Bundesrates und der Kriegstreiber der Rüstungslobby sollen es dringend immer noch mehr werden –, damit wir uns weiterhin der Spekulation und Illusion unserer Armee hingeben können. Wir verdammten Heuchler mit unserem Humanitätsgefasel und Rot-Kreuz-Getue!
Nirgendwo wird es klarer: Es geht um die Profite der Rüstungsindustrie und der Waffenschieber und um nichts anderes. Das nachfolgende «Kleine Waffenausfuhr-ABC der Schweiz» liefert die entsprechenden Informationen.

HAP

Armada International. Monatlich in vier Sprachen in Zürich erscheinendes Hochglanz-Rüstungswerbemagazin, das an Zehntausende von einflußreichen militärischen Kadern in der ganzen Welt verschickt wird. Der kärgliche redaktionelle Teil wird durch ein ausgeklügeltes Inseratensystem aufgewogen, bei dem die Zeitschrift als direkte Vermittlerin zwischen Interessenten und Verkäufern von Tränengas bis Cruise Missiles auftritt. Herausgegeben wird sie vom Verfasser des Buches «Die Reichen und die Super-Reichen der

Schweiz», Carl M. Holliger. Der clevere Rüstungsgewinnler gibt nicht nur Kriegsmagazine heraus, sondern veranstaltet dazu noch Waffenmessen (siehe *W '81)*. Seit kurzem versucht er auch auf dem Gebiet des rasch expandierenden Zivil- und Katastrophenschutzes mit dem Magazin «Aegis International» kräftig abzusahnen und bietet Atomschutzbunker an. Wie Holliger innert kurzer Zeit zu Zehntausenden von interessanten Adressen kam, ist unbekannt – hartnäckige Gerüchte lassen kaum einen Zweifel zu, dass auch hier jener Mann sein Geld im Spiel hat, an dem im Schweizer Waffenhandel niemand vorbeikommt – Dieter Bührle.

Atomsperrvertrag. Der Vertrag über die Nichtweiterverbreitung von Atomwaffen wurde zwar von der Schweiz unterzeichnet. Das hindert sie nicht an einer Atomexportpolitik, die schnell unter internationalen Beschuss geriet. Weil sie atomares Material, eine ganze Schwerwasserproduktionsfabrik, an Argentinien liefert (siehe *Sulzer*) verfügte Kanada einen jahrelangen Uranlieferboykott gegen die Schweiz. Auch die Lieferung von hochsensitivem Atommaterial nach Pakistan, dessen ehrgeizige Atomwaffenpläne zeitweise von Libyen und heute von Saudi-Arabien finanziert werden, liess die Geschäftspolitik der Schweizer in fragwürdigem Licht erscheinen. Die Auseinandersetzungen um die Pakistan-Lieferungen gipfelten sogar in terroristischem Druck gegen eine der Lieferfirmen (ihr Chefingenieur erhielt bei seinem Haus eine Bombe plaziert), was zur Annullierung der Lieferungen führte. Der Bundesrat hat nie den Mut gefunden, diese Sistierung einzugestehen. Allzu peinlich dürfte es ihm sein, woher der massive Druck gegen die «islamische» Atombombe stammt – mit 99prozentiger Sicherheit dürften hier die Israelis erfolgreich am Werk gewesen sein. Internationale und Proteste in der Schweiz lassen jedoch den Bundesrat relativ kalt – zu gross sind die Exportinteressen der Atomindustrie. So war es die schweizerische Delegation, die nicht unwesentlich zum völligen Scheitern der zweiten Überprüfungskonferenz des Atomsperrvertrages im Herbst 1980 beitrug. Und anlässlich verschiedenster Messen und Veranstaltungen wirbt die Atomindustrie hauptsächlich um potentielle Abnehmer in Ländern der Dritten Welt (Nuclex, Foratome etc.). Die Rechnung wird präsentiert, wenn Argentinien und Pakistan dank massiver Schweizer Hilfe in den Besitz von Atombomben gelangen, was nach übereinstimmenden Berichten nur noch eine Frage von Monaten sein kann.

Bührle. Legendäre Waffenhändler-Dynastie, deren Flabkanonen den Namen «Oerlikon» in der ganzen Welt zum Begriff gemacht haben. Wer den Aufstieg der Firma von der kleinen Werkzeugmaschinenfabrik zum alle Grenzen sprengenden Rüstungsmulti verfolgen will, wer nachlesen will, wie es Ahnherr Bührle geschafft hat, durch gewaltige Waffenlieferungen an die Nazis wie auch an die Gegenseite den Grundstein zu seiner heutigen Prosperität zu legen, dem sei hier die letztes Jahr erschienene «Bührle Saga – Festschrift zum 75jährigen Jubiläum einer weltberühmten Waffenschmiede»* empfohlen. Wo auch immer in den letzten Jahrzehnten grössere und kleinere Skandale und Schiebereien aus dem Waffenhandelssumpf Schweiz bekannt wurden, gab es auch direkte und indirekte Verbindungen zum Oerlikoner Waffenkonzern – wer im Geschäft mit dem Tod zu tun hat, kommt an ihm nicht vorbei. Neben seiner internationalen Ausdehnung bestreitet er auch über 80 Prozent der schweizerischen Waffenausfuhr. Wir beschränken uns deshalb auf obige Buchempfehlung und weisen auf die meisten anderen Stichwörter hin, die einige Aspekte des Konzerns behandeln.

Internationale Wehr-Revue (IWR). Bedeutendste europäische Militärfachzeitschrift, erreicht Zehntausende von militärischen Kadern nicht nur in Westeuropa und Nordamerika, sondern auch im gesamten weiteren Einflussgebiet der westlichen Rüstungsindustrie. Sie erscheint monatlich in vier Sprachen (deutsch, französisch, englisch und spanisch) auf wohlfeilem Hochglanzpapier und wird sogar auf Mikrofilmen angeboten. Verlegt wird die IWR beim Genfer Interavia-Verlag, der eine Reihe weiterer Fachzeitschriften, so die «Interavia», eine Zeitschrift für Luft- und Raumfahrt, herausgibt. Beide Zeitschriften behandeln militärstrategische Probleme aus NATO-Sicht und informieren umfassend über die neuesten Entwicklungen der Kriegstechnik. Das redaktionelle Umfeld bildet die Legitimation für den Hauptteil des Heftumfangs, der Anbietung von Waffen – vom einfachen Funkgerät bis zur neuesten strategischen Atombomberflotte, einfach alles, was auf dem westlichen Rüstungsmarkt verkauft werden will. Neben den bisher dominieren-

* *Die Bührle Saga.* Festschrift zum 75jährigen Jubiläum einer weltberühmten Waffenschmiede mit einem Zwischenwort an die Haupterbin. Gewidmet dem Firmengründer zum 25. Todestag, seinem Sohn zum 60. Geburtstag – sowie allen Neidern. Limmat-Verlag 1981, 177 Seiten mit Fotos, Fr. 25.– (Buchhandel oder Buch 2000, 8910 Affoltern a. A.).

den französischen, englischen, deutschen und amerikanischen Waffenfirmen findet man immer mehr «junge« Waffenexportländer wie Israel, Argentinien, Brasilien etc. Die Bedeutung des «neutralen» Waffenschieberplatzes Schweiz kann auch daran gemessen werden, dass hier die bedeutendsten europäischen Rüstungswerbemagazine IWR, Interavia, Armada und Aegis (siehe *Armada)* erscheinen.

Kriegsmaterialgesetz (KMG). Als indirekter Gegenvorschlag des Bundesrates zur Waffenausfuhrverbotsinitiative gedacht, ersetzt das KMG seit 1973 die früheren Bundesbeschlüsse. Es soll «Herstellung, Beschaffung, Vertrieb und Vermittlung von Kriegsmaterial» sowie die «Einfuhr, Ausfuhr und Durchfuhr» desselben regeln. Obwohl das Gesetz durchaus Handhabe für eine relativ restriktive Waffenausfuhrpolitik böte, wie dies der Bundesrat 1972 im Vorfeld der Waffenausfuhrabstimmung beteuerte, zeigt seine bisherige Bewilligungspraxis eher in die gegenteilige Richtung: Seither haben sich die Waffenausfuhren mehr als verdoppelt und machen über 500 Millionen Franken jährlich aus (Nigeria erhielt beispielsweise 1981 Waffen im Umfang der gesamten schweizerischen Entwicklungshilfe der gleichen Zeit). An sich verbietet das Gesetz klar Ausfuhrbewilligungen «nach Gebieten, in denen ein bewaffneter Konflikt herrscht, ein solcher auszubrechen droht oder sonstwie gefährliche Spannungen bestehen» und wenn «Kriegsmateriallieferungen in ein bestimmtes Land die von der Schweiz im internationalen Zusammenleben verfolgten Bestrebungen, insbesondere zur Achtung der Menschenwürde (. . .) beeinträchtigen». Dies galt offensichtlich für den Folter-Schah von Persien nicht – kurz vor seinem unrühmlichen Abgang lief eine Bührle-Kanonen-Bestellung im Wert von über 600 Millionen Franken aus, die der Bundesrat bewilligt hatte. In unzählige weitere Krisengebiete (und nicht nur in der Dritten Welt) bewilligte er Waffenlieferungen, so in viele lateinamerikanische Länder, nach Afrika, Griechenland/Türkei, an das faschistische Spanien etc. Das KMG erfasst nur die Spitze des Waffen-Eisbergs, das sogenannte «harte» Kriegsmaterial (Waffen, Munition, Sprengstoff). Weitere Waffenbestandteile oder als Waffen brauchbare Produkte sind davon ausgenommen, so ein Grossteil der immer wichtiger werdenden elektronischen Bestandteile für Panzer, Flab, Geschütze etc., Transportfahrzeuge (Lastwagen, Helikopter), «Trainingsflugzeuge» (siehe *Pilatus),* chemische Produkte u. a. m. Ebenfalls nicht erfasst sind die sogenannten Umgehungsgeschäfte wie Lizenzvergabe und Kooperationsverträge mit ausländischen Firmen oder die Errichtung von Tochterfirmen im Ausland. Mindestens die grösseren Waffenexporteure können so die Bestimmungen des KMG elegant umgehen (siehe *Umgehungsgeschäfte)*. Auch der Handel mit Waffen, die unser Staatsgebiet nicht berühren, sowie die ganze Atomtechnologie unterstehen nicht dem KMG (siehe *Atomsperrvertrag)*. Unzählige parlamentarische Vorstösse in den letzten Jahren haben den Bundesrat in keinem Punkt zu einer Revision seiner Politik veranlasst.

Kriegsmaterialstatistik. Ebenso alt wie die von der Oberzolldirektion seit 1975 publizierte Aussenhandelsstatistik über die Waffenausfuhr ist die Auseinandersetzung um ihre Brauchbarkeit. Aus der Statistik sind z. B. weder die einzelnen Geschäfte noch die Waffentypen ersichtlich (unter den Rubriken Waffen, Munition und Sprengstoff wird nur gerade die Hälfte der Ausfuhr aufgeschlüsselt – den Rest wissen die Götter). Besonders grotesk jedoch wird die Statistik dadurch entwertet, dass nicht in jedem Fall das tatsächliche Endabnehmerland aufgeführt wird. So erschienen z. B. Bührle-Flabgeschütze für Ecuador, die in einer Bührle-Tochterfirma in Italien endmontiert wurden, in der Aussenhandelsstatistik unter Italien – und nicht unter Ecuador, wo sie am Schluss landeten. Das EMD führt für solche Geschäfte eine geheime Statistik. Durch diese Manipulationen wird das relativ bescheidene Bild der Waffenlieferungen in Länder der Dritten Welt (1981 etwa 35 Prozent aller Ausfuhren) stark relativiert. Wohin also Waffen aus der Schweiz wirklich geliefert werden, ist nur dem EMD bekannt.

Pilatus. Bührle-Tochterfirma in Stans, die sich auf die Produktion von Kleinflugzeugen spezialisiert hat. Die Porter Transport- und vor allem die PC-7-Trainingsflugzeuge dienen in unzähligen Luftwaffen, wo sie nicht nur wegen ihrer sparsamen und robusten Eigenschaften geschätzt werden. Dank besonderer Vorrichtungen können die niedlichen Flugzeuge aus dem Hause Bührle mit Napalmtanks, Bomben, Raketen und Maschinengewehren ausgerüstet werden. Die Amerikaner verwendeten Pilatus-Flugzeuge für bewaffnete Einsätze in Vietnam, die Portugiesen im afrikanischen Kolonialkrieg. Sie eignen sich vorzüglich für Länder der Dritten Welt und für Einsätze in unwegsamen Gebieten. So besitzt die burmesische Luftwaffe ganze sechs Kampfflugzeuge, dafür fast hundert Pilatus-Kleinkämpfer für den Einsatz im Dschungelkrieg. Hunderte von Flugzeugen werden heute auch nach Lateinamerika exportiert, so nach Mexiko, Bolivien, Peru und Guatemala. Guatemaltekische Regierungszeitungen berichteten kürzlich über von «Banditen» abgeschossene PC-7, von denen die Luftwaffe laufend neue aus der Schweiz für ihren Vernichtungskrieg gegen die indianische Bauernbevölkerung geliefert bekommt. Die todbringenden Bührle-Bomber unterstehen dem Kriegsmaterialgesetz nicht, da sie nicht in der Schweiz, sondern im Ausland (durch eine auf die PC-7 spezialisierte belgische Firma) bewaffnet werden. Über den Erfolg in ihrem eigentlichen Absatzgebiet in der Dritten Welt hat es die Pilatus auch geschafft, ihre «Ausbildungsflugzeuge» der Schweizer Armee anzudrehen.

Mowag. Kreuzlinger Panzer- und Transportwagenfirma mit Verbindungen in rechtsextreme Kreise. Die Mowag preist ihre Panzerwagen bei der Polizei gegen «Terroristen» und bei Militärdiktaturen gegen «Guerillas» an. Die wendigen und robusten Qualitätsprodukte finden denn auch Anklang: Kein Putsch in Bolivien oder Ghana zum Beispiel, bei dem die bürgerkriegserprobten Panzer nicht eingesetzt werden. Um die Waffenausfuhrgesetzgebung zu hintergehen, lässt die Thurgauer Firma neuestens ihren schwimmfähigen Verkaufshit «Piranha» durch eine chilenische Partnerfirma für den ganzen südamerikanischen Raum produzieren. Die Freunde der chilenischen Faschisten verfügen in ihrem Kanton über grossen Einfluss. So betätigte sich die ganze Thurgauer Regierung in Bern als eifrige Lobby für die Interessen der Mowag in bezug auf Armeeaufträge und die Lockerung der Waffenausfuhrpraxis. Der ehemalige Thurgauer Ständerat Herzog lancierte zusammen mit dem Winterthurer Rüstungsanwalt Friedrich eine von der Mehrheit der National- und Ständeräte unterstützte Motion zur Lockerung des Kriegsmaterialgesetzes, die nur «Lex Mowag» geheissen wurde, da praktisch ausschliesslich die Mowag davon profitiert hätte (Bührle produziert sowieso das meiste im Ausland).

Schweizerische Industrie-Gesellschaft (SIG). Die in Neuhausen domizilierte Firma ist vor allem als Herstellerin von Pistolen und Sturmgewehren bekannt. Die SIG-Sturmgewehrproduktion wird nicht nur von der Schweizer Armee geschätzt, sondern findet vor allem in Ländern der Dritten Welt steigenden Absatz. Um die Waffenausfuhrbestimmungen zu umgehen, vergibt die SIG laufend Lizenzen ins Ausland oder arbeitet sonstwie mit ausländischen Waffenfirmen zusammen. So wurde kürzlich ein Vertrag mit einer philippinischen Firma abgeschlossen, der den asiatischen Raum abdecken soll. Über die französische Firma Manurhin in Mülhausen finden SIG-Sturmgewehre auf verschiedensten Pfaden ihre Interessenten sowohl im Nahen Osten wie in ganz Lateinamerika (Argentiniens und Chiles Militärs paradieren stolz mit den Präzisionsprodukten aus Neuhausen). Der SIG-Präsident schlug sich seinerzeit im Abstimmungskampf gegen die Waffenausfuhrverbotsinitiative an vorderster Front heldenhaft für die Interessen der ihn als Aushängeschild brauchenden Oerlikoner Waffenschmiede.

Sulzer. Der Winterthurer Konzern liefert für mehr als eine halbe Milliarde Franken eine komplette Schwerwasserproduktionsanlage zuhanden des ehrgeizigen argentinischen Atomprogramms. Dieses wird geleitet von Militärs und untersteht strengster Kontrolle der Uniformierten. Selbstverständlich hat Argentinien den Atomsperrvertrag nicht unterzeichnet und investiert ungeheure Summen in ein Atomprogramm, obwohl es über mehr als ausreichende natürliche Energieressourcen verfügt. Das Sulzer-Schwerwasser liefert den Generälen sozusagen den Schlüssel zur Atombombe, da sie dadurch völlig unabhängig von ausländischen Uranlieferungen werden. Trotz amerikanischen und kanadischen Warnungen, trotz den eindeutigen Absichten der kriegerischen Generäle, die auf den Malvinen ihre Entschlossenheit zu militärischer «Konfliktregelung» gezeigt haben, sieht sich der Bundesrat nicht veranlasst, das Geschäft zu unterbinden. Atomexporte zählen im übrigen nicht zum Kriegsmaterial, über Ausfuhrbewilligungen entscheidet im wesentlichen das Handelsdepartement. Die Schweizer werden sich dereinst rühmen können, nicht unwesentlich zur weiteren Verbreitung der Atomwaffen beigetragen zu haben (siehe auch *Atomsperrvertrag)*.

Umgehungsgeschäfte. Bezeichnung für alle geschäftlichen Transaktionen der Rüstungsindustrie zur legalen Umgehung der Bestimmungen des Kriegsmaterialgesetzes betreffend Ausfuhr in Krisengebiete. Dazu gehört der Transfer von waffentechnischem Know-how ins Ausland wie Lizenzvergabe (Beispiel: SIG-Sturmgewehr-Lizenzproduktion in Frankreich), Kooperationsverträge zwischen einheimischem Fabrikant und privaten oder staatlichen ausländischen Auftraggebern oder die Bereitstellung von schweizerischen Beratern und Ausbildnern (Söldner) für gelieferte Waffen. Für den Rüstungsmulti Bührle stellen sich diese Probleme weniger, da er sowieso den Hauptteil der Waffenproduktion über seine ausländischen Tochterfirmen tätigt. Dabei geschieht die ganze Entwicklung, Finanzierung und Auftragsbeschaffung durch die Mutterfirma, ihre Tochtergesellschaften produzieren und exportieren dank weniger restriktiven

Vorschriften im Ausland in alle Welt. So finden sich denn Bührle-Waffen trotz Embargo in Südafrika und den meisten anderen Krisengebieten der Welt, zuletzt gerecht verteilt auf der argentinischen und britischen Kriegspartei auf den Malvinen. Die Umgehungsgeschäfte machen mehr als das Doppelte der offiziellen Waffenausfuhr der Schweiz aus, auf jede Waffe beispielsweise, die Bührle aus der Schweiz exportiert, werden mindestens zwei weitere von seinen ausländischen Tochterfirmen geliefert.

Waffenausfuhrverbotsinitiative. 1968 platzte der grösste Waffenausfuhrskandal der Schweiz. Jahrzehntelang zogen illegale Bührle-Waffenlieferungen (z. B. nach Südafrika) keine gerichtlichen Sanktionen nach sich. Es brauchte den – betragsmässig nebensächlichen – Fall Nigeria, um das Fass zum Überlaufen zu bringen. Dass Schweizer Waffen im nigerianischen Bürgerkrieg auf Schweizer Rotkreuzflugzeuge schossen, zudem noch auf seiten der Kriegspartei Nigeria, während fast das ganze Schweizervolk für Biafra sammelte, war zuviel des Bösen. Ein von kleinen Gruppen ohne Unterstützung grosser Parteien oder Gewerkschaften gegründetes Komitee für vermehrte Rüstungskontrolle und ein Waffenausfuhrverbot begann 1969 mit der Unterschriftensammlung für eine Volksinitiative, die ein Waffenausfuhrverbot lediglich mit Ausnahme der neutralen Länder forderte. Sie wurde am 24. September 1972 mit nur einigen Tausend Stimmen Differenz vom Volk abgelehnt, was im Vergleich zu anderen Volksinitiativen und nach dem grossen finanziellen Aufwand der Rüstungslobby ein sensationelles Resultat darstellte. Wenn der Bundesrat im Vorfeld der Abstimmung nicht blauäugig beteuert hätte, er werde das als indirekten Gegenvorschlag präsentierte *Kriegsmaterialgesetz* restriktiv handhaben, hätte es vermutlich sogar zu einem Volksmehr gereicht. Zehn Jahre später wissen wir, was wir von den Versprechungen des Bundesrates halten können: Nicht nur verdoppelte sich die Waffenausfuhr seither – eine wirksame Kontrolle der Waffengeschäfte erfolgte ebenfalls nicht, so dass das Thema in Parlament und Öffentlichkeit ein Dauerbrenner blieb. Nach der Volksabstimmung vor zehn Jahren bildete sich aus dem Initiativkomitee heraus die Arbeitsgemeinschaft für Rüstungskontrolle und ein Waffenausfuhrverbot (ARW), die die Waffenausfuhrpolitik des Bundesrates kritisch verfolgte und noch heute mit der vierteljährlich erscheinenden «Friedenspolitik» ein kleines Gegengewicht zur erdrückenden Schweizer Rüstungslobby bildet.

Waffenfinanzplatz. Eine wesentliche Ursache der gegenwärtigen Probleme im Bührle-Konzern liegt in der wachsenden Schwierigkeit potentieller Abnehmerländer, die ungeheuren Waffenwünsche finanzieren zu können. Mussten Käufer noch bis vor wenigen Jahren den gesamten Betrag noch vor Erhalt der Waffen in harten Schweizer Franken abliefern, hat sich die Lage heute völlig geändert: Um seine Waffen loswerden zu können, ist Bührle gezwungen, gleich auch noch die entsprechenden Kredite dafür lockerzumachen. Beispiel: Die Nationalbank bewilligte letztes Jahr einem Bankenkonsortium einen 600-Millionen-Kredit für Ägypten, das diesen für die Beschaffung von Bührle-Flabkanonen aus italienischer Produktion benötigte. Allein dieser Bankenkredit übersteigt die gesamte jährliche Waffenausfuhr aus der Schweiz. Der Finanzplatz Schweiz, bisher schon Drehscheibe umfangreichster Waffenschiebertransaktionen, wird immer mehr zum bedeutenden Waffenfinanzplatz.

W '81. Vom 29. Juni bis 4. Juli 1981 fand in Winterthur eine sogenannte «Internationale Ausstellung für Simulation, Ausbildung, Logistik, Unterhalt und Spezialfahrzeuge», kurz W '81 genannt, statt. Organisiert wurde sie vom dubiosen Geschäftemacher und Herausgeber von Rüstungswerbemagazinen, Carl M. Holliger (siehe *Armada*). Ursprünglich wollte Holliger auch schweres Kriegsmaterial einer internationalen Waffenmafia präsentieren – das EMD schob hier allerdings nach massiven Protesten einen Riegel vor. Trotz dem eindeutigen Zweck der Vermittlung von Kriegsmaterial erlaubten allerdings sämtliche Behörden, von der Stadt Winterthur bis zum Bundesrat, diese obszöne Waffenmesse. Weite Bevölkerungskreise liessen sich diese Paktiererei nicht gefallen und störten die Zelebration der Waffenhändler mit Demonstrationen und Menschenteppichen vor dem Eingang der Ausstellung derart massiv, dass nur etwa ein Zehntel der erwarteten Besucher den Weg in die Ausstellungshallen fand. Schweizerische Waffenfirmen erlebten dieses Jahr auch in Hannover ein Debakel, wo Zehntausende gegen den Tanz der Vampire an der IDEE (International Defence Electronic Exposition) protestierten. Der Boden für Waffenmessen wird in Europa immer heisser, was die Rüstungshändler nur beflügeln kann: Vermehrt finden sie nun in Ländern der Dritten Welt statt, so kürzlich in Chile, wo die Mowag ihre Panzer präsentierte.
Holliger und seine an der W '81 tätige private Schlägertruppe wurden im übrigen nie auch nur im geringsten behelligt, dafür stürzte sich die Justiz auf Gegner der W '81 und verurteilte noch ein Jahr später Leute zu Bussen, weil sie am Menschenteppich teilgenommen hatten.

Frieden wagen –
Verteidigung muss anders sein

Klara Obermüller

Die Geschichte des Pazifismus

«Selig sind die Friedfertigen» – das Wort aus der Bergpredigt sollte Motto des Deutschen Evangelischen Kirchentages vom vergangenen Jahr werden. Doch der Vorschlag wurde verworfen. Das Wort war den Verantwortlichen zu brisant. Man einigte sich auf das unverfänglichere «Fürchte dich nicht!». Das Wort «Friede» ist zum Reizwort geworden, subversiv, kommunismusverdächtig. Wer für den Frieden einsteht, für den Frieden auf die Strasse geht – für den bedingungslosen Frieden, den wehrlosen Frieden –, der riskiert, als nicht mehr ganz zuverlässig zu gelten. Davon können alle die ein Lied singen, die in kleinen Aktionen oder grossen Demonstrationen Einspruch erhoben haben gegen das Dogma vom «Gleichgewicht des Schrekkens». Auf ganzseitigen Inseraten in schweizerischen Tageszeitungen war es im Frühjahr 1982 zu lesen:

«Wir wollen den Frieden in Freiheit und Unabhängigkeit. Dieser Friede jedoch, der wirkliche Friede, ist nicht durch Schwäche und schon gar nicht durch einseitige Abrüstung zu erreichen. Krieg lässt sich nicht einfach wegdemonstrieren. Solange es aggressive Mächte gibt – und es gibt sie –, welche Gewalt als Mittel der Politik anwenden, lässt sich Krieg nur verhindern, und er lässt sich nur dann verhindern, wenn der Friedenswillige dazu stark genug ist. Der Wehrlose verliert schon im Frieden seine Handlungsfähigkeit.»

Jene 200 000, die im Oktober letzten Jahres im Bonner Hofgarten zusammenkamen, um für den Frieden auf dieser Welt und ein atomwaffenfreies Europa zu demonstrieren, sehen das anders. Sie sehen es so, wie Dorothee Sölle es zu ihnen sagte: «Stellt euch vor, der Friede bräche aus. Wir im Herzen Europas wären wehrlos. Wir würden nicht mehr Krieg üben, Krieg lernen, Krieg spielen und Krieg mit unseren Steuern bezahlen. Wir stellten keinerlei Bedrohung für unsere Nachbarn dar. Niemand könnte uns Aggressivität, Friedlosigkeit, Vorbereitung eines Angriffskrieges und Erstschlagwünsche unterstellen. Wir wären zum ersten Mal in der Geschichte unseres Landes frei, nämlich frei vom Wunsch zu töten.»

Der Traum, den die Theologin Dorothee Sölle hier träumt, ist uralt. Der Prophet Jesaja sah ihn verwirklicht am Ende der Tage: «Dann schmieden sie Pflugscharen aus ihren Schwertern und Winzermesser aus ihren Lanzen. Man zieht nicht mehr das Schwert, Volk gegen Volk, und übt nicht mehr gegen den Krieg.»

Bis dahin ist es ein weiter Weg: ein Weg, gepflastert mit Toten, eine unabsehbare Folge von Kriegserklärungen und Friedensverträgen, von Säbelgerassel und Friedensschalmeien. Blättert man in der Geschichte zurück, so erkennt man, dass Friede immer das Ziel und Krieg nicht selten als Mittel galt, dieses Ziel zu erreichen. Die Bemühungen um Frieden wurden immer dann intensiviert, wenn ein Krieg den Völkern Wunden geschlagen hatte. Doch diese Bemühungen fielen in sich zusammen, sobald vermeintliche oder tatsächliche nationale Interessen einen Krieg nötig erscheinen liessen.

Die Ideen, wie Friede zwischen den Völkern auf die Dauer hergestellt werden könnte, reichen tief ins Mittelalter zurück und sind sich alle mehr oder weniger ähnlich: Die Völker müssten sich in einen Bündnis zusammenschliessen und ihre Händel vor ein Schiedsgericht tragen – dann müsste Krieg verhindert und Friede gesichert werden können. Ebenso alt wie die Idee von Staatenbündnis und Schiedsgericht ist der Gedanke der Gewaltlosigkeit, wie Christus sie in der Bergpredigt gefordert hat. «Selig sind die Friedfertigen» – das Wort ist nicht erst im Vorfeld des Evangelischen Kirchentages 1981 brisant geworden. 1815, im Jahr, als der Wiener Kongress die Ära Napoleons abschloss und Europa eine neue Ordnung zu geben versuchte, wurde in New York die erste «Peace Society» gegründet, gefolgt von ähnlichen Gesellschaften in Europa – auch in der Schweiz, wo 1830 der Schriftsteller de Sellon in Genf eine Friedensgesellschaft auf die Beine stellte. Die Aktivitäten und Zeugnisse der frühen Friedensbewegung sind von einem Pathos und einer Fortschrittsgläubigkeit getragen, die heute nicht mehr nachvollziehbar sind. Man glaubte an den Erfolg der Sache, weil man an die menschliche Vernunft glaubte und an die stetige Aufwärtsentwicklung des Menschengeschlechts.

In diesem Glauben kam man zusammen, veranstaltete Kongresse, hielt Vorträge und entwarf Resolutionen. An einem dieser Kongresse, 1849 in Paris, ergriff der Dichter Victor Hugo das Wort und sagte: «Ein Tag wird kommen, an dem die Waffen auch euch aus der Hand fallen werden, an dem der Krieg geradeso unmöglich sein wird zwischen Paris und London, zwischen Petersburg und Berlin, als er jetzt unmöglich ist zwischen Basel und Zürich, zwischen Glarus und Schwyz ... Ein Tag wird kommen, an dem die Kugeln und Bomben ersetzt werden durch die Stimme, durch das allgemeine Wahlrecht der Völker, durch das Schiedsgericht eines grossen souveränen Senates, der für Europa das sein wird, was das Parlament für England, der Reichstag für Deutschland, die Bundesversammlung für die Schweiz. Ein Tag wird kommen, an dem man eine Kanone im Museum zeigen wird, wie man dort heute ein Folterinstrument schaut und wo man erstaunt, dass das hat sein können!»

Knapp 40 Jahre später hörte eine Frau in Paris erstmals von der Existenz einer «International Peace and Arbitration Association», die zur Galionsfigur der Friedensbewegung des 19. Jahrhunderts werden sollte: Bertha Freifrau von Suttner-Kinsky, Gründerin der Österreichischen Friedensgesellschaft, Autorin des zündenden Romans «Die Waffen nieder», Vorkämpferin für den Gedanken des Völkerbundes und des Internationalen Schiedsgerichtshofs und Nobelpreisträgerin von 1906. Den Tag, an dem in der holländischen Stadt Den Haag erstmals Regierungsvertreter zusammenkamen, um über Ideen wie Abrüstung, internationale Schiedsgerichtsbarkeit und Staatenföderation zu verhandeln, bezeichnet sie in ihrem Tagebuch als einen der schönsten ihres Lebens.

Zustande gekommen war diese «I. Haager Friedenskonferenz» auf eine Botschaft des Zaren Nikolaus II. hin, der im Petersburger «Regierungsboten» vom 28. August 1898 die Regierungen der Welt aufforderte, dem Wettrüsten ein Ende zu bereiten, und sie zu einer internationalen Konferenz nach Den Haag einlud. Angeregt hatte den Zaren ein Buch des russischen Staatsrates Bloch, der die Meinung vertrat, dass es einen Sieger in den Kriegen der Zukunft nicht mehr geben werde, weil das Ausmass der Rüstung zu gross geworden sei.

«Warum sammelt die europäische Menschheit in ihrer Mitte einen Sprengstoff auf, dessen Wirken furchtbar werden und die Gesellschaft selbst zerstören kann?»

So fragt einer zu einer Zeit, als man noch nichts wusste von Cruise Missiles, von Pershing und SS-20. Bloch hatte die Bilder von Nagasaki und Hiroshima nicht gesehen und hatte keine Ahnung, welche Wirkung Napalm auf menschliche Haut haben kann.

Der Widerspruch gegen das Friedensangebot des Zaren liess auch damals nicht lange auf sich warten. Am treffendsten formulierte ihn Kaiser Wilhelm II. vor dem westfälischen Landtag: «Der Friede wird nie besser gewährleistet sein als durch ein schlagfertiges, kampfbereites Heer. Gebe uns Gott, dass es uns immer möglich sei, mit dieser stets schneidigen und guterhaltenen Waffe zu siegen.»

Der Zukunftsglaube der Bertha von Suttner und ihrer Mitstreiter jedoch war weder durch solche Kritik noch durch das Scheitern der

Haager Konferenz zu erschüttern. Den vorläufig endgültigen Zusammenbruch ihrer Bemühungen hat sie nicht mehr erlebt: Bertha von Suttner starb am 21. Juni 1914.
Kritik kam den Pazifisten vom Schlage Bertha von Suttners von zwei Seiten. Einmal von den Sozialisten, wie etwa von Trotzki, der pazifistische Bemühungen für eine Illusion hielt. Zum anderen von den sogenannten «Jungpazifisten», die das wirksamste Mittel zur Verhinderung künftiger Kriege in der persönlichen Dienstverweigerung und in dem Generalstreik der Werktätigen im Falle eines drohenden Kriegsausbruches sahen.
Ihre Heimat hatte diese Bewegung in den angelsächsischen Ländern, wo 1914 die «No Conscription Fellowship» gegründet wurde. Als der Erste Weltkrieg ausbrach und in England die allgemeine Wehrpflicht eingeführt wurde, gingen ihre Anhänger zu Tausenden ins Gefängnis, unter ihnen auch Bertrand Russell.
Kurz nach dem Krieg wurde dann im holländischen Bilthoven die «Internationale der Kriegsdienstgegner» gegründet. Ihr Ziel war einfach: «Krieg ist ein Verbrechen gegen die Menschheit. Wir sind daher entschlossen, keine Art von Krieg zu unterstützen und für die Beseitigung aller seiner Ursachen zu kämpfen.»
In der Schweiz setzten sich Pierre Cérésole und der Theologe Leonhard Ragaz vehement für die Rechte der Dienstverweigerer ein. 1924 wurde der Bundesversammlung eine Petition mit 40 000 Unterschriften zur Einführung des Zivildienstes überreicht. In der Begründung dazu schreibt Leonhard Ragaz: «Man bestreitet unserer Forderung prinzipiell ihr Recht, da sie gegen die Bundesverfassung verstosse, nach welcher religiöse Überzeugungen nicht von der Erfüllung bürgerlicher Pflichten entbinden, ja man wirft ihr eine auf die Auflösung des Staates gerichtete Tendenz vor. Wir halten diese Einwände für oberflächlich und falsch. Unsere heutige Bundesverfassung ist ein in seiner Art grosser Versuch, die beiden sittlichen Notwendigkeiten: das Recht des einzelnen und das Recht der Gemeinschaft in Einklang zu bringen, ohne eine der andern zu opfern. Sobald wir das Recht des einzelnen, das in der Heiligkeit des Gewissens gipfelt, preisgeben, haben wir die Souveränität des Staates und folgerichtig der Gesellschaft über alles Leben, auch über Religion und Sittlichkeit, proklamiert, die edelsten Errungenschaften der neuen Zeit preisgegeben und jedem Despotismus die Tore geöffnet. Wenn wir aber dem Besten unserer Vergangenheit treu bleiben wollen, dann müssen wir weiter darum ringen, dass wir diese beiden grossen Grundsätze dem Fortschritt des sittlichen Lebens gemäss immer neu und besser, immer mehr im Geiste der Freiheit und Gemeinschaft zugleich, zu verbinden suchen.»

Im Dezember 1924 lehnte der Nationalrat mit 102 gegen 44 sozialistische Stimmen die Beratung der Petition ab. Kurz darauf trat Cérésole mit Hunderten von Dienstverweigerern zu freiwilligen Räumungs- und Meliorationsarbeiten in den Waadtländer und Bünder Alpen an, um der Öffentlichkeit zu zeigen, was er unter Zivildienst verstand.

In dieser Zeit waren die Menschen überall, auch in Deutschland, von dem einen Wunsch beseelt: «Nie wieder Krieg!» «Nie wieder Krieg» hiess ein Aktionsausschuss, der 1919 von Carl von Ossietzky in Berlin gegründet wurde. Fast gleichzeitig rief sein Schriftstellerkollege Kurt Tucholsky den «Friedensbund der Kriegsteilnehmer» ins Leben.

Der Krieg der Schützengräben und Gasangriffe, der Krieg der verbrannten Erde und der zerbombten Städte war zu Ende gegangen. Die Menschen hatten das Versagen der friedliebenden Kräfte und den Triumph des Militarismus erlebt. Widerstand gegen den Krieg hatte es fast nur im Proletariat gegeben. Nicht in den offiziellen Parteien, nicht von der Kanzel herab, nicht unter den Gebildeten. 1914 hatte auch die SPD als letzte Partei ja zu den Kriegskrediten gesagt.

Von den Kanzeln herab hatte man Worte hören können wie diese: «Es gibt einen notwendigen und gerechten Krieg, und ein solcher war es, als der greise Kaiser von Österreich, friedliebender als alle Pazifisten, nach dem Mord von Sarajewo das Schwert zog und Kaiser Wilhelm ihm die Bündnistreue hielt.»

Namhafte Gelehrte und Künstler hatten erklärt: «Glaubt uns: Glaubt, dass wir diesen Kampf bis zum Ende kämpfen werden als ein Kulturvolk, dem das Vermächtnis eines Goethe, eines Beethoven, eines Kant ebenso heilig ist wie sein Herd und seine Scholle!»

Und jetzt, vier Jahre später, gingen Tausende mit dem Ruf «Nie wieder Krieg!» auf die Strasse: ehemalige Kriegsteilnehmer, die mit eigenen Augen gesehen hatten, was Giftgas und Splitterbomben mit Menschen anrichten; Arbeiter, die erkannt hatten, in wessen Interesse Kriege geführt wurden; Christen, die nach der Sprachverwirrung des Krieges die Bergpredigt wieder beim Wort nahmen; Jugendliche, die sich eine Welt ohne Krieg wünschten; Frauen, die nicht mehr bereit waren, Kinder als Kanonenfutter auf die Welt zu bringen; Schriftsteller und Maler, die mit Wort und Bild für den Frieden Partei ergriffen. Das war das grundsätzlich Neue an der Friedensbewegung der zwanziger und dreissiger Jahre: Sie war nicht mehr eine Angelegenheit idealistisch gesinnter Aristokraten und Grossbürger; sie war die Sache aller geworden.

Pazifismus musste gelebt oder zumindest zur Schau getragen werden, wollte man die Massen auf seiner Seite haben. Das wusste auch der

Mann, der der Welt den bisher furchtbarsten Krieg bringen sollte: Adolf Hitler. Er sagt 1935 auf dem Reichsparteitag in München: «Es kann für unser ganzes Verhalten nur eine einzige Richtlinie geben: unsere grosse und unerschütterliche Friedensliebe.»
Die Menschen glaubten ihm. Es erschienen Bücher mit Titeln wie: «Hitler kämpft um den Frieden Europas» und «Was die Welt nicht wollte. Hitlers Friedensangebote 1933–1939». Ihre Autoren preisen Hitler als den grossen Friedensfürsten und Retter des Abendlandes. Dies, obwohl man doch längst in «Mein Kampf» Sätze lesen konnte wie diesen: «Tatsächlich ist die pazifistische Idee vielleicht ganz gut dann, wenn der höchststehende Mensch sich vorher die Welt in einem Umfang erobert und unterworfen hat, der ihn zum alleinigen Herrn dieser Erde macht.»
Wer für Hitler dieser «höchststehende Mensch» war – darüber bestand kein Zweifel. Das hätte auch Neville Chamberlain wissen müssen, als er seine Unterschrift unter das Münchner Abkommen setzte und der Welt «Peace for our time» verhiess. Zwei Jahre später brach der Zweite Weltkrieg aus.
Am 6. und 9. August 1945 fielen amerikanische Atombomben auf die beiden japanischen Städte Hiroshima und Nagasaki und forderten rund 300 000 Menschenleben. «This is the greatest thing in history», sagte Präsident Truman, als er davon erfuhr. 85 Prozent der Amerikaner teilten damals seine Meinung.
Bedenken gegen den kriegerischen Einsatz von Wasserstoffbomben wurden zuerst laut bei denen, die sie ermöglicht hatten: bei den Atomphysikern: «Die Physiker haben die Sünde kennengelernt, und dieses Wissen werden sie nicht mehr los», sagte Robert Oppenheimer, einer der führenden Kernphysiker der USA. Zu ihrer Entschuldigung konnten die amerikanischen Wissenschafter lediglich anführen, dass sie die Bombe nur gebaut hatten, weil sie dachten, Nazideutschland baue sie ebenfalls.
Schon am 10. Dezember 1945 rief Einstein seine Kollegen auf, wo immer sie konnten, «vor der Gefahr zu warnen, die diese Bombe darstellte».
Amerikanische Atomwissenschafter schlossen sich zusammen zur «Federation of Atomic Scientists» und kämpften gegen den «bewaffneten Frieden in einer geteilten Welt». «Non-Cooperation in militärischen Belangen sollte oberstes moralisches Prinzip eines jeden Wissenschafters sein», entschied Albert Einstein. Und das war auch die Haltung der deutschen Kernphysiker, die am 10. April 1957, als die Frage der atomaren Rüstung auch in Deutschland wieder aktuell geworden war, in der «Göttinger Erklärung» das Versprechen abgaben, keiner der Unterzeichneten wäre bereit, «sich an der

Herstellung, der Erprobung oder dem Einsatz von Atomwaffen in irgendeiner Weise zu beteiligen».

Zu den Unterzeichnern gehörten unter anderen Max Born, Otto Hahn, Werner Heisenberg und Carl Friedrich von Weizsäcker. Vor dem Verband deutscher Studentenschaften in Bonn sagte Weizsäcker: «Mit den H-Bomben kann man, bei der Möglichkeit des sofortigen Gegenschlags, nur drohen, wenn man bereit ist, selbst sogleich mit dem Gegner zugrunde zu gehen.» Denn seit 1949 war auch die Sowjetunion im Besitz von Atomwaffen, und eine leichtgläubige Welt erhoffte sich vom «Gleichgewicht des Schreckens» eine dauerhafte Sicherung des Friedens.

In Deutschland ging es nach 1945 zunächst um die Frage der Wiederbewaffnung an sich. Am 2. August 1945 hatten die Siegermächte im Potsdamer Abkommen die Voraussetzungen für den Wiederaufbau Deutschlands geschaffen. Die Bedingung dafür: «Völlige Abrüstung und Entmilitarisierung» sowie die Unterlassung «jeder nazistischen und militärischen Betätigung und Propaganda». In diesem Klima staatlich verordneter Friedfertigkeit schwang sich selbst ein Franz Josef Strauss zu dem Ausspruch hin: «Wer noch einmal ein Gewehr in die Hand nehmen will, dem soll die Hand abfallen.»

Wenige Jahre später tönte es dann aus dem Mund des Verteidigungsministers Strauss so: «Ein Verzicht auf Kernwaffen unter den gegebenen Umständen und im Augenblick würde militärisch eine Preisgabe Europas an die Sowjetunion bedeuten.»

Zwischen den beiden Aussprüchen stehen der Beitritt der Bundesregierung zur «Europäischen Verteidigungsgemeinschaft» und die Unterzeichnung der «Pariser Verträge», die eine Wiederaufrüstung der BRD im Rahmen der NATO vorsahen. Gegen diese Vertragsabschlüsse setzten sich SPD und Gewerkschaftsbund vehement zur Wehr. Im Oktober 1956 beschloss der Deutsche Gewerkschaftsbund, alle Kräfte zu unterstützen, «die willens und fähig sind, mit demokratischen Mitteln die Wiederbewaffnung im gespaltenen Deutschland und die Wehrpflicht rückgängig zu machen». Ein Jahr später sprach sich der Vorstand des DGB erstmals gegen die Lagerung von Atomwaffen in Deutschland aus. Als am 25. März 1958 im Bundestag der Entscheid für eine atomare Bewaffnung der Bundeswehr fiel, kam es noch am gleichen Tag zu spontanen Arbeitsniederlegungen. Eine Welle von Demonstrationen und Kundgebungen bis zu 150 000 Teilnehmern erfasste das Land. Deutschland erlebte die erste grosse Protestwelle seiner Nachkriegsgeschichte.

Im März 1958 sagte Helmut Schmidt, der junge Wehrexperte der Opposition, vor dem Parlament: «Wir sagen dem deutschen Volk in

voller, ernster Überzeugung, dass der Entschluss, die beiden Teile unseres Vaterlandes mit atomaren Bomben gegeneinander zu bewaffnen, in der Geschichte einmal als genauso schwerwiegend und verhängnisvoll angesehen wird, wie es damals das Ermächtigungsgesetz für Hitler war.»
Spätestens 1959, mit dem Godesberger Programm, schwenkten auch er und seine Partei auf die rüstungsfreundliche Politik der Regierungskoalition ein.
Damit zerfiel die «Kampf-dem-Atomtod»-Bewegung der fünfziger Jahre. Ihr Erbe trat 1960 die Bewegung «Ostermarsch der Atomwaffengegner» an. Erstmals am Karfreitag 1960 trat sie zu einem viertägigen Sternmarsch nach dem Raketenübungsplatz «Bergen-Hohne» an: eine Demonstration gegen «atomare Kampfmittel jeder Art und jeder Nation». Ihre Initiatoren sahen im Ostermarsch ein Zeichen des Opfers und der Sühne. Die ersten Märsche waren daher ernst und still. Erst mit zunehmender Politisierung wurden sie «singend und farbenfroh».
Der Protest *gegen* die Bombe genügte bald nicht mehr. Es galt Alternativen aufzuzeigen, Vorschläge zu machen. 1963 taufte sich die Ostermarsch-Bewegung konsequent in «Kampagne für Abrüstung» um.
1967 hatten die Demonstrationen der «Kampagne für Abrüstung» wieder die 150 000er-Grenze erreicht. In Deutschland fing man an, über die Notstandsgesetze zu diskutieren. Der Protest gegen das amerikanische Engagement in Vietnam brach auf.
An den Universitäten sammelten sich die unzufriedenen Studenten. Die Bewegung nannte sich jetzt «Kampagne für Demokratie und Abrüstung». Ostern 1968 brachten der Mordanschlag auf Rudi Dutschke und die darauf folgende Opposition gegen den Springer-Konzern die erste antikapitalistische Aktion und die grösste Demonstration in der Geschichte der deutschen Ostermarsch-Bewegung.
Die Protestwelle gegen den Rüstungswettlauf und die atomare Bedrohung machte auch vor der Schweiz nicht halt: Am 18. Mai 1958 wurde die «Schweizerische Bewegung gegen die atomare Aufrüstung» ins Leben gerufen, der unter anderen auch der Theologe Karl Barth angehörte. Sie kämpfte, zusammen mit dem 1945 gegründeten «Schweizerischen Friedensrat», gegen eine atomare Bewaffnung der Schweizer Armee. In bürgerlichen Kreisen wurden solch pazifistische Bestrebungen arg verunglimpft und geradezu als Kriegsgefahr bezeichnet. So schrieb der Zürcher Theologe Emil Brunner in der «Neuen Zürcher Zeitung»: «Da in Russland keine pazifistischen Stimmen laut werden dürfen und dort im Ernstfall mit dem Pazifismus kurzer Prozess gemacht wird, möge man doch endlich

einsehen, dass man sich mit der Propagierung des bedingungslosen Pazifismus zum Schrittmacher des skrupellosen Kriegswillens macht.»

Dieser Meinung war auch die Mehrheit der schweizerischen Stimmbürger. 1962 und 1963 wurden die Volksinitiativen gegen schweizerische Atomwaffen verworfen. Erst das neue Armeeleitbild von 1966 wendete die Gefahr einer atomaren Bewaffnung der Schweizer Armee ab.

«Nichts, was Pazifisten getan haben oder noch tun können, bringt den Frieden», sagte Norman Thomas schon Ende der vierziger Jahre, als er von seinem Vorsitz der amerikanischen «War Resisters League» zurücktrat. Hat er recht behalten? War es wirklich nur das «Gleichgewicht des Schreckens», das der Welt seit 1945 die ganz grosse Katastrophe, den Dritten Weltkrieg, ersparte? Wenn man zurückblickend sieht, wie auf jeden Höhepunkt in der Friedensbewegung ein neuer, noch grösserer, noch schrecklicherer Krieg folgt, möchte man Norman Thomas beinahe recht geben. Aber man sollte auf der anderen Seite auch die Erfolge und die Zeichen der Hoffnung nicht übersehen. Erich Fried, ein enger Mitarbeiter Bertha von Suttners, hat in seinem «Handbuch der Friedensbewegung» auch eine Liste der nicht geführten, der verhinderten Kriege erstellt. Die Liste ist beachtlich. Sie könnte auch für die Zeit nach 1945 weitergeführt werden. Und es müsste dann auch die Rede sein von Verträgen und Abkommen: 1963 wurde das «Moskauer Abkommen» unterzeichnet, das Kernwaffentests in der Atmosphäre, im Weltraum und unter Wasser verbietet. 1968 kam der Atomwaffensperrvertrag zustande. In den Genfer Abrüstungskonferenzen von 1958, 1960 und 1964 versuchten die Vereinigten Nationen – mit wenig Erfolg allerdings – konkrete Abrüstungsergebnisse zu erreichen. 1970 zogen die Amerikaner aus Vietnam ab. Es ist im einzelnen schwer auszumachen, was auf politischer Ebene ohnedies zustande gekommen wäre und was konkret dem Druck von der Strasse zu verdanken ist. Im Falle des Vietnamkriegs hatten die unzähligen Aktionen auf der ganzen Welt bestimmt ihren Einfluss auf das Verhalten der amerikanischen Regierung. An die 150 verschiedene Anti-Vietnam-Gruppen gab es allein in den Vereinigten Staaten. Zusammen bildeten sie jenes «National Mobilization Committee to End the War in Vietnam», das erst Tausende, dann Hunderttausende auf die Strasse brachte.

Auch in den letzten Jahren sind Tausende und Abertausende überall in Europa und in Amerika auf die Strasse gegangen. Sie haben demonstriert gegen den Bau der Neutronenbombe, gegen die Stationierung von Sprengköpfen in Mitteleuropa, gegen den NATO-

Nachrüstungsbeschluss, gegen den Overkill ganz allgemein. Zum erstenmal ist eine Friedensbewegung aktiv geworden nicht im Anschluss an einen Krieg, sondern als Warnsignal vor einem kommenden. Sie geben zu, dass sie Angst haben, und sie wissen, dass sie ohnmächtig sind. Aber, so sagte es Horst Eberhard Richter im Geleitwort zu seinem Buch «Alle redeten vom Frieden»: «Die Ohnmächtigen, die berechtigte Angst haben, müssen die Mächtigen, die falsche Zuversicht zeigen und predigen, zur Teilnahme an ihrer Angst zwingen.»

Vielleicht haben all die grossen und kleinen Aktionen der vergangenen Monate keine konkreten, vorzeigbaren Ergebnisse gezeitigt. Es sei denn bei denen, die daran teilgenommen haben. Sie sind andere geworden, nachdem sie mit Tausenden von Mitmenschen gespürt haben, was es heissen könnte:

«Stell dir vor, es ist Krieg, und keiner geht hin.»

Dorothee Sölle sieht es so: «Frei werden wir erst, wenn wir uns mit dem Leben verbinden gegen die Todesproduktion und die permanente Tötungsvorbereitung. Frei werden wir weder durch Rückzug ins Private, ins ‹Ohne-Mich›, noch durch Anpassung an die Gesellschaft, in der Generäle und Millionäre besonders hochgeachtet werden. Frei werden wir, wenn wir aktiv, bewusst und militant für den Frieden arbeiten lernen.»

Ossip K. Flechtheim
Frieden als Utopie

Seit Hiroshima und Nagasaki haben der Krieg und der Frieden eine neue Dimension gewonnen. Zwar war auch schon früher die Menschheit in ihrer Gesamtheit die Leidtragende eines jeden Krieges; dennoch gab es Sieger, die auf Kosten der Besiegten aus dem Krieg Nutzen zogen, worin auch immer ihre *«Kriegsbeute»* bestanden haben mag. Heute hingegen gäbe es bei jedem grösseren Kriege nur Besiegte – ohne Ansehen von Herkunft, Stand oder Machtposition. Ein atomarer Schlagabtausch, das ist schon fast eine Binsenwahrheit, könnte das Ende der Menschheit bedeuten. Jedenfalls wären die Zerstörung der modernen Zivilisation und ein Rückfall in die Barbarei kaum zu vermeiden.

Selbst der frühere Verteidigungsminister Leber musste zugeben: Ein moderner Krieg «unterwirft und besiegt nicht, er rottet aus». Er ist auch in erster Linie ein Krieg gegen den Zivilisten: Waren im Ersten Weltkrieg 5 Prozent der Getöteten Zivilisten, so im Zweiten Weltkrieg 48 Prozent, im Koreakrieg 84 Prozent und im Vietnamkrieg 92 Prozent. So könnte heute die Parole lauten: Zivilisten aller Länder, vereinigt euch – gegen die Militärs, Politiker, Wirtschaftsführer usw., die euch angeblich «verteidigen» wollen.

Die Vorstellung von einem effektiven Zivilschutz ist einfach illusionär. Selbst der Dernauer Bunker bietet den 6000, deren Überleben im «Staatsinteresse» gesichert werden soll, keine echte Sicherheit. Sollten sie ihn heil verlassen, fänden sie keinen Staat und kein Volk mehr vor. Das lässt uns einen Hoffnungsschimmer: Könnten die Kräfte, die für eine rationalere und humanere Friedenspolitik kämpfen, nicht nur selber weiter bei den Massen an Einfluss gewinnen, sondern eines Tages auch bei den Privilegierten, Politikern und Militärs?

Zur modernen Kriegführung gehört eine Widersprüchlichkeit und Doppelzüngigkeit, die fatal an Orwell erinnert, der ja schon in seiner Gegenutopie «1984» vom Kriegsministerium als dem Friedensmini-

sterium und vom Propagandaministerium als dem Wahrheitsministerium gesprochen hat. Nur ein Beispiel: Heute wird die sogenannte *Nachrüstung* damit begründet, dass der Westen dem Osten militärisch eindeutig unterlegen sei. Wäre dem so, müsste man sich doch fragen, warum die Sowjetunion die NATO nicht schon längst angegriffen hat oder nicht noch heute angreift. Wieso sollte der Osten stillhalten, bis der Westen das fehlende Rüstungsgleichgewicht hergestellt hat? Aber auch schon zur Zeit von Kennedy wurde ja behauptet, die USA seien militärisch zurückgeblieben. Inzwischen wissen wir alle, dass das eine Falschmeldung war. Obgleich angeblich immer wieder die eine Seite der anderen über- bzw. unterlegen war, koexistieren die Systeme seit Jahr und Tag mehr oder minder friedlich miteinander, hat es sogar immer wieder *Perioden der Entspannung* gegeben.
Es gehört zu den Pflichtübungen der Politiker in West und Ost, gerade dann von Abrüstung zu reden, wenn sie eine neue Runde der Aufrüstung beginnen. Natürlich hat keiner von ihnen etwas gegen die Abrüstung der anderen Seite. Er wäre auch unter Umständen bereit, selber ein bisschen abzurüsten, wenn er dabei einen Vorteil für sich herausschlagen könnte. Die Abrüstung müsse zwar gleichgewichtig erfolgen, nur soll der andere immer den ersten Schritt tun. Die militärische «Szene» ist aber auch heute schon so unvorstellbar komplex und unübersichtlich, dass die sogenannten Fachleute kaum je zu einer einheitlichen Auffassung kommen werden. Nicht zuletzt stehen ja auch hinter der Aufrüstung die massivsten Interessen des Militärs, der Rüstungsindustrie, der für den Krieg arbeitenden Wissenschafter, der ihren militärischen Fachleuten blind vertrauenden Politiker (General Eisenhowers «Military and Industrial Complex»). Schon aus diesem Grunde sollten wir allen Aussagen der einen wie der anderen Seite mit dem grössten Misstrauen begegnen. Wer sich wirklich ein einigermassen zuverlässiges Bild vom *Stand der Rüstungen* machen möchte, muss neutrale Experten befragen, wie etwa die bei den internationalen Forschungsinstituten. Sie alle stimmen darin überein, dass von einer gewichtigen Unterlegenheit des Westens ebensowenig die Rede sein kann wie von der des Ostens. Es geht aber in der Weltpolitik heute gar nicht einmal in erster Linie um das militärische Kräfteverhältnis. Nur wer im militärischen Denken von vor 1914 verhaftet geblieben ist, sieht nicht, dass die Geographie und die Technik, die innere Verfassung eines Landes, die Wirtschaftslage und -kraft, der Bildungsstand usw. der Bevölkerung wichtiger sein dürften als die Stärke der Kavallerie oder sogar auch die Zahl der Mittelstreckenraketen.
Ob die Sowjetunion auch nur ernstlich erwägt, die Bundesrepublik

oder etwa Frankreich in ihr Machtsystem einzuverleiben, hängt nicht zuletzt von der Widerstandskraft und -willigkeit der Zivilbevölkerung ab. Eine wichtige Rolle spielt dabei zum Beispiel der Umstand, ob eine dem Kreml brav folgende kommunistische Partei wie etwa in der Tschechoslowakei nach 1945 an die 40 Prozent der Wählerstimmen bekommt oder ob sie, wie die DKP in der Bundesrepublik, nur 0,2 Prozent hat.

Der von Reagan immer wieder verteufelte Kommunismus stellt schon längst nicht mehr einen monolithischen Block dar. Die meisten Kommunisten leben in China, dem Hauptfeind der Sowjetunion und Quasi-Verbündeten der USA. Aber auch in Westeuropa fühlen sich die Kommunisten in den sogenannten eurokommunistischen Parteien in erster Linie als Italiener, Spanier oder Engländer. Und selbst im Ostblock zeigen sich Zeichen wachsender Desintegration. Inwieweit kann sich die Sowjetunion heute noch auf die ČSSR oder Ungarn, Rumänien oder gar Polen als zuverlässige Bündnispartner stützen? Trotz gewisser partieller und vorübergehender Erfolge in der Dritten Welt dürfte sie auch dort isolierter dastehen als die Gegenseite. Nehmen wir alles in allem, so hat die Sowjetunion nicht nur die Vereinigten Staaten und Westeuropa, sondern auch China, Japan und grosse Teile der Dritten Welt gegen sich.

Ähnlich wie die Vereinigten Staaten ist die Sowjetunion nicht auf einen Weltkrieg aus. Sie scheut aber auch das Risiko eines lokalen Krieges, wenn dieser sich früher oder später zu einem Weltkrieg ausweiten könnte. Seit 1945 hat sie in keinem Fall in einem Lande des NATO-Paktes interveniert. Sie hat die in Jalta mehr oder weniger festgelegte Grenzziehung strikt respektiert. Ganz anders in der Dritten Welt: Hier hat sie, ähnlich wie die Vereinigten Staaten, immer wieder ein militärisches oder politisches Vakuum ausgenützt, um im Wettkampf mit der Gegenseite ihre Position zu verbessern. Das erklärt auch Afghanistan. Was nun die reaktionären Interventionen in der DDR 1953, in Ungarn 1956 oder in der Tschechoslowakei 1968, aber auch in Polen anlangt, so geht es dabei um die Aufrechterhaltung des Status quo, nicht aber um eine imperialistische oder hegemonistische Ausdehnung.

Es dürfte mehrere Gründe geben, die die Sowjetunion veranlassen sollten, selbst eine militärische Überlegenheit nicht zu einer territorialen Expansion auszunutzen. Schliesslich hat sie wachsende Schwierigkeiten im eigenen Lager. Der Hinzutritt neuer kommunistischer Mächte würde neues, erhebliches Unbehagen bereiten. Die Gefahr eines neuen Jugoslawien oder Albanien, aber auch eines neuen China oder Polen wäre recht gross. Übrigens hat schon Lenin erklärt, dass Moskau nur so lange die Hauptstadt des Kommunismus

bleiben könne, wie Berlin, Paris oder London noch nicht kommunistisch wären. Insbesondere ein kommunistisches, das heisst aber auch wiedervereinigtes Deutschland, aber auch ein kommunistisches Frankreich oder England würde die Obergewalt der Sowjetunion im eigenen Lager vor ähnliche Fragen stellen wie der «Abfall» Chinas. Andererseits ist die Sowjetunion schon seit langem an dem Ausbau technischer, wissenschaftlicher und wirtschaftlicher Beziehungen gerade auch zu den entwickelten Industrienationen des Westens interessiert. Erinnert sei hier nur an das Erdgas-Röhren-Geschäft.
Wie steht es aber mit der von Franz Josef Strauss und so vielen anderen immer wieder bemühten sogenannten *Finnlandisierung?* Gerade Finnland ist ein Beispiel, das eher für unsere These spricht. Obwohl es von der Sowjetunion militärisch besiegt worden war, hat diese ihm nicht die politische Selbständigkeit geraubt. Zwar muss man in Finnland einige diplomatische Rücksichten auf die Sowjetunion nehmen, im übrigen ist das Land aber wirtschaftlich, politisch und kulturell durchaus selbständig geblieben. Finnland ist alles andere als eine kommunistische Diktatur – es ist eine westliche Demokratie und seine Wirtschaft eher sozial-kapitalistisch als kommunistisch-etatistisch. Dennoch, oder vielleicht auch gerade deswegen, profitiert es erheblich von seinen ausgezeichneten wirtschaftlichen und politischen Beziehungen mit der Sowjetunion. Dieser Status Finnlands beruht nicht zuletzt darauf, dass die Führer der Sowjetunion wissen, auf wieviel Widerstand sie im Falle einer militärischen Okkupation oder politischen Annexion bei der finnischen Bevölkerung stossen würden. Zögern wir aber nicht, hier ganz offen zu erklären: Selbst eine sogenannte Finnlandisierung Mittel- und Westeuropas würden wir der totalen Zerstörung durch einen Krieg vorziehen. Wahrscheinlich brauchte es aber gar nicht zu einer *«Finnlandisierung»* zu kommen; man könnte wohl auch eine *«Österreichisierung»* erreichen.
In der Friedenspolitik kann man zwischen Minimal- und Maximalforderungen unterscheiden. Ganz bescheiden könnten wir zum Beispiel mit der Entfernung der Raubtiere aus den Wappen unserer Staaten und deren Ersetzung beginnen, der militärischen Wachen, Ehrenkompanien usw. durch Friedenskämpfer. Das Feindbild in der Erziehung und der öffentlichen Meinung könnte und sollte abgebaut werden. An dessen Stelle sollte die massive *Förderung des Friedensgedankens* durch Friedenserziehung, Friedenszentren usw. treten. Ganz anders als bisher sollte man dabei auch etwa Island und Costa Rica, die einzigen Staaten, die bisher abgerüstet haben, studieren; ebenso wie die Geschichte des Pazifismus und die verschiedenen Erscheinungsformen der Friedensbewegung heute. Der Ausbau der Frie-

densforschungsinstitute, Abrüstungsbehörden usw. ist längst überfällig. Sollten wir nicht zumindest, wie in Schweden, ein Ministerium für Abrüstung und Friedenssicherung errichten?
Bei allen Verhandlungen unserer Staatsmänner und Diplomaten sollten die Militärs möglichst rasch durch Abrüstungsspezialisten und Friedensforscher ersetzt werden. Sinnvoll wäre auch eine viel intensivere Kontaktaufnahme und -pflege zwischen den Politikern der verschiedenen Blöcke. Wie wäre es, wenn ein Helmut Schmidt und ein Honecker, aber auch ein Breschnew und ein Reagan regelmässig – vielleicht einmal im Monat – möglichst unter vier Augen miteinander sprechen würden? Paradoxerweise könnte sogar auch als Übergangsmassnahme an eine engere Zusammenarbeit der Oberkommandos und Generalstäbe der NATO und des Warschauer Paktes gedacht werden. Manöverbeobachter haben wir ja schon – könnte man nicht auch gemeinsame Manöver planen? Die Existenz der Militärs, der Rüstungsindustrie usw. wäre dann zunächst einmal nicht in Frage gestellt. So würden sie sich vielleicht auch leichter damit abfinden, den sogenannten Ernstfall durch ein «Kriegsspiel» zu ersetzen. Man hat schon wiederholt überlegt, ob nicht die bewaffneten Streitkräfte, die heute so unendlich viel Geld, Ressourcen und Intelligenz verschlingen, stufenweise in unbewaffnete Friedenskräfte zu verwandeln wären. Das Können und Wissen der Generalstäbe und Militärapparate, die heute im «edlen» Wettstreit miteinander dazu verurteilt sind, den Untergang der Menschheit zu planen, würden dann dazu verwandt werden, weltweite positive Aufgaben wie Katastrophenbekämpfung und Entwicklungshilfe, Konservierung der Ressourcen und Umweltsanierung zu lösen.
Ein Vertrag über das vollständige Verbot aller Atomwaffentests (seit 1945 soll es mehr als 1270 gegeben haben!) wäre schon ein erster Schritt in Richtung Abrüstung und Vertrauensbildung. Die Abhängigkeit von den Kernwaffen würde geringer werden; die Atommächte würden zu einer weniger aggressiven Aussenpolitik ermutigt; die anderen Staaten würden entmutigt werden, selber Atomwaffen zu entwickeln. Darüber hinaus sollten aber auch gerade die Bundesrepublik und Westeuropa selber erste Abrüstungsschritte wagen, im Sinne des sogenannten Gradualismus. Selbst dann könnte ja immer noch jede Seite den Gegner zigfach vernichten! Die NATO bzw. die Bundesrepublik sollten sofort die Rüstungsetats einfrieren und alsbald mit deren Abbau beginnen. Hinzu käme das Verbot von Rüstungsexporten nicht nur in sogenannte Spannungsgebiete, da ja jeder, der nach Rüstungslieferungen verlangt, damit beweist, dass er in Begriffen wie Spannung denkt und handelt.
Manche Fachleute behaupten, die Bundesrepublik könne sich ohne

weiteres von ihrer jetzigen Offensivstrategie («Vorwärtsverteidigung») auf eine Defensivstrategie umstellen. Dazu würde die Abschaffung der Panzer gehören. Halten wir aber auch gegenüber den Verfechtern eines begrenzten und konventionellen Krieges daran fest, dass heute jeder Krieg ein unvorstellbarer Massenmord ist und bleibt.

Die Sicherheit Europas und insbesondere auch Gesamtdeutschlands wird immer prekärer, da die jüngste militärische Entwicklung den Glauben stärkt, man könne sogar einen begrenzten Atomkrieg führen. In den Köpfen mancher amerikanischer und möglicherweise auch sowjetischer Machthaber scheint die Illusion um sich zu greifen, der nächste Krieg liesse sich auf West- und Mitteleuropa und äusserstenfalls den Westteil der Sowjetunion beschränken. Ein erheblicher Teil der Sowjetunion, vor allem aber die Vereinigten Staaten, blieben dann vollkommen verschont. Natürlich würde ein solcher Krieg eine radikale Verschlechterung der Position der Sowjetunion zur Folge haben. Schon aus diesem Grunde dürfte diese sich wohl kaum hierauf einlassen, vielmehr auch dann sehr bald mit strategischen Gegenschlägen gegen die Vereinigten Staaten antworten. Aber selbst ein noch so begrenzter Krieg würde auch die Supermächte fatal treffen. Die Zerstörungen wären so unvorstellbar viel grösser als nach dem Zweiten Weltkrieg, dass an einen Marshallplan und einen Wiederaufbau des zerstörten Europas nicht mehr zu denken wäre.

Wir müssen mit der Tatsache rechnen, dass Westeuropa und die Sowjetunion sich geographisch in einer anderen Lage befinden als die Vereinigten Staaten: Von der Sowjetunion trennt West- und Mitteleuropa kein Atlantischer Ozean. Schon aus diesem Grunde können deren Interessen nicht einfach deckungsgleich sein mit denen der USA, aber natürlich auch nicht mit denen der Sowjetunion. Dass insbesondere die Bundesrepublik und die DDR ein kapitales Interesse am Überleben haben, mag bei dem Treffen von Schmidt und Honecker mit überlegt worden sein. So hat auch Egon Bahr nicht nur eingeräumt, der Krieg sei nicht mehr die Ultima ratio, sondern die Ultima irratio der Geschichte und setze den Willen zum Selbstmord voraus, sondern auch gefolgert: «Ich bekomme Sicherheit als Bundesrepublik nur noch zusammen mit der DDR. Denn sonst wäre auch das eine Lösung der deutschen Frage: Im Untergang wären wir vereint.» Aber auch die Sicherheit West- und Mitteleuropas ist primär mit der Sicherheit Osteuropas, sekundär mit der der Sowjetunion und wohl erst tertiär mit der der USA verbunden. Wir können es nicht oft genug wiederholen: Es kommt alles darauf an, einen Krieg überall in der Welt, insbesondere aber auch in Europa und in

Deutschland zu verhindern. Wenn Europäer nicht mehr gegen Europäer, Deutsche nicht mehr gegen Deutsche kämpfen, so erweisen sie damit nicht nur sich selber, sondern auch der übrigen Welt einen echten Dienst.

Dringlicher denn je wird daher die Formulierung einer «Sozialistischen Friedenspolitik für Europa» (dies der Titel eines noch oder wieder besonders aktuellen Buches von Walter Möller und Fritz Vilmar) unter Anknüpfung an Disengagement-, Entmilitarisierungs- und Neutralitätskonzepte der fünfziger und sechziger Jahre. Die Entmilitarisierung und Neutralisierung erheblicher Teile oder vielleicht sogar ganz Europas wäre eine notwendige, wenn auch vielleicht noch nicht ausreichende Vorbedingung für eine freilich nicht absolut zwingende analoge Entwicklung im Ostblock. Bereits der Rapacki-Plan von 1957 sah ja das Verbot der Herstellung und Stationierung von Atomwaffen in den beiden Deutschland wie in Polen und der ČSSR vor. Heute – ein Vierteljahrhundert später – fordert die Bertrand-Russell-Peace-Foundation ein atomwaffenfreies Europa von Portugal bis Polen bzw. bis zum Ural. Natürlich müsste dieses Europa auch frei werden von bakteriologischen und chemischen Massenvernichtungswaffen.

Eine solche Politik könnte vielleicht sogar zunächst im Rahmen der NATO begonnen werden – früher oder später würde sie aber wohl zur Bildung eines neutralen Europas als einer Art dritten Kraft führen oder zur Umwandlung der NATO in eine Friedensmacht. Deren überlegene Wirtschaftskraft sollte der Dritten Welt wie aber auch der Bevölkerung der Sowjetunion und anderer zurückgebliebener Länder zugute kommen. Eine Intensivierung der wissenschaftlichen, wirtschaftlichen und kulturellen Zusammenarbeit mit dem Ostblock könnte nicht nur zur Verringerung der Arbeitslosigkeit im Westen beitragen, sondern auch zum Abbau des Misstrauens im Ostblock und zur Stärkung der dortigen «Tauben» gegenüber deren «Falken». Selbst eine mögliche militärische Machtverschiebung zugunsten der Sowjetunion wäre dabei ein durchaus tragbares begrenztes Risiko; es würde aller Voraussicht nach durch die politische, wirtschaftliche, ja sogar auch moralische Stärkung des Westens mehr als ausgeglichen werden.

So könnte selbst der Abzug der Amerikaner mit ihren A-, B- und C-Waffen aus der Bundesrepublik zu einem positiven Beitrag zum Frieden werden, zumal ja die anderen Alliierten keineswegs über Nacht ihre Stützpunkte aufgeben würden oder sollten. Aber was soll nun aus West-Berlin werden? Berlin (wie aber auch etwa Jerusalem) könnte unter dem Schutz einer NATO-Truppe zur Stadt des Weltfriedens werden. Es würde der Sitz von Friedensinstituten und

-organisationen, von Zentren der UN wie anderen globalen und regionalen Zentren.
Wir haben die Bedeutung der politischen und wirtschaftlichen, sozialen und kulturellen Widerstandskraft der Zivilisten gegen Annexionen und Staatsstreiche erwähnt. Hier kann nur auf die Politik und Strategie der sozialen und zivilen Verteidigung und des gewaltfreien Widerstandes, wie sie immer mehr entwickelt werden, hingewiesen werden. Sie passt gut in unser Konzept der «Aufhebung» (im Sinne Hegels, das heisst Bewahrung. Verneinung und Weiterentwicklung) des überlieferten Militär- und Gewaltstaates – selbst die Demokratie des 20. Jahrhunderts ist ja immer noch das, was man in Amerika den «welfare and warfare state» genannt hat.
Dieser Einzelstaat müsste Funktionen und Kompetenzen abgeben an kleinere funktionale, lokale und provinzielle Selbstverwaltungsorgane, Gemeinden, Assoziationen, Genossenschaften usw. Zugleich müssten aber auch die regionalen und globalen Einheiten bis zu den Vereinten Nationen gestärkt werden. Wäre das Endziel die Verwandlung der UN in eine demokratisch planende, solidarische Weltföderation, so könnten erste Schritte in dieser Richtung der Ausbau globaler unbewaffneter Friedenskräfte, aber auch die Schaffung eines Weltparlaments sein.
Noch ist zwar nicht an ein echtes Weltparlament mit legislativen Kompetenzen oder gar parlamentarischer Kontrolle der Exekutive zu denken. Eine beratende Körperschaft wäre aber auch schon ein Schritt vorwärts. Diese würde aus Parlamentariern bestehen, die von den Parlamenten der Mitgliedstaaten gewählt würden oder auch von noch zu schaffenden Regional-Parlamenten. Ein solches beratendes Weltparlament sollte sich bereits nicht mehr nach staatlichen oder regionalen Gesichtspunkten gliedern. Seine Mitglieder sollten sich vielmehr vor allem nach programmatisch-parteipolitischen Gesichtspunkten zusammenschliessen. Solche Parlamentsfraktionen würden damit auch die Entwicklung überstaatlicher Weltparteien fördern, die uns als die politischen Parteien von morgen mehr Zukunft zu haben scheinen als die überlieferten nationalstaatlich begrenzten Parteien.
Unter diesen Voraussetzungen kann selbst ein demilitarisiertes Westeuropa einer «Sowjetisierung» oder «Bolschewisierung» und sogar einer «Ungarisierung» widerstehen. Es braucht ebensowenig wie die Bundesrepublik seine Freiheit zu opfern. Verringert würde vielleicht die Freiheit der Monopole und Multis, der Plutokratie und Bürokratie zugunsten der Massen und der Gleichheit aller. Ein Europa zwischen den beiden Supermächten könnte den steilen und steinigen dritten Weg der *Egalisierung* der Wirtschaft, der Liberalisie-

rung der Kultur und der Demokratisierung der Politik beschreiten. Ein solcher dritter Weg der positiven Übereinstimmung von Ost und West müsste freilich auch eine Synthese von Ökonomie und Ökologie eröffnen neben der Verwirklichung des «ewigen Friedens» im Sinne von Kant. Eine Utopie? Sicherlich, aber vielleicht doch auch eine futurologisch-reale.

Theodor Ebert
Soziale Verteidigung

Lieber rot als tot – oder die zwei Alternativen

Der Friedensbewegung wird häufig der Vorwurf gemacht, dass ihre Bereitschaft zu einseitiger Abrüstung von der Grundeinstellung geprägt sei: Lieber rot als tot!, und es gibt auch einige, welche diesen Standpunkt einnehmen. Tatsächlich wäre in einer extremen Situation, in der man nur noch die Wahl zwischen Unterwerfung oder atomarem Inferno haben sollte, die Entscheidung für das Akzeptieren kommunistischer Herrschaft – unter der meine Landsleute in der DDR schliesslich seit Jahr und Tag ihr Auskommen und auch Freude am Leben haben – mit weitem Abstand das geringere Übel. Dennoch: *Lieber rot als tot!* ist nicht die Perspektive der Friedensbewegung. Dort weiss man um den Wert demokratischer Errungenschaften, und man bemüht sich um die Entwicklung alternativer Sicherheitskonzepte.

Dabei diskutiert die Friedensbewegung nicht nur über eine, sondern über zwei Alternativen, eine militärische und eine zivile: erstens die Umrüstung auf eine rein defensive, konventionelle Verteidigung und zweitens die Umstellung auf eine Sicherheitspolitik des gewaltfreien, zivilen Widerstands gegen Aggressoren. Die militärische Alternative stützt sich zunächst auf ein Netz von *«Technokommandos»,* die mit Präzisionslenkwaffen ausgerüstet werden sollen; die zivile Alternative baut auf die Fähigkeit – insbesondere des öffentlichen Dienstes –, einem Aggressor die Zusammenarbeit zu verweigern.

Man spricht hier von *«Sozialer Verteidigung»,* weil über den Ausgang der Auseinandersetzung nicht die territoriale, sondern die soziale Kontrolle (d. h. die Selbstbestimmung oder die Unterwerfung in den sozialen Institutionen) entscheidet.

Die *Soziale Verteidigung* geht wie das militärische Konzept der Verteidigung im Netz der Technokommandos von der Tatsache aus,

dass durch die Erfindung der Fernlenkwaffen die Territorialstaaten ihre ursprüngliche harte Schale verloren haben und eine «Vorneverteidigung» an der Grenze überhaupt nicht möglich ist. Die Soziale Verteidigung, welche die Aufgabe der Verteidigung der Zivilbevölkerung überträgt, rechtfertigt diesen Rollenwechsel damit, dass seit dem Ersten Weltkrieg, in dem nur etwa 5 Prozent der Kriegstoten Zivilisten waren, sich dieses Verhältnis in den nachfolgenden Kriegen immer mehr zuungunsten der Ziviltoten verschoben hat, so dass man annehmen muss, dass in einem künftigen mitteleuropäischen Krieg weit über 90 Prozent der Kriegstoten Zivilisten und nicht Soldaten sein werden. Angesichts dieses historischen Prozesses war die Frage möglich, ob nicht auf eine Grenzverteidigung und die Unterscheidung von Streitkräften und Zivilisten von vornherein verzichtet werden sollte, zugunsten des gewaltfreien Widerstands im jeweiligen Arbeits- und Lebensbereich der Zivilbevölkerung.
Während die Haager Landkriegsordnung von 1906 es noch für selbstverständlich gehalten hatte, dass ein militärischer Eroberer den Gehorsam der Zivilbevölkerung findet, dafür aber auch seinerseits die geltenden Gesetze und Sitten respektiert, zeigte sich im 20. Jahrhundert (wie übrigens auch schon bei früheren Revolutions- und Restaurationskriegen), dass die militärischen Sieger häufig die gesamte zivile Lebensordnung zu ändern trachten. Weitsichtige demokratische Sicherheitspolitik musste sich also auch über den Tag der eventuellen militärischen Niederlage oder der kampflosen Kapitulation hinaus darüber Gedanken machen, wie die bislang geltende Lebensordnung gegen eine Umgestaltung zu verteidigen wäre. Vor dem Zweiten Weltkrieg hätten die Deutschland benachbarten Demokratien guten Grund gehabt, die Bevölkerung auf den zivilen Widerstand gegen eine deutsche Besatzungsmacht vorzubereiten. Trotz entsprechender Aufforderungen pazifistischer Gruppen hat es nur wenige, unzulängliche Überlegungen und Anweisungen der Regierungen gegeben. Die deutlichste Annäherung an das heutige Konzept der Sozialen Verteidigung gelang Reichskanzler Cuno, als 1923 französische und belgische Truppen kampflos das Ruhrgebiet besetzten. Im März 1923 erklärte er im Reichstag: «Waffenlos im groben Sinne des Wortes hat Deutschland seine starke Wehr im Willen des freien Mannes. Mit Armeen kann man Kolonialländer erobern, aber man wird damit keinem Industriegebiet Produktivität abgewinnen können. Es ist Missachtung des Geistes, wenn man glaubt, die räumliche Besitzergreifung entscheidet. Würden die Franzosen noch Jahr und Tag im Ruhrgebiet stehen und statt der deutschen Arbeiter fremde Kolonisten bringen, der Fluch der Unfruchtbarkeit würde das Unternehmen verfolgen. Das ist der

passive Widerstand, und wir bekennen uns zu ihm als Waffe der Gewaltlosigkeit im Kampfe gegen Unrecht und Gewalt.»

Auch die Soziale Verteidigung hat das Ziel, durch die Vorbereitung und Ankündigung von Widerstand Gegner von einer Intervention abzuhalten. Statt des militärischen Eintrittspreises wird ihnen ein *hoher Aufenthaltspreis* in Aussicht gestellt. Die Kosten sollen dem Aggressor entstehen als

- Personalkosten (durch den Aufwand für militärisches und ziviles Besatzungspersonal);
- wirtschaftliche Kosten (durch Einbussen im Handel);
- politische Kosten (Legitimationsverlust durch Kritik und Widerstand bisheriger Parteigänger).

Da über die Strategie der Sozialen Verteidigung und die wahrscheinlichen Unterdrückungsversuche auch in der Friedensbewegung noch keine hinreichenden Informationen vorhanden sind, von einer solchen Alternative aber die Fähigkeit abhängt, die Regierungsverantwortung zu übernehmen, folgen hier einige Erläuterungen.

Strategie der Sozialen Verteidigung

Wenn ein militärischer Befehlshaber oder auch ein ziviler Diktator ein soziales System nach seinen Vorstellungen zum Funktionieren bringen will, versucht er zunächst einmal eine *Willensbildungsstruktur* durchzusetzen, die dem Prinzip militärischer Hierarchie oder zentraler ziviler Führungsgewalt entspricht; vereinfacht ausgedrückt, entwickelt sich im militärischen Apparat und in einer Diktatur der politische Wille von oben nach unten bzw. von der Zentrale zur Peripherie. In der Demokratie verläuft – im Idealfall – der Willensbildungsprozess oder zumindest der Prozess der politischen Legitimation von unten nach oben; das Individuum bzw. dezentrale Institutionen erhalten soviel Kompetenz wie irgend möglich, und wenn sie diese teilweise an zentrale Institutionen delegieren, so binden sie deren Macht an regelmässige Kontrollen von unten, oder sie lassen eine zentrale Institution durch andere föderale oder zentrale Institutionen kontrollieren (checks and balances).

Am einfachsten hat es ein militärischer Aggressor, wenn er eine andere Diktatur besiegt. Dann muss er, um die besiegte Gesellschaft zu kontrollieren, nur das Spitzenpersonal austauschen bzw. diesen Dirigenten Kontrolleure zur Seite stellen. Der politische Apparat könnte weitgehend derselbe bleiben, nur dass er jetzt «im Auftrage» der militärischen Aggressoren zu arbeiten hätte. Sehr viel schwieriger ist es, wenn ein Aggressor versuchen will, eine demokratische

Struktur «gleichzuschalten» und zentral im Stile der *«Auftragsverwaltung»* zu dirigieren. Das ist zwar nicht völlig unvorstellbar, da auch in entwickelten Demokratien neben den basisdemokratischen noch hierarchische und zentralisierte Strukturen vorhanden sind. Der springende Punkt der Widerstandsstrategie ist jedoch, dass dem Aggressor von Anfang an nicht nur an den Spitzen der Hierarchie und in den Zentralen der Gehorsam verweigert wird, sondern auch in den unteren Rängen und den föderalen Institutionen. Das ist zu erwarten, wenn diese Institutionen Erfahrung im selbständigen Handeln oder zumindest in der Beteiligung am politischen Prozess haben. Durch die Verweigerung der Zusammenarbeit auf allen Ebenen sollen die Aggressoren gezwungen werden, überall vor Ort persönlich einzugreifen, also von einer Auftrags- zu einer *«Eingriffsverwaltung»* überzugehen. Die Grundform des Widerstands ist nicht der Streik, sondern die *«dynamische Weiterarbeit ohne Kollaboration»*. Die Verteidiger ignorieren die Anweisungen des Aggressors und arbeiten nach ihren eigenen Plänen und im Interesse der Versorgung der Bevölkerung weiter. Um sich durchzusetzen, müsste der Aggressor die Widerstrebenden mit offener Gewalt entfernen und durch eigenes Personal ersetzen. Die entscheidende Frage ist: Verfügt der Aggressor über dieses Personal in ausreichender Zahl und mit zulänglicher Qualifikation? Als sich 1942 12 000 der insgesamt 14 000 norwegischen Lehrer weigerten, den Anordnungen V. Quislings zu folgen, war dieser Ministerpräsident von Besatzungsgnaden in einer ausweglosen Situation. Er verfügte nicht über genügend kollaborationsbereite Lehrer, und er konnte den Unterricht auch nur vorübergehend – angeblich wegen Kohlemangels – ausfallen lassen. Er musste nachgeben, nachdem die Lehrer und die übrige norwegische Gesellschaft sich von seinen exemplarischen Unterdrückungsversuchen nicht einschüchtern liessen.

Aber wird man einem Aggressor eine solche auf wichtige Teile der Gesellschaft bezogene Personalrechnung im voraus aufmachen können? Es ist möglich, dass der Aggressor meint, dass er mit einigen wenigen Schlägen exemplarischen Terrors einschüchtern und dann Anpassung erreichen könne. Das ist durch vorherige Selbstbindung vor allem der Beamten, auszuschliessen.

Während des Ruhrkampfes sahen sich die Besatzungsmächte gezwungen, 147 020 deutsche Staatsangehörige auszuweisen. Davon waren 46 292 Staatsbedienstete und Beamte mit ihren Familien. Von 170 000 Eisenbahnern waren nur 400 bereit, in den Dienst der Besatzungsmacht zu treten. Diese musste 9079 französische und 957 belgische Eisenbahner einsetzen, um die Reparationskohle abzutransportieren. Auf dem Höhepunkt des Kampfes waren 90 000

Soldaten und 10 000 französische und belgische Zivilbedienstete im Ruhrgebiet. Obwohl sie sich nach französischen Berichten grosse Mühe gaben, waren die Ergebnisse doch völlig unbefriedigend. «Unsere Ingenieure, die anweisungsgemäss alles dirigieren sollten, waren hierzu absolut unfähig, da sie eben die Eigenart dieses Landes nicht kannten und dabei noch beständig auf das passive Entgegenwirken der deutschen Ingenieure und Arbeiterschaft stiessen», urteilte ein französischer General nach einem halben Jahr Ruhrkampf.

Aus der ziemlich skrupellosen Vernichtungsbereitschaft der deutschen Nationalsozialisten in den eroberten Gebieten Osteuropas wird häufig der Schluss gezogen, dass gegen solch totalitäre Regime gewaltfreier Widerstand aussichtslos sei. Das Hitler-Regime hat jedoch den grössten Teil seiner Greueltaten im Laufe der Kriegshandlungen oder hinter deren Vorhang begangen. Aber was wäre geschehen, wenn die Nachbarn des Deutschen Reiches von vornherein auf militärische Verteidigung verzichtet hätten? Wahrscheinlich hätten die Nazis gegrölt: «Und heute gehört uns Deutschland und morgen die ganze Welt», aber wieviel Deutsche wären denn dann auf einen Quadratkilometer erobertes Gebiet gekommen? Deutsche Militäradministratoren haben bereits während des Krieges eindringlich auf die Schwierigkeiten hingewiesen, die bei der Verwaltung der 2 000 000 Quadratkilometer eroberter Ostgebiete entstünden: «Wenn man dort einen riesigen Verwaltungsapparat von 20 000 Personen einsetzte – und ich wüsste nicht, woher man auch nur einen Bruchteil der Dolmetscher und Spezialisten nehmen sollte –, dann würden für jeweils 100 Quadratkilometer gerade ein Mann und ein Sekretär zur Verfügung stehen.» Auch ein Aggressor, der in Allmachtsphantasien schwelgt, kann abgehalten oder zum Abzug bewegt werden, wenn ihm Nichtzusammenarbeit und Widerstand die Grenzen seiner administrativen Möglichkeiten klarmachen. Auch wenn ein Aggressor vorhaben sollte, grössere Teile der Bevölkerung des angegriffenen Landes zu liquidieren, stellt ihn allein schon das Problem der Auswahl, der Identifikation, des Transportes und eventuell die Unterbringung der Verfolgten vor schwierige Probleme. Hannah Arendt hat in ihrem Bericht über den Eichmann-Prozess in Jerusalem den traurigen Nachweis geführt, dass die Voraussetzung der Vernichtung von sechs Millionen Juden durch die deutschen Nationalsozialisten war, dass einerseits die Nichtjuden sich nicht mit den Verfolgten solidarisierten und dass andererseits die Verfolgten selbst mit den Verfolgern administrativ zusammenarbeiteten: «Dass er die jüdischen Funktionäre ... dazu bewegen konnte ‹mitzuarbeiten›, war das A und O seiner Organisations- und Verhandlungskünste ... Ohne diese Hilfe bei Verwaltungs- und Polizeimassnahmen – die endgültige

Festnahme der Juden in Berlin lag ... ausschliesslich in den Händen von jüdischer Polizei – wäre entweder das völlige Chaos ausgebrochen, oder man hätte mehr deutsche Arbeitskräfte heranziehen müssen, als man zu diesem Zweck einsetzen konnte.» Sie beruft sich dabei auch auf die Untersuchung von Robert Pendorf, der zu der Schlussfolgerung kommt: «Ob Widerstand oder auch nur die Weigerung mitzumachen etwas genutzt hätte, steht dahin. Ganz ohne Zweifel aber wäre es ohne die Mitarbeit der Opfer schwerlich möglich gewesen, dass wenige tausend Menschen, von denen die meisten obendrein in Büros sassen, viele Hunderttausende andere Menschen vernichteten ... Auf dem ganzen Weg in den Tod bekamen die polnischen Juden kaum mehr als eine Handvoll Deutsche zu sehen.» Angesichts der deutschen Vergangenheit ist heute die Bereitschaft, die Umstellung auf die Soziale Verteidigung zu wagen, auch der Versuch, sich dieser Geschichte zu stellen. Erst wenn man sich zu der Behauptung durchringt: Es hätte nicht so kommen müssen, ist man auch im Blick auf die Zukunft fähig, sich erfolgreichen Widerstand – gegen welchen Gegner auch immer – zuzutrauen. Insofern ist die Einstellung zur Sozialen Verteidigung auch ein Generationsproblem. Wer sich im Dritten Reich unterworfen hat, müsste sehr selbstkritisch und der Gnade gewiss sein, wenn er die Soziale Verteidigung bejahen wollte. In der Regel flüchtet sich jedoch die Generation derjenigen, die vor 1945 volljährig wurden, in die Ideologie des Bedrohtseins durch den Totalitarismus; wobei die entscheidenden Bestandteile dieser Ideologie sind, dass es sich beim Faschismus und Kommunismus um ähnliche Herrschaftssysteme handle und dass gegenüber solchen Systemen totalitärer Diktatur unbewaffneter Widerstand aussichtslos sei. Die älteren Generationen dürfen den Kindern zwar Naivität vorwerfen, und sie können ihnen gefährliche Situationen vor Augen halten, aber sie haben kein Recht, ihnen aufgrund ihres eigenen Versagens grundsätzlich die Befähigung abzusprechen, es einmal anders und besser zu machen. Wenn heute ein Fünftel der Wehrpflichtigen den Militärdienst verweigert und sich in der Regel für Soziale Verteidigung ausspricht, dann ist es nicht die Pflicht der Politiker und Verfassungsrichter aus der älteren Generation, den Zivildienst so lang und so lästig wie irgend möglich zu gestalten, sondern sie sind es diesen jungen Bürgern schuldig, ihnen eine Chance zu geben, ihre eigenen sicherheitspolitischen Vorstellungen zu entwickeln und zu erproben.

Mutmassliche Konfliktkonstellationen

Das Gespräch mit der Friedensbewegung über alternative Verteidigungskonzepte wird aber nicht nur durch den Umstand erschwert, dass jede Diskussion über zivilen Widerstand die ältere Generation an eigenes Versagen erinnert; der Dialog ist auch dadurch gefährdet, dass diese ältere Generation, die häufig bei den Gewissensprüfungen der Kriegsdienstverweigerer das Wort führt, bei der Diskussion über die Soziale Verteidigung die Frage nach den Konflikten zu einseitig und falsch stellt. «Was macht ihr Kriegsdienstverweigerer, wenn die Russen kommen?» Diese Frage geht mit viel zu grosser Selbstverständlichkeit von der Annahme aus, dass in der BRD und in Westeuropa bei einer Mehrheitsbildung für die Vorstellungen der Ökologie- und Friedensbewegung alles seinen demokratischen Gang gehen und es im westlichen Bündnis nicht zu den blockinternen militärischen Restaurationsversuchen kommen wird, die wir im Warschauer Pakt 1953 in der DDR, 1956 in Ungarn, 1968 in der ČSSR und 1981 in Polen beobachten konnten. Zur Sozialen Verteidigung gehört auch, dass man gerade zum Zeitpunkt der Regierungsübernahme damit rechnet, dass es blockintern zu Restaurationsversuchen, welche die Verfassung und die Souveränität der BRD missachten, kommen kann. Diese blockinternen Gegner wären zwar in ihrer Unterdrückungsfähigkeit durch viele Umstände eingeschränkt, aber sie hätten den Vorteil, dass sie bei den bislang regierenden, nun aber in die Minderheit geratenen Gruppen mit der Bereitschaft zur Anpassung und Kollaboration rechnen könnten. Mit der Vorbereitung auf diesen Konfliktfall in der Zeit der Mehrheitsbildung ist allerdings die Frage nicht erledigt, ob die osteuropäischen kommunistischen Diktaturen auf diejenigen westeuropäischen Staaten, welche sich auf Soziale Verteidigung umstellen, militärischen Druck ausüben und schliesslich gar zu einer Besetzung greifen könnten. Diese Gefahr sehen zur Zeit in erster Linie diejenigen, welche in der weltrevolutionären Ideologie der Kommunisten die Triebfeder von deren Entscheidungen erblicken. Aber auch wenn man in der Sowjetunion nicht eine revolutionäre, sondern eine konservative Macht sieht, die nur noch mit Mühe ihren politischen Anspruch im eigenen Bündnis aufrechterhalten kann, darf man als Sicherheitspolitiker nicht ausschliessen, dass der revolutionäre Elan bei günstiger Gelegenheit in der UdSSR wieder erwacht oder gerade im Interesse konservativer Machterhaltung die gewaltfreie Revolution einer Ökologie- und Friedensbewegung mit einer militärischen Intervention bekämpft wird.

Wenn man angesichts dieses breiten Spektrums möglicher Konfliktkonstellationen noch einmal die alternativen Verteidigungskonzepte der Friedensbewegung überprüft, dann fällt auf, dass die Technokommandos nur dafür konzipiert wurden, einen konventionellen Grossangriff aus dem Warschauer Pakt abzuwehren. Hinter diesem Konzept steht die Vorstellung, dass das gegenwärtige politische Establishment der BRD von der Friedensbewegung nicht abgelöst werden muss, sondern zu einer Umrüstung überredet werden kann und dass dieser Prozess die Zustimmung der anderen Bündnispartner, insbesondere der USA, findet; Carl Friedrich von Weizsäcker, einer der Miterfinder dieses Konzeptes, nennt es ein «konservatives Palliativ»; so bezeichnet man in der Medizin die Kur am Symptom. Hinter dem Konzept der Sozialen Verteidigung steht die Annahme, dass die ökologische Einpassung der Produktion und die Auseinandersetzung um die richtige Friedenspolitik ein ziemlich konfliktgeladener Prozess ist, der von der Ökologie- und Friedensbewegung die Einübung gewaltfreien Widerstandes in Bürgerinitiativen und vielen anderen alltäglichen Konflikten fordert. In diesen Konflikten und dem Anbieten konstruktiver Alternativen soll die Ökologie- und Friedensbewegung lernen und wachsen – und wenn es soweit ist, dass sie die Richtlinien der Politik bestimmt, wird sie keine Technokommandos bilden, sondern die Waffen vernichten, und zwar gründlicher als die Spindeln im Lande von Dornröschen. Und wir werden die dringende, abenteuerliche und schöne Aufgabe vor uns haben, die Ökologie der Natur und die menschliche Kultur miteinander zu versöhnen.

Ruedi Epple
Vom sozialen Widerstand zur sozialen Verteidigung

Dann gibt es nur eins!
Du. Mann an der Maschine und Mann in der Werkstatt. Wenn sie dir morgen befehlen, du sollst keine Wasserrohre und keine Kochtöpfe mehr machen – sondern Stahlhelme und Maschinengewehre, dann gibt es nur eins:
Sag NEIN!
Du. Mädchen hinterm Ladentisch und Mädchen im Büro. Wenn sie dir morgen befehlen, du sollst Granaten füllen und Zielfernrohre für Scharfschützengewehre montieren, dann gibt es nur eins:
Sag NEIN!
Du. Besitzer der Fabrik. Wenn sie dir morgen befehlen, du sollst statt Puder und Kakao Schiesspulver verkaufen, dann gibt es nur eins:
Sag NEIN!
Du. Forscher im Laboratorium. Wenn sie dir morgen befehlen, du sollst einen neuen Tod erfinden gegen das alte Leben, dann gibt es nur eins:
Sag NEIN!
Du. Dichter in deiner Stube. Wenn sie dir morgen befehlen, du sollst keine Liebeslieder, du sollst Hasslieder singen, dann gibt es nur eins:
Sag NEIN!
Du. Arzt am Krankenbett. Wenn sie dir morgen befehlen, du sollst die Männer kriegstauglich schreiben, dann gibt es nur eins:
Sag NEIN!
Du. Pfarrer auf der Kanzel. Wenn sie dir morgen befehlen, du sollst den Mord segnen und den Krieg heiligsprechen, dann gibt es nur eins:
Sag NEIN!
Du. Kapitän auf dem Dampfer. Wenn sie dir morgen befehlen, du sollst keinen Weizen mehr fahren – sondern Kanonen und Panzer, dann gibt es nur eins:
Sag NEIN!

Du. Pilot auf dem Flugfeld. Wenn sie dir morgen befehlen, du sollst Bomben und Phosphor über die Städte tragen, dann gibt es nur eins:
Sag NEIN!
Du. Schneider auf deinem Brett. Wenn sie dir morgen befehlen, du sollst Uniformen zuschneiden, dann gibt es nur eins:
Sag NEIN!
Du. Richter im Talar. Wenn sie dir morgen befehlen, du sollst zum Kriegsgericht gehen, dann gibt es nur eins:
Sag NEIN!
Du. Mann auf dem Bahnhof. Wenn sie dir morgen befehlen, du sollst das Signal zur Abfahrt geben für den Munitionszug und für den Truppentransport, dann gibt es nur eins:
Sag NEIN!
Du. Mann auf dem Dorf und Mann in der Stadt. Wenn sie morgen kommen und dir den Gestellungsbefehl bringen, dann gibt es nur eins:
Sag NEIN!
Du. Mutter in der Normandie und Mutter in der Ukraine, du, Mutter in Frisko und London, du, am Hoangho und am Mississippi, du, Mutter in Neapel und Hamburg und Kairo und Oslo – Mütter in allen Erdteilen, Mütter in der Welt, wenn sie morgen befehlen, ihr sollt Kinder gebären, Krankenschwestern für Kriegslazarette und neue Soldaten für neue Schlachten, Mütter in der Welt, dann gibt es nur eins:
Sagt NEIN! Mütter, sagt NEIN!

Wolfgang Borchert

Das Konzept

«Soziale Verteidigung» ist Teil einer umfassenden Friedenspolitik. Umfassende Friedenspolitik baut strukturelle Gewalt ab, verhütet Kriege und verteidigt im konkreten Konfliktfall gesellschaftliche Verhältnisse. Die Verteidigung gesellschaftlicher, d. h. politischer, sozialer und wirtschaftlicher Verhältnisse ist Aufgabe der «Sozialen Verteidigung».

«Soziale Verteidigung» ist eine Alternative zur militärischen Verteidigung. Sie verteidigt nicht Staatsgebiet, sondern eben gesellschaftliche Verhältnisse, eine bestimmte Art und Weise des Zusammenlebens der Bevölkerung eines gewissen Gebiets.

Träger der «Sozialen Verteidigung» ist nicht eine Armee, sondern die Bevölkerung, die in ihrem Quartier, in ihrem Dorf, in ihrer Stadt, an ihrem Arbeitsort Widerstand leistet. Dieser Widerstand wird nicht mit Gewalt, sondern gewaltfrei geleistet: Die Widerstandsaktionen gefährden Leib und Leben des Gegners nicht. Sie sind nicht-

verletzend. Die Verteidigungsorganisationen sind dezentral und demokratisch aufgebaut und beruhen auf freiwilliger Teilnahme. Die angestrebte Konfliktlösung bezieht die Interessen des Gegners mit ein.
Setzt sich ein Land, z. B. die Schweiz, gegen eine Besetzung oder gegen einen Militärputsch mit «Sozialer Verteidigung» zur Wehr, so hebt es die Art und Weise des Zusammenlebens, die verteidigt werden soll, nicht in einer Art «Ausnahmezustand» auf, sondern hält sie im Gegenteil unter den veränderten Bedingungen mit allem Nachdruck aufrecht. Gleichzeitig verhindert es aber unbedingt, dass der Besetzer oder Putschist das wirtschaftliche, soziale und politische System unter Kontrolle bekommen und seinen Interessen dienstbar machen kann.

Die Verteidiger setzen dazu folgende Widerstandsformen ein:
- «Weiterarbeit ohne Kollaboration»: Die Verteidiger arbeiten nach ihren Plänen und im Interesse der Versorgung der Bevölkerung weiter.
- «Ziviler Ungehorsam»: Die Verteidiger ignorieren konsequent die Anweisungen der Besetzer oder Putschisten.
- «Demonstrative Aktionen»: Die Verteidiger dokumentieren ihren Widerstandswillen und stärken ihren Zusammenhalt.
- «Behinderungsaktionen»: Die Verteidiger verhindern, dass der Gegner Infrastruktur und Maschinenpark nutzen kann.
- «Gegenoffensive Aktionen»: Die Verteidiger nehmen Einfluss auf die Weltöffentlichkeit, die Opposition auf seiten des Gegners sowie auf dessen Soldaten und Hilfskräfte und schwächen dadurch seinen Rückhalt.

Die Widerstandsaktionen machen ein gesellschaftliches System unkontrollierbar, unregierbar und damit unbrauchbar für gegnerische Interessen. Zudem entstehen dem Gegner personelle, wirtschaftliche und politische Kosten. Geraten Kosten und Ertrag einer Besetzung oder eines Putsches in ein Missverhältnis, so wird ein kalkulierender Gegner zu Konfliktlösungen Hand bieten.
«Soziale Verteidigung» ist nicht voraussetzungslos möglich: Sie braucht dezentralisierte und demokratisierte gesellschaftliche Verhältnisse. Die Verteidiger müssen sich mit der zu verteidigenden Art und Weise des Zusammenlebens einverstanden fühlen können. Sie müssen risikofreudig und im gewaltfreien Widerstand geübt sein. Zur Verteidigung müssen Vorbereitungen getroffen sein.
Ist «Soziale Verteidigung» aufgrund ihrer Voraussetzungen eine Utopie, ein Konzept für übermorgen?

Sozialer Widerstand hier und jetzt

In der Region Nordwestschweiz wehrt sich die Bevölkerung mit gewaltfreiem Widerstand gegen das geplante Atomkraftwerk Kaiseraugst.
In Rothenthurm wehren sich die Einwohner gegen den Waffenplatz auf ihrem Boden.
In vielen Städten bewahren «Instandbesetzer» Wohnraum vor der spekulativen Zerstörung.
Weltweit setzen sich Millionen Bürgerinnen und Bürger gegen den kriegstreibenden Rüstungswettlauf zu Wehr.
Hier und jetzt verteidigen Menschen in vielfältiger Form Lebensraum, ihre Lebensqualität, ihre Zukunft, leisten sie sozialen Widerstand.
Was geht dabei vor? Zum Beispiel beim Widerstand gegen das weltweite militärische «Irrenhaus»?
Das internationale Vernichtungssystem funktioniert nur, wenn es auf die Unterstützung möglichst vieler Menschen zählen kann: Es braucht Menschen, die an seinen Sinn glauben und ihm zustimmen oder wenigstens stillschweigende Duldung entgegenbringen. Es braucht Menschen, die sich ihm einordnen und ihm gehorchen. Und es braucht Menschen, die ihm ihre Arbeits- und Steuerkraft zur Verfügung stellen.
Sozialer Widerstand gegen das militärische «Irrenhaus» heisst folglich:

- «Legitimationsentzug»: Meine Zustimmung hat das weltweite Vernichtungssystem nicht. Ich bin bereit, ohne Rüstung zu leben.
- «Gehorsamsverweigerung»: Dem militärischen System ordne ich mich nicht ein. Ich halte mich nicht an seine «Spielregeln».
- «Leistungsentzug»: Ich enthalte dem Militär sowohl meine Arbeits- als auch meine Steuerkraft vor.

Indem sozialer Widerstand gegen das Vernichtungssystem diesem die Legitimation entzieht, den Gehorsam verweigert und die Leistungen vorenthält, untergräbt er dessen Macht. Der soziale Widerstand darf sich aber nicht darauf beschränken.
Parallel dazu muss er Gegenmacht aufbauen:

- Er muss eine «kritische Öffentlichkeit» herstellen: Durch Demonstrationen und Öffentlichkeitsarbeit in den Medien muss der Irrsinn des internationalen Vernichtungssystems aufgedeckt und müssen wünschbare Zukünfte entworfen werden. Möglichst viele Menschen müssen von den Anliegen der Friedensbewegung überzeugt werden.
- Er muss sich organisieren: Möglichst viele Menschen müssen sich

in demokratischen Friedensorganisationen zusammentun und gewaltfreie Aktionen in Angriff nehmen.
- Er muss sich eine ökonomische Basis schaffen: Der Kampf kostet Geld. Leute, die dem Vernichtungssystem ihre Arbeitskraft entziehen, müssen anderswo ihr Auskommen finden.

Die Legitimation, der Gehorsam und die Leistungen, die dem Vernichtungssystem entzogen werden, müssen also als Zustimmung, freiwillige Teilnahme und Leistungen der friedenspolitischen «Gegenmacht von unten» zufliessen.

Eine neue Schweiz entsteht

Nicht nur im sozialen Widerstand gegen das militärische «Irrenhaus» wird die Macht, die herrschende Verhältnisse aufrechterhält, untergraben und wird Gegenmacht aufgebaut. Ähnliches geschieht auch im Kampf gegen die Umweltzerstörung, gegen die Verbetonierung der Landschaft, gegen die totale gesellschaftliche Kontrolle usw. Und der soziale Widerstand braucht auch nicht bei der Verteidigung stehen zu bleiben. Er kann zum Angriff übergehen, kann Freiräume erstreiten oder wirtschaftliche Alternativen durchsetzen oder gesellschaftliche Verhältnisse ändern.

In vielfältiger Art und Weise, tausendfach geschieht es, wird herrschende Macht untergraben und Gegenmacht aufgebaut, werden erhaltenswerte Verhältnisse verteidigt und neue Positionen erkämpft: Vor uns entsteht das Bild einer Schweiz, in der immer mehr Menschen ihre Bedürfnisse und Interessen erkennen und durchsetzen. In der immer mehr Menschen ihre gesellschaftlichen Probleme gemeinsam selber in die Hand nehmen. Es entsteht das Bild einer selbstverwalteten sozialistischen Schweiz. Ihre Bewohner können sich mit den gesellschaftlichen Verhältnissen einverstanden erklären. Es ist ihre Schweiz, die sie in einem langwierigen Kampf, mit sozialem Widerstand verteidigt und erneuert haben. Schweizerinnen und Schweizer haben Zutrauen gewonnen in die gewaltfreien Aktionsformen des sozialen Widerstands. Sie haben sie eingeübt. Sie haben gewagt und sind risikofreudig geworden.

Vom sozialen Widerstand zur «Sozialen Verteidigung»

In diesem Moment marschiert eine fremde Macht in die Schweiz ein oder putscht ein Rest der Schweizer Armee. Besetzung oder Putsch haben zum Ziel, die gesellschaftliche Entwicklung rückgängig zu machen. Im Interesse reaktionärer Kreise sollen die alten Zustände wiederhergestellt werden: Prag 1968 oder Polen 1981 in der Schweiz am Tage X. Und wie wird die Schweiz reagieren? Die Bevölkerung wird sich genauso verhalten, wie sie es im Kampf um die gesellschaftlichen Veränderungen in der Schweiz getan hat. Sie wird sich auf die Aktionsformen des sozialen Widerstands und Angriffs besinnen und diese auch in diesem Verteidigungsfall ausführen. Sie wird «Soziale Verteidigung» praktizieren.

«Soziale Verteidigung» ist keine Utopie. In der Form des gewaltfreien sozialen Widerstands und Angriffs ist sie ein Konzept für heute, für hier und jetzt. Für «Soziale Verteidigung» eintreten heisst, die Verteidigung der Schweiz nicht als wichtiger zu betrachten als ihre Veränderung. Hier und jetzt können durch gewaltfreie Aktionen gesellschaftliche Veränderungen in Angriff genommen werden, kann sozialer Widerstand praktiziert, «Soziale Verteidigung» eingeübt werden. Packen wir es an, leisten wir sozialen Widerstand, verteidigen wir unser Leben gegen das Vernichtungssystem und all den andern Irrsinn unserer Gegenwart. Erkämpfen wir unsere Zukunft, bevor sie uns die Voraussetzungen dafür völlig zerstört haben.

Hans Saner
Unbewaffnete Neutralität

Bisher hat man in keinem neutralen Staat die Möglichkeit der unbewaffneten Neutralität von offizieller Seite ernsthaft erwogen. Es gilt als ausgemacht, dass Neutralität bewaffnete Neutralität sein muss. Wir versuchen die Notwendigkeit dieses Zusammenhanges von verschiedenen Aspekten her zu befragen:

1. Der begriffs-logische Aspekt: Der Satz «Neutralität muss bewaffnete Neutralität sein» ist begriffs-logisch nicht haltbar. – Denn:
Der Begriff «Neutralität» kommt etymologisch von neuter. Neuter heisst: «keiner von beiden». Neutral ist jemand, der in einem Konflikt weder die Partei des einen noch die des anderen ergreift. Logisch gilt deshalb: Der Begriff «Neutralität» schliesst das Prädikat «Bewaffnet-Sein» nicht in sich. Wer das trotzdem behauptet, erschleicht und unterschiebt dem an sich negativen Begriff «Neutralität» das positive Prädikat «Bewaffnet-Sein». Er begeht also einen analytischen Lapsus. – Anders gesagt: Termino-logisch betrachtet, kann Neutralität bewaffnet oder unbewaffnet sein. Beide Prädikate folgen nicht analytisch aus dem Begriff selbst, sondern sind synthetische Zutaten, die einem bestimmten politischen Willen entspringen. Oder noch kürzer: Unbewaffnete Neutralität ist logisch möglich.

2. Der philo-logische Aspekt des Völkerrechts: Der Satz «Dauernde Neutralität muss bewaffnete Neutralität sein» ist nicht eine Bestimmung des positiven Völkerrechts, sondern eine vorherrschende Auslegung anderslautender Bestimmungen. – Denn:
Es gibt im positiven Völkerrecht keine Bestimmung, die neutrale Staaten zur Bewaffnung expressis verbis verpflichtet. Art. 10 des 5. Haager Abkommens besagt, dass es nicht als «feindliche Handlung angesehen werden» kann, wenn «eine neutrale Macht eine Verletzung ihrer Neutralität selbst mit Gewalt zurückweist». Hier ist also bloss

die Ermächtigung zur Gewaltanwendung ausgesprochen, aber nicht die Verpflichtung zu ihr. Auch darf man die Wendung «selbst mit Gewalt» nicht überhören; denn sie wirft ein Licht auf Art. 5, der nun die klare Verpflichtung enthält, «Handlungen, die der Neutralität zuwiderlaufen, zu bestrafen», wenn diese auf dem eigenen Gebiete des Neutralen begangen werden. Dass aber später noch die Wendung folgt «selbst mit Gewalt» zeigt doch klar an, dass in Art. 5 die Pflicht zur Bestrafung nicht nur und nicht vor allem als militärischer Gewaltakt ausgelegt werden darf. – Im Grunde ist das Wort «bestrafen» völkerrechtlich gesehen unglücklich gewählt. Denn das Völkerrecht erlaubt zwar die Repressalie, verbietet aber den Bestrafungskrieg. «Bestrafen» müssen wir im Sinn von «nicht dulden» und von «zurückweisen» verstehen. Darauf deutet der erste Satz dieses Artikels ja auch hin: «Eine neutrale Macht darf auf ihrem Gebiete keine der in den Artikeln 2 bis 4 bezeichneten Handlungen dulden.» Der minimalste Akt der Nicht-Duldung ist der Protest, der minimalste Akt der Bestrafung die Sanktion. Vom Protest und der Sanktion bis zur militärischen Aktion liegt ein grosser Spielraum. In diesem Spielraum zeigt sich die politische Kunst nicht in der härtesten, sondern in der vernünftigsten, der angemessensten Antwort.

Man kann andererseits nicht bezweifeln, dass ein neutraler Staat zum Schutz seiner Neutralität verpflichtet ist, und zwar ausdrücklich «nach Massgabe der ihm zur Verfügung stehenden Mittel». Welche Mittel das sein sollten, ist aber nirgends gesagt.

Die philo-logische Lesart der völkerrechtlichen Bestimmungen über die Pflichten neutraler Staaten ergibt also: Der neutrale Staat darf, wie jeder souveräne Staat, eine Armee haben, die er dann im Notfall zum Schutz der Neutralität auch einsetzen muss; der neutrale Staat muss Methoden der Bestrafung, der Nicht-Duldung, entwickeln, innerhalb deren er auch mit militärischer Gewalt vorgehen darf.

Man kann ruhig eingestehen, dass die ehemaligen Völkerrechtler bei der Abfassung der Haager Abkommen in einem starken Ausmass an militärische Gewaltanwendung gedacht haben. Denn diese Abkommen sind auf dem Hintergrund einer territorialen Verteidigung konzipiert: «Das Gebiet der neutralen Mächte ist unverletzlich», so heisst es in Art. 1 des 5. Haager Abkommens, während der Schutz der sozialen Institutionen überhaupt nicht genannt wird. Das Instrument der territorialen Verteidigung ist aber, so kann man legitimerweise folgern, die Armee. Man hat also bei der Abfassung der Haager Abkommen kaum an den gewaltlosen Widerstand gedacht. Aber das ist eine historische Reminiszenz, über die die Geschichte selber hinweggeht und dann zu neuen Interpretationen der Texte herausfordert. Die Behauptung, dass die Satzungen des Neutralitätsrechts erst

durch die notwendige Verknüpfung von Neutralität und Bewaffnung sinnvoll werden, ist in dieser Härte nicht zu akzeptieren. Sie signalisiert nur, dass man die mit Bedacht weit gefassten Formulierungen in die Enge des Status quo und der eigenen Phantasielosigkeit presst.
Aus all dem ziehen wir den Schluss: Vom Wortlaut des geltenden Völkerrechts her ist Neutralität als bewaffnete und als unbewaffnete erlaubt. Diese philo-logische Lesart steht in vollem Einklang mit dem logischen Begriff der Neutralität.

3. Der sach-logische Aspekt des Völkerrechts: Der Satz «Dauernde Neutralität ist nur als bewaffnete Neutralität möglich» ist bloss die Dogmatisierung der bisherigen politischen Praxis.
Die Apologeten der bewaffneten Neutralität sagen etwa: Man muss unterscheiden zwischen der gewöhnlichen und der dauernden Neutralität. Unter der gewöhnlichen Neutralität versteht man «den Rechtsstatus eines Staates, welcher nicht an einem zwischen anderen Staaten ausgebrochenen Krieg teilnimmt». Ihre Voraussetzung ist nur, dass überhaupt ein Krieg im Sinne des Völkerrechts besteht und dass ein Drittstaat an ihm nicht teilnimmt, sondern beide Kriegsparteien etwa gleich behandelt. Die Militärmacht des Drittstaates ist nicht unbedingt Voraussetzung dieser einfachen Neutralität.
Die dauernde Neutralität indes beginnt nicht erst mit dem Ausbruch von Kampfhandlungen und sie soll nach Möglichkeit überhaupt nicht aufhören. Der Staat muss diese dauernde Neutralität immer schon wahren, indem er
a) keinen Krieg beginnt und alles tut, um nicht in einen hineingezogen zu werden, indem er
b) bereit ist, seine Autonomie, den Grundpfeiler der Neutralität, zu sichern und zu verteidigen und indem er
c) eine umfassende und fortwährende Neutralitätspolitik betreibt.
Und es kommt ein weiteres, entscheidendes Moment hinzu: Ein Staat ist dauernd neutral nicht kraft einer Proklamation für sich allein, sondern im Verhältnis zu anderen Staaten, die seine Neutralität vielleicht bloss zur Kenntnis nehmen, vielleicht anerkennen, vielleicht garantieren. Anerkennung und Garantie werden aber nur erfolgen, wenn die dauernde Neutralität auch glaubwürdig ist, und das ist sie für andere Staaten erst – so zeigt es die Praxis –, wenn der neutrale Staat seine Autonomie in zumutbarer Weise zu verteidigen bereit ist und dafür seine Vorkehrungen auch trifft. Also braucht der dauernd neutrale Staat schon in Friedenszeiten eine Armee. Seine Militärpolitik ist unabdingbarer Bestandteil einer glaubwürdigen Neutralitätspolitik – was eben bedeutet: Unbewaffnete Neutralität ist sachlich-

politisch als dauernde Neutralität nicht möglich. In der Sprache eines ehemaligen schweizerischen Bundesrates heisst das: «Die Neutralität ist ... genauso viel wert, wie unsere Bajonette und Kanonen ...»
Es ist nicht leicht, diese scheinbar stringente Sachlogik sachlich zu kritisieren. Sie ist durchsetzt von Annahmen, deren hypothetischen Charakter z. B. wir in der Schweiz oft nur mit Mühe erkennen, weil sie uns als geschichtserprobt und bewährt erscheinen. Da das Experiment mit einer unbewaffneten Neutralität noch nie gemacht worden ist, fehlen auch die historischen Gegeninstanzen. Wir können deshalb auf jene indikativische Sachlogik gleichsam nur konjunktivistisch antworten. – Etwa so:
Uns scheint, dass die Doktrin von jener Sachlogik im Grunde eine Versimpelung der umfassenden Neutralitätspolitik durch ihre Reduktion im Kern auf eine militärische Sicherheitsideologie ist. Die militärische Sicherung der Neutralität kann indes nie mehr als ein Teil einer umfassenden politischen Sicherung der Neutralität sein und muss deshalb immer unter der Bedingung der gesamtpolitischen Verhältnisse stehen. An die militärische Sicherung müsste also zu jeder Zeit die politische Frage gerichtet werden: Ist sie noch ein taugliches und glaubwürdiges Mittel der Neutralitätssicherung?
Zumindest drei Dinge, so scheint mir, müssten auch die Apologeten der bewaffneten Neutralität dann einräumen:
a) dass der Sicherheitswert der Armee für kleine Länder und für grosse kontinuierlich sinkt, während der des gewaltlosen Widerstandes durch ständig neue Erfahrungen steigt;
b) dass unsere Konfliktserwartungen nicht mit kleineren innereuropäischen Kämpfen rechnen müssen, sondern, wenn überhaupt mit Krieg in Europa, dann mit Auseinandersetzungen zwischen Grossmächten, in denen unsere Armee das Territorium kaum mehr schützen kann, die Zivilbevölkerung aber in hohem Masse gefährdet;
c) dass schliesslich durch den Ausbruch des spezifisch modernen Krieges aus jeder Art der Humanität, aus allen Fesseln des Völkerrechts und aus der alten politischen instrumentalen Funktion es zunehmend schwieriger wird, nicht nur den Gedanken der Dauer, also des Überlebens, sondern auch den der rechtlichen Verpflichtungen und der ethischen Verantwortung noch mit dem Gedanken an die militärische Verteidigung zu verbinden.
Wer diese Tendenz sieht, müsste eigentlich allmählich den Versuch unternehmen, der Neutralität ein neues Fundament der Glaubwürdigkeit zu legen. Woher aber soll er die Kriterien der Glaubwürdigkeit nehmen? Natürlich aus der Idee der Neutralität selbst:
Neutral sein heisst: unparteiisch sein in Konfliktsfällen. Neutrale Staaten könnten also eine umfassende Politik der allseitigen Un-

parteilichkeit entwickeln. Möglich wäre das nur, wenn das Prinzip des Unparteiisch-Seins selber zu einem Ethos würde, obwohl es an sich kein ethisches Prinzip ist. Länder mit einer Politik der allseitigen Unparteilichkeit könnten in der Welt eine wichtige Funktion haben: Sie wären Orte, an denen sich die Parteien treffen könnten, Orte, an denen es, endlich irgendwo in der Welt, den Willen zur universellen Information gibt.

Neutral sein heisst: niemals Aggressor sein. Neutrale Länder könnten also eine Politik entwickeln, in der sie sich der Möglichkeit, überhaupt ein Aggressor zu werden, ein für allemal begeben. Das wäre eine Politik ohne Armee.

Neutral sein heisst: autonom sein. Neutrale Staaten müssten also eine umfassende Politik entwerfen, in der sich der Wille zur Autonomie nicht allein in der Staatsmacht äussert, sondern unentwegt von unten her alle politischen Strukturen des Staates durchdringt.

Neutral sein heisst, zumindest vom Völkerrecht her, schliesslich wehrhaft sein. Neutrale Staaten müssten also eine umfassende Politik entwerfen, aus der glaubhaft wird, dass sie diese von unten her aufgebaute Politik der Autonomie und der Gleichheit, des äusseren Unparteiischseins und der Gewaltlosigkeit bis zur Selbstaufopferung der einzelnen mit gewaltlosen Mitteln verteidigen werden.

Wenn ein Staat die vier tragenden Momente der Neutralität derart zu Eckpfeilern einer konsistenten Politik machte, so wäre seine Neutralität doch wohl glaubwürdig, nicht leicht zu brechen und auch im Interesse aller Mächte. Deshalb meine ich, dass sachlogische Zusammenhänge aufzeigbar sind, in denen die dauernde Neutralität als unbewaffnete Neutralität politisch sicherer verankert ist als die bewaffnete auf den Spitzen der Bajonette.

4. Der historische Aspekt: Der Satz «Die Geschichte lehrt uns, dass unbewaffnete dauernde Neutralität nicht möglich ist», verkennt die Bedeutung der Gegenwart für die Geschichte und missbraucht geschichtliche Erfahrung.

Ein vor allem in der Schweiz häufig vorgetragenes Argument gegen die unbewaffnete Neutralität lautet: Unsere Neutralität ist das organische Resultat eines historischen Prozesses. Man muss sie deshalb geschichtlich verstehen. Wer das tut, wird einsehen, dass wir sie nicht beliebig verändern können. Gegenwart und Zukunft liegen in der Vergangenheit beschlossen.

In diesem Argument wird Geschichte als Folge von Ursache und Wirkung dargestellt, demnach als notwendiger Prozess. Man kann Gegenwärtiges nicht verändern, weil es Wirkung von Vorangegangenem ist und weil die historisch ursächlichen Kräfte längst unserem

Eingriff entzogen sind. – Das ist ziemlich schlechte mechanistische Metaphysik, die sich an der Realität der Geschichte nicht falsifizieren lässt.
Geschichte aber wird, wenn sie verstanden werden soll, auf die Gegenwart hin ausgelegt und deshalb immer auch von ihr aus geschrieben. Man schreibt sie insofern zugleich vorwärts und rückwärts. Um sie derart dialektisch erfassen zu können, müsste man, in unserem Fall, auch ausgehen von den heutigen Produktionsweisen, dem heutigen Stand der Kriegstechnik, kurz: von den heutigen Bedingungen des Bewaffnetseins. Wer das tut, muss auf den Gedanken kommen, dass die dauernde Neutralität doch vielleicht nicht mehr dauernd als bewaffnete Neutralität verstanden werden kann. Also muss man versuchen, die Historie entweder als eine Entwicklung auf die unbewaffnete Neutralität hin auszulegen, oder, wenn das nicht möglich ist, die Gegenwart als einen Bruch mit der Vergangenheit statt als deren blosse Extrapolation. Diesen Bruch könnte man, paradoxerweise, einen geschichtlich notwendigen Bruch mit der Geschichte nennen. Man sollte im übrigen die Geschichte nicht eigens dazu benutzen, um die Gegenwart nicht verstehen zu können und keine Zukunft zu haben. Für die derart in der Geschichte Verklemmten gilt das Wort von Elias Canetti: «Die aus der Geschichte nicht mehr herausfinden, sind verloren, und ihre Völker dazu.»
Trotzdem können wir aus der Geschichte der Neutralität lernen, aber nicht dort, wo Gegenexperimente fehlen, sondern dort, wo die Erfahrungseinheit gesprengt ist. Lernen lässt sich, dass das Neutralitätsverständnis in der Geschichte vielen Wandlungen unterworfen war, dass für die Völker und für die Rechtslehrer der Neutralitätsbegriff also dynamisch war: veränderbar in seinen Positivierungen. Das aber bedeutet, dass die bisherige politische und völkerrechtliche Praxis diesen Begriff nicht erschöpfend definiert. Neutralität bleibt vielmehr offen auch für den künftigen rechtschöpferischen Akt, für den neuen politischen Willen und vor allem für die neuen historischen Grundgegebenheiten. Wer diese Wandlungsfähigkeit bestreitet: der ist der eigentliche Feind der Neutralität; denn er macht sie zu einer sterilen Doktrin.

Ich habe versucht, auf einige Haupteinwände der Gegner der unbewaffneten Neutralität und damit der Gegner des gewaltlosen Widerstandes als einer Alternative einzugehen. – Zusammenfassend sei festgehalten: Unbewaffnete Neutralität ist terminologisch möglich, völkerrechtlich vom Wortlaut der Satzungen her nicht verboten, völkerrechtlich sach-logisch denkbar und geschichtlich an der Zeit. Da die Durchführung der Neutralitätspolitik «eine Sache des freien

Ermessens» ist, darf man vielleicht hoffen, dass einer der neutralen Staaten das Experiment mit der unbewaffneten Neutralität machen wird.
Bestehen begründete Aussichten auf ein solches Experiment? Es könnte scheinen, dass den neutralen Staaten die stufenweise Umrüstung auf den gewaltlosen Widerstand am leichtesten fallen müsste. Der Rechtsstatus der Neutralität ist ja bereits ein partikularer Pazifismus, nämlich so lange eine strikte abstinentia belli, als kein Angriff von aussen erfolgt. Überdem haben neutrale Staaten oft einen gemässigten Wehretat und dadurch eine nicht zu grosse Rüstungsindustrie, so dass die Umrüstung kein allzu schweres wirtschaftliches Problem wäre. – Indes: In dieser Logik hat bisher das Establishment der neutralen Staaten nicht gedacht. Vielmehr denkt es: Gerade weil wir uns jedes Angriffs enthalten, ist unsere Rüstung frei von jeder Drohgebärde. Ihr defensiver Charakter ist weltweit glaubwürdig und durch eine sehr lange Politik unter Beweis gestellt. Sie ist deshalb Teil einer Friedenspolitik. Es gibt aber nach wie vor in der Welt die aggressive Drohpolitik, der man nicht auch noch die Schranken aus der Welt räumen darf. «Deshalb», so sagte der offizielle Pressesprecher des Schweizerischen Militärdepartements, «rüsten neutrale Staaten zuletzt ab.» Er mässigte damit nur einen Ausspruch des deutschen Völkerrechtlers von der Heydte: «Im Grunde ist der ‹ewig› neutrale Staat der einzige Staat, dem das Völkerrecht eine Abrüstung untersagt.» Man muss vorläufig diese Äusserungen dahingehend verstehen, dass neutrale Staaten zuletzt den gewaltlosen Widerstand als Alternativstrategie einführen werden.

Ich bin von der Frage ausgegangen, ob, bei gegebener Neutralität, die Wehrform des gewaltfreien Widerstandes mit ihr vereinbar sei. Man müsste indes die Frage auch umkehren, nämlich: ob, falls der gewaltfreie Widerstand die unserer Produktionsweise angemessene Wehrform ist, Neutralität auch der Rechtsstatus eines Staates sei, der dieser Wehrform am ehesten entspricht?
Der gewaltfreie Widerstand ist nicht nur eine Wehrpolitik gegen einen territorialen Aggressor, sondern auch gegen Ausbeutung, die, mit dem feineren Instrumentarium der strukturellen Gewalt, auf nationaler und internationaler Ebene soziale Ungerechtigkeit schafft und verewigt. Das Fundament dieses Kampfes ist die Solidarität mit den Entrechteten, den Unterdrückten, den nach ihrer Mündigkeit Suchenden. Hier zeigt sich eine schmerzliche Grenze der Neutralität: Sofern Solidarität ein ethisches Prinzip ist, beruht sie, wie alle Ethik, logisch auf dem Satz vom ausgeschlossenen Dritten, also auf einem

Entweder-Oder. Neutralität aber beruht als ein Weder-Noch auf der Logik des Tertium datur, auf einer jeweils dritten Möglichkeit: nämlich der Möglichkeit der Abstinenz. In der Ethik gibt es keine Neutralität und das heisst denn auch: Neutralität ist ein nicht-ethisches Prinzip.

Wer also nach einer Politik der «Neutralität und Solidarität» sucht, verlangt, dass zugleich ethisch und nicht-ethisch gehandelt wird, zugleich neutral und nicht-neutral, zugleich solidarisch und nicht-solidarisch. Das aber wäre nur das Chaos, bald geheuchelte politische Moral, bald moralisch frisierte Verkehrung der Neutralitätspolitik. Kurzum: so ungefähr das Durcheinander, das wir auch schon hatten. Solidarität ist so lange ein leeres Schlagwort, als sie nicht durch eine klare, konkrete Wahl erfüllt wird: Solidarisch ist man entweder mit der Dritten Welt oder mit ihren Ausbeutern, entweder mit Vietnam oder mit dem Pentagon, entweder mit den politisch Inhaftierten oder mit den inhaftierenden Politikern. Und wenn man das ist, dann ist man nicht mehr neutral. Neutrale schlagen deshalb gerne solche Alternativen in den Wind, nicht nur, weil sie vergessen haben, dass Solidarisch-Sein wählen heisst, sondern weil sie als Neutrale gar nicht wählen dürfen. Weder-Noch heisst ihr Prinzip, und das ist das Prinzip des Abseitsstehens, des Stillsitzens und der Abstinenz. Es hilft nicht dem Schwächeren und nicht dem Stärkeren; aber es lässt den Stärkeren siegen, auch wenn er der Ausbeuter und der Aggressor ist. Man kann im Sinn der politischen Klugheit die Wahl treffen für die Neutralität gegen die Solidarität; man kann im Sinn der politischen Klugheit die strikte Wahl auch verweigern: bald ein wenig neutral, bald ein wenig solidarisch sein. Logisch ist nur die Wahl möglich, entweder neutral oder solidarisch zu sein, und ethisch allein die Wahl für die Solidarität gegen die Neutralität.

Hier zeigt sich eben, was Neutralität ist: ein Rechtsstatus für kleine Länder, aus politischer Klugheit, aus Vorsicht, ja vielleicht aus Angst gewählt, weil die grösseren sich das Recht auf direkte, physische Gewalt herausnehmen. Gäbe es diese Drohung nicht, dann hätte die Neutralität keinen Sinn mehr – und es bliebe nur noch der parteiische, solidarische, gewaltlose Kampf für Gerechtigkeit und Freiheit.

Peter Hug

Zivildienst und Friedensarbeit

Grundlagen

Zivildienst ist Friedensdienst und beruht auf einem Selbstverständnis, das sich entscheidend von dem der militärischen Dienste unterscheidet. Zivildienst setzt die Abschaffung der Armee zwar nicht voraus und trägt auch nicht zwangsläufig armeegegnerischen Charakter, arbeitet jedoch mit am Aufbau von «entmilitarisierten Zonen» in unserer Gesellschaft, wo militärische Denkkategorien nichts mehr zu suchen haben.

Zivildienst ist mehr als ein blosser Ersatzdienst für Militärdienstverweigerer. Es wurde und wird allerdings immer wieder versucht, Zivildienst zu einem staatlichen, zentral organisierten und erzwungenen Arbeitsdienst zu machen. Jedes Element staatlicher Zwangsarbeit, ob jetzt im Anklang an die generelle Arbeitsdienstpflicht in der Schweiz während dem Zweiten Weltkrieg oder dem nationalsozialistischen Reichsarbeitsdienst, muss jedoch aus dem Begriff des Zivildienstes entfernt werden. Zivildienst ist keine Ergänzung zum Militärdienst, der notwendige Funktionen in einer Gesellschaft erfüllt, die sich auf den Krieg vorbereitet.

Der Ernstfall findet heute statt. In einer Welt des Unfriedens versucht der Zivildienst Friedensarbeit zu leisten, die diesen Namen verdient. Friede ist mehr als die Abwesenheit von Krieg; er beruht auf der Verwirklichung der Menschenrechte, sozialer Gerechtigkeit, geschlossenen Kreisläufen mit der Natur, gewaltloser Konfliktlösung und einem Gesellschaftssystem, das allen Menschen die gleiche Chance zur freien Entfaltung und Verwirklichung ihrer Möglichkeiten gibt. Friede ist ein dynamisches Geschehen, ein immerwährendes Werden, das es immer wieder neu zu denken und zu gestalten gilt.

Zivildienst ist somit Teil einer Lebensbewegung, die ein Menschenbild voraussetzt und an einem Menschenbild arbeitet, das weder

Gehorsamspflicht und Unterwerfung unter hierarchische Strukturen noch erbarmungslosen Konkurrenzkampf braucht, damit die Menschen tätig werden und Friede und Wohlfahrt entstehen. Friedensarbeit liegt erst dann vor, wenn der Mensch Raum erhält, durch eigene Sinngebung in seiner Arbeit soziale Verantwortung zu übernehmen. Im Zivildienst gestalten Menschen in Selbstbestimmung und nichtentfremdeter Arbeit an einer Zukunft, in der die Achtung der menschlichen Würde und des Gewissens eine Selbstverständlichkeit ist.

In diesem Sinne kann Zivildienst nicht einfach absolviert werden wie irgendeine verwaltete Arbeit (Soldat) oder verkaufte Arbeit (Job, insofern es nur noch um den Verdienst geht), sondern setzt einen kreativen und solidarischen Menschen voraus, der weiss, warum er Friedensarbeit leistet.

Dadurch wird Zivildienst als Ganzes zu einem dynamischen Prozess, der schöpferisch in die Gesellschaft eingreift und verändernd wirken kann und will. Nicht nationaler Egoismus, sondern das Bewusstsein, dass wir alle, die Völker im Osten wie im Westen, die Abrüstung und den Aufbau des Friedens nicht den Mächtigen überlassen können, bildet die Motivation für das Tätigwerden im Zivildienst. Nicht die Spekulation mit Sicherheitsbedürfnissen, die durch die Unsicherheitspolitik ins Gigantische wachsen und nicht die Spekulation mit dem illusionären Schutz durch Atomwaffen und Zivilschutzbunker sind die Leitwerte, sondern Schritte ins Offene, ins Wagnis und eine Hoffnungsbereitschaft, was immer geschehen mag.

Die Organisationsform eines Zivildienstes kann so nur eine dezentrale sein, damit die Betroffenen die unmittelbar vorliegenden Probleme ganzheitlich in überschaubaren Bereichen angehen können. Grenzen der Nationalstaatlichkeit und der Legalität werden mit gewaltlosen Mitteln überschritten, falls alle anderen Lösungsmethoden ausgeschöpft sind. Der Blick auf die internationalen Zusammenhänge ist selbstverständlich; auf bedrohliche Entwicklungen wird nicht mit einer Einigelung, sondern mit Solidarität mit den Unterdrückten geantwortet.

Zivildienst ist somit eine echte Alternative auch zu einer Armee als «Schule der Nation»: Zivildienst ist ein Erfahrungsfeld für ein soziales, politisches und kulturelles Engagement, das dringend notwendige Veränderungen in unserer Haltung gegenüber der Welt einleiten kann. Zivildienst ist kein Patentrezept für die Lösung aller Probleme. Er kann aber einen wichtigen Beitrag leisten für einen Gesinnungswandel, ohne den weder gesellschaftliche Strukturen verändert werden noch Frieden geschaffen wird. Zivildienst bricht das Monopol der Armee auf die Friedenssicherung.

Geschichte

Der Zivildienst blickt in der Schweiz als geistige Haltung auf eine 80-, in seiner praktischen Verwirklichung über 60jährige Tradition zurück.

Am Anfang stechen zwei Personen heraus: Pfarrer Paul Pettavel aus La Chaux-de-Fonds lanciert 1903 die erste Petition zur Einführung eines Ersatzdienstes für Militärdienstverweigerer aus Gewissensgründen, und der Genfer Missionar Charles-William Châtelain prägt in einer Schrift 1906 erstmals den Begriff des Zivildienstes. Beide gehören der religiös-sozialen Bewegung an und bauen ab 1906 deren Zeitung «L'Essor» auf. Sie geben dem Zivildienstbegriff allerdings noch nicht die heutige umfassend friedenspolitische Bedeutung. Die beiden können nicht begreifen, dass da plötzlich Dutzenden von tiefgläubigen Menschen im Rahmen der ersten Militärdienstverweigererwelle in der Schweiz (1902–1906, rund 60 Personen) der Prozess gemacht wird. Pikanterweise stossen sie sich allerdings nur daran, dass das Gewissen von religiös und ethisch motivierten Pazifisten (vor allem sogenannte Tolstoianer) vor die Hunde geworfen wird. Dass diese erste Militärdienstverweigererwelle massgeblich dadurch ausgelöst wurde, dass in Genf Militär gegen streikende Arbeiter eingesetzt wurde, scheint sie wenig gestört zu haben. Im Gegenteil erblicken sie gerade im Zivildienst ein Unterscheidungsinstrument, um die Tolstoianer von den sozialistischen und anarchistischen Antimilitaristen zu trennen, da sie annehmen, dass die letzteren auch nicht zu einer staatlichen Zwangsarbeit bereit wären. Was sie anstreben, ist einzig und allein, das Makel der Verurteilung von Gewissenstätern aus der Schweiz zu entfernen.

In den unzähligen Vorstössen für die Anerkennung eines Rechtes auf Militärdienstverweigerung aus Gewissensgründen und Einführung eines Zivildienstes in der Schweiz, die vor allem in den Jahren 1917–1924, 1928–1930 und ab 1946 praktisch jährlich bei Bundesrat und Bundesversammlung eingereicht werden, wird dieses Motiv allerdings im Vordergrund stehen: Zivildienst statt Gefängnis, Menschen, deren Gewissen es verbietet, in einem Apparat organisierter Gewalt mitzuwirken, dürfen nicht strafrechtlich verfolgt werden. Praktisch sämtliche Vorstösse dieser Zeit gehen auf religiös-soziale Kreise im weitesten Sinn zurück; niemals sind es jedoch die Verweigerer selber, die die Initiative für die Einführung eines Zivildienstes ergreifen.

Erst die paranoid zu bezeichnende, völlig überreizte und oft irrationale Reaktion der Militärs trieb diese Christen ins Abseits. Die Zivildienstfrage wird so zum Teil sogar zum Kristallisationspunkt für die gesamte Friedensbewegung in der Schweiz, so 1922–1924, als eine Zivildienstpetition 40 000 Unterschriften auf sich vereinigen kann und die ganze «Nie-wieder-Krieg»-Bewegung vorübergehend bindet. Am Zustandekommen dieser Petition ist massgeblich auch Leonhard Ragaz beteiligt, Professor der Theologie und Begründer der religiös-sozialen Bewegung. Als überzeugter Antimilitarist lässt er die Zivildienstfrage bezeichnenderweise jedoch schon vor der Behandlung der Petition im Parlament fallen und leitet im Juni 1924 mit einem viel beachteten Vortrag «Die Abrüstung als Mission der Schweiz» eine neue Kampagne ein.

Es ist in jener Zeit dem Genie von Pierre Cérésole zuzuschreiben, dass der Zivildienst auf einer viel bewussteren und klar friedenspolitischen Grundlage auch seine praktische Verwirklichung findet. Cérésole ist Sohn eines früheren Bundespräsidenten und Ingenieur ETH. Ab 1920 organisiert er regelmässig freiwillige und internationale Zivildienstlager, die viele Menschen für die Friedensarbeit zu begeistern vermochten und zum Aufbau des Service civil international (SCI) führten. Der SCI hat heute in 23 verschiedenen Ländern Europas und Asiens eigene Zweige und mit über 30 weiteren Ländern im Ostblock, in Afrika und Amerika einen regen Freiwilligenaustausch. Der SCI organisiert jährlich über 300 Zivildiensteinsätze, an denen auch viele Frauen teilnehmen.

Ab dem Zweiten Weltkrieg bis Mitte der sechziger Jahre ist die Militärdienstverweigerung jeweils ein persönlicher, bekenntnishafter Akt. Erst die beiden welschen Lehrer, Pierre Annen und Arthur Villard, bringen durch ihre gemeinsame und mit viel Öffentlichkeit verbundene Aktion eine gesellschaftskritische Dimension hinein. Gleichzeitig lanciert der Schweizerische Friedensrat eine Zivildienstpetition, die am 8. Juni 1965 den eidgenössischen Räten übergeben wird und erstmals auch dem öffentlichen Zivildienst als Alternative zum Gefängnis für Militärdienstverweigerer eine eigenständige, friedensfördernde und gesellschaftsverändernde Funktion zuweist, aber abgelehnt wird.

Die Münchensteiner Zivildienstinitiative (von den Räten 1973 grundsätzlich angenommen), wird im Parlament bei ihrer Formulierung zu einer reinen Ersatzdienstvorlage verstümmelt und als solche 1977 vom Volk verworfen. Noch vor der Abstimmung wird deshalb aus pazifistischen Kreisen eine neue Volksinitiative für einen echten Zivildienst auf der Grundlage des Tatbeweises lanciert und Ende 1979 mit über 113 000 Unterschriften eingereicht. Die Abstimmung ist frühestens auf 1984 zu erwarten.

Zivildienst heute

Ein echter Zivildienst als Friedensdienst, wie er eingangs definiert wurde, ist letztlich nur auf freiwilliger und internationaler Basis denkbar. Obschon die Tatbeweisinitiative das Verfügungsrecht des Nationalstaates über die Arbeit seiner männlichen Bürger (allgemeine Dienstpflicht) nicht bestreitet und somit immer noch ein totalitäres Element enthält, steckt sie doch einen Rahmen ab, innerhalb dessen echte Friedensarbeit möglich werden könnte.
Das bisher umfassendste Organisationsmodell zur Ausgestaltung der Tatbeweisinitiative stammt vom SCI Schweiz und ist geeignet, die im Initiativtext festgelegte friedenspolitische Zielsetzung zu konkretisieren. Es bildet die Grundlage für die folgenden Ausführungen.
Absatz 1 des Initiativtextes verlangt:

> «Wer den Militärdienst verweigert, wird von der Wehrpflicht befreit, wenn er Zivildienst leistet. Der Zivildienst dauert anderthalbmal so lang wie die Gesamtheit der verweigerten militärischen Dienste.»

Als Zulassungskriterium zum Zivildienst wird also auf jede Erforschung der Gründe verzichtet. Das Gewissen eines Menschen kann durch Aussenstehende nicht objektiv beurteilt werden, obschon das heute von den Militärgerichten versucht wird. Gerade auch die Kirchen betonen, «dass man in der Rechtsprechung auf das schwer zu definierende und darum für eine objektive Urteilsfindung ungeeignete Kriterium ‹Gewissensgründe› verzichten muss» (Schweizerischer Evangelischer Kirchenbund 1972). Objektiv wahrnehmbar ist eine tiefe persönliche Überzeugung nur dadurch, dass sie durch verantwortungsbewusstes Handeln ihren Ausdruck in der Praxis findet. Die Bereitschaft zum anderthalbmal so langen Dienst, der Tatbeweis, fragt nicht nach den Gründen der Verweigerung; er lässt eine Aufteilung des Gewissens in einzelne Kategorien wie ethisch, religiös oder politisch nicht mehr zu. «Für andere erkennbar wird die Echtheit einer Gewissensentscheidung letztlich nur durch die Bereitschaft zur Konsequenz, durch den Erweis der Glaubwürdigkeit des Gewissensentscheides durch entsprechende Taten», schrieb 1981 Justitia et Pax, beratendes Organ für politische und soziale Fragen der Schweizerischen Bischofskonferenz.
Damit wird die Schweiz endlich das Menschenrecht auf die Verweigerung zu töten und auf die Militärdienstverweigerung aus Gewissensgründen verwirklichen können, das in den meisten westlichen Staaten gewährleistet ist und von vielen internationalen Organisationen gefordert wird, so dem Europarat (Resolution 337, 1967), der UNO

(AS/Jur [33] 15, 1978), dem Vatikan (Gaudium et Spes, 79. 1965), dem Ökumenischen Weltkirchenrat (Uppsala Sect. II A, § 21. 1968), der Unesco (SS-80/Conf. 40/37 Rev. von 1980) und anderen wie Amnesty International, die schon mehrmals die Betreuung von verurteilten Militärdienstverweigerern in der Schweiz übernommen hat.

Absatz 2 der Initiative lautet:

> «Zivildienst bezweckt die Förderung des Friedens, indem er dazu beiträgt,
> Ursachen gewaltsamer Auseinandersetzung zu beseitigen,
> menschenwürdige Lebensverhältnisse zu schaffen und
> die internationale Solidarität zu stärken.»

Als Ziel und Zweck des Zivildienstes wird eindeutig die «Förderung des Friedens» formuliert. Durch die Umschreibung der drei Ebenen, auf denen dies zu geschehen hätte, wird deutlich, dass dabei von einem umfassenden, positiven Friedensbegriff ausgegangen wird: Friede als Abwesenheit von jeglicher Gewalt, welche direkt oder strukturell Menschen an der Verwirklichung ihrer Würde hindert.

Absatz 3 des Initiativtextes gibt Hinweise auf die Trägerschaft und Organisation eines zukünftigen öffentlichen Zivildienstes in der Schweiz:

> «Der Zivildienst vollzieht sich im Rahmen öffentlicher und privater Organisationen und Institutionen, die seinen Zielsetzungen entsprechen. Koordination und Aufsicht liegen beim Bund.»

Für die Organisation des Zivildienstes braucht es keinen grossen und teuren Staatsapparat. Es ist eine ähnliche Struktur denkbar, wie sie heute mit der Schweizerischen Arbeitsgemeinschaft der Jugendverbände oder Intercooperation, der Entwicklungshilfeorganisation besteht. Diese arbeiten als lockere Dachorganisationen in eigener Regie und Verantwortlichkeit, aber mit der finanziellen Unterstützung des Bundes, dem regelmässig Rechenschaftsberichte auszustellen sind. Bereits jetzt bestehen verschiedene private und öffentliche Institutionen, die von ihren Tätigkeitsbereichen und ihren Strukturen her durchaus in der Lage sind, Zivildienstleistende im Sinne von Absatz 2 der Initiative einzusetzen. Eine Umfrage der Initianten hat ergeben, dass bereits heute über 1000 Zivildienststellen mit verschiedensten Einsatzmöglichkeiten ohne Aufwand und ohne Lohnarbeit zu verdrängen besetzt werden könnten.

Als Anerkennungsinstanz für Organisationen, die befugt sind, Zivildienstleistende zu beschäftigen, kann ein Eidgenössischer Zivildienst-

beirat geschaffen werden. Er setzt sich zusammen aus Vertretern der Trägerorganisationen, dem Bund und Verbänden der Zivildienstleistenden.
Eine sinnvolle und befriedigende Tätigkeit der Zivildienstleistenden setzt deren gute Vorbereitung auf ihren Einsatz voraus. Diese geschieht durch eine allgemeine Grundausbildung und eine spezifische Einführung in den praktischen Dienst. Die Grundausbildung, welche mindestens vier Wochen dauert und von verschiedenen staatlichen, kirchlichen oder privaten Veranstaltern angeboten wird, vermittelt Kenntnisse über gesellschaftliche Verhältnisse und Prozesse, Prinzipien und Anwendung der Gewaltfreiheit und über Ergebnisse der kritischen Friedens- und Konfliktforschung.
Im wesentlichen sieht der SCI sechs grössere Bereiche, in welchen Zivildienst geleistet werden kann:

Im Sozialwesen.
Im Bereich der Ökologie und des Umweltschutzes.
Auf der Suche nach neuen Lebensformen und bei Selbstverwaltern.
In der Erwachsenenbildung.
In der institutionellen Friedensarbeit (Friedens- und internationale Organisationen).
In der Entwicklungszusammenarbeit.

Zwar bestehen im Sozialwesen riesige Bedürfnisse: es gibt Arbeit mit Betagten, Behinderten, in Krankenhäusern, psychiatrischen Kliniken und Zentren für ambulante Gesundheitspflege, mit Kindern, Jugendlichen, Suchtkranken, in Erziehungsheimen und im Strafvollzug, mit Ausländern (Fremdarbeiter und Flüchtlinge) und der Armutsbevölkerung. Dennoch kann es nicht darum gehen, dass die Zivildienstleistenden ausschliesslich die sozialen Schäden unserer Gesellschaft heilen helfen und wenn möglich als Lohndrücker eingesetzt werden. Die fünf anderen Einsatzbereiche müssen deshalb im Vordergrund stehen, da deren friedenspolitische Bedeutung und innovatives Potential offensichtlich ist. Hier müsste selbst dann Friedensarbeit geleistet werden, wenn es keine Militärdienstverweigerer gäbe.
Der Hinweis des Bundesrates auf die Möglichkeit, waffenlosen Militärdienst leisten zu können, ist deshalb absurd, da sie gar nicht den Kern der Zivildienstinitiative trifft. Trotzdem wird versucht, die seit dem 1. Januar 1982 in Kraft getretene Verordnung über die Zulassung zum waffenlosen Militärdienst als Alternative zur Initiative zu präsentieren. Sie sieht vor, dass der Soldat vor militärischen Instanzen eine schwere Gewissensnot aus religiösen oder ethischen

Gründen glaubhaft machen soll. Die bisherigen Erfahrungen ergeben, dass rund jeder vierte durch diese engen Maschen schlüpft – um dann doch nicht echte Friedensarbeit leisten zu können.
Wie die Abstimmung über die Zivildienstinitiative auch ausgehen mag – die Notwendigkeit, internationale Friedensarbeit zu leisten, ist heute und in absehbarer Zukunft grösser denn je.

Theo Ginsburg

Friedensforschung in der Schweiz

Die offizielle Schweiz und ihr Friedensinstitut

Die Idee eines schweizerischen Friedensinstituts hat eine lange Vorgeschichte. Bereits im Dezember 1967 forderte SP-Nationalrat Max Arnold den Bundesrat auf, «ein Institut für die Abklärung von Konfliktursachen, der Möglichkeiten für die Friedenssicherung und der Voraussetzungen für Rüstungsbeschränkungen» zu gründen. Neben den Friedensforschern versuchten in der Folge mindestens vier Gruppen, das geplante Institut ihren Zwecken dienstbar zu machen:

- die *Militärs* hatten ein Institut für Sicherheit und strategische Fragen im Auge;
- die *Aussenpolitische Gesellschaft* erkannte darin die Möglichkeit, ein Beratungsgremium für aussenpolitische Fragen zu etablieren;
- die *Prospektivwissenschafter* zielten auf ein Institut für Zukunftsforschung;
- die *Theologen* wollten damit die Grundlage für eine aktivere Friedenspolitik der Kirchen schaffen.

Das zuständige Departement des Innern stand dem Postulat zunächst ablehnend, später indifferent gegenüber. Im Juni 1970 erteilte es Botschafter Ganz den Auftrag, in einer Projektstudie die verschiedenen Möglichkeiten der Schweiz für einen Beitrag auf dem Gebiet der Friedensforschung zu untersuchen. Daraus resultierte schliesslich ein Entwurf für ein Bundesgesetz über die Errichtung einer «Stiftung Schweizerisches Institut für Konfliktforschung und Friedenssicherung». Der Themenkreis «Rüstungsbeschränkung» war bewusst ausgeklammert worden, um dem Widerstand von seiten der Industrie den Wind aus den Segeln zu nehmen.
Dieser Entwurf wurde jedoch nie veröffentlicht; er verschwand – bis

heute der Öffentlichkeit unzugänglich – in einer der Schubladen des Bundesrates. Auf eine Kleine Anfrage hin antwortete dieser 1975 lakonisch, dass wegen der angespannten Finanzlage des Bundes die Bedenken gegen das Projekt gewachsen seien und ausserdem der Rat für Gesamtverteidigung die ganze Angelegenheit in der vorliegenden Form noch nicht reif zur Verwirklichung finde. Damit war das Projekt eines vom Bund finanzierten Friedensinstituts gestorben; denn die damals in Aussicht gestellte eventuelle Neuüberprüfung des Vorschlags ist bei der heutigen Stimmungs- und Finanzlage des Bundes völlig undenkbar.

Es geht auch ohne Staat

Viele Gruppen in der Schweiz und überall in der Welt haben in der Nachkriegszeit durch ihren Einsatz den Beweis dafür erbracht, dass auch ohne staatliche Mittel gute Friedensarbeit geleistet werden kann. Und die Entwicklung der letzten drei Jahre hat zusätzlich gezeigt, dass in der Schweiz auch ohne die Millionen des Bundes – ja sogar gegen den versteckten Widerstand der Behörden – Friedensforschung betrieben werden kann. Ist es doch gelungen, durch private Initiative zwei Friedensinstitute ins Leben zu rufen, die sich gegenseitig ergänzen und sich auf verschiedenen Ebenen einer der dringendsten Aufgaben unserer Zeit widmen: nämlich die Grundlagen für einen umfassenden Frieden zu erkunden.
In Genf hat sich bereits 1980 das «Geneva International Peace Research Institute» (GIPRI) konstituiert, welches eng mit der bekannten schwedischen Schwesterorganisation SIPRI zusammenarbeitet; im Mai 1981 folgte in Zürich das «Forum für praxisbezogene Friedensforschung» (FpF). Während das GIPRI darauf ausgerichtet ist, wissenschaftlich fundierte Forschung auf Hochschulniveau durchzuführen und zu diesem Zwecke gute Kontakte mit universitären Kreisen des In- und Auslandes pflegt, soll durch das FpF eine Plattform geschaffen werden, wo Menschen unterschiedlicher Herkunft, religiöser und politischer Anschauung und Motivation sich zur Erforschung der Bedingungen für eine friedliche Welt vereinen. Das auf eine breite Basis abgestützte Friedensforum wird dabei u. a. die Aufgabe haben, die vom GIPRI erarbeiteten wissenschaftlichen Resultate in allgemein verständlicher Form der Bevölkerung zugänglich zu machen. Daneben sollen aber auch in Arbeitsgruppen Fragen aufgegriffen werden, die sich aus den Erfahrungen friedenspolitisch aktiver Gruppen wie z. B. der «Frauen für den Frieden», der Zivildienstgruppen oder der Kirchgemeinden ergeben.

Derart verstandene praxisbezogene Forschung mag zu neuen Einsichten und neuem Verhalten in der Friedensarbeit führen.

Wie und was soll geforscht werden?

Friedensforschung ist immer gesellschaftskritisch. Denn sie setzt sich mit einer Gesellschaft auseinander, welche geprägt ist durch Machtstrukturen. Unter «struktureller Gewalt» wird dabei alles verstanden, was Menschen physisch oder psychisch schädigt, ohne dass sie persönlich mit Waffen oder offener Gewalt angegriffen werden. Nehmen wir als Beispiel ein Kind, welches auf Grund seiner Rassenzugehörigkeit nicht geschult wird, oder einen Menschen, der vor Hunger stirbt in einer Welt, wo Nahrung im Überfluss vorhanden ist. Beide sind struktureller Gewalt ausgesetzt, gegen welche sie sich als Einzelwesen nicht wehren können.
Unter diesem Blickwinkel unterscheidet die *kritische Friedensforschung* zwischen zwei verschiedenen Arten von Frieden. Als *negativer Frieden* wird die blosse Abwesenheit von Krieg und direkter physischer und personaler Gewalt zwischen einzelnen Gruppen verstanden. Daneben befasst sich die Friedensforschung heute aber vordringlich mit den Möglichkeiten der Erreichung eines *positiven Friedens,* bei welchem nicht nur die direkte, sondern auch die strukturelle Gewalt zurückgedämmt wird. Der Einsatz für positiven Frieden schliesst daher den Kampf gegen Unterentwicklung und für soziale Gerechtigkeit und Menschenrechte mit ein. Positiver Friede heisst weiterhin (nach Odermatt):

- Konflikte zwischen Menschen, Gruppen und Staaten werden gewaltfrei ausgetragen.
- An den gesellschaftlichen Entscheidungen nehmen alle Menschen teil, die betroffen sind.
- Jeder Mensch und jedes Volk bestimmt über sich selbst.
- Die Menschen leben solidarisch, ohne erzwungene soziale Anpassung zusammen.

Es ist klar, dass bei einer solchen Aufgabenstellung Friedensforschung niemals wertfrei sein kann; sie steht damit auf derselben Stufe wie alle Bereiche der Sozialforschung. Jeder Wissenschafter muss daher, bevor er seine *Er*kenntnisse erarbeitet, zuerst ein *Be*kenntnis ablegen über die Wertsysteme, welche er seinen Untersuchungen zugrunde legt. Vergleicht er dann die mit strengen wissenschaftlichen Kriterien erfasste Realität mit den angestrebten Zielen, so lassen sich daraus mögliche Handlungsstrategien ableiten, mittels welcher sozia-

le Veränderungen in der angestrebten Richtung eingeleitet werden können. Bei einem solchen Vorgehen ist die Transparenz der Forschung weitgehend sichergestellt, kann doch jeder kritische «Konsument» der Forschungsresultate selbst beurteilen, auf welcher Wertwahl die angewendete Methode und die daraus resultierenden Resultate beruhen.
Im folgenden sollen kurz die Arbeitsgebiete beschrieben werden, mit welchen sich die beiden Friedensforschungsinstitute voraussichtlich in den nächsten Jahren beschäftigen werden.

Die Forschungsprojekte von GIPRI

Das internationale Friedensinstitut in Genf hat in den vergangenen zwei Jahren verschiedene Forschungsprojekte in Angriff genommen und mit den daraus resultierenden Publikationen internationales Ansehen gewonnen. Es beschäftigt sich vor allem in streng wissenschaftlicher Form mit den Problemen des Wettrüstens und der Auswirkungen der technischen Entwicklungen auf die Kriegführung. Daneben wird auch der Energiefrage grosse Bedeutung beigemessen. Im folgenden werden kurz drei Fragestellungen umrissen, die gegenwärtig am GIPRI – zum Teil in enger Kooperation mit dem schwedischen Schwesterinstitut SIPRI in Stockholm – bearbeitet werden.

a) Teilchenbeschleuniger und Spaltmaterial

Aufgeschreckt durch die Pläne für eine Erweiterung des CERN (Centre Européen de Recherche Nucléaire) in Genf, wo einer der grössten Teilchenbeschleuniger der Welt gebaut werden soll, hat sich der Physiker *André Gsponer* (wissenschaftlicher Leiter des GIPRI) mit der Frage auseinandergesetzt, inwieweit sich die damit zusammenhängende hochentwickelte Technologie auf die nukleare Rüstung auswirken kann. Mit der Strahlung energiereicher Teilchen kann nämlich spaltbares Material (z. B. Plutonium) für die Atombombenproduktion erzeugt werden. Dies ist schon seit 1941 bekannt, wurden doch bereits vor der Inbetriebnahme des ersten Reaktors in den USA im Jahre 1943 kleine Mengen des für die militärische Forschung benötigten Plutoniums in Berkeley mit Hilfe eines Zyklotrons gewonnen. In den fünfziger Jahren wurde im Rahmen eines geheimen Forschungsprojekts erstmals ein Beschleuniger speziell zur Produktion von spaltbarem Material in grossen Mengen eingesetzt. Seither wurde diese Technologie mit grossem Einsatz weiterentwickelt.

Die derzeitige Debatte über die Weiterverbreitung (Proliferation) von Nuklearwaffen lässt jedoch diese Art der Spaltmaterialgewinnung noch völlig ausser acht. Weder die Entwicklung noch die Anwendung von Teilchenbeschleunigern werden von internationalen Gremien überwacht, wie dies seit Jahrzehnten für die in der Atomwaffenproduktion nutzbaren Kernreaktoren selbstverständlich ist.
André Gsponer hat mit seinen Forschungsberichten das Interesse der Fachwelt und auch der Politiker auf dieses brisante Problem gelenkt. Eine Folgerung ist klar: Es muss in Zukunft viel stärker als bisher darauf geachtet werden, wie eng die Milliardenprojekte der als friedlich betrachteten Nuklearforschung – z. B. die geplante Beschleunigungsmaschine des CERN – mit militärischen Entwicklungsarbeiten gekoppelt werden können. Eine internationale Kontrolle auf diesem Gebiet drängt sich auf!

b) Strategische Rohstoffe

Die Bedeutung des Erdöls für die moderne Industriegesellschaft hat sich in den letzten Jahren klar erwiesen. Die Verknappung dieses Energieträgers hat die weltpolitische Situation entscheidend geprägt. Eine Unterbindung der Erdöllieferungen von seiten der OPEC-Länder beispielsweise würde von den USA als Casus belli eingestuft; eine speziell für diesen Fall vorgesehene Einsatztruppe ist deshalb vor einigen Jahren in die amerikanische Armee eingegliedert worden.
Es gibt jedoch noch andere Ressourcen, welche für einzelne Staaten oder Staatengruppen von derartiger Bedeutung sind, dass ihre Nichtverfügbarkeit, hervorgerufen beispielsweise durch einen Lieferboykott, die Wirtschaft und Sicherheit derart gefährden kann, dass kriegerische Spannungen auftreten. Eine GIPRI-Studie befasst sich mit solchen, als «strategisch» bezeichneten Rohstoffen und ihren Einfluss auf die weltpolitische Lage. Von besonderer Bedeutung ist dabei die geographische Verteilung der Reserven dieser kritischen Materialien.
Ein Beispiel sei hier herausgegriffen. Die Auswertung der vorhandenen Daten zeigt die Schlüsselstellung, welche Südafrika hinsichtlich der Verfügbarkeit von vier wichtigen Materialien einnimmt: Platin, Chrom, Vanadium und Magnesium. Von all diesen für wirtschaftliche und militärische Zwecke kaum ersetzbaren Rohstoffen besitzt der Westen (USA, Europa und Japan) nur einige wenige Prozent der global verfügbaren Reserven, während Südafrika und die UdSSR gesamthaft über 80–90 Prozent bestimmen. Ganz allgemein zeigen sich die COMECON-Länder wesentlich weniger abhängig von Einfuhren strategischen Materials als die OECD-Länder.

Es ist klar, dass für solche kritischen und für die Rüstung sensitiven Rohstoffe der freie Markt nicht mehr spielt, da mittels einer sehr strikt gehandhabten Vorratshaltung künstliche Reserven geschaffen werden, welche preistreibend wirken. Für die Friedensforschung bilden diese Materialien ein wichtiges Untersuchungsobjekt, stellen sie doch einen permanenten Konfliktstoff in den internationalen Beziehungen dar. Es müssen deshalb Strategien entwickelt werden, um die von dieser Seite drohenden Gefahren für den Frieden einzudämmen, die sich besonders in den Beziehungen zwischen den Machtblöcken der NATO und der Warschauer-Pakt-Staaten manifestieren.

c) Energiestrategien für Krisensituationen

Im Jahre 1978 hat die Eidgenössische Gesamtenergie-Kommission (GEK) ihr in vier Jahren erarbeitetes Konzept veröffentlicht, welches in den Hauptszenarien auf konventionellen Annahmen beruht (gesicherte globale Energieversorgung, real gleichbleibende Preise) und mit einem ständig steigenden Energiekonsum rechnet, der primär durch Erdöl, Erdgas und Atomstrom gedeckt wird. Gleichzeitig haben damals die Umweltorganisationen unter dem Titel «Jenseits der Sachzwänge» ein alternatives Energiekonzept vorgestellt, bei welchem Spartechnologien und sinnvolle Nutzung der vorhandenen Energien im Vordergrund standen.
In den vergangenen Jahren wurden in allen wichtigen Industrieländern analoge alternative Energiestrategien entwickelt; die wichtigste und wissenschaftlich am besten fundierte dürfte wohl diejenige von A. B. Lovins für die USA sein. Auf all diesen Studien aufbauend hat das GIPRI in Zusammenarbeit mit Prof. Giovannini eine detaillierte Untersuchung über das Sparpotential in der Schweiz durchgeführt. Um diese Arbeiten weiterführen zu können, wurde im Juli 1981 beim Schweizerischen Nationalfonds ein Forschungsprojekt eingereicht mit dem Ziel, in zwei Jahren ein den heutigen Erkenntnissen angepasstes Energiekonzept für die Schweiz zu entwickeln. Dies sollte in erster Linie den Energiebedarf, die Umweltbelastung und die Sicherheit des Landes berücksichtigen und speziell auch den Fall von globalen Versorgungsschwierigkeiten auf dem Energiemarkt miteinbeziehen. Leider wurde das mit 250 000 Franken budgetierte Projekt im ersten Anlauf nicht bewilligt; es besteht jedoch die Absicht, es in Zusammenarbeit mit weiteren Organisationen in einer modifizierten Form nochmals einzureichen. Es kann kein Zweifel darüber bestehen, dass Untersuchungen für eine Energieversorgung in weltpolitisch krisenhaften Situationen von ausserordentlicher Bedeutung für unser Land ganz allgemein wären.

Mögliche Forschungsthemen des Friedensforums (FpF)

In vielen Diskussionen wurde im vergangenen Jahr der Forschungsbereich des Friedensforums abgesteckt. In dem am 19. Juni 1982 verabschiedeten Programm des FpF werden die möglichen Forschungsthemen dargestellt, welche sich spezifisch auf die schweizerischen Verhältnisse beziehen und im Gegensatz zur GIPRI-Forschung sehr praxisbezogen sind. Sie sind hier zusammenfassend aufgeführt.

1. Die Schweiz in der internationalen Staatengemeinschaft

Die Schweiz ist am internationalen Spannungs- und Entspannungsprozess beteiligt. In diesem Forschungsfeld wird die Rolle der Schweiz in diesem Umfeld untersucht, speziell im Hinblick auf die Rüstungsexporte, den Technologietransfer, die Beziehungen zur Dritten Welt und zu den Industrieländern.

2. Das innenpolitische Spannungsfeld Schweiz

Die Schweiz selbst ist geprägt von inneren Spannungen, die von Zeit zu Zeit auch in mehr oder weniger gewalttätige Konflikte umschlagen können (Jugendbewegung, Ökologiebewegung, Jura etc.). Die Form der Austragung dieser Konflikte soll untersucht werden (polizeistaatliche Tendenzen, Demokratisierung etc.).

3. Das schweizerische Militär

Auch das schweizerische Militär ist ein Machtmittel, mit dem Konflikte ausgetragen und bestehende gesellschaftliche Verhältnisse gefestigt und verteidigt werden. Dabei gilt es zu beachten, dass das schweizerische Militär unter einigen Gesichtspunkten von den Militärapparaten anderer Staaten verschieden ist.

4. Der schweizerische Militarismus

Das Militär hat in der Schweiz einen zentralen Stellenwert. Tendenzen zur Militarisierung der Gesellschaft sind auch in der Schweiz unverkennbar. Die Verflechtung zwischen Militär, Wirtschaft, Politik und Gesellschaft soll untersucht werden, wie auch die Rückwirkung der Gesamtverteidigung auf die nichtmilitärischen Lebensbereiche.

5. Friedenspolitische Forderungen

Schweizerische Friedenspolitik kann unter dem Gesichtspunkt ihrer Forderungen untersucht werden, wie sie sich aus der Geschichte der Friedensbewegung herauslesen lassen. Dabei geht es vor allem um ihren Stellenwert im Rahmen einer umfassenden Friedenspolitik. Mögliche Forschungsthemen sind dabei der Beitrag der Schweiz zur Abrüstung, Entwicklungshilfe, Zivildienst, Waffenexportverbot, die Kontrolle der Rüstungsindustrie und die Demokratisierung der Rüstungspolitik.

6. Friedenspolitisches Vorgehen

Strategien, Taktiken, Methoden und Mittel der Friedensbewegung sollen in ihrer geschichtlichen Entwicklung erfasst und ihre Bedeutung für die Gegenwart aufgezeigt werden. Traditionelle und neue, institutionelle und nichtinstitutionelle Aktionsformen können entwickelt werden, die die Sensibilisierung der Bevölkerung zum Ziele haben. In diesen Bereich fällt auch die Gestaltung der Öffentlichkeitsarbeit der Friedensbewegung.

7. Gewaltfreie Konfliktaustragung

Eng mit der Frage des friedenspolitischen Vorgehens verknüpft ist das Problem der gewaltfreien Konfliktaustragung, das grundsätzlich losgelöst von ihrer Anwendung in der Friedenspolitik angegangen werden kann. Ergebnisse dieser Forschung sollen auch der politischen Arbeit anderer Bewegungen und der Konfliktlösung in anderen Auseinandersetzungen dienen (beispielsweise Jugendunruhen, Energiepolitik, Arbeitswelt). Auch Alternativen zur militärischen Verteidigung der Schweiz und soziale Verteidigung sind unter diesem Aspekt zu untersuchen.

8. Friedenserziehung

Zur Verwirklichung des positiven Friedens genügt es nicht, durch Friedenspolitik strukturelle Veränderungen in Gang zu setzen. Ebenso wichtig sind Lernschritte zur Gewaltlosigkeit, die einzelne Menschen tun. Hier hätte die Schule und das ganze Erziehungssystem bis hinauf zur Hochschule eine wichtige Aufgabe. Der Abbau von Feindbildern, die Einübung gewaltfreien Verhaltens, aber auch die Überwindung sozialer und politischer Apathie sind Ziele der Friedenserziehung.

Für das Friedensforum dürften die Forschungsschwerpunkte in der ersten Zeit auf den Gebieten 4, 5, 6, 7 liegen. Daneben gibt es aber auch Fragen aus anderen Forschungsfeldern, die aktuell und bedeutsam für die gegenwärtige Friedensarbeit sind. Zudem lassen sich gewisse hier aufgeführte Fragestellungen nicht ohne Einbezug von anderen Forschungsbereichen beantworten.

Andreas Gross

Schaffen wir die Trümmer der Geschichte weg!

Argumente für die Volksinitiative zur Abschaffung der Armee

«Heute heisst die Alternative Friede oder totale Vernichtung. Je rascher wir das einsehen, um so rascher werden wir in der Lage sein, unsere Art vor der Selbstvernichtung zu retten.» Dies schrieb der Erfolgsautor der US-Friedensbewegung, Jonathan Schell («Das Schicksal der Erde») in der «Zeit» vom 9. Juli 1982. Und Schell folgert aus seiner Feststellung: «Unser gegenwärtiges System und seine Institutionen sind die Trümmer der Geschichte. Sie sind schädlich geworden für das Leben und müssen fortgeräumt werden. Sie liegen wie eine Schlinge um den Hals der Menschheit und drohen, ihre Zukunft abzuwürgen, aber wir können diese Schlinge zerschneiden und uns befreien. (...)
Die Menschheit steht vor der Aufgabe, eine politische Welt zu errichten, die auf Gewalt verzichtet. (...) Wir müssen uns dann aber auch zu der Einsicht bequemen, dass atomare Abrüstung nicht stattfinden kann, ohne dass auch die konventionellen Waffen verschrottet werden.»

Kientaler Gruppe

Lebte Jonathan Schell in der Schweiz, ich bin überzeugt, er würde die Volksinitiative zur Abschaffung der Armee unterstützen und sich bereit erklären, dafür 100 Unterschriften zu sammeln. Er wäre am Sonntag, den 12. September mit uns ins Berner Oberland nach Kiental gefahren, wo sich die «Kientaler Gruppe», die Trägerschaft der Volksinitiative zur Abschaffung der Armee, kürzer «Friedensinitiative», gebildet hat. Kiental deshalb, weil sich dort bereits 1916, mitten im Ersten Weltkrieg, Sozialisten, Antimilitaristen, Pazifisten und Demokraten aus ganz Europa zusammengefunden haben, um darüber zu beraten, was gegen den Krieg und für das Überleben der

Menschen auf dieser Erde zu tun sei. (Die Geschichte von Kiental ist nachzulesen im Infrarot, der Zeitschrift der Jungsozialisten, vom Mai/Juni 1982.)

Die erste Etappe bereits beendet

Mit der Gründung der «Kientaler Gruppe» beginnt die zweite Etappe auf dem gewiss beschwerlichen Weg zur Lancierung der «Friedensinitiative». Die erste Etappe, welche in erster Linie seit eineinhalb Jahren von den Schweizer Jungsozialisten geprägt worden war, ist damit abgeschlossen. Sie begann im Winter 80/81 mit der Frage einiger Jusos: «Braucht die Schweiz eine Armee?» Die sich entwickelnden vielfältigen Diskussionen liessen die Frage für die Jusos immer rhetorischer werden. Die Schweiz braucht heute keine Armee mehr.

Öffentlich wurde die Diskussion Ende März 1981, als die Schweizer Jungsozialisten an ihrem Kongress in Schaffhausen beschlossen, die Lancierung einer entsprechenden Volksinitiative zu prüfen. Die Reaktionen blieben nicht aus.

Von «Spinnerei» . . .

Die offizielle Schweiz reagierte wie ein Raubtier, dem man während des Fressens das Fleisch abspenstig zu machen versucht: aggressiv. Kein Wunder: Das Tabu-Thema Nummer 1 der Schweizer «Nation» stand zur Debatte: «Spinnerei» (Blick), ein «Furz» und «politisches Harakiri» (ein prominenter Sozialdemokrat), «nur ein Gag» (EMD-Stratege Däniker), «Missbrauch der Freiheit» (ein anderer prominenter Sozialdemokrat), «blind und taub» und schliesslich «Judas-Verrat», «teuflisches Machwerk», «Generalangriff auf unsere ererbte Unabhängigkeit und Freiheit» (zwei Leserbriefschreiber im Berner «Bund»).

Noch viel schlimmer: Hochschulabsolventen, Seminaristen und Schüler, die sich öffentlich zu den Jusos bekennen, wurden von staatlichen Behörden bereits Lehrerstellen und Assistenzen vorenthalten beziehungsweise mit der Wegweisung von der Schule gedroht. Auch andere, ähnliche Erlebnisse von Jusos aus den letzten Monaten passen nicht ins heile Bild von der Schweiz, das beispielsweise Bundesrat Furgler Schülern vorzuzeichnen versuchte: «Wenn ich aber daran denke, dass jeder Schweizer . . . seine Meinung kundtun kann, ohne Gefahr zu laufen, verhaftet zu werden, . . . so muss ich sagen, viel Grund zum Demonstrieren gibt es in unserem Land eigentlich gar nicht.» Nur vier Sätze später meinte Furgler dann aber: «Bei uns kann jeder mit Referenden versuchen, seinen Willen durchzusetzen» (TAM, 10. 7. 82). Es darf in diesem Zusammenhang daran erinnert werden, dass der Bundesrat im Februar 1982 hochoffiziell in einer Antwort auf eine parlamentarische Anfrage, den Nationalrat daran erinnern musste, dass «in einer Demokratie selbst die Armee in Frage gestellt werden dürfe».

... «endlich den Mut zur Wahrheit»

Bei jenen, deren Stimme weniger in der «Öffentlichkeit» ertönt, war das Echo auf die Idee, die überlebte Armee abzubauen, dagegen weit erfreulicher. «Blick»-Leser ermunterten die Jusos, und einfache SP-Mitglieder schöpften wieder Mut: «Endlich sagt mal jemand offen, was viele unter uns längst denken; endlich findet man auch wieder den Mut zur Wahrheit.»
Und eine Berner Sozialdemokratin schrieb der «Tagwacht»: «Es scheint mir im Zeitalter des möglichen, ja wahrscheinlichen Atomkrieges höchste Zeit, dass in der Öffentlichkeit auch einmal ernsthaft unsere Heilige Kuh Nummer eins, die Armee, diskutiert wird: über Sinn oder Unsinn der Theorie, unsere Armee diene der Abschreckung eines allfälligen (roten) Feindes und damit der Friedenssicherung.»
Aufgeschreckt wurden die offiziösen Stellen durch die Aufnahme der Forderung nach Abschaffung der Armee in den Forderungskatalog der 30 000 Teilnehmer der Berner Friedenskundgebung anfangs Dezember 1981 – beschlossen auf Antrag eines Demonstrationsteilnehmers mit Handmehr gegen den Willen der Organisatoren.

Wie der Vater den Einbrecher?

Seither häufen sich markige Reden und Worte von EMD-Chef Chevallaz, des Generalstabchefs und verschiedener Korpskommandanten, in denen betont wird, «der Krieg sei eine Realität, mit der wir leben müssen» und «eine starke Schweizer Armee somit notwendig». Dabei werden die jeweiligen Aktualitäten (Polen, Falkland und Libanon) jeweils unbesehen in den Legitimationsdiskurs für die Schweizer Armee eingebaut. Ganz einfach sagte es Bundesrat Furgler seinen zwölfjährigen, aber schon zweifelnden Schülern: «Sollte es Krach geben, müssen wir bereit sein, und darum haben wir unsere eigene starke Armee (...) Wenn jemand herein will, müssen wir in der

Lage sein, nein sagen zu können – wie bei euch zu Hause, wo der Vater einen Einbrecher auch wieder hinauswerfen würde.» (TAM 10. 7. 82)

«Ein Zeichen, dass in der Schweiz noch Leben ist»

Die Jungsozialisten kamen in ihrem einjährigen Diskussionsprozess weiter. Am Winter-Seminar in Basel diskutierten sie vor 200 Zuhörern mit Roman Brodmann, der die Jusos ermunterte: «Lasst euch nicht entmutigen (...), eine solche Volksinitiative wäre in sich selbst und jenseits der Frage nach ihrem Zahlenerfolg ein Zeichen dafür, dass in der Schweiz noch Leben ist.»
Am Frühjahrs-Seminar in Bern erkannten die Jusos, dass die «Soziale Verteidigung» nicht einfach als «Alternative» zur Armee bezeichnet werden kann. Die Soziale Verteidigung setzt ein gesellschaftliches Bewusstsein und eine individuelle Emanzipation voraus, die in der Schweiz durch vielfältige Widerstandsaktionen und basisdemokratische Bewegungen erst aufgebaut werden muss. Ihren Erkenntnisfortschritt in den letzten zwei Jahren hielten die Schweizer Jungsozialisten schliesslich Mitte Juni 1982 an ihrem Bieler Kongress in einer «friedenspolitischen Standortbestimmung» fest. Sie ist im Anschluss an diesen Text vollständig abgedruckt. Darin sind die verteidigungspolitischen Gründe ausgeführt, mit denen die Jusos zum Schluss kommen, die Schweizer Armee habe sich im Zeitalter der atomaren Aufrüstung überlebt, könne zur Sicherheit der Schweizer Bürgerinnen und Bürger nichts Wesentliches mehr beitragen, und wir könnten deshalb auf sie verzichten. Die Jusos geben in ihrer Standortbestimmung die Idee der Volksinitiative zur Abschaffung der Armee auch an die autonome «Kientaler Gruppe» weiter, in der sich freilich einige von ihnen stark engagieren werden.

Ich möchte deshalb an dieser Stelle weniger auf die im engeren Sinn verteidigungspolitischen Argumente gegen eine Abschaffungsinitiative eingehen, sondern auf Kritik, die sich vor allem mit der politischen Verwirklichung einer solchen Forderung befasst.

1. Die Arbeitsplatzfrage

Zuallererst aber noch ein Hinweis zum ökonomischen Aspekt der Debatte. Viele fürchten sich vor dem Verlust der ca. 30 000 Arbeitsplätze, die heute mittel- und unmittelbar mit der Schweizer Armee verbunden sind. Es ist dabei an die etwa 16 000 EMD-Beamten und Instruktionsoffiziere zu denken, an die etwa 5000 Arbeiter in den

schweizerischen Rüstungs- und Munitionsfabriken sowie an die vielen kleinen Hersteller von Militärgütern, vom Gamellenfabrikanten, über den Uniformschneider bis zum Lederzeugflicker. Nicht zu vergessen auch die Heimarbeiterinnen, die oft zu sehr schlechten Löhnen für das EMD Aufträge erfüllen, und die vielen Beizen und Hotels, die in abgelegenen Landesgegenden nur überleben können, weil regelmässig Soldaten und Offiziere vorbeikommen.
Grundsätzlich ist in diesem Zusammenhang zu betonen, dass ich als Sozialist vom Recht auf Arbeit für Mann und Frau ausgehe, niemandes Existenz also in Frage stellen will. Doch akzeptiert derjenige den Grundwiderspruch des kapitalistischen Wirtschaftssystems, der nur um der Produktion und des Profits willen produzieren und arbeiten lässt und nicht nach dem gesellschaftlichen Sinn und Nutzen des Produktes fragt. Von daher gilt es dasjenige Arbeitsvolumen festzustellen, das als sinnvoll und notwendig für das Leben aller Menschen angesehen wird. Diese gesellschaftlich sinnvolle Arbeit muss gleichmässig auf alle arbeitsfähigen Menschen verteilt werden. Es müsste also in einer Schweiz ohne Armee kein einziger EMD-Beamter entlassen werden, sofern er keine andere Arbeit finden würde. Aber die Arbeitszeit aller Bundesbeamten wäre drastisch zu reduzieren – eine Strategie, die heute ganz allgemein für alle Lohnabhängigen nützlich wäre – und die notwendige Verwaltungsarbeit gleichmässig auf alle Beamten zu verteilen. Wie wir Sozialisten uns eine Schweizer Wirtschaft vorstellen, die sich an den eigentlichen Bedürfnissen der Bürgerinnen und Bürger orientiert und nicht an den Herrschaftsinteressen des Bürgertums, ist aus dem Text der Minderheit der SPS-Programm-Kommission ersichtlich, der bei der SPS (Postfach 3001 Bern) zu haben ist.
Es ist zudem an die Forschungsergebnisse von UNO-Studienkommissionen und des US-Arbeitsamtes zu erinnern, die detailliert nachgewiesen haben, dass die gleiche Summe Geld in zivile Produktion investiert ungleich mehr Arbeitsplätze schafft, als wenn sie in die Rüstungsindustrie investiert würde.
Es wird heute nicht aufgerüstet, weil dies wirtschaftlich sinnvoll oder politisch richtig ist, sondern weil sich in der Rüstungsindustrie am meisten Geld verdienen lässt und die militärisch-industriellen Komplexe sich in beiden Blöcken verselbständigt haben. (Weitere Angaben zum Bereich Arbeitsplätze und Rüstung sind in den rororo-Bändchen Nr. 4266 und 4830 von Ulrich Albrecht und Mike Cooley zu finden.)

2. «Eine solche Initiative hat doch keine Chance»

Dies bestreitet gewiss niemand. Nur lanciert heute in der Schweiz

kaum mehr jemand eine Volksinitiative in der Hoffnung, in einer eventuellen Abstimmung einen numerischen Erfolg zu erreichen. Seit 1949 ist in der Schweiz keine einzige Volksinitiative mehr angenommen worden, obwohl seither fast jedes Jahr über mindestens eine Volksinitiative abgestimmt wird.
Die Schweiz ist aber eine eigentliche Wüste, was die friedenspolitische Debatte betrifft. Die Fixierung auf die Armee ist total. Deren Mystifizierung enorm und rational fast nicht mehr ergründbar. Das Instrument der Volksinitiative ist in dieser Situation ein einzigartiges Mittel der geistigen Herausforderung der Menschen zur Auseinandersetzung mit der Institution Armee. Es ist eine Möglichkeit zur Bewässerung der friedenspolitischen Wüste Schweiz. Zumal, wenn die Kientaler Gruppe sich nicht gleich dem Damoklesschwert der 18monatigen Unterschriftensammlungsfrist unterzieht und sich ihre Kampagne fremdbestimmen lässt. Suchen wir erst ohne Hektik die 2000 Männer und Frauen, die zur Sammlung von je 100 Unterschriften bereit wären. In dieser Phase wird die Diskussion auch noch am offensten zu führen sein, da die bürgerliche Öffentlichkeit erst nach der offiziellen Lancierung ihre den Andersdenkenden am meisten diffamierenden Register ziehen wird.

3. «Mit einer Initiative ist die Armee nicht abschaffbar»

Auch dies ist an sich richtig. Doch müssen wir uns fragen, wie kommen in dieser Gesellschaft überhaupt grundsätzliche Veränderungen zustande? Reichen die kleinen Schritte, die so klein sind, dass man die eingeschlagene Richtung kaum mehr zu erkennen vermag? Die Armee ist nur die Spitze eines ganzen Gewaltsystems. Sie wird erst überwunden werden können, wenn andere Gewaltverhältnisse in dieser Gesellschaft (Lohnarbeit, Abhängigkeit vom Hausbesitzer) zumindest abgebaut sind.
Gehen wir davon aus, dass grundlegende Veränderungen nur möglich sind und vor allem nur dann eine befreiende und demokratische Perspektive haben, wenn sie von möglichst vielen Menschen aktiv mitgetragen und mitgestaltet werden, so geht dem Anders-Handeln bis zu einem gewissen Grad ein Anders-Denken voraus. Dieses Anders-Denken kann mit Diskussionen beschleunigt werden beziehungsweise kann nur so überhaupt in Gang gebracht werden. Heute sind so viele Schweizer resigniert und unbeweglich, weil sie sich gar nicht mehr vorstellen können, dass es anders sein könnte, als es ist. Die Vorstellung, dass es anders sein könnte, muss erst einmal wieder konkretisiert werden. Dies sollte primär mittels Gesprächen und Diskussionen möglich sein und versucht werden. Diese Funktion kann die Initiative erfüllen.

Dabei kommt uns entgegen, dass wer in der Schweiz die Armee in Frage stellt, die ganze herrschende Ordnung in Frage stellt. Bei den folgenden Diskussionen bleibt kein Thema ausgeklammert. Über die Anthropologie des Menschen bis zur Ökonomie, vom Patriarchat bis zur Ökologie, alles steht dann jeweils zur Debatte. Dies gibt uns die willkommene Gelegenheit, das Gewalt- oder «Kriegs-System» (Hans Saner) als Ganzes darzustellen und die entsprechende gewaltlose, das heisst selbstbestimmte und selbstverwaltete Alternative zu skizzieren.

4. «Es ist absurd, für eine solch radikale Forderung das traditionelle Instrument der Initiative zu gebrauchen»

Eine realistischere Einschätzung des Instrumentes der Volksinitiative durch die Linke in der Schweiz ist unbestrittenermassen notwendig. Die beinahe permanente Unterschriftensammlerei für irgendeine gewiss sinnvolle Reform auf Bundes-, Gemeinde- oder Kantonsebene oder ein Referendum nimmt dermassen viel von unserer Energie in Anspruch, dass wir kaum mehr dazukommen, zu fragen, ob wir nicht phantasievollere Wege der Veränderung vergessen.
Es ist deshalb wichtig zu betonen, dass wir den Aufbau einer Gesellschaft ohne Gewaltverhältnisse und ohne Armee auf dem institutionellen Weg allein nicht erreichen können. Die Friedensbewegung sieht dies meiner Ansicht nach wie die Anti-Atombewegung – zumindest zur Zeit der Kaiseraugst-Besetzung – auch so. Niemand will denn auch von unserer Seite die ganze Friedensbewegung auf den Weg der Volksinitiative bringen. Die Volksinitiative zur Abschaffung der Armee soll ein Nebenprodukt der Friedensbewegung sein und nicht in deren Zentrum liegen. Direkte Aktionen gewaltfreier Art, symbolische Aktionen zivilen Ungehorsams, Massenkundgebungen und Ostermärsche, gelebte Solidarität und Besetzungen bringen die öffentliche Diskussion genauso voran.
Nur, so meine These, sie reichen auch nicht aus. Über die genannten Friedensaktionen können sich die Herrschenden hierzulande noch zu einfach mit irgendwelchen Drahtziehertheorien, Minderheitsabstempelungen und anderen Diskreditierungsversuchen hinwegsetzen. Realisieren wir aber parallel dazu noch eine Volksinitiative, so wird das Bürgertum zur Auseinandersetzung gezwungen, denn eine Initiative hat eine gesetzliche Verbindlichkeit. Eine Initiative bildete gleichsam das Scharnier zwischen Bewegung und Macht.
Auch erreichen wir damit möglicherweise Regionen und Bevölkerungsschichten in unserem Land, die sich dem Nachdenken über direkte Aktionen verschliessen, und sei es nur, weil sie davon in ihrem Monopolblatt nichts lesen können.

5. «Eine solche Initiative ist kontraproduktiv»

Dagegen möchte ich zwei Einwände erheben:
Erstens wird heute von offizieller EMD-Seite der Eindruck erweckt, dass mindestens 99 Prozent der Schweizer Bevölkerung wie «ein Mann» hinter «ihrer» Armee ständen. Bereits die Diskussion und die Lancierung einer Anti-Armee-Initiative würde einer solchen Argumentation die Legitimation entziehen. Kommen die 100 000 Unterschriften zusammen, so wird das die EMD-Ideologen derart schokkieren, dass dann über vergleichsweise harmlose Forderungen nach Einführung des Tatbeweis-Zivildienstes oder die Verminderung der Dienstzeit in der Schweiz diskutiert werden kann, ohne dass die betreffenden Argumente bereits als «landesverräterisch» angeschwärzt werden können. Auch über ein Rüstungsreferendum liesse sich dann vielleicht etwas zurückhaltender nachdenken, was einen merken liesse, dass es hier «nur» um Demokratisierung und keineswegs schon um «Abschaffung» geht.
Zweitens haben Jusos bereits in den letzten Monaten die Erfahrung machen können, das eine solch radikale und offene, ehrliche und kompromisslose Zielsetzung für viele Menschen, vor allem jugendliche, befreiend wirkt. Das heisst, sie lässt viele neuen Mut schöpfen und wieder aktiv werden. Sie haben die Nase voll von den Millimeterschritten in einem blockierten politischen System. Zu dieser Forderung könnten sie voll stehen und würden dafür auch auf die Strasse gehen. In diesem Sinn wäre eine solche Initiative also alles andere als «kontraproduktiv», sondern mobilisiert wieder Menschen, die wir mit «traditionellen» Forderungen kaum mehr ansprechen können.

6. «Die politische Situation dazu ist heute in der Schweiz nicht reif»

Diesem Argument folgen meist Hinweise auf die katastrophalen Ergebnisse der «Mitenand»-Initiative oder des Strafgesetz-Referendums.
Bestimmt weht uns derzeit auch in der Schweiz der politische Wind ins Gesicht. Doch das Stellen von Überlebensfragen dürfen wir nicht vom Zeitgeist abhängig machen. Wir müssen den Mut zur Wahrheit auch in einer Zeit finden, in der diese Wahrheit unpopulär ist. Wer immer nur das «Mögliche» fordert, wird auch das Mögliche nie erreichen.
Es ist nicht ausgeschlossen, dass anfangs der neunziger Jahre die Menschen auch in der Schweiz nicht mehr so mittelalterlichen Konfliktlösungsmustern verhaftet sind wie heute. Besonders, wenn ihnen noch mehr bewusst sein wird als heute, wie vernichtend diese heutzutage für uns alle sein könnten. Zumal die friedenspolitischen

Debatten der «Grünen» in der BRD, die Bundesheerabschaffungsdiskussionen in Österreich und der eingangs zitierte Jonathan Schell aus der US-Friedensbewegung zeigen, dass andere denkende Menschen in anderen gesellschaftlichen Verhältnissen zu ähnlichen Schlussfolgerungen kommen wie wir.
Wir sind selbst in der Schweiz nicht die ersten, die aus solchen Überlegungen solch radikale Schlussfolgerungen ziehen.
Es sei da nur an Hans Saner und Roman Brodmann erinnert. Saner sagte bereits 1968 in Karlsruhe anlässlich der Verleihung des Hermann-Hesse-Preises: «Da ihnen (den Kleinstaaten in Europa, ag) in einem nuklearen Krieg nur die Rolle des Opfers zuteil wird, ein konventioneller europäischer Krieg gegen sie aber ganz unwahrscheinlich ist, sollten sie alles daransetzen, auch den Beweis dafür zu erbringen, dass ein Staat fortschreiten kann, ohne ein Kriegssystem zu sein. Ich meine ganz konkret: Sie sollten die Armee abschaffen ...» (Abgedruckt in «Neue Wege», Oktober 1968.)
Saner sagte auch: «Der neue Krieg heisst total unter anderem auch deshalb, weil es gegen ihn die wirksame Verteidigung nicht gibt.»
Schliesslich zitierte Saner in seiner Rede Max Planck, der bereits in den fünfziger Jahren schrieb: «Der Bankrott der traditionellen Vorstellung von Krieg, Angriff und Verteidigung ist offenbar. Ohne Umdenken ist kein Ausweg aus der Gefahr möglich.»
Roman Brodmann liess in seiner Politik-Fiktion «Eine Schweiz ohne Waffen» 1971 die Bieler Initianten der «totalen Abrüstungs-Initiative» erklären: «Wir halten die Bewaffnung unter den heutigen Umständen nicht mehr für ein optimales Mittel zur Erlangung der Freiheit und Unabhängigkeit eines Kleinstaates wie der Schweiz.»

7. «Die Schweizer Armee ist doch defensiv und harmlos, da lohnt sich sowas nicht»

Was nützt uns schon, defensiv zu sein, wenn bereits in den offiziellen «Kriegs-Simulationen» des EMD für «konventionelle» Auseinandersetzungen eingestanden wird, dass bei einem Angriff mindestens eine Million Schweizer ohnehin nicht überleben könnten? Von einem atomaren Krieg ganz zu schweigen?
Was heisst harmlos, wenn jährlich immerhin etwa sieben Milliarden Franken in die Schweizer Armee gebuttert werden? (Etwa vier Milliarden durch den Bund, fast ebensoviel indirekt durch die Privatwirtschaft.)
Gewiss hat die Schweizer Armee international kein bedeutsames Gewicht. Deshalb kann es ja der Schweiz auch ungleich leichter fallen als anderen Staaten, auf diesem Weg der Abrüstung ausnahmsweise

mal vorauszugehen und nicht wie sonst immer in echt fortschrittlichen Angelegenheiten hintennachzuhinken.
Ein grosses Gewicht hat die Schweizer Armee aber vor allem nach innen. Da wirkt sie alles andere als harmlos. Sie sozialisiert immer wieder neue Generationen in einer gewalttätigen Gesellschaftsstruktur. Ich meine hier nicht einmal die nie auszuschliessenden «inneren Einsätze der Armee», beispielsweise gegen Besetzer eines AKW-Baugeländes. Ich denke vor allem an die tägliche Präsenz der Armee in dieser Gesellschaft: Angefangen auf dem Pausenhof des Primarschulhauses, der zum Exerzierfeld umfunktioniert wird, über den Bahnhof bis zu den Sommerferien in den Bergen, die kaum je ohne Überschallbegleitung stattfinden. (Vergleiche zu diesem Aspekt auch den Aufsatz von Stefan Howald in «Widerspruch», Nummer 3, Zürich, Juni 1982.)
Diese Bedeutung der Armee für den inneren Zustand dieser Gesellschaft Schweiz hat sich gerade in den vergangenen zwei Jahren in Zürich deutlich niedergeschlagen. Es war erschütternd, wie viele Zürcher bereit gewesen wären, sehr viel Gewalt gegen eher schwache, aber andersdenkende Menschen einzusetzen. Die obrigkeitliche Niederwalzung des AJZ am 23. März dieses Jahres bedeutete auch nur den behördlichen Ausdruck dieser weitverbreiteten Einstellung innerhalb der Bevölkerung.
Stellen wir die Armee in Frage, so stellen wir ganz besonders auch die Gewalttätigkeit und Unkultur in Frage, die der Schweiz im Umgang mit gesellschaftlichen Konflikten eigen ist. Dies lohnt sich ganz bestimmt.

8. «Die Menschen ertragen es nicht, ihre Illusionen zu verlieren»

Ein allerdings gewichtiger Einwand. Er weist auch auf die Ursache der Aggressivität hin, die einen oft bei Diskussionen über die Armee in der Schweiz entgegenschlägt: Innere Angst, die sich nach aussen in Aggressivität äussert.
Auch erklärt dieser Einwand teilweise, weshalb auch sonst fortschrittlich denkende Menschen Mühe haben, sich ganz von Gewalt-Schematas zu lösen und immer noch von «Guerilla-Armee-Kompromissen» oder der «Schlussendlich-absolut-nicht-ganz-auszuschliessenden-Gewalt-als-Abwehrmittel» nicht ablassen mögen.
Doch dürfen wir mit der Wahrheit hinter dem Berg bleiben, nur weil die herrschende Ideologie so stark auf uns einwirkt, dass die Wahrheit nur schwerlich zu ertragen ist? Wir müssen einfach bei Strafe des Untergangs erkennen: auch wenn es heisst, die Menschheit hätte bisher noch jeden Krieg überlebt, so werden wir mit dieser Logik in der Epoche der Atomwaffen *nicht* überleben können. Ganz

abgesehen von der Tatsache, dass es die Kriegsvorbereitungen und die entsprechende Aufrüstung sind, die uns daran hindern, weltweit den Hunger auszurotten und allen Menschen Wohnung, Bildung und Gesundheit zu ermöglichen

Es stimmt, wir alle wurden in der Schweiz so gebadet in dieser «Dissuasionsideologie» und der Armee-Mythologie, dass wir viel Zeit benötigen, um uns überhaupt vorstellen zu können, dass wir anders besser und gefahrloser leben könnten. Doch wir müssen diese Anstrengung auf uns nehmen und können auch die anderen Menschen nicht davor bewahren. Alles andere grenzt an Manipulation und steht im Widerspruch zu unserem Ziel des emanzipierten Menschen, der sein Leben in die eigenen Hände nimmt.

Es ist vielleicht nicht bequem, die Verhältnisse so zu verändern, dass wir leben und überleben können; es ist aber dennoch notwendig.

9. «Wer kann es sich schon leisten, offen für die Abschaffung der Armee einzustehen?»

Wie bereits erwähnt, einige Jusos haben die Folgen der herrschenden Repression bereits im Vorfeld, der Diskussionsphase (!), der Abschaffungs-Initiative (immerhin ein verfassungsmässiges Recht eines jeden Schweizers) erlebt. Die Zürcher «Religiös-Sozialen» haben bereits auch einen Repressionsfonds geöffnet. Es ist verständlich, wenn einige deshalb sagen, sie könnten sich in dieser Frage nicht engagieren, dies sei ein zu hohes Risiko für sie. Dies zeigt nur, wie «freiheitlich» diese Gesellschaft ist...

Andererseits müssen wir organisatorisch die Voraussetzungen schaffen, dass wir solidarisch sein können mit jemanden, der sich exponiert und dafür irgendwelche negativen Folgen auf sich nehmen muss. Es gilt in den «Regionalgruppen» der «Kientaler Gruppe» ein soziales Netz von echten und starken Beziehungen aufzubauen, das den einzelnen auch in einer garstigen Umwelt trägt und stärkt. Nur so werden viele von uns bereit sein, auch Risiken auf sich zu nehmen und von Unternehmern, Verwandten, Behörden mehr oder weniger diskriminiert zu werden. Jede und jeder muss für sich selber entscheiden, wieviel für sie persönlich drin liegt und gemeinsam mit anderen nicht mehr tun. Wenn Tausende so weit gehen, dann sind wir schon einen bedeutenden Schritt weiter gekommen beim Wegräumen der Trümmer aus der Geschichte, die unser Überleben in Frage stellen. Wir sind zwar stolz auf unsere Tradition; sie darf uns aber nicht daran hindern, die Zukunft zu bewältigen.

Friedenspolitische Standortbestimmung der Schweizer Jusos

Neue Qualität

Der Antimilitarismus lässt sich aus der Geschichte der Schweizer Jungsozialisten nicht wegdenken. Heute hat er allerdings eine neue, besondere Qualität. Es geht bei uns um mehr als «nur» um die Frage, wer den Einsatz der Waffen befiehlt, gegen wen Armeen gerichtet sind, es geht um Armeen, um die kriegerische Austragung von Konflikten überhaupt. Denn wir wollen überleben und leben. Das ist in der Logik der Armeen, der Gewalt, ganz besonders in Mitteleuropa nicht mehr möglich.

Bereits 1979

Deshalb haben wir den Frieden bereits 1979 (Plattform zur Schützenfestaktion) zu einem unserer drei wichtigsten Diskussions- und Aktionsfelder gemacht. Unabhängig voneinander begannen darauf Jusos in verschiedenen Sektionen die Frage zu diskutieren: «Braucht die Schweiz eine Armee?» Immer mehr Jusos begannen die Frage zu verneinen und sich über die Konsequenzen klar zu werden.

GV 1981

Der Auftrag der Generalversammlung im März 1981 in Schaffhausen an den Vorstand, in diesem Zusammenhang auch die Lancierung einer Volksinitiative zur Abschaffung der Schweizer Armee zu prüfen, löste schliesslich in- und ausserhalb unserer Organisation eine intensive Armee-Debatte aus. Diese wurde zusätzlich befruchtet durch die neue Friedensbewegung, die auch in der Schweiz im

Verlaufe des Sommers und Herbstes 1981 unerwartet schnell gedieh und an der Berner Friedensdemo und dem Basler Ostermarsch erstmals seit langem wieder Zehntausende von Schweizerinnen und Schweizern mobilisieren konnte.
Mit der vorliegenden Standortbestimmung möchten die Schweizer Jungsozialisten die Ergebnisse dieser Debatte zusammenfassen und sie so zu einem vorläufigen Abschluss bringen.

Armee unnötig

Wir Jungsozialisten verneinen die Frage, ob die Schweiz eine Armee brauche. Im Zeitalter des nuklearen Wettrüstens, des atomaren Wahnsinns, des *europäischen* Pulverfasses, auf dem wir alle sitzen, hat sich die Schweizer Armee überlebt. Sie kann ihren Anspruch, zum Überleben der Menschen in diesem Lande wesentliches beizutragen, nicht mehr erfüllen. Sie ist zu einem Anachronismus geworden, auf den wir besser verzichten. So können wir Illusionen vermeiden und fänden die grossen Mittel und Kräfte, die notwendig sind, um unser Überleben weltweit tatsächlich zu sichern.

Eigenständige Initiativ-Trägerschaft

Aus dieser Einsicht ziehen nicht alle Jungsozialisten politisch die gleichen Konsequenzen. Je nach den politischen und kulturellen Bedingungen, die wir in unserer Region und unserem Lebenszusammenhang vorfinden, werden wir diejenigen politischen Mittel wählen, die am geeignetsten sind, um unserem Ziel, dem Abbau gesellschaftlicher Gewalt und der gewaltlosen Austragung der gesellschaftlichen Konflikte, näherzukommen. Viele von uns werden sich zudem mit anderen Schweizer Bürgerinnen und Bürgern zusammentun und unabhängig von den Jusos als Organisation eine Volksinitiative zur Abschaffung der Schweizer Armee vorbereiten und lancieren. Hierzu sind alle ernsthaft Interessierten am 12. September 1982 nach Kiental ins Berner Oberland eingeladen.

Atomkrieg kennt keine Sieger

Entscheidend für unsere Einsicht ist die These, dass in Europa kriegerische Konfliktaustragungen in aller Zukunft eher unwahrscheinlich sind und dass, sollte es dennoch dazu kommen, sie

angesichts der herrschenden Blockkonfrontation, zwangsläufig zu einem atomaren Weltkrieg der beiden Grossmächte USA und UdSSR eskalieren würden.
Ein solcher Atomkrieg ist für alle Europäer aber nicht überlebbar. Er würde über kurz oder lang Millionen von Menschen in Europa das Leben kosten und Europa auf Jahrzehnte hinaus unbewohnbar machen. In einem solchen Kriegsszenario kann eine Schweizer Armee für das Leben der Schweizer Bürger nichts ausrichten. Ein Atomkrieg kennt keine Sieger, wir würden alle alles verlieren.
Statt nun das Unmögliche zu versuchen, nämlich einen Atomkrieg in Europa überleben zu wollen, sollten wir alles Mögliche tun, damit erstens das herrschende Konfliktpotential bei uns wie weltweit abgebaut wird und zweitens sich Menschen daran gewöhnen, Konflikte gewaltfrei auszutragen. Nur so können wir überleben.

Finanzgrossmacht

Einen massgebenden Beitrag zum globalen Abbau des Konfliktpotentials, das durchaus auch zu atomaren Kriegen führen könnte, würde die Schweiz beispielsweise leisten, wenn sie ihre Wirtschaftsbeziehungen zur Dritten Welt überdenken und verändern würde: Nach dem Motto: Wir wären schon solidarischer, wenn wir nur mal weniger nehmen und profitieren würden. Finanzwirtschaftlich ist die Schweiz eine Grossmacht; hier könnte sie wesentliches zum Weltfrieden beitragen. Das hätte aber die Demokratisierung der Wirtschaft bei uns zur Voraussetzung.

Armee prägt Gesellschaft negativ

Im Zusammenhang mit der Notwendigkeit, dass die Menschen lernen müssen, Konflikte gewaltlos auszutragen, können wir erkennen, dass auch die Schweizer Armee bereits in «Friedenszeiten» den Krieg mehr fördert als verhindert. Prägen die Wochen und Monate, die Männer im Militär verbringen müssen, ihnen und indirekt auch vielen Frauen doch genau jene Werte und Verhaltensmuster ein, die dem Ziel der solidarischen statt zerstörerischen Konfliktaustragung nicht entsprechen, sondern diametral entgegenstehen. Man denke nur an die Befehlshierarchie, den Autoritätskult, die Fremdbestimmung, den Männlichkeitswahn, die Gehorsamspflicht, die Fetischisierung von Waffen und anderes mehr.

Armee verhindert Durchblick

Indem das Militär die Menschen derart prägt und damit auch den Erfordernissen der Wirtschaft und des bürgerlichen Staates entgegenkommt, die ja ihrerseits wiederum am Aufbau und der Ausgestaltung dieser Armee nicht wenig beteiligt waren und es noch sind, hindert es die Menschen auch daran, die Gefahren zu erkennen, die tatsächlich unser aller Zukunft in Frage stellen. Wir denken da an die Zerstörung unseres natürlichen Lebensraumes durch eine die wesentlichsten Bedürfnisse der Menschen missachtende Wirtschaft.

Äusserer Anspruch kaschiert innere Funktion

In dieser Funktion als Sozialisationsagentur und Erziehungsinstrument liegt die eigentliche Bedeutung der Schweizer Armee. Ihr Anspruch der Verteidigung nach aussen, der wie gezeigt nicht einlösbar ist, dient vor allem der Kaschierung ihrer Funktion nach innen. Dass die Schweizer Armee in der Geschichte schon mehrmals und häufiger als zum Schutz gegen aussen nach innen auf unruhige Bürger, streikende Arbeiter und sich für bessere Arbeitsbedingungen wehrende Fremdarbeiter eingesetzt worden ist, bedeutet bloss die Konsequenz ihrer allgemeinen inneren Funktion.
Wir Jusos verstehen unter Frieden mehr als «Nicht-Krieg». Unter Freiheit verstehen wir mehr als die Freiheit der Privilegierten, mit weniger Begüterten Geschäfte zu machen.

Frieden

Frieden herrscht erst dann, wenn auch die subtilste Form von Gewalt unter Menschen überwunden ist. Solange Menschen zu Lohnarbeit gezwungen sind, solange Mieter von Hausbesitzern abhängig sind, ist Frieden noch nicht Wirklichkeit.

Freiheit

Freiheit besteht erst dann, wenn alle Menschen gemeinsam eine Lebenswelt aufgebaut haben, die es allen in gleichem Mass erlaubt, seine Chancen und Möglichkeiten wahrzunehmen. Solange ein Mensch hungert, kann ein anderer nicht frei sein.

Sicherheit

Frieden und Freiheit setzen die Fähigkeit und Möglichkeit der Selbstbestimmung und Eigenständigkeit in allen Lebensbereichen voraus. Die Selbstbestimmungsmöglichkeiten eines Schweizer Bürgers sind heute sehr eingeschränkt; die Ursache dieser Einschränkung liegt aber nicht ausserhalb des Landes, sondern im Aufbau unserer Gesellschaft selbst. Echte Sicherheitspolitik erfordert deshalb die strukturelle Veränderung unserer eigenen Gesellschaft und die Unterstützung der gleichen Bestrebungen in allen anderen Regionen und Ländern der Welt.

Mittelalter endlich überwinden

So liesse sich eine Welt aufbauen, die «Abschreckung», «Verteidigung» und Krieg nicht mehr nötig hat, weil jeder Mensch und jedes Volk seine Rechte und Möglichkeiten wahrnehmen kann und die dennoch auftretenden Konflikte in einer Art zu lösen bereit ist, die unser aller Überleben weniger in Frage stellt als es Armeen und Kriege, die mittelalterlichen Konfliktlösungsmechanismen der «Neuzeit», heute tun.
Armeen sind untauglich gewordene Instrumente zum Aufbau und zur Aufrechterhaltung von Frieden, Freiheit und Sicherheit. Sie hindern uns heute daran. Deshalb müssen wir sie überwinden. Frieden und Freiheit und Sicherheit auch für die Schweiz schaffen wir, indem wir entsprechend zu leben versuchen, und uns für die Veränderung der Gesellschaft einsetzen, damit allen überall möglich ist, sich selber zu bestimmen und ihre Gemeinschaft solidarisch selber zu gestalten.

Verabschiedet an der Generalversammlung der Schweizer Jungsozialisten in Biel am 19. Juni 1982.

Wehr dich – Steh auf!

Theodor Ebert
Ziviler Widerstand

Zweifel und Zuversicht

«Act or perish!» – Handelt oder geht zugrunde! Mit diesem Warnruf mobilisierten 1961/62 die englischen Atomwaffengegner im «Committee of 100 against Nuclear War» zum zivilen Ungehorsam gegen Atomwaffenbasen auf britischem Boden. Bertrand Russell war der Sprecher dieser radikalen Bewegung. Tausende folgten seinem Aufruf zu gewaltfreien, direkten Aktionen, und doch scheiterte dieser Widerstand in Grossbritannien – und in der Bundesrepublik kam es erst gar nicht zur direkten Konfrontation. Und seitdem leben wir mit den atomaren Waffen auf europäischem Boden, und in jedem Herbst wird der Untergang der Völker Europas in den Manövern der NATO und der Warschauer-Pakt-Staaten geprobt – wohlweislich ohne Angaben über die fiktiven Verluste unter der Zivilbevölkerung.
Fast genau 20 Jahre nach den ersten Aktionen zivilen Ungehorsams gegen Raketenbasen wird nun eine neue Friedensbewegung ausgelöst durch die Ankündigung der Stationierung von Mittelstreckenraketen auf europäischem Boden und durch die Beobachtung der Militarisierung der Politik in Ost und West. Analytiker der strategischen Lage haben der Friedensbewegung nachgewiesen, dass die Stationierung amerikanischer Mittelstreckenraketen einem qualitativen Wandel der Lage gleichkommt und dass diese Waffen bei eskalierenden Spannungen einen Präventivschlag anziehen könnten. Ein neuer Aufruf «Act or perish!» liegt also in der Luft, und auch illegale Widerstandsaktionen gegen die Stationierung werden in der Friedensbewegung bereits diskutiert.
Bevor man jedoch alarmiert ob der Kriegsgefahr oder begeistert von der großen Zahl der an legalen Aktionen Beteiligten – jedenfalls aber blindlings – sich in den Widerstand stürzt, sollte man in der Friedensbewegung eine Reihe von Fragen zu beantworten suchen:

1. Welche Erfahrungen haben die englischen Atomwaffengegner oder auch andere Gruppen bei ihren Versuchen des direkten Widerstands gegen Raketenbasen gemacht?
2. Welche Erfahrungen wurden in der Bundesrepublik in den letzten Jahren bei Widerstandsaktionen gesammelt?
3. Wie gross ist die Widerstandsbereitschaft der einzelnen Glieder der Friedensbewegung und ihrer Bezugsgruppen, und in welchem Verhältnis steht das warnende Wort zur persönlichen Tat?
Um niemand über Gebühr in die Erörterung dieser Fragen hineinzunehmen, sei mein Ergebnis der folgenden Überlegungen vorweggenommen: Auch wenn die Friedensbewegung an Umfang und Widerstandsfähigkeit im nächsten Jahr noch beträchtlich zunimmt, ist es nicht sehr wahrscheinlich, dass sie die Stationierung der Mittelstreckenraketen tatsächlich verhindern kann. Sie muss ihre Aktionen darum so anlegen, dass sie einerseits geeignet sind, die Stationierung zu verhindern, und dass sie andererseits ein Wachstum der Bewegung auch für den Fall wahrscheinlich machen, dass es 1983 oder in den unmittelbar folgenden Jahren nicht gelingt, die weitere Stationierung von Atomwaffen auf deutschem Boden zu verhindern. Obwohl eine Stationierung alles viel schwieriger macht, wäre die «Gnadenfrist», von der christliche Theologen gelegentlich sprechen, noch nicht abgelaufen, und es bestünde bei vermehrter Anstrengung die Aussicht, dass die Ökologie- und Friedensbewegung mittelfristig eine radikale Änderung der deutschen Politik erreicht. Diese Chance wird jedoch schwer beeinträchtigt, wenn die Friedensbewegung meint, von den erfolgreichen legalen Aufklärungs- und Protestaktionen der Jahre 1981/82 dann im Falle der Stationierung unvermittelt zu Aktionen direkter Behinderung übergehen zu können. Gesucht sind darum echte Widerstandsaktionen, die in das politische System der BRD stärker eingreifen als Friedenswochen, Unterschriftensammlungen, Märsche und Kundgebungen und die dochd 1983 oder 1984 nicht alles auf die eine Karte der Verhinderung der Stationierung durch massenhaften zivilen Ungehorsam setzen. Gesucht sind Aktionsformen, die zwischen legalem Protest und direkter Konfrontation mit Polizei und Militär liegen, sich aber bei günstigem Ablauf auch in andere Widerstandsformen überleiten lassen. Bis 1983 kann die Ökologie- und Friedensbewegung das wirtschaftliche, politische und militärische System der BRD nicht radikal ändern, aber bei einer klugen Anlage ihrer Aktionen kann sie denen, die dann immer noch an den Hebeln der Macht sein werden, doch klarmachen, dass eine Stationierung sie mittelfristig diese Macht kosten könnte. Kurzfristig ist nicht mehr zu erreichen als ein «Rückzieher», der demjenigen von Ministerpräsident E. Albrecht in Niedersachsen gleicht, der nach der

Beinahe-Katastrophe von Harrisburg und dem Bauerntreck nach Hannover den Bau einer Wiederaufbereitungsanlage für atomare Brennstäbe in Gorleben nicht mehr für politisch durchsetzbar hielt. Das ist immer noch ein hochgestecktes Ziel; um es erreichen zu können, muss man die eigenen Möglichkeiten nüchtern einschätzen und darf sich nicht mit grossen Sprüchen über die Stärke der Bewegung etwas in die Tasche lügen oder in legalistischer Betriebsamkeit verkennen, dass die Militaristen zu einem bestimmten Zeitpunkt vollendete Tatsachen schaffen können.

Britische Erfahrungen: Von «Operation Gandhi» zum «Komitee der 100»

Bevor und während in Grossbritannien die Campaign for Nuclear Disarmament (CND) über parlamentarische Erfolge der Labour Party zur atomaren Abrüstung zu gelangen suchte, entwickelten seit Anfang der fünfziger Jahre radikale Pazifisten – christlicher und anarcho-syndikalistischer Herkunft – auch die Methodik der gewaltfreien direkten Aktion gegen atomare Anlagen.
Im Jahre 1949 setzte die Kriegsdienstverweigerungsorganisation *«Peace Pledge Union»* eine *Non-Violence Commission* ein, welche indische Erfahrungen beim Widerstand gegen die englische Kolonialmacht für die eigene pazifistische Zielsetzung zu nutzen suchte. Im Dezember 1951 erörterte diese Gruppe die Gefahr, «dass die englische Öffentlichkeit sich mehr und mehr an den Umstand gewöhnen könne, dass die amerikanische Luftwaffe Stützpunkte errichte und dass atomare Waffen jetzt wirklich auf britischem Boden hergestellt würden». Man bildete die gewaltfreie Aktionsgruppe «Operation Gandhi», die sich bereit erklärte, «Gefängnis, Einkommensausfall und andere Härten auf sich zu nehmen». Es war vor nunmehr 30 Jahren, am 11. Januar 1952, dass zehn Pazifisten, einige davon Quäker, versuchten, den Eingang des Verteidigungsministeriums durch einen Sitzprotest zu blockieren. Sie wurden erwartungsgemäss verhaftet und zu 30 Shilling Strafe verurteilt.
Diese Protestform wurde in den nächsten Jahren immer weiter entwickelt, bis zum bislang grössten Massensitzprotest auf dem Trafalgar Square in London am 17. September 1961. Damals nahmen 5000–7000 Demonstranten an dem Sitzprotest teil; 1317 wurden verhaftet und in Polizeiwagen abtransportiert. Dazwischen lag ein Jahrzehnt des Trainings und Experiments, des organisatorischen Aufbaus und der strategischen Reflexion.
Aus dem vergeblichen Versuch – ähnlich wie heute «Green Peace» –,

in ein nukleares Testgebiet bei den Weihnachtsinseln einzusegeln, war 1957 das *«Direct Action Committee»* (DAC) entstanden, das dann 1958 den ersten Ostermarsch von London nach Aldermaston initiierte und massgeblich gestaltete.
Die *Campaign for Nuclear Disarmament* (CND) übernahm 1959 den Ostermarsch in eigene Regie und drehte die Marschrichtung um: Aldermaston wurde der Ausgangspunkt und der Londoner Trafalgar Square oder der Hyde Park das Ziel. Die Teilnehmerzahl wuchs so von 5000 auf das Zehnfache. Während es die Absicht des DAC gewesen war, «die Aufmerksamkeit auf das Zentrum der Atomwaffenherstellung zu konzentrieren», um schliesslich die gewaltfreie Attacke auf diese Einrichtungen als konsequenten Abschluss des Marsches erscheinen zu lassen, marschierte die CND nach London, dem Sitz von Parlament und Regierung; der Marsch sollte ihre Lobby-Aktivität in der Labour Party unterstützen.
Der Marsch war seit 1958 nicht mehr das Instrument des DAC, sondern höchstens noch eine Rekrutierungsmöglichkeit, da gerade Jugendliche es auf dem Ostermarsch lernten, sich öffentlich zu exponieren, an anders gesinnte Mitbürger Flugblätter zu verteilen oder mit Transparenten an ihnen vorbeizuziehen.
Im Anschluß an den Ostermarsch 1958 trainierten sich die Kerngruppe des DAC durch eine einwöchige Tag und Nacht dauernde Mahnwache vor den Toren der Aldermastoner Forschungsanstalt für Atomwaffen. Diese Aktion wurde im Sommer neun Wochen lang wiederholt. 150 Mitglieder des DAC umstanden abwechselnd die Versuchsanstalt und versuchten die Werksangehörigen auf Versammlungen, durch Flugblätter und in persönlichen Gesprächen zu überreden, die Mitarbeit an der Herstellung von Atomwaffen aufzukündigen. Zum Schluss drangen 27 Demonstranten in den Vorhof der Anstalt ein und führten dort einen Sitzprotest durch. Sie konnten jedoch selbst dadurch, dass einige von ihnen eine ganze Woche dort Tag und Nacht ausharrten, das gewünschte Gespräch mit dem Direktor der Anstalt nicht erreichen. Verhaftet wurde niemand. Die Publizität dieser Aktion blieb noch gering.
Dies änderte sich, als das DAC sich im Herbst 1958 zu Konfrontationen an der Thor-Raketenbasis in *North Pickenham* in der Nähe von Swaffham, Norfolk, entschloss. Nach intensiver Aufklärungsarbeit in dieser Gegend versuchten am 6. Dezember 1958 einige Dutzend sorgfältig instruierte Demonstranten den Ausbau der Raketenbasen zu behindern, indem sie sich vor die Lastwagen und neben die Betonmischer setzten. Am ersten Tag wurden sie von den Arbeitern unsanft von der Baustelle befördert. Als sie jedoch anderntags zurückkamen, durch den Stacheldrahtzaun kletterten und auf die

Mischmaschine hinaufstiegen, wurden einige Bauarbeiter wütend und tunkten die Demonstranten, die sich instruktionsgemäß nicht zur Wehr setzten, in Schlamm und Beton, zogen sie an den Haaren heraus und «reinigten» sie wieder, indem sie sie abspritzten. Das DAC hatte es nicht versäumt, vor der Demonstration die Bauarbeiter über Sinn und Methode ihres Vorgehens zu informieren. Einige Arbeiter kritisierten ihre Kollegen auch heftig, und es kam zu Raufereien der Arbeiter untereinander. Die Polizei hielt sich zurück.

Als das DAC am 20. Dezember jedoch mit etwa 100 Demonstranten nach North Pickenham zurückkehrte, konnte die Regierung der Konfrontation nicht länger ausweichen. Nach kurzem Gebet setzten sich etwa 50 auf die Strasse, um den Lastwagen die Zufahrt zu versperren. 45 wurden verhaftet. Da die meisten sich weigerten, eine Kaution zu stellen, «musste die englische Öffentlichkeit zur Kenntnis nehmen, dass 37 sonst ehrenwerte Bürger Weihnachten im Kittchen verbrachten, weil sie zuviel Enthusiasmus für Frieden auf Erden zeigten». Aus der ganzen Welt wurden über 3000 Briefe, Postkarten und Telegramme an die gewaltfreien Häftlinge gesandt. 30 Häftlinge, die weitere Aktionen zivilen Ungehorsams in Aussicht stellten, wurden zu 14 Tagen Gefängnis verurteilt.

Nach diesem ersten Kraftakt dauerte es ein Jahr, bis das DAC, das sich während des Sommers für einen Wahlboykott bei Nachwahlen engagiert hatte, ein weiteres Mal zum zivilen Ungehorsam aufrief. Am 2. Januar 1960 sollte die Militärbasis *Harrington* durch einen Sitzstreik blockiert werden. Diesmal wurde das gesamte Komitee, das wie immer am Kopf des Aufrufs stand, schon vor der Aktion verhaftet, weil es dazu auffordere, die öffentliche Ruhe und Ordnung zu stören. Da die Verhafteten an ihrem Vorhaben festhielten, wurden sie zu zwei Monaten Haft verurteilt.

Bei der eigentlichen Konfrontation am 2. Januar kam es zu der bisher grössten Zahl von Verhaftungen. Die 82 angeklagten Sitzprotestierer, die mit Gefängnisstrafen rechneten, wurden jedoch überraschend auf Bewährung freigelassen. Sie kehrten auch nicht zu einer neuen Konfrontation nach Harrington zurück, was nach dem Selbstverständnis des DAC konsequent gewesen wäre; an der die Gewissen belastenden Gefahr eines Atomkrieges hatte sich durch die Entscheidung des Gerichts schliesslich nicht das geringste geändert. Diese Diskrepanz zwischen Selbstverständnis und Aktionsbereitschaft konnte auch den Beobachtern nicht entgehen. Wenn die Aufständischen nach Hause zurückkehren und anderwärts eine nächste Aktion vorbereiten konnten, dann mußten die Beobachter daraus den Schluss ziehen, dass es wohl noch nicht Matthäi am letzten sei und

dass sie die symbolischen Bemühungen des DAC noch eine Weile mit distanziertem Interesse verfolgen könnten.
Die englischen Atomwaffengegner standen Anfang der sechziger Jahre vor der Frage, wie sie einerseits über die Routine der Ostermärsche hinausgehen und andererseits den nur symbolischen Widerstand der DAC in echte Behinderungsaktionen überleiten könnten.
Gesucht war bei den direkten Aktionen der Durchbruch zum massenhaften zivilen Ungehorsam und damit die Beschleunigung des Ablaufs der Auseinandersetzung um die Sicherheits- und Abrüstungspolitik. Ralph Schoenman, ein 24jähriger amerikanischer Politologe, der auch zu den Organisatoren des Ostermarsches gehörte, schlug Bertrand Russell, dem Präsidenten der CND, vor, ein Komitee von 100 Prominenten zu bilden, das zum zivilen Ungehorsam aufrufen sollte. In seinem Brief an die potentiellen Mitglieder des Komitees schrieb dann Russell: «Dieses Komitee soll gebildet werden, weil anzunehmen ist, dass dadurch die Verantwortung für den beabsichtigten zivilen Ungehorsam auf eine Vielzahl von Köpfen verteilt wird. Wenn es keine hauptamtlichen Angestellten gibt, dann ist wahrscheinlich auch die Gefahr, dass die Arbeit durch ein Ausschalten von Schlüsselpersonen gelähmt wird, auf ein Minimum reduziert. Vorgeschlagen wird, dass keine Demonstration oder sonstige Aktion unternommen wird ohne mindestens 2000 Teilnehmer.» Dies bedeutete, dass bei den Sitzprotesten des Committee of 100 im voraus Verpflichtungen zur Teilnahme gesammelt wurden, die aber nur für den Fall galten, dass 1999 andere Teilnahmeverpflichtungen oder eine im voraus festgelegte höhere Zahl bei den Organisatoren einging.
Mit dieser Methode hatte das Committee of 100 mehrfach Erfolg bei Sitzprotesten im Stadtzentrum Londons, und die Verhaftung prominenter Mitglieder des Komitees vor der Demonstration am 17. September 1961 erwies sich sogar als zugkräftige Werbung. Das Komitee wagte es, nach diesem Erfolg zur direkten Blockade englischer und amerikanischer Militärstützpunkte aufzufordern. Die Flugblätter riefen nach 50 000 Freiwilligen, die zu sieben verschiedenen Orten, vor allem aber zu dem NATO-Flugplatz *Wethersfield* (Essex) und nach *Ruislip* (Middlesex), zum Hauptquartier der amerikanischen Luftwaffe in Grossbritannien, marschieren sollten. Das proklamierte Ziel war, erstens die Zufahrtswege zu diesen Militärstützpunkten zu blockieren und zweitens mit etwa 30 «Kommandos» besonders instruierter Freiwilliger in den Luftwaffenstützpunkt Wethersfield selbst ein- und zu den Lagerräumen der nuklearen Waffen vorzudringen.

Die englische Regierung nahm diese Herausforderung sehr ernst und trat ihr mit allen nötig scheinenden Machtmitteln entgegen. 2000 bis 3000 Polizisten wurden in Wethersfield zusammengezogen und ein vier Meter hoher Drahtzaun um die ganze Raketenbasis errichtet. Ausserdem wurden 180 Tafeln aufgestellt mit der Warnung: «Staatsgeheimnis. Eintritt verboten. Zuwiderhandlungen werden mit zwei Jahren Gefängnis bestraft.» Am 8. Dezember liess die Regierung die sechs wichtigsten Organisatoren wegen Verstosses gegen das Hochverratsgesetz verhaften.

Auf Druck der Regierung hatte das Omnibusunternehmen, das in 30 Bussen die Demonstranten nach Wethersfield bringen sollte, in der Nacht vor dem Tag der Demonstration abgesagt. Aus diesem Grunde kam es am 9. Dezember nicht in Wethersfield, sondern in Ruislip, das mit der Londoner U-Bahn zu erreichen war, zur zahlenmässig grösseren Konfrontation. In Ruislip wurden 591 Sitzstreiker verhaftet, die von Polizeikordons zuvor in kleinere Gruppen aufgeteilt worden waren. Als sich in Wethersfield nur 300 Demonstranten einfanden, liess Terry Chandler, der Leiter der Aktion, den Plan, mit «Kommandos» über die Zäune zu klettern und die Raketenbasis zu besetzen, fallen. In Ruislip und in Wethersfield war die Polizei zahlenmässig den Demonstranten weit überlegen.

Die Demonstranten hatten zwar allerorts durch ihr diszipliniertes, «gentlemanhaftes» Auftreten beziehungsweise Hinsitzen einen vorteilhaften Eindruck gemacht, das «Komitee der 100» musste sich jedoch im Rückblick auf die Aktion eingestehen, dass es mit seinem Ruf nach 50000 Freiwilligen den Mund reichlich voll genommen hatte. Der gleichzeitige Angriff auf Ruislip und Wethersfield hatte die organisatorische Kraft des Londoner Komitees überstiegen; die technischen und psychologischen Schwierigkeiten, die Anhänger zu überreden, aus der Stadt hinaus zu einer Raketenbasis zu fahren und einer geballten Polizeimacht gegenüberzutreten, waren in leichtsinniger Weise unterschätzt worden. Zurückzuführen war dies vor allem darauf, dass die erfahrensten Organisatoren des «Komitees der 100» zu der Zeit, als die Entscheidung über die Attacke auf die Raketenbasen fiel, im Gefängnis sassen und später nur noch loyal die Entscheidungen anderer organisatorisch so gut als eben möglich durchführen konnten.

Die Niederlage des «Komitees der 100» in der Kraftprobe mit der Regierung wurde einen Monat später endgültig, als das Komitee auf einer Vollversammlung mit 32 : 12 Stimmen bei zwei Enthaltungen den Antrag ablehnte, anlässlich des Hochverratsprozesses gegen die verhafteten sechs Organisatoren der Attacke auf Wethersfield zu der Raketenbasis zu einer neuerlichen Konfrontation zurückzukehren.

Die tatsächliche Blockade der militärischen Stützpunkte und auch schon der Versuch einer solchen Blockade mit Tausenden von Atomwaffengegnern ist wahrscheinlich daran gescheitert, dass der Aufruf «Act or perish!» vom Committee of 100 selbst nicht ernstgenommen wurde. Peggy Duff, Organisatorin der CND und Sympathisantin der direkten Aktion, meint: «Die Konfrontation war nur gespielt. Die meisten, die am Sitzprotest teilnahmen, zahlten ihre Strafe und gingen nach Hause. Sie füllten niemals die Gefängnisse, wie Thoreau gefordert hatte. Nur einige tapfere Einzelkämpfer gingen ins Gefängnis und ein paar sogar mehrmals.» Dabei war der Aufruf «Act or perish!» gar nicht überzogen. Im Oktober 1962 stand die Welt in der Kuba-Krise tatsächlich am Rande des Atomkriegs, aber die englische Atomwaffengegnerbewegung hatte vorher so oft *«Der Wolf! Der Wolf!»* gerufen, dass sie in der Krise selbst zu keiner dramatischen Aktion fähig war.
Bevor man nun jedoch aus den englischen Erfahrungen zu weitgehende oder falsche Schlussfolgerungen zieht, muss man zweierlei klären. Erstens, was ist mit gewaltfreien, direkten Aktionen und auch mit massenhaftem zivilem Ungehorsam überhaupt zu erreichen, und zweitens, welche Erfahrungen wurden seit 1962 insbesondere in der BRD mit Aktionen zivilen Widerstands gesammelt?

Zur Wirkungsweise direkter Aktionen zivilen Ungehorsams

Die englischen Atomwaffengegner standen vor dem Problem, dass eine demokratisch gewählte Regierung eine Politik betrieb, die sie für katastrophenträchtig hielten, und dass sie keine Chance sahen, dies kurzfristig mit den üblichen Mitteln der Aufklärung und der innerparteilichen Willensbildung zu ändern. In dieser Situation waren die direkten Aktionen ein Mittel, die öffentliche Aufmerksamkeit auf ihr Anliegen zu lenken. Ihre Opferbereitschaft sollte den Ernst ihres Anliegens demonstrieren; die gewaltfreie Form bei aller Herausforderung doch für Sympathie werben. «Wir befürworten und praktizieren gewaltlosen zivilen Ungehorsam, weil wir in ihm eine Methode sehen, den Leuten die Gefahren zur Kenntnis zu bringen, denen sie ausgesetzt sind, und sie zu überreden, sich unserer Opposition anzuschliessen.» Mit dieser Interpretation stellte Russell das demokratische Prinzip der Mehrheitsbildung nicht in Frage; der zivile Ungehorsam war nur ein besonders dramatisches Mittel der Einflussnahme. In diesem Sinne erfüllten die Sitzproteste im Londoner Stadtzentrum auch ihren publizistischen Auftrag.
Das Leisten von zivilem Ungehorsam kann aber auch als ein Weg

verstanden werden, um als engagierte Minderheit die Regierung zu hindern, vollendete Tatsachen zu schaffen. Wenn diese engagierte Minderheit von der Durchführung der Massnahmen sehr viel stärker betroffen ist als die Mehrheit vom Verzicht auf diese, hat auch der zivile Ungehorsam einer Minderheit in der Demokratie eine hohe Erfolgschance. Beispiele bieten der Widerstand gegen einzelne industrielle Grossprojekte. Besonders schwierig ist jedoch die Lage, wenn der zivile Ungehorsam einer Minderheit ein Problem betrifft, das auch für die Regierung und eine noch schweigende Mehrheit von existentieller Bedeutung ist. Die atomare Abschreckung ist eine Frage, die das gesamte politische System betrifft; in dieser Frage kann die Regierung dem zivilen Ungehorsam nicht nachgeben – ohne dass eine funktionsfähige Alternative erkennbar ist. Dies verkannte Ralph Schoenman, als er dem Committee of 100 zum Ziel setzte: «Wir möchten die Regierung in eine Lage bringen, in der sie sich entscheiden muss, ob sie Tausende ins Gefängnis sperren oder abdanken will.» Die englische Atomwaffengegnerbewegung hatte sich zum damaligen Zeitpunkt über gewaltfreien Widerstand als Alternative zur militärischen Verteidigung und die entsprechenden gesellschaftlichen Strukturen noch wenig Gedanken gemacht; die konstruktive Ergänzung des Widerstandsprogramms fehlte also noch.

Das war nur wenigen Mitgliedern des früheren DAC – vor allem den Redakteuren der Wochenzeitung «Peace News» – bewusst, und sie haben sich dann nach dem Scheitern des Committee of 100 intensiv um die Entwicklung der «Sozialen Verteidigung» (Civilian Defence) bemüht. Auch dank dieser Anstrengungen hat die deutsche Friedensbewegung heute ein viel weiter entwickeltes Alternativprogramm als damals das Committee of 100. Die Friedensforschung, die ökologischen Pioniergruppen und auch die Programmkommissionen der Grünen und Alternativen haben hier wichtige Grundlagen geschaffen. Aber die Gesamtalternative ist auch hierzulande noch nicht klar erkennbar und auch noch nicht mehrheitsfähig. Andererseits richtet sich die Friedensbewegung zunächst einmal nur gegen die Stationierung der neuen Mittelstreckenraketen, und die Regierung könnte sich von einem Nachgeben in dieser Frage eine zumindest vorläufige innenpolitische Stabilisierung versprechen. Aber der Umfang der Kriegsdienstverweigerung und die Kritik an allen Atomwaffen deuten andererseits auch an, dass die Friedensbewegung, wie vor 20 Jahren, eine Systemfrage stellt.

Meines Erachtens kann die Regierung in den nächsten Jahren nachgeben, wenn man sie nicht direkt herausfordert, sondern sie nur deutlich und rechtzeitig warnt, ihr aber beim Nachgeben die Chance lässt, im Amt zu bleiben. Die Konfrontation in der Form eines gewaltfreien Aufstands sollte nur bzw. erst dann gewagt werden, wenn entweder eine akute Kriegsgefahr gegeben ist oder aber die Mehrheitsverhältnisse am Umkippen sind. Wenn es im Protest gegen die atomare Sicherheitspolitik zum gewaltfreien Aufstand gegen die eigene Regierung kommt, dann muss dieser in sich schon der Beweis dafür sein, dass die neue Mehrheit sich mit gewaltfreien Methoden gegen alle militärischen Aggressoren zu wehren weiss.

Widerstand gegen die Stationierung

Was soll die Friedensbewegung nun aber tun, um die Stationierung der Mittelstreckenraketen zu verhindern oder um zumindest ihre Warnungen in mehrheitsbildender Weise zu dramatisieren. Ist der zivile Ungehorsam in der BRD im Sinne der Aufklärung und Warnung, wenn vielleicht auch noch nicht im Sinne der effektiven Verhinderung, ein erfolgversprechendes Mittel?
In der Bundesrepublik hat seit der Rebellion der Ausserparlamentarischen Opposition im Jahre 1967 nicht nur eine Rezeption angelsächsischer Theorien der gewaltfreien Aktion stattgefunden; es sind auch – insbesondere durch die Bürgerinitiativen der Ökologiebewegung – wichtige praktische Erfahrungen gesammelt worden. Gewaltfreie Aktionsgruppen haben sich in Trainingskursen auf Konfrontationen vorbereitet und in der Regel ihr Aktionsprogramm auch durchgehalten. Das «Freundschaftsheim» in Bückelburg, die «Bildungs- und Begegnungsstätte für Gewaltfreie Aktion» und die «Trainerkollektive» bieten neben einer Grundausbildung auch spezielle Kurse zur Vorbereitung bestimmter Aktionen an. In der deutschen Ökologie- und Friedensbewegung ist heute wahrscheinlich mehr Kompetenz für gewaltfreie Aktion vorhanden als vor 20 Jahren im Committee of 100. An die Stelle eines solchen Komitees würde heute jedoch eine Netzstruktur von «Bezugsgruppen» treten. Die bislang wichtigste zentrale Bewährungsprobe der deutschen gewaltfreien Aktionsgruppen war die Besetzung der Bohrstelle 1004 in Gorleben, also das Experiment der sogenannten «Freien Republik Wendland»; es wurden jedoch auch dezentral immer wieder gewaltfreie Widerstandsaktionen organisiert. Es ist darum anzunehmen, dass es bei einer Stationierung oder auch schon in deren Vorlauf nicht nur zu grossen Kundgebungen, sondern vor Militärbasen, Kasernen und Rüstungsbetrieben auch zu gewaltfreien, direkten Aktionen kommen wird.

Diese Aussicht ist jedoch aus mehreren Gründen noch unbefriedigend:

1. Ein gewaltfreier Widerstand, der sich erst gegen Raketentransporte wendet, kommt wahrscheinlich zu spät. Da das Risiko der Beteiligten beträchtlich sein würde, würde ihre Zahl möglicherweise klein bleiben.

2. Die Gefahr gewaltsamer Ausschreitungen wäre in der BRD heute wahrscheinlich grösser als vor 20 Jahren in England. Die Krawalle bei Rekrutenvereidigungen und bei den Besuchen der amerikanischen Spitzenpolitiker in Berlin sind warnende Beispiele. Beim Widerstand gegen die Startbahn West in Frankfurt hielten sich einige autonome Gruppen nicht an die Absichtserklärung der Bürgerinitiativen, gewaltfreien Widerstand zu leisten. Bei allen grösseren direkten Aktionen muss man heute auch mit Steinewerfern und anderen vermummten Gewalttätern rechnen. Nicht einmal Sabotageakte und bewaffnete Anschläge auf die Transporte sind mit Sicherheit auszuschliessen, und die Massenmedien pflegen sich in der BRD dann nicht um eine saubere Trennung von Gewalttätern und gewaltfreien Akteuren zu bemühen.

3. Auch wenn es gelänge, Widerstandsaktionen umfangreich und gewaltfrei zu gestalten, wäre nach den bisherigen deutschen Erfahrungen (mit der Ausnahme der Platzbesetzung von Wyhl) anzunehmen, dass fast nur in der Ausbildung Befindliche oder solche, die keiner abhängigen Beschäftigung nachgehen, sich an gewaltfreien Widerstandsaktionen beteiligen. Die Sorge um kleine Kinder oder die Angst um den Arbeitsplatz sind eine hohe Barriere für die Teilnahme an Aktionen zivilen Ungehorsams.

Fastenaktion für einen neuen Anfang

Die grösste Wirkung verspreche ich mir von einer dezentralen und transnationalen *Fastenaktion* in Kirchen und Gemeindehäusern. Der springende Punkt wäre, dass diese Aktionen lange im voraus angekündigt und entsprechende Selbstverpflichtungen für eine dreitägige Fastenaktion von Freitag bis Sonntag gesammelt würden. Der Termin würde eventuell noch offengehalten, um auf die Stationierungspläne flexibel reagieren zu können. Wichtig wären verbindliche Erklärungen zur Teilnahme im Stile der Postkartenaktion von «Ohne Rüstung leben». Im Rahmen von Friedenswochen und auch in der Ökologiebewegung wurden bereits positive Erfahrungen mit Fastenaktionen gesammelt. Das Ziel wäre, dass diese Friedensgruppen der

Fastenden sich um eine offizielle Einladung der Gemeinden bemühten. Die entsprechenden Gremien müssten sich dann entscheiden. Von Kirchenbesetzungen sollte jedoch Abstand genommen werden, um skeptische Gemeindemitglieder nicht emotional gegen die Friedensbewegung aufzubringen. Notfalls sollte man sich in Privathäusern versammeln und dann erst am sonntäglichen Gottesdienst teilnehmen, in diesem aber um die Berücksichtigung der Sorgen und Vorschläge der Fastenden bitten.

Ein dreitägiges Fasten würde den Teilnehmern die Möglichkeit geben, sich näher kennenzulernen, der wechselseitigen Motive und Vorstellungen zu vergewissern. Es ist zu hoffen, dass auf diese Weise handlungsfähige Bezugsgruppen entstehen, die dann örtlich oder regional auch Delegierte in Fastenräte entsenden könnten, um den gemeinsamen Willen zu formulieren und vielleicht auch, um über gemeinsame weiterführende Aktionen zu beraten. Die Fastenaktion, die man auf keinen Fall als Hungerstreik bezeichnen darf, hat zunächst einmal eine geistliche Bedeutung für die Beteiligten. Sie versammeln sich, weil sie entsetzt sind über den Wahnsinn fortgesetzter atomarer Rüstung und weil sie zeigen wollen, dass sie gemeinsam nach einem anderen Weg suchen. Das Fasten ist ein Hilfsmittel bei der Besinnung; die Teilnehmer wollen sich aus dem Mitläufertum der expandierenden, militärisch gesicherten Industrie- und Konsumgesellschaft lösen. Es geht den Beteiligten um das Gewinnen einer neuen Identität und um das Aufbauen neuer Beziehungen. Fasten ist notwendig, weil man sich erst einmal sein eigenes bisheriges Verhalten überdenken und nach besseren Wegen suchen muss. Sekundär hat eine solche Fastenaktion auch eine Aussenwirkung; sie lässt sich auch statistisch begreifen und in ihrer indirekten politischen Wirkung auch einschätzen. Es wäre auch sinnvoll, parallele Aktionen in anderen europäischen Ländern und auch transnational in den USA anzuregen.

Es kann sein, dass solche Fastengruppen auch direkte Aktionen gegen militärische Stützpunkte ins Auge fassen; Konsequenzen müssen jedoch der autonomen Entscheidung oder einzelnen Gruppen vorbehalten bleiben. Es mag sein, dass Hausbesuche in der eigenen Gemeinde eine viel stärkere Konfrontation darstellen als ein Sitzprotest in einem abgelegenen Waldstück. Eine Fastenaktion soll zum Ausdruck bringen, dass man zunächst einmal sich selbst vorwirft, jahrzehntelang sich mit dem militärischen Drohsystem, der industriellen Expansion, dem Hunger in der Dritten Welt abgefunden zu haben, und dass es nun einer moralischen Anstrengung, der Bereitschaft zu persönlichem Risiko und Opfer bedarf für einen Kurswechsel. Die Friedensbewegung darf nicht so tun, als gäbe es wohlfeile Rezepte für «Schritte zur Abrüstung» – als wäre der Friede nur eine Frage vernünftigeren Kalküls.

In der christlichen Tradition bedeutet Fasten nur einen vorübergehenden Rückzug zum Gebet. Es ist kein Zeichen von Resignation, sondern ist die Vorbereitung auf das Engagement in der Welt. Gemeinsames Fasten soll den Beteiligten helfen, ihre Fähigkeiten zu entdecken, Hoffnung zu leben und die Mitmenschen zum Nachdenken und Handeln zu ermutigen. Von ihrer ökologisch orientierten Fastenaktion in Gartow/Gorleben im Dezember 1979 sagte die vorbereitende Gruppe: «Durch das Fasten möchten wir deutlich machen, dass wir bereit sind, mit dem Umdenken bei uns selber anzufangen.» Das scheint sehr wenig zu sein, aber es wird damit doch weit mehr persönliche Verantwortung übernommen, als wenn man den Politikern, in welcher Form auch immer, Forderungen vorträgt.

Die Kernfrage des Widerstands ist: Wie können wir unser Verhalten im Alltag so nachhaltig ändern, dass wir in diesem militärischen Drohsystem und in dieser Gesellschaft der industriellen Expansion nicht mehr verwendbar sind? Ziviler Ungehorsam ist nicht ein einmaliger illegaler Akt der Auflehnung gegen das System: Er ist einerseits gelebte Alternative und andererseits Sand im Getriebe des herrschenden Systems. Das politische Ziel der Fastenaktion ist es, die nukleare Lagekarte mit einem Netzwerk der christlichen Friedensgruppen zu überziehen. Diese Gruppen sollen im Kontakt mit anderen, aber letztlich in eigener Verantwortung entscheiden, was zu tun ist.

Ricarda Anette Steinbrecher
Geht es ohne Gewalt?

Lesen über Gewaltfreiheit und Gewaltfreie Aktion (kurz GA) vermag nur begrenzt das Gefühl dafür zu schaffen, was sich hinter diesen Worten verbirgt. Erst eigene Erfahrungen und Erlebnisse können den Begriff «Gewaltfreiheit» zum Leben bringen wie auch die Schwierigkeiten aufzeigen, die eine Umsetzung im eigentlichen Leben bedeuten kann.
So wird auch dieser Aufsatz kaum allgemeingültige Erklärungen und Definitionen geben und kein Ersatz sein können für das eigene Erleben. Vielmehr soll hier aufgrund eigener Erfahrungen versucht werden darzustellen, was das Eigentliche bei gewaltfreien Aktionen ausmacht, wie der Weg dorthin ist, worauf es dabei ankommt, wozu Trainings für GA nützlich sind und was sich hinter diesem Wort «Training» verbirgt. Es werden Anregungen und Hilfen zum Nachdenken und zum eigenen Handeln angeboten.

Zur Klärung von Missverständnissen

Zuvor möchte ich an dieser Stelle noch kurz auf einige wichtige Punkte zum Begriff Gewaltfreiheit eingehen, die in entsprechenden Büchern genauer nachzulesen sind. Die Zusammenfassung soll dazu dienen, eine gemeinsame Verständnisgrundlage für die Abschnitte GA und Training zu schaffen.
Häufig wird von verschiedenen Kritikern der Vorwurf erhoben, Gewaltfreiheit sei Passivität, sei Naivität. Andere meinen, sie sei sinnlose Selbstaufopferung und Märtyrertum, bedeute, immer auch noch die andere Backe hinzuhalten, wenn man schon auf die eine geschlagen wurde.
Diese Verständnisweisen gehen jedoch von falschen Annahmen aus, von oftmals unzureichenden Kenntnissen oder Fehleinschätzungen

der Möglichkeiten, welche Gewaltfreiheit bietet. Gewaltfreiheit heisst vielmehr Aktivität. Ungerechtigkeiten werden möglichst bildhaft aufgezeigt und blossgestellt, Probleme zu Konflikten verschärft. Hierbei werden jedoch Formen der Konfrontation gewählt, die den Gegner als Menschen achten und einbeziehen, Formen, die gleichzeitig nach einer Lösung, nach einer gemeinsamen Lösung des Konfliktes suchen. Dabei müssen die Mittel dem Ziel entsprechen, einem Gewalt anwendenden Gegner wird nicht mit dessen eigenen Mitteln begegnet. Gewaltfreiheit heisst überzeugen wollen und nicht durch Ausübung von Druck und Angst Änderungen zu erzwingen versuchen, die ihrerseits nur so lange andauern können, wie der Druck aufrechterhalten wird. Die Entscheidung getroffen zu haben, selbst keine Gewalt anzuwenden und keinen Menschen zu verletzen, schliesst aber nicht aus, selber verletzt zu werden.

Offene Fragen und Standpunkte

Bei der Auslegung von Gewaltfreiheit gibt es umstrittene Fragen, die immer wieder diskutiert werden müssen, da es sich hierbei oft um persönliche Ansichten und nicht um allgemeingültige Prinzipien handelt. Für das eigene Handeln und die Zusammenarbeit jedoch ist wichtig, die eigene Position zu kennen. Als Beispiele seien hier die Gegensatzpaare aufgeführt.

1. Offenheit gegenüber Geheimhaltung:

Für Geheimhaltung werden folgende Argumente genannt: Offenheit ist sehr schön, nur leider nicht immer möglich. Manchmal muss man in einer Diktatur Geheimhaltung wahren, da offene Organisation und Proteste illegal sind und schwer bestraft werden. Bei Offenheit hat die Regierung die Oberhand und kann jegliche Aktivitäten sofort beenden; bei Geheimhaltung wird der Gegner überrascht und kann sich nicht irgendwelche raffinierten Gegenzüge ausdenken. Warum also gegenüber den Feinden offen sein?
Für Offenheit spricht: Geheimhaltung untergräbt das Vertrauen zwischen Verbündeten, zersplittert die Bewegung, macht sie anfällig gegenüber Spitzeln. Geheimhaltung ist defensiv, verhindert Konfrontation, lässt Angst und Misstrauen anwachsen zwischen den Verbündeten und erzeugt Furcht und übermässige Reaktionen seitens des Gegners. Der wichtigste Punkt ist, dass eine Politik der Geheimhaltung zwei Klassen von Menschen hervorbringt: die, die wissen, und die, die nicht wissen. Die Beurteilung durch Presse und Öffentlichkeit ist meist besser bei offenem Handeln. Bei Offenheit

kann ausserdem juristisch nicht der Vorwurf der Verschwörung erhoben werden.

2. Gewaltfreiheit als Technik oder als Prinzip:

Für Gewaltfreiheit aus Prinzip spricht: Wer Gewaltfreiheit nur als Technik benützt, wird zu leicht umfallen, wenn der Gegner die Unterdrückung und den Kampf verstärkt. Der Gewaltfreiheit aus Prinzip, also einer Grundhaltung oder Lebenseinstellung, liegt eine positive Kraft zugrunde, die auch in harten Phasen hilft, den Kampf fortzuführen und neue Ideen des Handelns anzuregen. Wer GA nur als Technik begreift, als vielleicht die momentan beste von vielen Möglichkeiten, dem werden bald Phantasie, Mut und Geduld ausgehen – er wird keine Möglichkeiten zur Weiterarbeit sehen. Ein Beispiel hierfür ist die amerikanische Anti-Kriegsbewegung nach Beendigung des Indochinakrieges.
Für Technik spricht: Gewaltfreie Aktion ist eine wirkungsvolle Methode zur Veränderung. Wir müssen nicht daran glauben, damit sie funktioniert. Das Hauptziel ist die Veränderung selbst und nicht die Bekehrung zur Gewaltfreiheit. Der Versuch, jeden zu bekehren, ist nicht unbedingt der beste Einsatz von Zeit und Energie. GA ist eine Technik, durch welche die Macht des Gegners zerstört werden kann, indem man aufhört, ihn zu unterstützen.

3. Zerstörung von Eigentum und Sabotage – ja oder nein?

Befürworter sagen: Sabotage zerstört Eigentum und keine Menschen. Eigentum ist nicht so wichtig wie eine Veränderung für den Menschen. Sabotage ist daher vertretbar. Sie eignet sich als Mittel zum Protest oder um Druck auszuüben. Wird sie so verwendet, dass mit Sicherheit niemand dabei verletzt wird, so ist sie gewaltfrei. Manches Eigentum wie auch manche Akten (z. B. militärische) sollten nicht bestehen, deshalb ist es sinnvoll, sie zu zerstören.
Gegner sagen: Zerstörung von Eigentum lässt den Kampf derart eskalieren, dass die Beteiligten leicht die Kontrolle darüber verlieren können. Die Zerstörung von Eigentum liefert eine deutliche Berechtigung zur juristischen Verfolgung, fördert die Kriminalisierung der Bewegung. Dies schreckt mögliche Verbündete ab und schafft ein schlechtes Bild bei Aussenstehenden. Schliesslich entsteht die Gefahr, dass sich Gewalt gegen Sachen zu Gewalt gegen Personen ausweitet, Gewaltfreiheit also nicht mehr gewährleistet ist. Auch Unfälle sind nicht immer auszuschliessen. Zerstörung von Eigentum erzeugt ein Klima von Gewalt, verhärtet die Fronten und vermindert die Möglichkeiten der Verständigung und einer gemeinsamen Lösung. Viele von Ihnen werden Diskussionen über solche oder andere

Grundsatzfragen kennen, vielleicht nur zu gut. Doch für Aktionen und gemeinsames Handeln ist es immer wieder wichtig, diese Fragen erneut zu klären, sich für die einzelne Aktion zu einigen.

Alltägliche Konflikte

Die oben angeschnittenen Prinzipien und Fragestellungen zeigen, dass bei der Idee der Gewaltfreiheit die gewaltfreie Aktion im Vordergrund steht. In der Öffentlichkeit wird beides sogar oft gleichgesetzt. Doch die Wurzeln und Anfänge von Gewalt und Gewaltfreiheit finden sich in viel kleineren Bereichen im Alltag, in Gruppen, Vereinen, Arbeitsverhältnissen, auf der Strasse. Betrachtet man z. B. oft gebräuchliche Diskussionsrunden, wo einer dem anderen ins Wort fällt, immer wieder diejenigen etwas sagen, die jedesmal zu jedem Punkt etwas zu sagen haben, so ist dies sicherlich kein gewaltfreier Umgang miteinander. Alle Anwesenden sollten die Chance haben, ihre Meinung einzubringen und dabei ernst genommen zu werden.
Oder betrachten wir den Alltag z. B. in einem Kaufhaus: Oftmals rücksichtsloses Verhalten der Kunden untereinander, jeder möchte der schnellste und erste sein; Verhältnis zwischen Kunden und Verkäufern; hierarchischer Aufbau unter Mitarbeitern und Leitern, extremes Ausschöpfen der jeweiligen Machtpositionen, Ablassen der Aggressionen an Rangniedrigeren, Bücklinge die Stufenleiter hinauf. Wieder ist es der persönliche Umgang miteinander, der das Klima derart prägt.
Was nun hat dies mit Gewaltfreiheit oder gar gewaltfreier Aktion zu tun? Wo ist die Verbindung, das Gemeinsame? Wie weit sind Alltag, persönliches Leben, Arbeit in Gruppen und politisches Handeln voneinander entfernt? Sind sie überhaupt voneinander trennbar?
Kaufhausgeschichte und direkte gewaltfreie Aktion haben gemeinsam, dass es dabei auf die Art des eigenen Verhaltens und der Reaktion auf das Verhalten anderer ankommt. Der Umgang miteinander ist es, der entweder unüberwindbare Mauern errichtet oder aber vorhandene abbaut. Dies gilt sowohl zwischen Freunden und Gleichgesinnten als auch zwischen Betroffenen und sogenannten Gegnern. Erst die Bereitschaft, auf den anderen, dessen Probleme und Argumente einzugehen, dabei aber ehrlich zu bleiben in der Kritik und dem eigenen Standpunkt, lässt Achtung und Toleranz erwachsen.
Wichtig dabei ist, klare Absprachen zu treffen und diese einzuhalten. Sagt man einem Rüstungsfabrikanten: «O. K., wir blockieren noch

nicht gleich Ihre Fabriktore. Zuerst werden wir mit den Arbeitern reden und sehen, was diese zu unseren Argumenten sagen», und kommt dann am Montagmorgen und kettet sich, allen Absprachen zum Trotz, doch an die Tore, so ist es nicht verwunderlich, wenn unverhältnismässige Mittel zur Räumung eingesetzt werden und sich die Fronten verhärten.

Verantwortung und eigenes Handeln

All dies oben Angeführte klingt recht einfach – hingehen, reden, zuhören, Absprachen treffen, Toleranz aufbauen, Vertrauen schaffen – und der Rest erledigt sich von alleine. Doch jeder kleinste Schritt kostet neue Kraft, und Schritte zurück sind auch nicht selten. Wie also hilft solch eine Theorie der/dem einzelnen oder einer Gruppe, wenn die Umsetzung scheinbar menschliche Vollkommenheit und unendliche Geduld verlangt? Es ist sicherlich einfacher, alles beim alten zu lassen, das eigene Leben zu leben, sich umzudrehen, wenn der Chef die Kollegin ins Gebet nimmt, sich Ohropax zu kaufen, wenn der Flughafen vor die eigene Haustür gebaut wird, sich Gasmasken anzuschaffen für den Gang durch die Stadt und die autobahnzerfurchten Wiesen, sich Filteranlagen zu besorgen, um das Leitungswasser auch trinken zu können, sich Atombunker mit Jahrhundertverpflegung einzurichten, um dem Raketenspiel der Grossmächte zu entrinnen, sich ... usw. ...

Erich Fried schrieb einmal: «Wer will, dass die Welt so bleibt, wie sie ist, der will nicht, dass sie bleibt.» Ich glaube, die meisten Menschen wollen, dass sie bleibt, und sehen nur oft keine Möglichkeit, keinen Weg dorthin. Für viele ist es schon ein grosser Schritt, an einer Veranstaltung oder gar an einer Demonstration teilzunehmen. Aber sie gehen hin. Sie gehen, weil sie mit jetzigen Verhältnissen unzufrieden sind und zu einer Veränderung beitragen wollen. Sie sitzen alleine oder laufen in einer anonymen Masse, ohne Bezug zu den anderen Teilnehmern, die ihrerseits allein sind. Sprechchöre und Spruchbänder; nach Stunden, die hoffentlich ohne Zwischenfälle oder Steinwürfe verliefen, kommt die Schlußkundgebung. Dann die Rückfahrt in Bus oder Bahn, umgeben von unbekannten Gesichtern. Schweigen. Und schliesslich wieder zu Hause in den eigenen vier Wänden. «Das also war's, und was nun? Was hat's gebracht?» Einige von ihnen werden dieses Gefühl kennen – nichts tun können, wenn einzelne oder Gruppen beginnen, gewalttätig zu werden; nichts beitragen können, als mitzulaufen und kurz am Rande mit Passanten zu sprechen, keinen Freiraum für eigenes Handeln zu haben.

Unbefriedigende Aktionsabläufe haben aber auch ihre guten Seiten. Sie bringen Menschen zusammen, die daran etwas ändern wollen, die solche Aktionsformen suchen und ausprobieren, wo jede(r) einzelne zählt und wichtig ist, jede(r) ihren/seinen Teil zur Gestaltung und zum Gelingen der Aktion beitragen kann und wo jede(r) Verantwortung trägt; Aktionsformen, bei denen die Angst der/des einzelnen von anderen mitgetragen wird, wo Frau/Mann Angst haben darf, aber trotzdem Sicherheit und Geborgenheit finden kann; Formen, in denen die Teilnehmer eine Gemeinschaft bilden, so dass niemand sich ausgeliefert fühlen muss. Wo Entscheidungen, die anliegen, gemeinsam von allen getroffen werden, da auch alle dahinter stehen müssen, um sie umzusetzen. Wo auch jemand nein sagen kann und andere ernsthaft darauf eingehen. Wo unvorhergesehene Zwischenfälle oder Konflikte nicht gleich in Chaos und Panik oder gar Gewalt umschlagen, sondern damit bewusst umgegangen wird.
Diese Merkmale sind Forderungen an die gewaltfreie Aktion. Schritt für Schritt wurden Erfahrungen gesammelt und ausgetauscht, Aktionen ausgewertet, Bestandteile verändert oder ausgebaut, immer wieder in konkreten Situationen überprüft. Ständig tauchen neue Probleme auf, die zur Suche und Erprobung neuer Lösungswege herausfordern.
Diese Kriterien der GA, zu denen noch die weiter oben erwähnten Elemente des Verhaltens gegenüber anderen Beteiligten wie Konfliktgegner, Polizei, Presse etc. hinzukommen, klingen allgemein betrachtet recht gut. Doch sind sie auch realistisch? Sind Ansprüche und Anforderungen nicht derart hoch, dass keiner sie mehr erfüllen kann? Erfahrungen haben mir gezeigt, dass durch entsprechende Vorbereitungen solche Aktionen möglich sind und dass eben diese Aktionen insgesamt wirkungsvoller und auch für die Teilnehmer befriedigender sind als viele Spontanaktionen oder anonyme Massenkundgebungen. Ich möchte hiermit nichts gegen Spontanaktionen oder Grossdemos sagen, sie haben auch ihren Sinn; als einzige Aktionsformen können sie jedoch nicht ausreichen.
An dieser Stelle Beispiele gut gelaufener gewaltfreier Aktionen aufzuzählen wäre in dieser Kürze sinnlos, wenn sie wirklich etwas vermitteln sollten. Sie stehen schon anderwärtig beschrieben. Es ist gut, darüber zu lesen, will man aus den Erfahrungen lernen, doch schlecht, wenn sie in verkürzter Form übermässig Vollkommenheit vorspiegeln. Und warum immer gleich grosse Aktionen? Natürlicher und realistischer erscheint mir, mit kleineren zu beginnen. Im nächsten Beitrag befindet sich eine Liste möglicher Aktionsformen,

von denen viele recht einfach durchführbar und dabei wirkungsvoll sind, wie z. B. das «Strassensatz-Lesen».

Vorbereitung gewaltfreier Aktionen

Die Anforderungen und Kriterien der GA zeigen eindeutig, dass solch eine Aktion nicht aus dem Stegreif gemacht werden kann. Sie bedarf genauerer Planungen, Informationen, Gespräche und konkreterer Vorbereitungen, was Ablauf und Teilnehmer betrifft. Einmal spontan einen *Leichenteppich* (Atomtote) in der Innenstadt machen zu wollen ist ohne Vorbereitung ein Risiko, sowohl für die Sicherheit der Teilnehmer als für die Wirksamkeit der Aktion. Man muss sich über Ort und Zeit einigen, wer wann wo umfällt, ob nebeneinander oder aufeinander, ob Fussgänger behindernd oder durchlässig, wie das Schlusszeichen gegeben werden soll, ob mit Plastikplanen die «Leichen abgedeckt» werden sollen, wie auf empörte Passanten reagiert und auf neugierige eingegangen wird etc. Ein solcher Fragenkatalog existiert in allgemeiner Form, verwendbar für alle Aktionen. Er entstand im Laufe der Zeit durch Erfahrungsaustausch, Auswertungen von Aktionen und besonders Vorbereitungstrainings für Teilnehmer.

Orientierungsfragen zur Aktionsplanung:

a) Ziele der Aktion:
- Was wollen wir mit dieser Aktion erreichen?
- Welche Forderungen wollen wir bekanntmachen, durchsetzen?
- An wen sind diese Forderungen gerichtet?
- Durch welche Reaktionen/Stellungnahmen der «Zielgruppe» sind diese Forderungen erfüllt?
- Kann die Aktion(sform) den Inhalt, um den es geht, wirklich darstellen und klarmachen?
- Was sind mögliche Auswirkungen der Aktion?
- Sind alle Aktionsteilnehmer mit den Zielen der Aktion einverstanden?

b) Vorbereitung und «Rahmenbedingungen»:
- Wie können wir an Informationen über offene Fragen herankommen?
- Wer soll an der Aktion teilnehmen dürfen? (Kriterien dafür)
- Wie können Leute vor Ort kurzfristig in die Aktion einbezogen werden?
- Welche Kontakte bestehen zu Presse etc.?
- Vorbeugung, Durchsprechung, Trainings:

Welche Teilnehmervorbereitungen sind für die Aktion notwendig:
Schutzmaßnahmen (für Teilnehmer, Passanten ...)
Üben bestimmter Verhaltensweisen (für Konfliktfälle, bei Provokationen von aussen oder aus eigenen Reihen, bei Panik, bei Festnahmen, mit der Polizei, mit Passanten ...)
Abmachungen/Absprachen über die Entscheidungsstrukturen (Basisdemokratie, Bezugsgruppenmodell, Sprecherrat. Ist gewährleistet, dass alle am Entscheidungsfindungsprozess beteiligt sind?)
Informationsweitergabe (Ist sichergestellt, dass jeder Teilnehmer die notwendigen Informationen erhält?)
- Juristische Kontakte

c) Form und Ablauf der Aktion:
- Wie ist der Ablauf der Aktion im einzelnen geplant?
- Existieren «Ausweichpläne»?
- Sind alle Teilnehmer ausreichend über Ablauf und Planung informiert?
- Sind Öffentlichkeit/«Gegner»/Polizei/Presse ... über den geplanten Ablauf genügend informiert worden?
- Was wird vermutlich während der Aktion passieren? Wer wird z. B. in welcher Stärke und mit welcher Absicht dasein?
- Mit welchen Zwischenfällen ist zu rechnen?
- Wie wollen wir uns bei diesen Zwischenfällen verhalten?
- Wie werden Entscheidungen «vor Ort» gefällt?
- Welche örtlichen Gegebenheiten müssen beachtet werden?
- Wann ist die Aktion beendet? Wer entscheidet das?
- Sind alle Teilnehmer mit dem geplanten Ablauf der Aktion einverstanden?
- Ist jeder Teilnehmer bereit, gewaltfrei zu handeln, soweit dies in seinen Kräften steht?
- Wie können sich die Teilnehmer gegenseitig bei Angst oder «Durchdrehen» helfen?

d) Aufgaben / Verantwortlichkeiten:
- Wer sorgt für rechtliche Information? Ist ein Rechtsanwalt nötig? Wer?
- Öffentlichkeitsarbeit, Pressekontakt, Presseerklärung, Pressesprecher (damit nicht alle von der Aktion abgelenkt werden, sobald ein Reporter auftaucht)
- Polizeikontakte, -sprecher (sollte geübt werden)
- Erste Hilfe
- Feuerwehrleute (für Krisen, Panik, Gewaltausschreitungen) (insofern nicht alle Teilnehmer dies übernehmen)
- Anlaufstelle (Telefondienst, Einweisung Ankommender ...)
- Versorgung (Essen, Übernachtung, Transport, Kleidung ...)

e) Nachbereitung der Aktion:
- Wie ist die Auswertung der Aktion gewährleistet?
- Wie verhalten wir uns, falls es zu Anzeigen/Repressalien gegen «Rädelsführer» kommt?
- Welche Sachen sind anders gelaufen als geplant?
- Wie lief die Pressearbeit, Veröffentlichung?
- Welche Reaktionen gab es seitens der Öffentlichkeit, der Zuschauer?
- Sind wir dem vorher definierten Ziel näher gekommen?
- Sind unerwartete Ängste entstanden? Umgang damit
- Wo gab es Probleme, Konflikte? Warum? Wie wurde damit umgegangen?
- Wie wurden Absprachen eingehalten?
- Wie lief die Informationsweitergabe/Entscheidungsfindung in und zwischen Gruppen?
- Wie war die Stimmung?
- Was können wir nächstesmal verbessern?
- Gibt es Pläne für zukünftige Weiter-/Zusammenarbeit?

Training für gewaltfreie Aktion

Die gerade aufgezählten Orientierungsfragen im voraus zu klären, also vor der eigentlichen Aktion, ist für einen gewaltfreien Ablauf sehr wichtig. Hierzu zählt auch die ganz konkrete Vorbereitung und Information der Teilnehmer.

In letzter Zeit geschieht dies immer häufiger in Form sogenannter «Aktionstrainings». Training hat hier nichts mit sportlich, straff organisiert oder gar mit Trillerpfeife zu tun. Vielmehr bedeutet Training in diesem Falle eine Form selbstorganisierten, selbstbestimmten Lernens. Aktionstrainings dienen zur Vorbereitung auf Aktionen, die Gruppen oder Initiativen durchführen oder mitmachen möchten (z. B. Strassentheater, Demonstrationen, Platzbesetzungen, Blockaden ...). Mit Aktionstrainings soll erreicht werden, dass sich alle Teilnehmer mit Ziel und Forderungen, mit dem genauen Verlauf und den begleitenden Planungen der Aktion vertraut machen. Ebenso wichtig ist die Auseinandersetzung mit möglicherweise auftretenden Konflikten oder Störungen und die Vorüberlegung von Handlungsalternativen und Ausweichplänen als eventuelle Antwort auf solche Störungen. Gleichfalls muss deutlich werden, welche Konsequenzen die Aktion haben kann, sei es für den einzelnen (juristische Aspekte, Verletzungen), Öffentlichkeitswirksamkeit oder Möglichkeiten der Reaktion von der Gegenseite oder der «Zielgruppe». Das konkrete Durchspielen von Elementen der geplanten Aktion soll sowohl Unsicherheiten abbauen als auch die Möglichkeit aufzeigen, mit entstehenden Konfrontationssituationen und aufkommenden Ängsten umzugehen. Weiterhin soll das Vertrauen des einzelnen zu sich selbst und zur Gruppe wachsen und somit Kraft geben für die Aktion. Gespräche, Kleingruppen und Spiele sind hierbei wie bei der Auseinandersetzung mit basisdemokratischen Entscheidungsformen ein wesentliches Element.

Aus dem Inhalt ist erkenntlich, dass ein Training Zeit benötigt. Erfahrungsgemäss ist ein Wochenende besser als nur ein Tag, doch selbst nach einem Jahr würden gewiss noch Fragen offenbleiben bzw. neue entstehen. Training ist nicht das «Einmaleins für GA» – so etwas gibt es zum Glück nicht. Ein besserer Vergleich wären Fahrstunden. Dabei übt man in der Praxis, sitzt selbst hinterm Lenkrad und muss sich durch den Verkehr wühlen. Fahrstunden bieten keine Garantie dafür, später nicht in unvorhergesehene, brenzlige Situationen zu kommen, doch durch das vorherige Üben kann man eher damit fertig werden, verliert nicht so leicht die Kontrolle oder die Nerven. Wesentliche Unterschiede allerdings gibt es doch. Fahrstunden sind nur für das Fahren, Aktionstrainings nicht nur für Aktionen. Neue Verhaltensweisen auszuprobieren, sich seines Handelns und auch seiner Kraft bewusst zu werden schlagen Kreise in das eigene Leben. Ein weiterer Unterschied wäre: Gewaltfreie Aktionen sind gemeinsame Aktionen. Gegenseitige Unterstützung und gemeinsame Bewältigung von Problemen bestimmen das Handeln, man kann sich aufeinander verlassen. Daher ist es mir als «Trainerin» auch wichtig zu versuchen, nach einem Training an der jeweiligen Aktion mit der Gruppe teilzunehmen oder zumindest dabeizusein.

Wir lernen und kämpfen gemeinsam für eine gemeinsame Zukunft.

Ricarda Anette Steinbrecher

Aktionsformen für die Friedensarbeit

Diese Zusammenstellung entstand bis auf einige spätere Hinzufügungen auf einem Seminar «*Widerstand gegen die Stationierung von Mittelstreckenraketen*» im Herbst 1981. Alle Öffentlichkeitsarbeits- und Aktionsformen wurden schon durchgeführt. Es gibt sicherlich noch viele andere Formen – der Phantasie sind keine Grenzen gesetzt. Die folgende Aufzählung soll daher nur eine kleine Anregung sein.

Erklärungen, Öffentlichkeitsarbeit, Information der Bevölkerung

- *Leserbriefe, Artikel.*
- *Briefe* an in- und ausländische Regierungschefs, Minister, Botschafter etc.
- *Kettenbriefe:* Anschreiben bekannter/unbekannter Personen, d. h. Informierung über Fakten, Gefühle, Vorhaben, Bitte um Teilnahme an Veranstaltungen/Aktionen etc.; Brief kann Vorschlag enthalten, die Information vielleicht an ein oder zwei weitere Personen zu schicken. Wichtig: Keine Drohungen irgendwelcher Art oder psychischen Druck machen für den Fall, dass der Brief nicht weitergeschickt wird!
- *Flugblätter:* ziemlich abgesättigt; zur attraktiveren Gestaltung z. B. neue Formate wie Dreieck ausdenken. Flugblätter in Briefkästen solcher Stadtviertel stecken, deren Bewohnern man selten auf der Strasse begegnet.
- *Plakate,* auch selbstgemalte, können sehr wirkungsvoll sein.
- *Protestliteratur* (herstellen und verteilen).
- *Infostände:* in Fussgängerzonen, bei Veranstaltungen, Stadtfesten etc.
  Monatlich abwechselnde Schwerpunkte haben sich als recht öffentlichkeitswirksam herausgestellt.

- *Stellwände:* gut für sich alleine oder bei Infotisch. Hier können sich Passanten informieren, ohne gleich diskutieren zu müssen. Viele Grafiken und Fotos.
- *Bauchladen:* wenn keine Standgenehmigung erteilt wird; an Eingangstüren von Veranstaltungsorten.
- *Sandwiches:* d. h., sich ein grosses Plakat vor Bauch und Rücken hängen und damit herumlaufen.
- *Strassenreden:* nicht zu lang. Sinn sollte sein, die Passanten zum Diskutieren untereinander zu bringen.
- *Spruchbänder:* vor oder hinter Infotisch hängen, auch aus dem eigenen Fenster zu Hause. Gut, wenn bestimmte Symbole immer wiederkehren.
- *Velo-Plakate:* besonders günstig anzubringen bei Herrenrädern zwischen den Stangen. Selbstgemaltes Schild festschrauben oder -binden (anstelle eines «Autoaufklebers»).
- *Segelbemalung:* Friedenszeichen oder -wort auf Segel des eigenen Bootes malen (leider nur wenigen möglich).
- *Luftballons verteilen:* entweder mit Helium gefüllt und mit einem Zettelchen für eine zu verschickende Botschaft versehen; oder ganz normal mit Luft und Aufdruck. (Auch gut am Infostand, zieht sehr viele Leute an.)
- *Strassensatzlesen:* Menschen stellen sich mit grossen Schildern an den Strassenrand. Auf jedem Schild steht gross ein Wort oder ein Teil davon, die nacheinander gelesen einen Satz ergeben. Gute Möglichkeit, Autofahrer und Busfahrgäste anzusprechen. Plakatabstand muss der Fahrgeschwindigkeit angepasst sein (im Stadtverkehr ca. 20 Meter).
- *Ausstellungen:* gut, wenn noch leeres Papier an Wänden hängt, wo Besucher selber etwas malen oder schreiben können.
- *Malwettbewerbe:* nicht nur für Kinder reizvoll.
- *Veranstaltungen:* Podiumsdiskussionen, Filmabende, Lieder.
- *Friedenswochen:* im Rahmen von Kirchen, Schulen etc.
- *Umtauschaktion von Kriegsspielzeug:* als öffentliche Veranstaltung, besonders vor und nach Weihnachten. (Vorher genügend Umtauschmaterial bei Freunden und Bekannten sammeln.)
- *«Panzer Knacken»:* Selbstgebackene Guetsli (viele helfen gerne dabei mit) in Form eines Panzers mit verknotetem Rohr verschenken oder verkaufen; auf der Strasse etc.
- *Sandverschickung:* Briefen an Regierung, Zivilschutzamt etc. Sand beilegen mit der Bemerkung: «Hier haben Sie den Sand zurück, den Sie mir in die Augen streuten.»
- *Schweigestunden:* in Form eines Kreises auf Marktplätzen, vor Kirchen, vorm Rathaus etc. In vielen Städten laufen diese Schwei-

gekreise freitags von 18 bis 19 Uhr. Teilnehmer tragen dabei aussagekräftige Schilder (wiederholen).

- *Theater:* – Strassentheater.
- *»Unsichtbares Theater»:* keine Ankündigung, keine Bühne; keiner merkt, dass es ein Theater ist. «Schauspieler» befinden sich unerkannt in der Menge und beginnen einen Wortwechsel, eine Auseinandersetzung o. ä. Da die «Zuschauer» das Spiel für Wirklichkeit nehmen, mischen sie sich meist ein oder beginnen untereinander zu diskutieren. (Auf der Strasse, in Geschäften z. B. vor Kriegsspielzeug, in Bussen, Eisenbahnen, Kinoschlangen.)
- *Bunkerplatzverlosung:* in Form von Lottoscheinen, Losen etc., öffentlich am Info-Stand oder per Briefkasten-Flugblatt. Hauptsächlich Nieten oder Warteplätze. Telefonnummern von Stadt, Zivilschutz, zur weiteren Information angeben.
- *Mahnwachen:* Ständige Anwesenheit an einem bestimmten Ort rund um die Uhr (vor öffentlichen Gebäuden, Kasernen, Botschaften). Je nach Absicht schweigend, auf Fragen antwortend oder bestimmte Leute ansprechend. Auch bei Konferenzen, Parteitagen etc. vor Hoteltüren der Teilnehmer. Sinnvoll mit Plakat oder geschminkt (nachts mit Laterne oder Fackel).
- *Ständige Rathausumwanderung:* Menschen gehen einen ganzen Tag lang oder an bestimmten Tagen zu bestimmten Stunden mit Schildern immer wieder ums Rathaus, um bestimmte Forderungen bekanntzumachen, mit Vorbeikommenden zu sprechen etc. (auch um Gebäude von Zeitungen, die nur einseitig berichten; um oder vor Rüstungskonzernen etc.).
- *Wandelnde Atomraketen:* Rakete aus Pappmaché bauen, in der eine Person Platz hat, und so durch die Strassen/Fussgängerzone gehen. Entweder von «Huldigungszug» gefolgt oder mit klagendem Sprechgesang.
  Etwas komplizierter, aber wirkungsvoll: Papprakete zum Auseinanderfallen (am besten in mehrere Teile). Rakete wandelt durch Strassen, Droh- oder Einschüchterungsrufe ausstossend. Wird von «Passanten» (Gruppenmitglieder mit Schlips und Kragen) geärgert/provoziert. («Ach Kleines, wir haben dich doch unter Kontrolle . . .») Explodiert schliesslich mit lautem Knall, platzt auseinander, schmeisst dabei mit schwarzem Konfetti um sich – und sichtbar wird der Tod (Person aus der Rakete in Kostüm).
- *»Lindwurm»:* Er kriecht vielfüssig durch die Strassen, 8 bis x Leute unter einem langen, langen Bettlaken. In der Anti-AKW-Bewegung bekannt als «Plutoniumwurm», in der Friedensbewegung als «March-Kriech-Körper» u. ä. An die Seiten wird auf das Laken ein

Wort geschrieben. Nur der «Kopf» kann sehen, alle anderen legen ihre Hände auf die Hüften (oder Schultern) der vorderen Person. Windet sich durch Fussgängerzonen, über Zebrastreifen etc.

- *Satirische Preisverleihung:* Während einer Anhörung, einem Hearing, Versammlung, Feier etc. wird einer teilnehmenden Organisation, Gruppe oder Einzelperson ein Preis verliehen: «Verschmutzer des Jahres», «Schauspieler des Monats», «Papagei '82» ... (der Phantasie sind keine Grenzen gesetzt).
- *Rücken zukehren:* Bei Vorträgen und Ansprachen, wo keine Möglichkeiten des Zwischenfragens gegeben sind und der Inhalt der Rede einen den Atem verschlägt, dreht sich eine Gruppe demonstrativ um und kehrt dem Redner den Rücken zu.
- *Umbenennung oder «Wahrheitsfindung»:* Öffentliche Gebäude, Schulen, Strassen, Ämter werden umbenannt. (Militärdepartement = Kriegsdepartement ...)
- *Öffentliche Falschmeldungen* (mit anschliessendem Dementi): Falschmeldungen sollten nicht übermässig provozieren, sondern zum Nachdenken und eventuell zum Handeln anregen. Daher, wenn möglich, kabarettistisch/humorvoll gestalten oder zumindest durch eine Presseerklärung oder Extraflugblatt die Meldung aufklären.
- *Gebete, Gottesdienste.*

Aktionen, Demonstrationen, Widerstand

- *Demonstrationen:* mehr Lieder als Sprechchöre, Flugblätter für Passanten und Autofahrer.
- *Schweigemarsch:* auch mit wenigen Personen im «Gänsemarsch» auf Trottoirs wirksam. Einzelne können sich ein Schild umhängen, schminken, Laternen/Fackeln tragen.
- *Friedenslaternen:* Ein Umzug mit selbstgemachten Laternen, auf die Symbole, Worte etc. geschrieben stehen. So kann jeder Teilnehmer etwas zur Aktion beitragen. Abwandlung: Auf jeder Laterne ist ein Buchstabe sichtbar. Im Gänsemarsch laufend kann man so ganze Worte und Sätze schreiben. (Gut für Schweigemarsch.)
- *Veloparaden:* durch die Stadt oder zu bestimmten Orten hin (Kaserne), eventuell mit Blockiereffekt (ständiges Umfahren eines Kreisels, «Unfall» auf Kreuzung). Vorsicht, Autofahrer werden schnell ungehalten. Von Anfang an mit ihnen reden und ihnen sagen, wann es weitergeht, hilft.
- *«Aktion Gegenwind»:* Velosternfahrten zu Waffenplätzen etc.

- *Friedensmärsche.*
- *Wallfahrten.*
- *Massenhafte Frühstücks auf den Strassen:* bedarf guter Vorbereitung; Tische und Stühle auf Strassen bzw. Trottoirs aufstellen. Passanten einladen («Gemeinsames Frühstück für eine gemeinsame Zukunft»).
- *«Lebensdörfer»:* Zeltlager o. ä. in der Nähe von Waffenplätzen, um gemeinsam zu planen, Vorbereitungen für gewaltfreie Aktionen durchzuführen, mit der örtlichen Bevölkerung zu sprechen, Training in GA.
- *«Die Uhr schlägt 12»:* Um Punkt 12 in belebter Stadt, wenn die Uhr schlägt (Kirche, Rathaus ...) und viele Menschen schauen, ein Spruchband vom Kirchturm hängen. Vor der Kirche einen «Leichenteppich» (siehe später) machen. Eventuell mit Pauke und Ausrufer: «Hört ihr Leut' und lasst euch sagen, bald hat's für alle 12 geschlagen ...»
- *Petitionen, Aufrufe.*
- *Atomfreie Zonen:* Häuser, Wohnblocks, Stadtquartiere, Gemeinden etc. erklären sich zu solchen Zonen.
- *Patenschaften* mit solchen Orten, die sich zu atomfreien Zonen erklärt haben.
- *Wehrsteuerboykott:* der Prozentsatz der Einkommensteuer, der dem Anteil des Rüstungshaushalts vom Gesamtetat entspricht, wird zurückbehalten und auf einen bestimmten Fonds/ Konto überwiesen, der für die Regierung unantastbar ist.
- *Fastenaktionen:* nicht Hungerstreik!
  Gruppen versammeln sich dazu an zentralen Plätzen (vor Kasernen, Waffenfabriken, Munitionsdepots etc.), um Fasten zu beginnen. Entweder bleiben sie die ganze Zeit dort oder lassen Mahnwachen zurück und fasten in Kirchen o. ä.; Dauer 7 bis 21 Tage. Nicht jeder muss so lange fasten, sondern kann sich durch andere ablösen lassen. Gut, wenn diese Aktion gleichzeitig in mehreren Städten läuft.
- *Hissen von Fahnen:* Fahnenmasten gibt es genug, selber Fahnen zu malen ist ebenfalls einfach.
- *Buchstaben-Lesen:* Gut für Situationen, wo Plakate oder Spruchbänder mitzuführen verboten ist (Defilees und Vorbeimärsche). Gruppenmitglieder malen oder nähen sich auf ihr T-Shirt einen Buchstaben. Alle treffen sich zu bestimmtem Zeitpunkt, stellen sich in die richtige Reihenfolge des Wortes/Satzes und ziehen ihre Jacken/Pullover aus. Für die Zuschauer wird das Wort sichtbar.
- *Verdrehte Gerichtsverhandlung:* als Theater oder öffentliche Veranstaltung: Rollentausch – Angeklagte werden zu Anklägern, Staat

und Staatsanwalt bzw. Kläger zu Angeklagten. (Gut als Parallelprozeß.)
- *Arbeitsniederlegungen:* symbolisch für 5 Minuten, warnend für einige Stunden usw.
- *Sympathie-Stopps:* 5—15minütige Verkehrsstopps. Nicht durch Blockaden, sondern durch vorherige gründliche Öffentlichkeitsarbeit. Gut dafür: «Strassensatzlesen».
- *Streiks.*
- *Boykotts.*

Behinderungen / Blockaden / Ziviler Ungehorsam

- *«Schlange stehen»:* bekannt im Alltag vor Kinokassen, Billetschaltern etc. – ist aber auch möglich bei Behörden. Man wartet so lange in Vorzimmern, auf Fluren, vor Türen etc., bis man die gewünschte Unterredung erhält. Gibt man sich nicht als Gruppe zu erkennen, sondern verlangt einzeln Unterredungen, so kann man den ganzen Bürobetrieb verlangsamen. Ausserdem muss sich der Zuständige dem vorgegebenen Problem stellen.
- *«Menschen-Mühle»:* Gruppe von Teilnehmern geht nach und nach in Eingangshalle (Bank; Ausstellungsraum von Rüstungsfirmen; Verkaufshalle bei Waffen-Messen etc.), ohne sich als Gruppe zu erkennen zu geben. Teilnehmer gehen herum, stellen sich an Kassen, Verkaufsständen, Schaltern an, sprechen mit Kunden und Angestellten, füllen den Raum, lähmen den reibungslosen Ablauf. Eine Delegation verlangt ein Gespräch mit dem Vorstand.
  (Diese Aktion ist sehr wirkungsvoll und dazu legal.)
- *Lobby:* bei Politikern, Firmen etc. Forderungen kann durch Petitionen oder «Massenandrang» (s. o.) Nachdruck verliehen werden.
- *Telefonblockaden:* Ständiges Anrufen bei Behörden, Firmen etc. den ganzen Tag lang. Angestellte können entweder nur noch das Telefon bedienen oder kein Gespräch mehr annehmen. Beantworten sie das Telefon nicht mehr, so können auch ihre Kunden sie nicht mehr erreichen. Sinnvoll dabei ist, nicht gleich zu zeigen, weshalb man anruft. Vielleicht kann man der Sekretärin am nächsten Tag eine Kleinigkeit vorbeibringen – «automatischer Telefonbeantworter» sein zu müssen ist sicherlich nicht die schönste Beschäftigung.
- *Leichenteppich:* gibt es in drei Steigerungsstufen:
  a) Strassenaktion: Gruppenmitglieder fallen auf ein bestimmtes Signal hin mitten auf dem Trottoir, auf dem Markt, in Bahnhofs-

hallen, vor einem Eingang (wo auch immer) um und bleiben regungslos liegen. Spielen sie Atomtote, so kommen weissgekleidete vermummte Ärzte angerannt, mit Bahren zum Wegtragen oder Plastikplanen zum Abdecken oder Mehl zum «Desinfizieren». Andere sprechen mit Passanten.

b) Behinderung: Je nachdem, wie die «Leichen» liegen, hat der Teppich Löcher zum Durchgehen oder ist dicht. Teppich mit Löchern sollte vorher geübt werden. Hier gibt es verschiedene Möglichkeiten.

c) Blockade: Teppich ist absolut dicht. Deshalb auch gewiss nicht mehr legal. Erfordert genaue Aktionsplanung und Vorbereitung.

- *Luftballon-Blockade:* Mit Luft gefüllte Ballons werden zum Teil zusammengebunden, vor einem Eingang gelegt und dort festgemacht. Da sie nur Luft enthalten, fliegen sie nicht hoch. Die Beseitigung dieser Blockade dauert ihre Zeit (da ungewohnt). Entweder mit «Knalleffekt», oder nach dem Losbinden mit den Ballons durch die Gegend laufen.
- *Friedensnetz:* sowohl als gemeinsames Spiel auf der Strasse als auch zur Behinderung. Mehrere Teilnehmer haben Woll- oder Bandknäuel dabei. Diese beginnen sie Passanten oder Gruppenmitgliedern zuzuwerfen, die sie um sich selbst wickeln und dann weiter werfen. Da verschiedene Knäuel durch die Gegend fliegen, entsteht bald ein unentwirrbares Netz, in das jeder eingefangen ist (auch in Messehallen ein schönes Spiel, vor Kasernentoren, bei Defilees).
- *Manöverblockaden oder Behinderungen:* z. B. Kolonnen-Abbremsung durch geschicktes Fahren oder «Autopanne».
- *Sitzblockaden.*
- *Ankettung:* Man kettet sich selbst mit Eisenketten an Tore oder Gitter und wirft den Schlüssel weg bzw. gibt ihn Freunden. Meist illegal!
- *Lebensblockaden:* in Form eines grossen Peace-Zeichens (vor Kasernen, militärischen Einrichtungen, Flughäfen ...).
- *Besetzungen:* In Konfliktgebieten (z. B. Kaiseraugst, Nagra-Bohrorte).
- *«Kirchenschutz»:* Wenn sich Repressalien erhöhen, wie auch bei Fastenaktionen, können Kirchen als Zufluchtsorte dienen.

Markus Heininger

Mitmachen – aktiv werden!

Adressen, Kontakte, Informationen

Der Schweizerische Friedensrat und seine Mitgliedorganisationen
Seite 271

Weitere friedenspolitische Organisationen und Gruppen
Seite 285

Adressen in der Romandie
Seite 296

Frauen und Militär
Seite 299

Beratung und Hilfe für Militärverweigerer
Seite 306

Literatur, Zeitschriften, Filme, Tonbandserien
Seite 307

Der Schweizerische Friedensrat und seine Mitgliedorganisationen

Schweizerischer Friedensrat SFR

Der SFR wurde am Ende des Zweiten Weltkrieges nach dem Vorbild des «British Peace Council» als Dachorganisation von 15 an Friedensfragen interessierten Organisationen und Gruppen gegründet. Heute zählt der SFR 14 Mitgliedorganisationen und sieht seine Hauptaufgabe in der Information und Koordination der autonomen Friedensbewegung in der Schweiz. Daneben wird er vor allem dort aktiv, wo von den einzelnen Organisationen her eine Lücke besteht oder wo er ihre Kräfte zusammenfassen kann. Eine Hauptaufgabe ist die Herausgabe der vierzehntäglich erscheinenden Friedenszeitung. International ist der SFR dem Internationalen Friedensbüro angeschlossen.
Der SFR befasst sich mit Anregung, Koordination und Durchführung von Aktivitäten für Abrüstung, eine aktive Aussen- und demokratische und friedliche Innenpolitik sowie gegen die Militarisierung der Schweiz.

Schweizerischer Friedensrat, Postfach 6386, 8023 Zürich, Tel. 01/242 93 21. Sekretariat: Gartenhofstrasse 7, 8004 Zürich

Mitgliedorganisationen

PAX-CH, Freunde des Schweizerischen Friedensrates

PAX-CH wurde 1972 gegründet. Weil der Schweizerische Friedensrat nur Organisationen als Mitglieder kennt, bietet PAX-CH Einzelpersonen die Möglichkeit, ihre Solidarität mit der Arbeit des SFR zu zeigen; nur dank der freiwilligen Unterstützung von PAX-CH kann sich der SFR ein vollamtliches Sekretariat leisten.

PAX-CH, Freunde des Schweizerischen Friedensrates, Postfach 6386, 8023 Zürich, Postscheck 80-50331, Zürich

Internationale der Kriegsdienstgegner

«Der Krieg ist ein Verbrechen an der Menschheit. Ich bin daher entschlossen, keine Art von Krieg zu unterstützen und an der Beseitigung aller Kriegsursachen mitzuarbeiten.»

Erklärung der WRI (War Resisters International)

Die «Internationale der Kriegsdienstgegner» (IdK) bildete sich nach dem Ende des Ersten Weltkrieges als Zusammenschluss pazifistischer Organisationen, die aus den Schrecken des Krieges Konsequenzen ziehen wollten und die Parole «Nie wieder Krieg!» ausgaben.
Gemäss ihrer Erklärung setzt sich die IdK für eine aktive Beseitigung der gesellschaftlichen Ursachen und Folgen von Gewalt und Krieg ein und lehnt militärische Gewalt als Mittel der Konfliktaustragung grundsätzlich ab, weshalb sie Militärdienst und Militarismus auf der ganzen Welt bekämpft. Sie bemüht sich, mit gewaltfreien Mitteln eine Veränderung unserer Gesellschaft zu erreichen, um Unterdrückung, Ausbeutung, direkte und strukturelle Gewalt verhindern zu können.
In der Schweiz bildeten sich schon in den zwanziger Jahren IdK-Gruppen. Aus der Bewegung gegen die atomare Aufrüstung der Schweiz anfangs der sechziger Jahre (Ostermarschbewegung) heraus entwickelte sich der Schweizer Zweig der IdK, der 1963 gegründet wurde. Er besteht heute aus Einzelmitgliedern und mehreren selbständigen Ortsgruppen in der deutschen wie welschen Schweiz.
In der praktischen Arbeit unterstützt die IdK Militärverweigerer, seien dies Militärdienst-, Militärsteuer-, Zivilschutz- oder allenfalls auch FHD-Verweigerer/innen.

Internationale der Kriegsdienstgegner (IdK)
Zürich: Postfach 2721, 8023 Zürich, 01/242 85 28
Bern: Postfach 1694, 3001 Bern, 031/25 21 81

Service Civil International

Der SCI versteht sich als Teil der pazifistischen Bewegung in der Schweiz. Er ist Zweigorganisation des in 21 Ländern vertretenen Service Civil International. Schwerpunkt seiner Arbeit ist der freiwillige, übernationale Zivildienst zum Aufbau von Frieden und somit sozialer Gerechtigkeit. Gegner von Militarismus, Nationalismus, Intoleranz, Ausbeutung und Verschwendung jeder Art können durch ein konkretes Engagement im SCI kreativ ihre Vorstellungen von Friedensarbeit verwirklichen.
Während in den ersten Jahrzehnten nach der Gründung im Jahre 1920 Wiederaufbauarbeiten in Kriegsgebieten und bei Naturkatastrophen im Vordergrund standen, besteht heute eine enge Zusammenarbeit mit sozial diskriminierten Randgruppen, Bürgerinitiativen und selbstverwalteten Kollektiven der Alternativbewegung. Die meist dreiwöchigen Diensteinsätze geben Gelegenheit zu praktischen Erfahrungen politischer Arbeit, indem die Freiwilligen gemeinsam nach Strategien suchen, die angetroffenen sozialen Probleme zu lösen. An einem erlebten Beispiel sollen Forderungen wie Selbstverwaltung, Mitbestimmung oder Hilfe zur Selbsthilfe konkret erprobt werden. Dahinter steht die Einsicht, dass ohne radikale Veränderung der ausbeuterischen Gesellschaftsstrukturen keine friedliche Lösung der gewaltigen Menschheitskonflikte möglich ist. Aus den gleichen Gründen unterstützt der SCI Bestrebungen, die auf eine Alternative zur herkömmlichen militärischen Sicherheitspolitik gerichtet sind, und kämpft um das Menschenrecht auf Militärdienstverweigerung. Der SCI veröffentlicht ca. viermal jährlich ein Mitglieder-Bulletin.

SCI, Postfach 141
1700 Fribourg
Telefon 037/22 21 30

Christlicher Friedensdienst

Der Christliche Friedensdienst (CFD), 1923 gegründet, ist eine internationale Friedensbewegung, vertreten in der Bundesrepublik, in Frankreich, Italien, Portugal, Malta, Grossbritannien, Belgien, Holland, Kanada und der Schweiz.
Der Schweizer Zweig des CFD versteht seine Friedensaufgabe als

eine Verbindung von praktischer Hilfstätigkeit in Konfliktgebieten mit Informations- und Bildungsarbeit in der Schweiz.

Seine Arbeitsgebiete

Gemeinsam mit freiwilligen Helfern betreut der CFD Flüchtlinge aus aller Welt und setzt sich in der Öffentlichkeit für deren Rechte und Anliegen ein.

Projektarbeit in Not- und Konfliktgebieten

(Nahost, Zimbabwe, Algerien [Sahraouis], Nordirland, Nicaragua): Personaleinsätze, Unterstützungs-, Not- und Aufbauhilfe. Will benachteiligte Gruppen in ihren Bemühungen um Selbsthilfe unterstützen.

Informationsarbeit Dritte Welt

für Leute, die sich mit Entwicklungsfragen auseinandersetzen und Wege zu einer ganzheitlichen Entwicklung suchen und erproben möchten.
Internationale Arbeitslager laden Jugendliche zum Einsatz für Benachteiligte ein. Kurse und Seminarien wollen (vor allem unter der Thematik Militarismus/Wettrüsten) Anstösse zu verantwortlichem Handeln im Alltag anbieten. Spezielles Angebot zu dieser Thematik für Frauen.

Öffentlichkeitsarbeit

Berichte, Informationen, Stellungnahmen, Anlässe (z. B. Berner Friedenswoche), Beteiligung an innenpolitischen Vorstössen wie Bankeninitiative, Mitenand-Initiative. Will zu mitverantwortlichem Denken und Handeln anregen.
Gibt monatlich ein Mitteilungsblatt mit verschiedenen thematischen Schwerpunkten heraus.

Friedensarbeit in der Schweiz

mit den Schwerpunkten Gewaltfreiheit und Friedensarbeit mit Frauen.

Sekretariate in Bern und Zürich:

**Bern: Falkenhöheweg 8, Postfach 1274,
CH-3001 Bern**

Sekretariat, Jugendsekretariat, Projekte im Ausland: 031/23 60 06/07; Flüchtlingshilfe: 031/23 41 91/92.

Zürich: Leonhardstrasse 19,
CH-8001 Zürich

Sekretariat, Jugendsekretariat: 01/251 40 10; Information Dritte Welt: 01/251 42 15; Flüchtlingshilfe: 01/251 40 79.

Der Schweizerische Versöhnungsbund

Der Schweizerische Versöhnungsbund (Deutschschweizer Zweig) ist Teil des International Fellowship of Reconciliation (IFOR). Der IFOR – gegründet zur Zeit des Ersten Weltkrieges – sammelt gewaltfreie Friedenskämpfer rund um den Erdball. Namhafte Aktivisten der gewaltfreien Bewegung wie Mahatma Gandhi, Martin Luther King u. a. gehörten dem IFOR an oder arbeiteten mit ihm zusammen. Heute ist er auf allen fünf Kontinenten mit rund 30 nationalen Zweigen und Partnerorganisationen vertreten.
Die derzeitigen IFOR-Aktivitäten umfassen Abrüstungsaktionen, Menschenrechtskampagnen, Anti-AKW-Aktionen, Friedensarbeit in den Kirchen, Unterstützung gewaltfreier Bewegungen, Friedenserziehung und Einübung gewaltfreien Verhaltens. Schwerpunkte sind die Zusammenarbeit mit dem «Servicio Paz y Justicia», einem Netz gewaltfreier Basisgruppen in Südamerika, dessen Koordinator Adolfo Perez Esquivel im letzten Jahr mit dem Friedensnobelpreis ausgezeichnet worden ist, und die Unterstützung gewaltfreier Bewegungen in Südafrika.
In der Deutschschweiz könnte man den Versöhnungsbund als «Dienstleistungsbetrieb» für die gewaltfreien Aktionen und Bewegungen im In- und Ausland beschreiben. Er unterstützt einerseits die Arbeit des IFOR und seiner Partnerorganisationen in der Dritten Welt durch begrenzte Aktionen und finanzielle Leistungen. Andererseits steht er auch gewaltfreien Aktionen in der Schweiz zur Seite. So hat er z. B. die Arbeitsgruppe gegen Atomexporte finanziell unterstützt, war er aktiv bei den Aktionen gegen die Zürcher Wehrschau dabei und arbeiteten einzelne seiner Mitglieder in der Aktion «Ohne Rüstung leben» oder der Anti-Atombewegung mit. Für eigenständige Aktionen ist die Kraft des Versöhnungsbundes in der Deutschschweiz zu gering. Er zählt etwas über 300 Mitglieder und Sympathisanten, die z. T. schon in recht hohem Alter stehen. Im Zentrum der SVB-Arbeit steht die «Gewaltfreiheit». Gewaltfreiheit nicht verstanden als passives und angepasstes Erdulden gewaltgeladener Zustände

und zerstörerischer Gewaltausbrüche, sondern Gewaltfreiheit als gesellschaftsveränderndes Prinzip: Gewaltfreiheit, die versteckte Gewalt in unseren politischen, wirtschaftlichen und sozialen Verhältnissen aufdeckt, die den herrschenden Zuständen ihre Unterstützung entzieht und nichtverletzenden Widerstand entgegensetzt. Gewaltfreiheit, die eine zukunftsweisende Kraft aufbaut und die Vision einer herrschaftslosen und angstfreien Gesellschaft entwirft.
Eine besondere «Dienstleistung», die der Versöhnungsbund anbieten kann, sind die Kurse in gewaltfreier Aktion, die von einem von ihm mitbegründeten «Trainerkollektiv» durchgeführt werden. Der SVB gibt regelmässig einen Rundbrief heraus, in dem er über seine Arbeit und die Entwicklungen in der internationalen gewaltfreien Bewegung berichtet. In seiner Schriftenreihe erscheinen wichtige Texte und Dokumente zur Theorie und Praxis der Gewaltfreiheit und der Sozialen Verteidigung.
Der SVB unterhält in der Deutschschweiz nach dem Prinzip der Lohnteilung ein halbamtliches ständiges Sekretariat.
Seit einiger Zeit ist auch in der Westschweiz wieder ein Zweig des IFOR aktiv geworden.
Für Friedensstreiter, die in der gewaltfreien Konfliktaustragung – sei es in der Form der gewaltfreien Aktion in innenpolitischen Auseinandersetzungen oder sei es als gewaltfreie Alternative zur herkömmlichen politischen Arbeit und zum Militär sehen, ist im SVB viel Raum: Platz für eigene Ideen, Phantasien, Aktionen . . .

Schweizerischer Versöhnungsbund
c/o Ursula Brunner
Broteggstrasse 8
8500 Frauenfeld

Religiös-soziale Bewegung in der Schweiz

Das Erstarken der sozialistischen Arbeiterbewegung anfangs unseres Jahrhunderts blieb nicht ohne Wirkung auf eine Anzahl Christen und Theologen. Männer wie Christoph Blumhardt, Leonhard Ragaz und Hermann Kutter – um nur einige wenige zu nennen – entdeckten wieder neu den gesellschaftsverändernden Charakter der biblischen Botschaft und solidarisierten sich mit den Sozialisten. So entstand eine Bewegung, die sich – im Unterschied zu den «Christlich-

Sozialen» und den «Evangelisch-Sozialen», die noch heute zwei bestimmte konfessionell getrennte Richtungen verkörpern – «religiös-sozial» nannte, wobei nach Ragazens eigenen Worten der Begriff «religiös» im weitesten und freiesten Sinne verstanden werden sollte. Die im Jahre 1906 gegründete Monatsschrift «Neue Wege» und jährliche Konferenzen wurden zum Sprachrohr der Bewegung in der Schweiz.
Nachdem sich an verschiedenen Orten Gruppen von «sozialistischen Kirchengenossen» oder von «Freunden der Neuen Wege» gebildet hatten, ergriffen im Herbst 1917 ein paar Bündner Pfarrer die Initiative zur Gründung einer gesamtschweizerischen Organisation, die sie «Religiös-soziale Vereinigung der Schweiz» nannten. Der Vorstand gliederte sich in drei regionale Komitees, wobei die welsche Schweiz u. a. durch später so bekannt gewordene Persönlichkeiten wie Hélène Monastier und Jules Humbert-Droz vertreten war. In der Folge wurde Leonhard Ragaz als Redaktor der «Neuen Wege» und durch seine weitverbreiteten Bücher und Flugschriften sowie durch seine zahlreichen Vorträge zur wegweisenden Gestalt der Bewegung. Nach seinem Tode im Dezember 1945 kam es zur Spaltung der Vereinigung. Ein Teil der Mitgliedschaft um Hugo Kramer sah die Hauptaufgabe im Kampf gegen die Kriegsgefahr, die vom kapitalistischen System und seiner Vormacht, den USA, ausgeht. Für den Kreis um Paul Trautvetter wurde jedoch die Distanzierung vom Totalitarismus sowjetrussischer Prägung zum Hauptanliegen. Diese letztere Gruppe gründete deshalb die «Neue religiös-soziale Vereinigung» und hat seither die Halbmonatsschrift «Der Aufbau» als Publikationsorgan.
Die durch Spaltung und Überalterung stets kleiner werdende «Religiös-soziale Vereinigung» hätte die Herausgabe der Monatsschrift «Neue Wege» einstellen müssen, wenn sie nicht Ende 1977 in der neu entstandenen Zürcher Gruppe der «Christen für den Sozialismus» einen jüngeren und aktiveren Partner gefunden hätte, der sich zur gemeinsamen Mitverantwortung für die «Neuen Wege» verpflichtete. Vor allem dank der grossen Arbeit von Redaktor Willy Spieler ist seither die Abonnentenzahl von 220 auf gegen 1000 angestiegen.
Die Tätigkeit der «Religiös-sozialen Vereinigung der Schweiz» hat sich in den letzten Jahren auf den Raum Zürich beschränkt. Sie veranstaltet jeweils am letzten Samstag des Monats einen Aussprache- und Informationsnachmittag. An die Öffentlichkeit tritt sie jetzt meistens in Verbindung mit den «Christen für den Sozialismus» (z. B. offener Brief an Pfarrer und Kirchenbehörden gegen Waffenausfuhr und Wehrvorführung, Resolutionen und Flugblätter für die Atomschutzinitiative und gegen Kriminalisierung der Zürcher Jugend-

bewegung etc.), bei Kundgebungen zudem auch öfters wieder mit der «Neuen religiös-sozialen Vereinigung» zusammen.
Auf Initiative von Markus Mattmüller hat sich im März 1981 die «Ökumenische Konferenz religiöser Sozialisten» gebildet, die verschiedene verwandte Gruppen zu konkreten Aktionen (z. B. Unterstützung der Mitenand- und der Bankeninitiative) zusammenführen möchte. Gründungsmitglieder sind «Christen für den Sozialismus, Zürich», «Neue religiös-soziale Vereinigung der Schweiz», «Religiös-soziale Vereinigung der Schweiz» und «Sozialistische Kirchengenossen Basel».

Religiös-soziale Vereinigung der Schweiz
Mitgliedorganisation des SFR
Kontaktadresse: Hansheiri Zürrer, Pappelstrasse 8, 8055 Zürich

Fédération romande des socialistes religieux
Mitgliedorganisation des SFR
Kontaktadresse: Arthur Maret, av. Druey 15, 1004 Lausanne

Neue religiös-soziale Vereinigung der Schweiz
Mitgliedorganisation des SFR bis 1976
Adresse: Gartenhofstrasse 7, 8004 Zürich

Ökumenische Konferenz religiöser Sozialisten der Schweiz
Gegründet im März 1981
Kontaktadresse: R. Zaugg, Im Steinenmüller 16, 4142 Münchenstein

Christen für den Sozialismus

«Christen für den Sozialismus» (CfS) verstehen sich als eine weltweite Bewegung, deren Mitglieder aus christlicher Motivation für eine sozialistische Gesellschaftsordnung eintreten. Erstmals bildete sich eine CfS-Gruppe 1972 in Chile, um die Volksfrontregierung Allende zu unterstützen und gleichzeitig die zweideutige Haltung der chilenischen Amtskirche gegenüber dem Sozialismus anzuklagen. Seither hat sich die Bewegung über alle fünf Kontinente ausgebreitet. Im April 1975 fand in Quebec auch schon der erste internationale CfS-Kongress statt. Seine programmatische Resolution galt der Synthese von Christentum und Marxismus.
In der Schweiz existieren seit 1975 verschiedene Gruppierungen, die im Sinne von CfS tätig sind, u. a. in Zürich, Freiburg, Bern und Luzern. Die Zürcher CfS arbeiten eng mit der Religiös-sozialen

Vereinigung zusammen. Nach aussen manifestiert sich diese Zusammenarbeit vor allem durch die gemeinsame Herausgabe der «Neuen Wege», einer 1906 von Leonhard Ragaz gegründeten Monatsschrift, die heute wieder tausend Abonnenten zählt.
In ihrem Programm bezeichnen sich die Schweizer CfS zugleich als «Christen für die Abrüstung». Sie betonen ihre Bereitschaft, auf den «Schutz» der Waffen zu verzichten, setzen sich für die Umstellung von der militärischen auf die soziale Verteidigung ein und anerkennen im Militärverweigerer den Propheten einer neuen Gesellschaft. Darum sind CfS auch dem Schweizerischen Friedensrat beigetreten. Die Mitglieder von CfS kommen aus verschiedenen Konfessionen, Parteien und Gewerkschaften. Sie sehen in ihrer Vereinigung einen Ort der Begegnung und des Erfahrungsaustausches, vielleicht auch den Anfang einer ökumenischen Basisgemeinde. Durch ihre Tätigkeit nach aussen versuchen CfS, die antisozialistischen Vorurteile im kirchlichen Milieu abzubauen und fortschrittlichen Bewegungen sozialethische Argumentationshilfen anzubieten. Nebst der Herausgabe der «Neuen Wege» treten CfS mit Vorträgen, Podiumsgesprächen und politischen Nachtgebeten an die Öffentlichkeit. Beachtet wurden auch die Stellungnahmen zur Motion Friedrich, zur Wehrvorführung der Felddivision 6, zur Atomschutz- und zur Bankeninitiative sowie zur «Zürcher Unruhe». Um die Öffentlichkeitsarbeit für die gemeinsame Sache zu verstärken, haben am 14. März 1981 CfS und weitere Vereinigungen von Christen und Sozialisten die «Ökumenische Konferenz Religiöser Sozialisten in der Schweiz» gegründet.

CfS: Eva Lezzi, Ottenbergstrasse 47 a, 8049 Zürich
«Neue Wege»: Willy Spieler, Zürichstrasse 152, 8700 Küsnacht

Arbeitskreis Kritische Kirche

In unserer Organisation ist vor allem der Vorstand und ein kleiner Teil der Mitglieder-Basis gut engagiert.
Unsere Ziele sind in der bernischen Kirchenlandschaft:
- Präsent sein
- Wächterfunktion (z. B. in bezug auf Macht- und Strukturfragen)
- Aufnehmen von Themen und Aktionen nach dem Rahmen und Interesse unserer vorhandenen Basis ausgerichtet
- Begrenzt und konkret arbeiten (z. B. vom Zeitaufwand, von der Basisgrösse her), mindestens schwerpunktmässig nicht Themen,

Probleme erarbeiten, die schon andere Gruppen erbringen, ohne es diene als Informations- oder theologische Erweiterung.

Im Moment arbeiten wir an folgenden Themen:

- Synodalrätliches Vernehmlassungsverfahren betr. Halbtagsstellen für Pfarrer
- Kirchliche Medienarbeit (Konzeptarbeit)
- Gewerkschaft und Pfarrer (Aktion)
- Aufbau einer Kirchenpolitischen Kontaktgruppe (sammeln der verschiedenen kirchlich-kritischen Gruppen)
- Kirchliche Beratungsstelle für Militärfragen (Konzeptarbeit)

Der Arbeitskreis Kritische Kirche schrieb im Herbst 1975:

Christen berufen sich auf das Evangelium Jesu Christi. Dieses enthält zwar nicht ein politisches Programm, wohl aber Weisungen, die politische Konsequenzen haben. Es spricht von der Befreiung des Menschen und macht deutlich, dass diese Befreiung nicht nur etwas Geistiges, sondern durchaus auch etwas Weltliches und Fleischliches ist. Es macht ebenfalls deutlich, dass sie nicht nur den Menschen als einzelnen, sondern ebenso das Zusammenleben in einer grösseren Gemeinschaft betrifft. Es lässt keinen Zweifel darüber aufkommen, auf welcher Grundlage das Wohl im menschlichen Zusammenleben allein möglich ist: auf der Brüderlichkeit oder Solidarität aller Menschen. Wir finden weder im Evangelium noch in der christlichen Tradition eine Lehre, wonach das gemeinsame Wohl schliesslich aus dem eigennützigen Streben einzelner hervorgehen soll. In der Alten Kirche hat man denn auch nicht gezögert, einen Staat, der auf einem solchen Prinzip beruht, nicht als Staat, sondern als «Räuberbande» zu bezeichnen. Sein Gesetz ist nicht Gerechtigkeit, sondern Rauben und Raffen; sein Herrschaftssystem lässt auf Kosten der Armen die Reichen reicher werden. «Aller Reichtum rührt von der Ungerechtigkeit her», sagte der Kirchenvater Hieronymus, «und wenn der eine nicht verloren hat, wird der andere nicht finden.» Politik aus der Weisung des Evangeliums versucht dagegen, diesem Klassenkampf von oben ein Ende zu bereiten – mit dem Ziel einer wirklich brüderlichen und damit freien Gesellschaft.

KRIKI Bern, Postfach 1015, 3001 Bern

Pazifistische Gruppe Nordwestschweiz

Die Pazifistische Gruppe Nordwestschweiz (PGN) ist eine regionale Gruppe, angeschlossen an die IdK (Internationale der Kriegsdienstgegner) und Mitgliedorganisation des SFR.

Was will die PGN?

Bildung und Förderung einer Gemeinschaft von Menschen, die mit gewaltfreien Mitteln gegen jede Art von Unterdrückung und Krieg für einen echten Frieden zwischen allen Menschen arbeiten. Aufklärungsarbeit über den gesamten Problemkreis des Militarismus. Unterstützung aller, die wegen ihrer pazifistischen Gesinnung Zurücksetzung, Verfolgung oder Gefängnis zu erdulden haben. Zusammenarbeit mit anderen Gruppen, die mit gewaltfreien Mitteln ähnliche Ziele verfolgen.

PGN, Postfach 527
4003 Basel
Telefon 061/38 00 00

Ecole Instrument de Paix

Die Weltvereinigung für die Schule im Dienst des Friedens ist eine nichtstaatliche, von der Unesco anerkannte Organisation. Ihr Hauptanliegen ist, die Schule in den Dienst der Menschheit zu stellen.

Allgemeine Grundsätze

Die weltweite Unterweisung der Schüler im Sinne dieser Grundsätze, in Verbindung mit der Allgemeinen Menschenrechtserklärung wird die Möglichkeit bieten, dem obligatorischen Schulwesen in allen Ländern eine gemeinsame Zweckbestimmung zu verleihen: Zusammenleben der Menschen unter Achtung ihrer jeweilig besonderen Eigenheiten.
- Die Schule steht im Dienst der Menschheit.
- Die Schule eröffnet allen Kindern der Welt den Weg zum gegenseitigen Verstehen.
- Die Schule lehrt Ehrfurcht vor dem Leben und den Menschen.
- Die Schule lehrt Toleranz, jene Eigenschaft, die uns befähigt,

Gefühle, Denk- und Handlungsweisen unserer Mitmenschen, die von den unseren verschieden sind, zu dulden.
- Die Schule bildet beim Kind den Sinn für Verantwortung, eines der grossen Privilegien des Menschen.
- Die Schule lehrt das Kind, seinen Egoismus zu überwinden. Sie gibt ihm die Einsicht, dass die Menschheit nur durch persönliche Anstrengung und aktive Mitarbeit aller fortschreiten kann.

EIP Ecole instrument de paix
5-7 rue du Simplon
1207 Genève
Telefon 022/35 24 22

Centre Martin Luther King

Während eines Schweigemarsches in den Strassen von Lausanne zu Ehren des im selben Jahr verstorbenen Martin Luther King entschloss sich 1968 das Versöhnungsbund-Komitee, ein Informations- und Ausbildungszentrum zu gründen, das die Idee der Gewaltlosigkeit verbreiten sollte.
Verschiedene sich ablösende Teams und Gruppen garantierten in den folgenden zwölf Jahren das Fortbestehen und die Arbeit des CMLK. Jede der Gruppen prägte natürlich die Tätigkeit und die Aktivitäten des Centre entscheidend mit.
Anfänglich einfach Sekretariat des Versöhnungsbundes, entwickelte sich das Centre Martin Luther King allmählich zu einem breiteren Informations- und Koordinationszentrum, bis es 1972 zum Verband der gewaltlosen Gruppen und Organisationen wurde.

Seit 1978 versteht sich das CMLK etwa folgendermassen:

a) Informations- und Dokumentationsstelle für Gewaltlosigkeit mit umfangreicher Bibliothek von Zeitschriften, Presseausschnitten, Artikeln etc.
b) Beratungsstelle für Militärverweigerer mit Informationen über Gefängnis, Prozess, juristischen Ratschlägen, Militärsteuerverweigerung etc.
c) lokale Koordination diverser gewaltloser Organisationen und Gruppen.

Von 1972 bis 1977 gab das Centre Martin Luther King die Monatszeitschrift «Combat Nonviolent» heraus. Seither beteiligt es

sich an der Publikation des «Rebrousse-Poil», der Monatszeitschrift, die den «Combat» ersetzt hat. Der «Rebrousse-Poil» veröffentlicht Informationen über gewaltlose Aktionen, Antimilitarismus, Ökologie und vieles mehr.
Das CMLK organisierte in den letzten Jahren z. B. eine «Tour de Suisse» und eine «Tour de Romandie» mit Kampagnen zur Dienstverweigerung, wobei auch zwei Broschüren zu diesem Problem publiziert wurden. Im weiteren veranstaltete das Centre Filmtage mit antimilitaristischen Filmen. Es veröffentlichte 1979 das Buch «Objection votre Honneur», das innerhalb kurzer Zeit die Auflage von 2000 überschritt. Ausserdem wurden Seminarien zur Gewaltlosigkeit durchgeführt und zahlreiche Militärverweigerer-Prozesse aktiv begleitet und unterstützt.

Centre Martin Luther King
Béthusy 56
1012 Lausanne
Telefon 021/32 27 27

Rebrousse-Poil
Béthusy 56
1012 Lausanne
Telefon 021/32 27 27 oder 51 30 87

Jungsozialisten

Die Jugendorganisation der Sozialdemokratischen Partei der Schweiz widmet einen bedeutenden Teil ihrer Kräfte friedenspolitischem Engagement. Die Jusos knüpfen dabei an eine der guten Traditionen der Arbeiterbewegung an: An ihre antimilitaristische Tradition.
Insbesondere die von den Jusos propagierte Idee einer Volksinitiative zur Abschaffung der Armee in der Schweiz hat auch in der Öffentlichkeit ein beachtliches Echo gefunden.

Jungsozialisten, Postfach 2194
3001 Bern
Telefon 031/45 26 74

Buch 2000

Bereits im Jahre 1928 wurde in Zürich an der Gartenhofstrasse 7 die «Pazifistische Bücherstube» (oder Buchhandlung Gartenhof) gegründet. Sie bildete bis 1965 die Buchverkaufsstelle der «Schweizerischen Zentralstelle für Friedensarbeit». 1966 wurde die «Zentralstelle für Friedensarbeit» reorganisiert, und gleichzeitig wurde die Buchhandlung Gartenhof in «buch 2000» umgetauft und ein Jahr später, am 11. Oktober 1967, die heutige Genossenschaft «buch 2000» gegründet.
Seither erscheint die «IfM» (Information für Morgen), die Neuerscheinungen auf den Gebieten Friedensarbeit/Friedenspolitik, Dritte Welt, Umwelt/Ökologie, Schweizerische Politik, Frauenbewegung, moderne Belletristik, Pädagogik usw. vorstellt. Sie wird monatlich an 3000 Interessenten versandt und bildet das wirtschaftliche Rückgrat der Versandbuchhandlung. Neben der Versandbuchhandlung, die in Obfelden auch einen kleinen Laden führt, betreiben wir eine Verlagsauslieferung (Zwischenbuchhandel), die kleinere Verlage aus Deutschland und der Schweiz im Schweizer Buchhandel vertritt. Damit hoffen wir, der zunehmenden Kontrolle des Buchmarktes durch eine kleine Zahl finanzstarker Grossverlage etwas entgegenwirken zu können.
In Art. 2 unserer Statuten heisst es: Die Genossenschaft Buch 2000 ist parteipolitisch und konfessionell neutral, gesinnungsmässig aber der Friedensarbeit im Sinne des SFR verpflichtet. Zweck der Genossenschaft ist die Förderung der Literatur, die im weitesten Sinne der Friedensarbeit dient . . .
Wir haben heute rund 150 Genossenschafter, die alle einen oder mehrere Anteilscheine gezeichnet haben, an der jährlichen Generalversammlung tauchen sie aber kaum je auf. In den letzten 14 Jahren ist aus einem Ein-Mann-Betrieb ein Kollektiv mit 7 Mitarbeitern herangewachsen, dass sich als alternativer Buchladen im weitesten Sinne versteht. Ein Bestandteil der Bewegung der selbstverwalteten Betriebe in der Schweiz.

Genossenschaft buch 2000
Postfach 36
8910 Affoltern a. Albis
Ladenlokal: Kellerrainstrasse 2, 8912 Obfelden
Telefon 01/760 00 50

Weitere friedenspolitische Organisationen und Gruppen

Zivildienst-Initiative

Die Lancierung der Volksinitiative für einen echten Zivildienst einige Wochen vor der Volksabstimmung über die Einführung eines zivilen Ersatzdienstes vom 4. 12. 1977 löste in weiten Kreisen einige Verwirrung aus. Für mit der Materie vertraute Insider kam diese Initiative unerwartet, war aber als inhaltliche Antwort auf die sehr restriktive Abstimmungsvorlage umso verständlicher. Die Einführung eines zivilen Ersatzdienstes hätte die Situation für die Mehrheit der Militärdienstverweigerer nämlich verschlechtert, indem darin eine «Gewissensrichterei» vorgesehen war, die die «guten» von den «bösen» Verweigerern hätte trennen sollen. Dieser haarsträubenden Lösung stellte die neu lancierte Zivildienstinitiative eine Alternative gegenüber mit dem Tatbeweis als Zulassungskriterium zum Zivildienst. Die Bereitschaft zu einem anderthalbmal längeren Zivildienst statt der theatralischen Szene vor Grossrichtern soll die Ernsthaftigkeit des Verweigerers bezeugen und seine Kriminalisierung verhindern. Mit dieser Bedingung des Tatbeweises enthält die Initiative freilich Abstriche am grundsätzlichen Postulat friedenspolitischer Kreise, das die Freiwilligkeit jeder Dienstleistung gegenüber dem Staat fordert.

Die Initiative hat eine klar formulierte friedenspolitische Zielsetzung, indem sie von einem positiven Friedenbegriff ausgeht. Dies bedeutet, dass der Zivildienst als präventiver Friedensdienst vollzogen werden sollte, der dazu beiträgt, Ursachen gewaltsamer Auseinandersetzungen zu beseitigen, menschenwürdige Lebensverhältnisse zu schaffen und die internationale Solidarität zu stärken.

Der Zivildienst soll ausserhalb militärischer Organisationen und Institutionen, in öffentlichen und privaten Bereichen tätig sein. Zivildienst soll weder «heilen» im Rahmen der Gesamtverteidigung noch auf eine notwendig werdende «Heilung» vorbereiten. Er will die Ursachen von Kriegen und Konflikten angehen.

Zivildienst-Initiative, Postfach 158, 3052 Bern

Initiative pour un service civil, case postale, 1700 Fribourg 1

Hier sind auch die Adressen der diversen regionalen Gruppen der Zivildienst-Initiative zu erfahren.

Arbeitsgruppe Atomwaffen Nein

Die Arbeitsgruppe «Atomwaffen Nein» entstand anfangs 1981 mit dem Ziel, den Aufruf der Russel-Peace-Foundation in England «Für ein atomwaffenfreies Europa» (European Nuclear Disarmament-Appell) in der Schweiz zu unterstützen.
Mit Stand- und Flugblattaktionen trat sie im Frühjahr 1982 an die Öffentlichkeit. Ihre in Zusammenarbeit mit dem Schweizerischen Friedensrat herausgegebene Broschüre «Wir wollen nicht zu Tode verteidigt werden», worin die neuen waffentechnologischen Entwicklungen und die damit verbundene Doktrin vom atomaren Erstschlag sowie die Konsequenzen eines Atomkrieges drastisch dargestellt sind, fand grosse Beachtung.
Seither ist die Arbeitsgruppe im Rahmen der Arbeitsgemeinschaft «Wir wollen nicht zu Tode verteidigt werden» tätig, welche dieselben Ziele verfolgt. (Siehe unten.)

Wir wollen nicht zu Tode verteidigt werden!

Die Arbeitsgemeinschaft «Wir wollen nicht zu Tode verteidigt werden» bildete sich im Herbst 1981 aufgrund der zunehmenden Besorgnis weiter Kreise auch ausserhalb der traditionellen friedenspolitischen Organisationen über den zunehmenden Rüstungswettlauf, insbesondere über die neuerdings offen erwogene Möglichkeit eines führbaren Atomkrieges über Europa. Sie trat mit dem «Aufruf zum Ausbruch aus dem Irrenhaus» erstmals an die Öffentlichkeit:

> Die Mörder sind unter uns?
> Auch das wäre schon gefährlich
> Aber im Gegenteil
> Die Mörder sind *über* uns!
> (Erich Fried)

«Sie meinen, das gehe zu weit? Die Sprache sei gewalttätig und nichts sei der Sache des Friedens weniger dienlich als Gewalt und sei es auch eine solche der zuschlagenden Worte? Gut. Dies Argument soll gehört sein. Aber wie, um alles in der Welt, sollen wir jemanden nennen, der vom innersten Zentrum der Macht her verkündet, es ‹gebe etwas Wichtigeres als den Frieden und etwas Schlimmeres als den Krieg› (Haig)? Wessen Melodie pfeifen wir da eigentlich, wenn wir ihn respektvoll immer nur als den Aussenminister der Vereinigten Staaten von Amerika titulieren, anstatt ihm und seinen militärstrategischen Kollegen die Namen zu geben, die sie sich verdienen mit ihrer Bereitschaft, Millionen von Menschen, ja uns alle, auszurotten. In *ihrer* Sprache ist von *uns* nur als von ‹Megatoten› die Rede.

Wir sitzen in einem weltumspannenden Irrenhaus (Erich Fromm). Oder wie anders sollen wir uns die Tatsache erklären, dass auf dieser Erde pro Minute 2,3 Millionen Dollar dafür ausgegeben werden, die Vernichtungsmaschine zu vervollkommnen, während gleichzeitig die Mittel zum Unterhalt des Lebens immer knapper werden? Wie sollen wir es nennen, dass wir in den reichen Ländern tagtäglich mit einer glitzernden Flut von Gütern dazu genötigt werden, immer raffiniertere Bedürfnisse für dringlich zu halten, während doch gleichzeitig das *eine*, allen anderen zugrundeliegende Bedürfnis, *der Wille zu leben,* von Minute zu Minute weniger respektiert wird?

Wir sitzen in einem Irrenhaus, aber das Irrenhaus hat für alles, was darin vor sich geht, vernünftige Namen erfunden, und wir haben diese Namen der Unvernunft willfährig und fügsam gelernt. Es sind falsche Namen, aber indem wir uns auf sie einlassen, sind wir genötigt, über uns ergehen zu lassen, was im Namen dieser Unvernunft verfügt wird.

Wir sagen, wir sind ohnmächtig. Vielleicht sind wir weniger ohnmächtig, wenn wir den falschen Namen den Gehorsam aufkündigen, weil wir dann das Recht wahrnehmen können, uns zu wehren gegen das Reglement des Irrenhauses.

- Sie sagen uns: Wir haben eine Konzeption, mit der wir für Eure Sicherheit sorgen. Diese Konzeption trägt den Namen *Gesamtverteidigung*. Nach allem, was wir wissen, gibt es aber für Mitteleuropa, und damit auch für die Schweiz – wenn es zum Krieg kommt – den Verteidigungsfall nicht mehr. Es gibt nur noch den Vernichtungsfall. Weder unsere Neutralität noch der Verteidigungswille können uns davor bewahren. Mit der Gesamtverteidigung wird unser ganzes Leben auf die unausweichliche Katastrophe der Vernichtung ausgerichtet. Warum nennen wir diese Konzeption nicht bei ihrem Namen: Vernichtungskonzeption? Wir wollen nicht zu Tode verteidigt werden.
- Sie sagen: Wir sind neutral – und zählen uns zugleich zum westlichen Lager; reden von den ‹guten Amerikanern› – und wissen doch genau, dass diese von ihren ‹verbündeten Freunden› in Westeuropa die Aufrüstung mit Pershing-II-Raketen verlangen und gleichzeitig darüber spekulieren, einen möglichen Atomkrieg

auf ein europäisches Schlachtfeld zu begrenzen, Amerika aber zu schonen. Wie realistisch solche Spekulationen immer sein mögen, Freunden stehen sie keinesfalls gut an. Das ist doch wohl eher die Art von Geiselnehmern. Vor diesem Schicksal bewahrt uns auch die vielbeschworene Neutralität nicht.

- Wir sagen: Das Irrenhaus ist weltumspannend. Auch die ‹Friedenspolitik› der *Sowjetunion* ist waffenstarrend. Im Namen der sozialistischen Befreiung wird halb Europa unterjocht und mit Interventionsdrohung bei der Stange gehalten. Wie wollen wir diese Freiheit nennen, in der ‹die Falken der einen Seite die Falken der anderen Seite ausbrüten›? (Edward P. Thompson)
- Sie nennen es: *Sicherheitspolitik* – in Ost und West. Und sie sagen, sie seien Experten für unsere Sicherheit. Tatsache ist, dass diese Sicherheitspolitik uns in die extremste Unsicherheit geführt hat, der sich die Menschheit je gegenübersah. Und: Tatsache ist, dass sich die Art, wie sie sich unserer Sicherheit bemächtigt haben, uns nachts den Schlaf raubt und tagsüber Todesängste macht.

  Wir haben Angst. Und wir sind zornig über diese Art von Experten. Wir sind Betroffene, und in unserer Angst und unserem Zorn sind wir unsere eigenen Experten. Unsere Angst macht uns zu Experten darüber, wann *wir* uns sicher fühlen.

  Für unseren Willen, nicht Opfer zu sein, sondern zu leben und Zukunft zu haben für uns und unsere Kinder, sind ebenfalls nur wir selbst Experten. Und dieser Wille zählt als politisches Argument mehr als alle Rechenspiele der Militärs, mehr als alle Sachzwanglogik der Rüstungsindustrie, mehr als alle verordnete Freund-Feind-Aufteilung unseres Globus. Wenn wir schon Experten suchen: Fragen wir doch die Überlebenden von Hiroshima und Nagasaki, fragen wir all jene in unseren Nachbarländern, die noch die Wunden des letzten grossen Krieges offenhalten, die das Grauen jener Tage und Nächte nicht haben überdröhnen lassen von neuem Säbelrasseln. Fragen wir sie nach den richtigen Namen für die Vorgänge im Irrenhaus, solange wir sie noch fragen können.
- Sie nennen es: *Wachstum.* Sie haben einen frühlingsduftenden Namen erfunden für den gigantischsten Krieg, der je gegen die Natur, gegen alles, was lebt und wächst, geführt wurde. Sie sind besessen von der Liebe zur Maschine, an die sie die ganze Welt verfüttern, aber sie nennen es Wachstum. (Während bald jeder zehnte von uns dafür bezahlt wird, direkt oder indirekt Vernichtungswaffen zu produzieren, stirbt auf der südlichen Hemisphäre jedes zweite Kind in den ersten Wochen seines Lebens aus Mangel an Nahrung und Versorgung mit dem Nötigsten.) Nur wenn wir die richtigen Namen lernen, können wir das Leben wählen.

Wir kündigen die Loyalität auf gegenüber den falschen ‹vernünftigen› Namen für die verrückten, todessüchtigen Machenschaften. Wir begreifen es als vordringliche Aufgabe – im Freundeskreis, am Arbeitsplatz und in der Öffentlichkeit –, dass wir uns jetzt auf die Suche nach den richtigen Namen begeben und dass wir sie weitersagen. Das wird Konsequenzen haben. Wenn wir den Namen die Gefolgschaft versagen, verweigern wir auch den Gehorsam gegenüber denen, die mit diesen Namen beschönigen und verschleiern. Wenn jene Mächtigen, die sich in diesen Tagen auf ‹ihr Gewissen› berufen, tatsächlich den Frieden sichern wollen, werden sie auf unsere Verweigerung angewiesen sein. Wir weigern uns, weiterhin ‹Frieden› zu halten mit dem Irrenhaus, für diesen Frieden zu arbeiten, zu erziehen und zu leben.»
Die Arbeitsgemeinschaft organisierte im Dezember 1981 in Luzern ein sehr gut besuchtes Friedenstreffen, an dem in diversen Arbeitsgruppen verschiedene Themen diskutiert wurden. Wegen der Verhängung des Kriegsrechtes in Polen wurde die Tagung unterbrochen und eine Demonstration durchgeführt, waren sich doch alle Teilnehmer bewusst, dass eine Schwächung der Lebensbewegung im Osten ebenfalls ein Angriff auf diejenige im Westen darstellt.
In der Osterwoche 1982 wurden auf Anregung der Arbeitsgemeinschaft an sehr vielen Orten in der Schweiz Friedensveranstaltungen und -wochen durchgeführt, deren gemeinsamer Abschluss der transnationale Ostermarsch im Dreyeckland (regio basiliensis) mit der Schlussveranstaltung auf dem Basler Münsterplatz bildete.
Die AG «Wir wollen nicht zu Tode verteidigt werden» versteht sich als Basisgemeinschaft von Einzelpersonen, die sich im Rahmen von Vollversammlungen trifft und auf der Basis des Irrenhaus-Aufrufes regionale und lokale Friedens- und Entmilitarisierungsarbeit initiieren und leisten will.

Arbeitsgruppen:

Zivilschutz: Der schweizerische Zivilschutz hat diverse Aspekte, über welche die AG informieren und zu Aktionen anregen will: Er ist die schweizerische Version des führbaren Atomkriegs, über den Zivilschutz sollen vor allem die Frauen in die Gesamtverteidigung integriert werden, es dient zur totalen Erfassung der gesamten Bevölkerung bereits in «Friedenszeiten», die Tauglichkeit auch der Super-Schutzräume ist höchst umstritten.

Atomstaat: Im ersten Schnellen Brüter der Schweiz in Würenlingen werden etwa 80 kg waffenfähiges Plutonium gelagert: Eine Notreserve für allfällige einheimische Atombomben? Es zeigt sich: Militärische und «zivile» Nutzung der Atomkraft sind nicht zu trennen. Die Arbeitsgruppe beschäftigt sich auch mit der aus diesen grosstechnologischen Entwicklung folgenden Entwicklung unseres Staates zu einem militaristisch geprägten Überwachungsstaat.

Comiso: Die Stationierung atomarer Mittelstreckenraketen, deren Verhinderung das wichtigste Ziel der momentanen Friedensbewegung in ganz Europa ist, hat schon begonnen! In Comiso auf Sizilien wehrt sich die Bevölkerung gegen die geplanten Bauarbeiten. Gemeinsam mit italienischen Immigranten, deren Familien zu Hause Atomraketen vors Haus gebaut bekommen, während sie hier in der Schweiz arbeiten und leben müssen, will die Arbeitsgruppe Solidarität mit dem Widerstand in Comiso praktizieren.

Regionale Gruppen der Arbeitsgemeinschaft bestehen im «Säuliamt» (ZH), in Winterthur, im Zürcher Oberland, an der «Goldküste» (ZH), in der Innerschweiz, in Zug, in Basel, Zürich, Chur.

Kontaktadressen und Treffpunkte der Arbeitsgruppen und der Regionalgruppen sowie Daten der Vollversammlungen und Veranstaltungen der Arbeitsgemeinschaft sind zu erfahren bei:

«Wir wollen nicht zu Tode verteidigt werden!», c/o Schweizerischer Friedensrat, Postfach 6386, 8023 Zürich, Telefon 01/242 93 21

Arbeitsgemeinschaft für Rüstungskontrolle und ein Waffenausfuhrverbot

1972 lehnte das Schweizervolk äusserst knapp die Volksinitiative für vermehrte Rüstungskontrolle und ein Waffenausfuhrverbot ab. Die Initianten beschlossen nach diesem relativen Erfolg, die Fragen der Rüstungsentwicklung, Abrüstung und Waffenexporte weiterzuverfolgen und gründeten 1973 die ARW.
Seither hat die ARW verschiedene Vorstösse unternommen – sei dies in publizistischer Hinsicht (Dokumentationen zur Waffenausfuhr, Aufdeckung einer Reihe von Skandalen und irreführenden Waffenausfuhr-Statistiken), sei dies auf parlamentarischer Ebene (durch Dokumentation des Parlaments) oder durch Unterstützung von Aktionen (Mitarbeit bei der Arbeitsgemeinschaft gegen Atomexporte) etc.

Die ARW informiert Freunde und Mitglieder mit der vierteljährlich erscheinenden Zeitschrift «Friedenspolitik».

ARW, Postfach 28, 8026 Zürich
Telefon 01/242 22 93

Arbeitsgemeinschaft gegen Atomexporte

Die Arbeitsgemeinschaft gegen Atomexporte geht von der Tatsache aus, dass unmöglich zwischen «ziviler» und «militärischer» Nutzung der Atomkraft mehr unterschieden werden kann – die Verbreitung der Atomwaffen geht einher mit der Ausweitung der Atomtechnologie. Die Arbeitsgemeinschaft steht deshalb nicht nur der atomaren Technologie im eigenen Land kritisch gegenüber, sondern wendet sich vor allem auch gegen den Export von atomarer Technologie, insbesondere in atomare «Schwellenmächte» wie Südafrika, Pakistan und Argentinien.
Eine erste Tätigkeit der Arbeitsgemeinschaft war eine Informationskampagne gegen den Export einer Sulzer-Schwerwasserproduktionsanlage nach Argentinien. Sehr kritisch befasst sie sich auch mit der Haltung der Schweiz bei der Nonproliferationspolitik (Atomsperrvertrag).

Arbeitsgemeinschaft gegen Atomexporte
Postfach 28, 8026 Zürich
Telefon 01/242 22 93

Ohne Rüstung leben

Die Unterschriftensammlung für die Selbstverpflichtung: «Ohne Rüstung leben» übernimmt die Aufforderung der 5. Vollversammlung des Ökumenischen Rates der Kirchen in Nairobi 1975: «Die Kirche sollte ihre Bereitschaft betonen, ohne den Schutz von Waffen zu leben, und bedeutsame Initiativen ergreifen, um auf eine wirksame Abrüstung zu drängen.»
Was unsere Kirchenbehörden verschwiegen haben, erklären nun die Unterzeichner/innen als ihre persönliche Bereitschaft, ohne den Schutz militärischer Rüstung zu leben. Sie entziehen damit wenig-

stens im Bezug auf ihre eigene Person der Landesregierung die Legitimation, militärisch zu rüsten.
Es mag der Zeitpunkt kommen, wo die Anzahl der Unterschriften so angeschwollen ist, dass sie Gewicht bekommt, wenn sie dem Bundesrat unterbreitet wird. Gegenwärtig bedeutet die Vorstellung von einem totalen Verzicht auf das Militär für die meisten Schweizer eine nackte Negation und ein entsetzliches Vakuum.
Darum richtet sich unsere ganze Aufmerksamkeit auf den zweiten Teil der Selbstverpflichtung: «Ich will in unserem Staat dafür eintreten, dass Frieden ohne Waffen politisch entwickelt wird.» Die Beratungen an unseren letztjährigen zwei Tagungen haben deshalb nach Aktionen und Zielsetzungen gesucht, die positive Werte setzen und geeignet wären, Vertrauen zu pflanzen. Im Vordergrund standen die Unterstützung des echten Zivildienstes und die Erarbeitung einer sozialen Verteidigung.

Kontaktadresse:
Paul Dieterle, Oristalstrasse 46, 4410 Liestal

Berner Friedenswoche

Die Berner Friedenswochen, in den fünfziger Jahren zum ersten Mal veranstaltet, gehen auf die Initiative von Gertrud Kurz zurück. Sie sind inzwischen zu einer festen Institution, nicht jedoch zu einer Organisation geworden. Ihre Vorbereitung obliegt einer Arbeitsgemeinschaft. Es wurde von Anfang an angestrebt, die Diskussion um den Frieden in eine breitere Öffentlichkeit hineinzutragen, um Christen zur politischen Mitverantwortung anzuregen. Dass friedensrelevante Themen immer auch umstrittene Themen sind und politische Stellungnahmen christlicher Organisationen besonders scharf beobachtet werden, gehört mit zu den Erfahrungen der letzten zwanzig Jahre.
Zu einer Entdämonisierung der Ost-West-Thematik beizutragen, das war das Anliegen der ersten Friedenswoche, später wurde die umstrittene Frage der atomaren Bewaffnung aufgegriffen. In den sechziger Jahren wurde über die Probleme der Dritten Welt informiert, über Entwicklungsfragen und Rassismus, über den Nahostkonflikt und Vietnam. Die Erkenntnisse der Friedensforschung haben die Themen der späten sechziger und auch der siebziger Jahre direkt oder indirekt beeinflusst.

Kontakt zur Arbeitsgemeinschaft Berner Friedenswoche:
CFD-Sekretariat, Postfach 1274, 3001 Bern

KAGAS, Kirchliche Arbeitsgruppe für alternative Sicherheit

Anstoss zur Arbeit der KAGAS, einer ökumenisch zusammengesetzten Arbeitsgruppe, bot u. a. das Studienprogramm des OeRK zu Militarismus und Wettrüsten, das den Ursachen, dem Ausmass und den Auswirkungen des Rüstungswettlaufs nachgeht, das Dogma der militärischen Sicherheit in Frage stellt und die Kirchen auffordert, dieser Problematik Priorität einzuräumen und die Studien im jeweiligen nationalen Rahmen weiterzuführen. Die KAGAS versucht, einen Teilbereich dieser Aufgabe wahrzunehmen, indem sie nach den Werten fragt, die diese destruktive Entwicklung prägen, und ein Sicherheitsverständnis formuliert, das sich an den Grundbedürfnissen des Menschen orientiert.

Kontaktadresse:
Rosmarie Kurz, Frauchthalstrasse 106, 3065 Habstetten

Forum für praxisbezogene Friedensforschung

Trotz verschiedener und jahrelanger Bemühungen, auch auf parlamentarischer Ebene, hat die Schweiz bis heute kein staatlich gefördertes Friedensforschungsinstitut aufzuweisen.
1981 wurde auf privater Basis das Forum für praxisbezogene Friedensforschung gegründet. Seine Ziele:
Das Forum fördert und fordert:
- Die Ursachen der vielfältigen Bedrohung beim Namen zu nennen.
- Neue Konzepte der Konfliktaustragung.
- Die Unterstützung einer breiten internationalen Friedensbewegung.

Die Unterstützung eines positiven Friedens, der mehr bedeutet als die blosse Abwesenheit von Krieg will das FpF erreichen durch:
- Bearbeitung von Problemstellungen aus der praktischen Friedensarbeit in der Schweiz.

- Aufarbeitung von wissenschaftlichen Forschungsergebnissen.
- Erstellung von Analysen und Hintergrundmaterialien (u. a. für Aktionsgruppen.
- Die Herausgabe eines Friedensmagazins.

Forum für praxisbezogene Friedensarbeit, Stäblistrasse 5
8006 Zürich, PC 30-14024

Berner Komitee für Frieden und Abrüstung

Das Berner Komitee für Frieden und Abrüstung hat die grösste Demonstration in der Geschichte der Schweiz organisiert: die Friedensdemonstration vom 5. Dezember 1981.

Berner Komitee für Frieden und Abrüstung
Postfach 4076, 3001 Bern

Friedenspolitische Gruppe Oberwallis

Regionale Friedensarbeit, hat eine empfehlenswerte Broschüre «Einführung in die Friedensarbeit» herausgegeben.

Friedenspolitische Gruppe Oberwallis, Furkastrasse 24, 3904 Naters

PAX Christi (Internationale katholische Friedensbewegung)

PAX Christi, Deutschschweizer Sektion, Postfach 1669,
Effingerstrasse 11, 3001 Bern

Soldatenkomitees

Die Soldatenkomitees haben sich den Kampf innerhalb der Armee, für eine Demokratisierung derselben und die Rechte der Soldaten zum Ziel gesetzt.

Soldatenkomitee Basel, Postfach 2013, 4001 Basel
Soldatenkomitee Zürich, Postfach 1337, 8036 Zürich

Schweizerische Friedensbewegung

Hervorgegangen aus dem Basler Friedenskomitee, bildet die SFB den schweizerischen Zweig des Weltfriedensrates. Die SFB befasst sich vorwiegend mit Solidaritätsarbeit (Vietnam, Palästina etc.). 1981 wurde aus Kreisen der SFB ein «Schweizer Appell für Frieden, gegen den Atomtod» lanciert, welcher sich an die Präsidenten der Grossmächte und an den UNO-Generalsekretär richtet sowie eine Petition an den schweizerischen Bundesrat enthält.
Die SFB gibt sechsmal jährlich die Zeitung «Unsere Welt» heraus.

Schweizerische Friedensbewegung, Postfach 2113, 4001 Basel

Adressen in der Romandie und in Ticino

Les Amis de l'Arche

Die Bewegung will Gewaltlosigkeit praktizieren und zu einem einfachen Leben zurückkehren, die Lehre ihres Gründers Lanzo del Vasto studieren und im täglichen Leben befolgen.

Jean Corminboeuf, rue Tavernier 12, 1170 Aubonne, tél. 021/76 59 25
Ruth Ammann, Rovéréaz 10c, 1012 Lausanne, tél. 021/32 18 60

Centre Martin Luther King

Lokales Informationszentrum und Koordination von verschiedenen Organisationen und Bewegungen für die gewaltlose Aktion und Fragen des Antimilitarismus und der Militärverweigerung (siehe auch auf Seite 282).

CMLK, Béthusy 56, 1012 Lausanne, tél. 021/32 27 27

EIRENE (Service Chrétien international pour la Paix)

Freiwilligendienste in der Dritten Welt und in Europa in Zusammenarbeit mit anderen Organisationen.

EIRENE, case postale 12, 2013 Colombier, tél. 039/22 68 64 (président)

L'ESSOR

Monatszeitschrift: In Richtung einer brüderlichen Welt.
Verantwortlich für die Redaktion:

Eric Descoeudres, Zur Gempenfluh 36, 4059 Basel, Telefon 061/34 65 81

Fédération romande des Mouvements non-violents

Dachorganisation der welschen Friedensorganisationen und Gruppen, analog dem SFR.

Fédération romande, case postale 14, 2055 St. Martin, tél. 038/53 46 93

Le Grain

Groupe de recherches et d'action sur les institutions

Le Grain, Le Pasquier 11, 2114 Fleurier, tél. 038/61 11 66

Groupe de réflexion et d'action non violents de Neuchâtel

Die Bewegung will gewaltfreie Erziehung anstreben, soziale Verteidigung propagieren und echten Frieden unter den Völkern realisieren.

Groupe non violent, rue G. Farel 20, 2003 Neuchâtel, tél. 038/53 43 30

Initiative pour un authentique Service Civil

Initiativkomitee der «Volksinitiative für einen echten Zivildienst».

Secrétariat romande, case postale 141, 1700 Fribourg, tél. 037/22 21 30
Groupe Lausannois, Béthusy 56, 1012 Lausanne, tél. 037/32 27 27

Mouvement fribourgeois d'action non-violente

Die Bewegung ist Teil des Studien- und Informationszentrums CRIC, zusammen mit der «Erklärung von Bern» und «Magasins du Monde».

Action non-violente, case postale 205, 1700 Fribourg 1
CRIC, route des Alpes 9, 1700 Fribourg, tél. 037/22 21 30

Mouvement international de la Réconciliation (MIR)

Welscher Zweig des schweizerischen Versöhnungsbundes, mit starken Eigenaktivitäten (siehe auch auf Seite 275).

MIR, Montagibert 6, 1005 Lausanne, tél. 021/20 07 20

Le rebrousse-poil

Le rebrousse-poil erscheint monatlich und veröffentlicht Informationen über gewaltlose Aktionen, Ökologie und Antimilitarismus.

Le rebrousse-poil, Béthusy 56, 1012 Lausanne, tél. 021/32 27 27

Service Civil International (SCI)

Schwerpunkt der Arbeit des SCI ist die Organisierung von Freiwilligendiensten (siehe auch auf Seite 273).

SCI, case postale 141, 1700 Fribourg, tél. 037/22 21 30
SCI Genève, 25 ch. des Voirons, 1213 Petit-Lancy, tél. 022/92 19 37

Genf als ein Sitz der UNO ist auch für die Friedensorganisationen von Interesse, wir geben hier noch einige Adressen an, die sich als Kontakt zum ‹internationalen› Genf eignen:

Bureau International de la Paix

Dem «Internationalen Friedensbüro» ist auch der SFR angeschlossen; es ist vor allem an Abrüstungsfragen interessiert.

BIP, 41 rue de Zurich, 1201 Genève, tél. 022/31 64 29

Geneva International Peace Research Institute

Das GIPRI dient neben eigener Forschungsarbeit vor allem dem bekannten schwedischen Friedensforschungsinstitut SIPRI als Kontakt zu den internationalen Organisationen in Genf.

GIPRI, 41 rue de Zurich, 1201 Genève, tél. 022/32 14 38

Quaker International Center

Begegnungszentrum der «Gesellschaft der Freunde» (Quäker), das gute Beziehungen zu internationalen Organisationen hat.

Quaker Center, 13 av. du Mervelet, 1209 Genève, tél. 022/33 33 97

Womens international League for peace and freedom

Zwar ist der Schweizer Zweig der «Internationalen Frauenliga für Frieden und Freiheit» Mitte der siebziger Jahre aufgelöst worden, doch die Internationale unterhält nach wie vor ein Büro in Genf.

WILPF, 3 rue Varembé, 1211 Genève 20, tél. 022/33 61 75

Azione diretta

Anarchistische Monatszeitschrift aus dem Tessin, herausgegeben von der «Cooperativa Editoriale Libertaria»

Azione diretta, c/o Paolo Soldati, via Vela, 6862 Rancate

Centro d'informazione sull'obiezione di coscienza

Das Centro hat zu Beginn des Jahres 1981 seinen Sitz von Mendrisio nach Balerna verlegt, ins dortige Kulturzentrum (mit Saal, Dokumentationszentrum, Buchhandlung, Druckerei und Restaurant). Im Centro sind Informationen über Militärverweigerung, Antimilitarismus, Abrüstung etc. erhältlich. Das Centro hat auch 1980 den Kongress über die einseitige Abrüstung der Schweiz in Biasca durchgeführt und betreut weiterhin die «gruppo promotore della lega per il disarmo unilaterale della Svizzera».

CIOC, Via S. Gottardo 102, 6828 Balerna, tel. 091/43 50 29

Frauen und Militär

Frauen sind sehr aktiv geworden gegen die Pläne zu ihrem Einbezug in die Gesamtverteidigung, gegen atomare und konventionelle Rüstung, gegen die Zerstörung unserer Umwelt, gegen Hierarchien und Machtstrukturen.
Frauen sind aktiv in der Friedensbewegung, beim Mit-initiieren, Mitvorbereiten, Mit-unterzeichnen, Mit-demonstrieren. Neben all dem haben wir Frauen auch eigene Aktivitäten entwickelt. Wir sind nicht nur von der atomaren Zerstörung, sondern auch vom alltäglichen Krieg gegen uns Frauen bedroht. Unsere Zukunft kann sein: Tod durch Mittelstreckenraketen oder Messerstiche, Verletzungen durch berstende Städte oder Schläge, lebenslange Leiden durch Bombensplitter oder Vergewaltigung.
Im folgenden stellen wir einige Aktionsbeispiele von Frauen dar:

24. Mai: Frauenaktionstag für Abrüstung

Dieser internationale Frauenaktionstag für Frieden und Abrüstung hat 1982 zum erstenmal stattgefunden und wird hoffentlich in den folgenden Jahren immer wieder zu einem grossen und wichtigen Ereignis. Die Idee für diesen Tag wurde am Ende des Frauen-Friedensmarsches von Kopenhagen nach Paris (1981) geboren. Die Frauen wollten endlich über das blosse Appellieren und Demonstrieren hinaus konkrete, dezentralisierte Aktionen machen, an denen möglichst viele verschiedene Frauen je nach Möglichkeit und individueller Situation teilnehmen konnten. Solidarität entsteht dann dadurch, dass die Frauen *gleichzeitig* handeln.
Geplant wurde zuerst ein europäischer Frauenstreiktag. Diese Idee wurde später fallengelassen, weil die dazu benötigte Vorbereitungszeit zu kurz war.
Die Idee eines totalen Streiks (Streik der Arbeiterinnen, Hausfrauen, Mütter, Ehefrauen, Freundinnen etc.) ist aber nie ganz begraben worden und kann durchaus zu einem «Motto» für einen der nächsten 24. Mais werden.

In der Schweiz gab es 1982 in mehr als 20 Orten verschiedene Aktivitäten für Frieden und Abrüstung: Diskussionen, Ausstellungen, Standaktionen, Märkte, Demonstrationen (vor den englischen und argentinischen Botschaften). Filme, Mahnwachen, Schweigestunden, Quartierzmorgen, Strassentheater und vieles mehr. Diese Vielfalt zeigt, dass sich die Aktionen jeweils auf den Ort bezogen haben, wo die verschiedenen Frauen wohnen und arbeiten und dass je nachdem alltägliche Probleme, Gewalt gegen Frauen, Wohnungsnot, Strassenlärm mit der ganzen Problematik der Aufrüstung in Beziehung gesetzt wurden.

Frauen-Peace-Camp

Die Idee für ein friedliches «Besetzungslager» zum Beispiel von zukünftigen Standplätzen von Atomraketen stammt von einigen Frauen in England, die im Herbst 1981 mit der Besetzung eines Eingangs zum NATO-Stützpunkt «Greenham-Common» begannen und dort zu bleiben gedenken, bis die Entscheidung für die Stationierung von Mittelstreckenraketen von der Regierung rückgängig gemacht wird. In der Schweiz fand erstmals im August 1982 in Frauenfeld ein solches Frauen-Friedenslager statt und richtete sich gegen die Waffenshow der Schweizerischen Offiziersgesellschaft.

Verweigerung

In der Schweiz gibt es heute schon zwei Möglichkeiten, uns mit unserer Unterschrift gegen den Einbezug der Frauen in die Gesamtverteidigung zu wehren.

1. Frauenmanifest

Das «Frauenmanifest» wurde von Frauen aus verschiedenen Gruppen und Organisationen Anfang 1982 lanciert:
«Die Kriegsbedrohung nimmt weltweit zu. Jährlich steigen die Rüstungsausgaben (pro Minute werden 1 Mio. Dollar für Rüstung ausgegeben), obwohl das vorhandene Kriegsmaterial auf der Welt die Menschheit schon heute mehrmals vernichten kann.

Die Aufrüstung sichert keinen Frieden, sie erhöht die Kriegsgefahr. Dies wird uns täglich vor Augen geführt.
Darum ist es im jetzigen Zeitpunkt dringlicher denn je, umzudenken. Wir Frauen wenden uns entschieden gegen die vom Eidgenössischen Militärdepartement geplante Eingliederung von uns Frauen in die Gesamtverteidigung, gegen den Weitzel-Bericht. Wir wollen uns nicht in Hilfs- und Sozialfunktionen den Entscheidungen und Anordnungen der Militärbefehlshaber unterordnen. Denn dadurch würden wir einmal mehr auf eine diskriminierende Frauenrolle fixiert. Die geplante Ausbildung bedeutet für uns kein neues Recht, sondern einen neuen Machtbereich für das Militär. Wir wollen hier und jetzt die uns bedrohenden Fehlentwicklungen verhindern und für selbstbestimmte, lebensbejahende Umstände arbeiten. Wir wollen unser Leben und nicht das Überleben üben.
Daher fordern wir alle auf, hier und jetzt zum Abbau von Gewalt beizutragen. Wir fordern den Bundesrat und das Parlament zu einer Umkehr auf, hin zu einer wirklichen Politik des Friedens. Wir fordern das Aufgeben jeglicher Pläne zur Eingliederung von uns Frauen in die Gesamtverteidigung.»

Unterschriftenbögen können bestellt werden bei:
Frauenmanifest, Postfach 654, 8025 Zürich, Postscheckkonto 80-39118 Zürich

2. Verweigerungskarte der Virus-Frauen

Rund um das bis 1981 erscheinende antimilitaristische Monatsmagazin «Virus» haben sich autonome Friedensfrauen zusammengetan. Sie haben mit Informationsveranstaltungen, Herausgabe von Broschüren und Aktionen dafür gesorgt, dass die im Weitzel-Bericht zur Integration der Frau in die Gesamtverteidigung vorgesehenen Pläne an eine breitere Öffentlichkeit gelangt sind. 1982 haben sie eine Kartenaktion an das Eidgenössische Militärdepartement lanciert:

Ihr Herren im EMD

Ich als Schweizerin werde unter keinen Umständen einen Dienst im Rahmen der Gesamtverteidigung leisten. Er bedeutet für mich nicht ein neues «Recht», sondern – zusammen mit Wehrschauen, Tagen der offenen Tür, steigenden Rüstungsausgaben, Wehrkundeplänen und Enteignung für Waffenplätze – ein weiterer Schritt zur Militarisierung meines «Vaterlandes».

Ohne mich!

Name: ....

Adresse: ....

....

Unterschrift: ....

Die Virus-Frauen leiten immer 200 Karten zusammen an das Militärdepartement weiter.

Virus-Frauen, Postfach 6386, 8023 Zürich, Telefon 01/242 85 28

3. Mit nachstehendem Brief haben schon über 8000 Frauen in Deutschland ihre Einplanung in die Verteidigungskonzepte der BRD verweigert.
Einen entsprechenden, auf die Schweiz abgestimmten Brief, arbeiten die Virus-Frauen zur Zeit aus. Er soll Bereiche wie Armee, FHD, Zivilschutz, Rotkreuzdienst, Notrecht miteinbeziehen. Dieser Brief kann bei uns bestellt werden (Adresse siehe oben).

«An das Zivilschutzamt Berlin
Hardenbergstrasse 10

An den Deutschen Bundestag
Bonn

An das Bundesministerium
für Verteidigung
Bonn

An das Bundesministerium
für Familie und Gesundheit
Bonn

An das Bundesministerium
des Inneren
Bonn

Ich erkläre hiermit, dass ich nicht bereit bin, einer Dienstverpflichtung im ‹Verteidigungsfall› gemäss Art. 12 a Abs. 4 und 6 des Grundgesetzes zu folgen.

Die im Notstandsgesetz, Artikel 12 a (im ‹Verteidigungsfalle› werden Frauen in militärischen Lazarettorganisationen eingesetzt) und im Arbeitssicherstellungsgesetz (im Kriegsfall werden Frauen zum Dienst verpflichtet, z. B. in der Rüstungsindustrie) und in den entsprechenden Ausführungsbestimmungen vorgesehenen Einsatzmöglichkeiten für Frauen im zivilen, insbesondere im Sanitätsbereich, sind Bereiche, die notwendig sind, um Kriege zu verlängern oder zu ermöglichen. Diese zivilen Dienste sind also Kriegsdienste, und als solche werde ich sie verweigern.

Hierbei berufe ich mich auf das im Grundgesetz garantierte Recht der Kriegsdienstverweigerung.

Im Atomkrieg werden meine ‹Dienste› nicht mehr benötigt. Ein Leben danach wird es dann nicht mehr geben; Vorsorge oder Heilung ist sinnlos. Durch die Einbeziehung in die zur Zeit bestehende ‹Verteidigungs›strategie verliert auch eine pflegerische Tätigkeit ihren humanitären Charakter.

Die für Frauen vorgesehenen Dienste sind aber notwendig bei der Vorbereitung der zerstörerischsten Tat aller bisherigen patriarchalischen Gewalttaten. Deshalb gilt meine Kriegsdienstverweigerung schon ab dem heutigen Tag.

Ich werde nicht bereit sein, Arbeiten zu verrichten, die für das Funktionieren der Kriegsmaschine notwendig sind, als

Soldaten-Mutter
Soldaten-Köchin
Soldaten-Fürsorgerin
Soldaten-Prostituierte
Soldaten-Krankenschwester
Soldaten-Ärztin
Soldaten-Apothekerin
Rüstungsarbeiterin

Ich bin nicht bereit, bei der Planung und Vorbereitung eines Krieges Mit-Verantwortung zu tragen. Ich erwarte die Bestätigung und Anerkennung für meine hiermit erklärte Kriegsdienstverweigerung.»

Frauen für den Frieden

Seit 1976 gibt es die Frauen für den Frieden in der Schweiz. In ihrem kurzen Leben hat die Bewegung schon verschiedenste Aktivitäten und Öffentlichkeitsarbeit durchgeführt: Ausstellungen im Corbusier-Haus und in der Paulus-Akademie, Unterschriftensammlung für die UNO-Abrüstungskonferenz und für die Halbzeitkonferenz der UNO-Dekade der Frauen, Vorträge und Berichte in den Medien etc. In regionalen Arbeitsgruppen wird, an die Umwelt angepasst, konkret gearbeitet. In Kontakttreffen werden die Ideen ausgetauscht und Unterstützungsaktionen der anderen Gruppen geplant. Die Arbeit der Frauen geht von ihrer direkten Betroffenheit aus. Sie suchen nach Wegen, vor allem die Frauen zu mobilisieren, sich um die Fragen von Abrüstung und Frieden zu kümmern und ihren Protest zur Geltung zu bringen.

Einige Ziele

Bewusstseinsbildung über die verschiedenen Medien und Aktionen, Kontakte aufrechterhalten mit all denen, die sich für die Abrüstung einsetzen, sich gegenseitig Mut machen, um Resignation und Angst und Schweigen zu überwinden.
Eine breite Basis schaffen, die ein Engagement der eigenen Regierung und der verschiedensten Gruppen und der Kirchen verlangen. Versuchen, über engagierte Frauen auch in der Jugend schon das Bewusstsein für den Frieden und die Abrüstung zu wecken und vieles mehr . . .

Kontaktadressen:

Aktionsgruppe Bern, Postfach, 3000 Bern
Marianne Schmid, Grenzackerweg 109, 4125 Riehen
Agnes Steffen, 1 Carteret, 1200 Genf
Monika Stocker, Postfach 380, 8025 Zürich
Ursula Brunner, Broteckerstrasse 8, 8500 Frauenfeld
Karin Wichert, Av. de Chanel 8, 1110 Morges
Arlette Marti, Buhhaldenstrasse 354, 5023 Biberstein
FfF St. Gallen, Postfach 60, 9013 St. Gallen
Christine Nauer, Löwenstrasse 17 b, 9400 Rorschach

Weitere Adressen zu Frauen und Militär:

Antimilitaristische Frauengruppe Bern, Postfach 13, 3324 Hindelbank

Antimilitaristische Frauengruppe Basel, Hohe Windestrasse 26, 4059 Basel

Christlicher Friedensdienst, Leonhardstrasse 19, 8001 Zürich

Beratung und Hilfe für Militärverweigerer

Für Militärverweigerer bzw. für alle, die mit dem Militär irgendwelche Schwierigkeiten haben, besteht in Zürich seit Ende 1981 eine neue Beratungsstelle. Die Beratungen sind kostenlos (obwohl die Beratungsstelle keineswegs finanziell auf Rosen gebettet und um Zuschüsse dankbar ist), und Kontaktadressen in den verschiedenen Regionen können hier erfahren werden:

Beratungsstelle für Militärverweigerer, Köchlistrasse 3, 8004 Zürich, Telefon 01/242 56 07
Öffnungszeiten: Montag, von 14 bis 17 Uhr, Mittwoch von 14 bis 17 Uhr, Donnerstag von 14 bis 20 Uhr. Bitte telefonisch anmelden.

Nordwestschweizer Beratungsstelle für Militärverweigerer, Postfach 2227, 4002 Basel, Telefon 061/38 00 00
Beratungen von Montag bis Freitag, jeweils von 13 bis 14 Uhr.

zum Thema Frieden gibt es zuhauf, neuerdings erfreulicherweise auch mehr und mehr solche, die sich spezifisch mit den Stationen der Kriegsvorbereitung in der Schweiz befassen.

Rückblick für die Zukunft

Auf 120 Seiten beschreibt dieses 1981 vom Schweizerischen Friedensrat herausgegebene Handbuch für die theoretische und praktische Friedensarbeit in der Schweiz die pazifistische Bewegung seit 1945. Es enthält ein Vorwort von Nationalrat Hansjörg Braunschweig (langjähriger Präsident des SFR). Die Zeit bis 1970 wird von Willi Kobe beschrieben: Ein Stück Nachkriegsgeschichte, das in den Schulbüchern vergeblich gesucht wird. Die letzten zehn ereignisreichen Jahre beschreibt Ruedi Tobler, heute Präsident der SFR. In dieser Zeit wurden wichtige Analysen und Konzepte zu gesellschaftspolitischen Fragen erarbeitet, die zum grossen Teil noch heute Grundlage der Friedensarbeit bilden. Dieser Teil ist thematisch gegliedert.
In einem umfangreichen Anhang werden Dokumente aus gut einem Jahrzehnt Friedensarbeit wiedergegeben. Die Texte illustrieren in Form von Manifesten, Thesen, Aufrufen und Vernehmlassungen in Kurzform die Haltung des Schweizerischen Friedensrates zu rund einem Dutzend Arbeitsschwerpunkten und Themen.
In einem zweiten Anhang werden die Mitgliedorganisationen des SFR und ihre Publikationen vorgestellt.
Rückblick für die Zukunft. Entstehung und Wandlung des Schweizerischen Friedensrates in 35 Jahren, Überblick über die pazifistische Bewegung, friedenspolitische Thesen und Argumente, Adressen. 120 Seiten, 1981, Fr. 6.—.

Literatur des SFR zu einzelnen friedenspolitischen Themen der Schweiz:

Soziale Verteidigung

Eine gewaltfreie Alternative zur militärischen Verteidigung der Schweiz. 142 Seiten, 1976, Fr. 12.—.

Z. B. Kaiseraugst
Der Widerstand gegen das Atomkraftwerk: Ein Stück praktischer Friedensarbeit. 166 Seiten, 1977, Fr. 3.—.

Wir wollen nicht zu Tode verteidigt werden!
Eine Analyse der atomaren Aufrüstung in Europa und die Konsequenzen für die Schweiz. 36 Seiten, 1981, Fr. 3.—.

Warum ein atomwaffenfreies Europa?
Die Forderung nach einem atomwaffenfreien Europa von Polen bis Portugal als Strategie der allseitig einseitigen Abrüstung. 28 Seiten, 1981, Fr. 3.—.

Wir passen unter keinen Helm!
Kurzfassung des Weitzelberichtes und Kritik an den Plänen zur Mitwirkung der Frau in der Gesamtverteidigung. 28 Seiten, 1981, Fr. 3.—.

Frauen und Militär
Vorgeschichte des Weitzelberichtes, die Rolle des BSF und pazifistischer Frauengruppen in der Schweiz. 28 Seiten, 1979, Fr. 2.—.

Wieviel Sicherheit bietet unsere Armee?
Eine Auseinandersetzung mit der Gesamtverteidigung, mit heutigen Bedrohungsformen und mit Alternativen zur militärischen Sicherheitspolitik. 20 Seiten, 1980, Fr. 2.—.

EMD verhindert Friedensforschung
Die Leidensgeschichte der Bemühungen um ein schweizerisches Friedensforschungsinstitut. 32 Seiten, 1980, Fr. 2.—.

Lehrer, vorwärts marsch!
Der vertrauliche Schlussbericht der Kommission «Jugend und Landesverteidigung». Der Versuch, einen Wehrkundeunterricht an Schweizer Schulen einzuführen. 71 Seiten, 1979, Fr. 5.—.

Wohin treibt (uns) die Rüstung?
Anmerkungen zu den Auswirkungen der technologischen Entwicklung im Rüstungsbereich. Die strukturellen Ursachen der zunehmend umfassenden Militarisierung der Gesellschaft. 20 Seiten, 1981, Fr. 2.—.

SALT II aus der Sicht eines kritischen Friedensforschers
Sicherheit und Abrüstung oder Lug und Trug? 20 Seiten, 1979, Fr. 2.—.

Einführung in die Friedenspolitik

Überblick über die wichtigsten friedenspolitischen Fragestellungen. 64 Seiten, 1981, Fr. 4.—.

Blitz-Theaterbuch

Tips, Beispiele, Anregungen. 60 Seiten, 1981, Fr. 2.—.

Willkommen auf dem Waffenrummelplatz

Über sechs Glanznummern des EMD, mit einer geschickten Informationspolitik die Öffentlichkeit in Sachen Waffenausfuhr hinters Licht zu führen. 16 Seiten, 1980, Fr. 2.—.

Bezug der oben angeführten Literatur:

Schweizerischer Friedensrat, Postfach 6386, 8023 Zürich, Telefon 01/242 93 21
oder
Buch 2000, Postfach 36, 8910 Affoltern a. A., Telefon 01/760 00 50.

Friedenszeitung

Alle 14 Tage informiert die Friedenszeitung auf 16 Seiten über und für die Friedensbewegung in der Schweiz. Aktuelle Informationen, Aufrufe zu Aktionen, Kommentare zu Geschehnissen und Entwicklungen im In- und Ausland, Buchbesprechungen, Veranstaltungshinweise stehen neben fundierten Hintergrundberichten.
Die Friedenszeitung wird seit Anfang 1982 vom Schweizerischen Friedensrat in einer Auflage von über 10 000 Exemplaren herausgegeben.
Jahresabonnement: Fr. 20.— oder mehr. Einzelnummer: Fr. 2.—.
Redaktion, Administration und Vertrieb Friedenszeitung:
Postfach 6386, 8023 Zürich, Telefon 01/242 22 93 und 01/242 85 28.

Neue Wege

Organ der Religiös-sozialen Vereinigung und der Christen für den Sozialismus. Erscheint monatlich. Abo. Fr. 20.—.

Neue Wege, Niklaus Heer, Gottfried-Keller-Strasse 7, 8001 Zürich

Friedenspolitik

Organ der Arbeitsgemeinschaft für Rüstungskontrolle und ein Waffenausfuhrverbot. Erscheint vierteljährlich. Jahresabonnement Fr. 5.—.

Friedenspolitik, ARW, Postfach 28, 8026 Zürich

Service civil international

Bulletin des SCI. Erscheint viermal jährlich. Abonnement: Fr. 22.—.

SCI, Postfach 141, 1700 Fribourg

CFD-Mitteilungsblatt

Organ des Christlichen Friedensdienstes. Erscheint viermal jährlich. Jahresabonnement Fr. 15.—.

Christlicher Friedensdienst, Falkenhöheweg 8, 3001 Bern

Zivildienst-Zeitung

Informationsbulletin des Initiativkomitees für einen echten Zivildienst.

Bezug: Zivildienstinitiative, Postfach 141, 1700 Fribourg

Die Autoren

Gert Bastian, geb. 1923 in München. Seit 1956 Offizier der Bundeswehr; setzte sich leidenschaftlich für die Verwirklichung des Leitbilds vom Staatsbürger in Uniform und für eine zeitgemässe Menschenführung ein. Am 16. 1. 1980 meldete General Bastian seine schwerwiegenden Bedenken gegen die von der NATO beschlossene «Nachrüstung» seinem Minister und bat gleichzeitig um seinen Abschied. Seit seinem Ausscheiden aus dem aktiven Dienst zählt Bastian zu den engagierten Kritikern einer Sicherheitspolitik, die sich auf immer mehr Nuklearwaffen stützt, anstatt auf eine von Bastian für notwendig gehaltene weltweite Ächtung von Nuklearwaffen hinzuwirken.

Hansjörg Braunschweig, geb. 1930 in Basel, studierte daselbst und in Genf die Rechte; 1956–1966 Mitarbeiter Internationaler Zivildienst, Liga der Rotkreuzgesellschaften und Schweizerisches Arbeiterhilfswerk; 1964–1975 Präsident des Schweizerischen Friedensrates; seit 1978 Nationalrat (sozialdemokratische Fraktion), besonders interessiert an Fragen der Demokratie, Stellung der Minderheiten, der Aussen- und Friedenspolitik; seit 1966 Amtsvormund.

Roman Brodmann, geb. 1920 in Binningen bei Basel; Schulen in Basel. Journalistische Laufbahn in Zürich, Redaktor bei «Die TAT», Chefredaktor «Zürcher Woche», freier Journalist; Kabarettautor seit 1963; Dokumentarfilmer beim Deutschen Fernsehen seit 1965, mit Schwerpunkt beim Süddeutschen Rundfunk, Stuttgart. Publikationen: «Meine kleine Flaschenpost» 1962, «Schweiz ohne Waffen» 1972, «Der Un-Schweizer» 1977.

Theodor Ebert, geb. 1937; Professor der Politischen Wissenschaft im Bereich Friedensforschung an der FU Berlin; Schriftleitung der Zeitschrift «Gewaltfreie Aktion»; im Vorstand des Versöhnungsbundes e. V. und Mitglied der Synode der Evang. Kirche in Deutschland; Veröffentlichungen u. a. zu Soziale Verteidigung, Gewaltfreier Widerstand.

Ruedi Epple, geb. 1952; Studium der Politikwissenschaft und Soziologie in Konstanz, zur Zeit an einer Dissertation über Friedensbewegung und direkte Demokratie in der Schweiz; Mitglied des Schweizerischen Versöhnungsbundes und des Forums für praxisbezogene Friedensforschung; Militär- und Zivilschutzverweigerer.

Erhard Eppler, geb. 1926; Dr. phil., Bundesminister für Wirtschaftliche Zusammenarbeit von 1968 bis 1974, Landesvorsitzender der SPD Baden-Württemberg bis 1981, Mitglied des Präsidiums der SPD, Mitglied der Synode der Evangelischen Kirche in Deutschland, Präsident des Kirchentages 1983 in Hannover; neueste Buchveröffentlichung: «Wege aus der Gefahr» (1981).

Ossip K. Flechtheim, 1909 in Nikolajew (Russland) geboren, studierte Rechts- und Sozialwissenschaften in Freiburg, Paris, Heidelberg, Berlin, Köln und Genf, promovierte 1934 zum Dr. jur. und 1947 zum Dr. phil. 1933 Entlassung aus dem Staatsdienst, 1935 Verhaftung und Emigration nach Genf, 1939 in die USA. Dozent und Professor an verschiedenen amerikanischen Hochschulen. 1946/47 Sektionschef beim US-Hauptankläger für Kriegsverbrechen, 1952–1959 Professor an der Deutschen Hochschule für Politik, 1959 a. o., 1961 o. Professor an der Freien Universität Berlin (em. 1974), Direktor des Instituts für Zukunftsforschung, Berlin; Mitglied des PEN-Club; Vizepräsident der Int. Liga für Menschenrechte.

Jürg Frischknecht, geboren 1947 in Herisau; lebt als freier Journalist in Zürich. Regelmässiger Mitarbeiter der «Wochen Zeitung/WoZ» und einiger Tageszeitungen. Mitautor «Die unheimlichen Patrioten» (Zürich 1979) und von Publikationen zu Medienfragen.

Theo Ginsburg, geb. 1926; Dozent am Geographischen Institut der ETH Zürich. Mitverfasser des NAWU-Reports «Wege aus der Wohlstandsfalle» und der alternativen Energiekonzeption für die Schweiz, welche für die Umweltorganisationen ausgearbeitet wurde (Jenseits der Sachzwänge). Ist seit 1979 in der Friedensbewegung tätig, wo er an der Gründung der beiden Friedensinstitute GIPRI und FpF (Forum für praxisbezogene Friedensforschung) mitbeteiligt war.

Andreas Gross, geb. 1952, aufgewachsen in Baselland, lebt seit 1972 in Zürich. Studierte dort Geschichte, anschliessend in Lausanne Politikwissenschaften. 1976–1981 redaktioneller Mitarbeiter des Zürcher «Volksrecht». Seit Herbst 1981 Assistent an der Uni Bern.
Seit 1974 Mitglied der SP und der Jusos. Seit 1979 Präsident der Schweizer Jungsozialisten und Mitglied der Vorstände der SPS und der SP der Stadt Zürich.
Arbeitsschwerpunkte: Die Volksrechte und die Linke in der Schweiz, Friedensbewegung, Ökologie/Ökonomie.

Beat Gsell, geb. 1950, lic. iur., Rechtsanwalt in Zürich, Rechtsstudium in Basel, seit 1974 aktiv am Aufbau und der Rechtspolitik der Demokratischen Juristen der Schweiz beteiligt, seit 1981 Generalsekretär der Demokratischen Juristen der Schweiz.

Anton-Andreas Guha, geb. 1937; seit 1967 Redakteur bei der *«Frankfurter Rundschau».* Studium der Germanistik, Geschichte, Anglistik, Soziologie und Psychologie; Veröffentlichungen u. a. «Die Neutronenbombe – oder die Perversion menschlichen Denkens» (1977), «Der Tod in der Gauzone» (1980).

Markus Heiniger, geb. 1954, Geschichtsstudium an der Universität Zürich, seit 1981 Sekretär beim Schweizerischen Friedensrat.

August E. Hohler, geboren 1925 in St. Gallen; Dr. phil., hauptsächliche Interessengebiete: Literatur, Politik, Anthropologie, in Basel als Psychologe und Publizist tätig. Neueste Buchveröffentlichungen: *«Wozu das alles?»* (1980), *«Gegen den Strom nach vorn»* (1982).

Peter Hug, geboren 1955, vier Jahre tätig als Primarlehrer, studiert seit 1979 Geschichte an der Universität Bern; Vorstandsmitglied im Service civil international (SCI) Schweiz und Mitarbeiter der Friedenszeitung; Militärdienstverweigerung im Jahre 1980.

Konradin Kreuzer, wohnhaft in CH-4112 Flüh; Dipl.-Ing. Chem. ETH, einst in der Holz-, Zellulose-, Papier und Pharmazeutischen Industrie, davon 13 Jahre in Finnland. 1963 ausgestiegen; ist nicht Experte (auch nicht selbsternannter), wagt es aber, auch in fremden Fachgebieten Fragen zu stellen, sogar Expert(is)en in Frage zu stellen. Das führte 1973 zur Gründung des «Forums für verantwortbare Anwendung der Wissenschaft» und 1977 zur «nux» (nux integra = der ungespaltene Kern), einer Mitteilungsreihe, in welcher experte Entgleisungen sichtbar gemacht werden.

Rosemarie Kurz, Bern; seit zehn Jahren Mitarbeiterin beim Christlichen Friedensdienst, verantwortlich für Informations- und Öffentlichkeitsarbeit. Mitautorin beim Arbeitsdossier «So kann es nicht weitergehen».

Klara Obermüller, geb. 1940 in St. Gallen, aufgewachsen in Zürich, Studium der Germanistik und Romanistik in Zürich und Hamburg, Promotion zum Dr. phil. I mit einer Arbeit über «Melancholie in der barocken Lyrik». Seit 1965 journalistisch tätig, zuerst als Redaktorin beim «du», später bei der «NZZ»; zwischen 1974 und 1980 freiberuflich als Publizistin und Autorin von Jugendbüchern tätig; seither Redaktorin bei der «Weltwoche».

Hans A. Pestalozzi, geb. 1929. Früher Manager und Bataillonskommandeur. Seit 1979 freier Publizist und autonomer Agitator.

Hans Saner, geb. 1934, wohnhaft in Basel, Studium der Philosophie, Psychologie und Germanistik an der Universität Basel; Publizist.

Max Schmid, geb. 1926; Schriftsteller und Publizist. Verfasser mehrerer Theater- und Fernsehstücke. Autor kritischer Werke über die Repression, den Antisemitismus und die Jugendunruhen in der Schweiz. («Demokratie von Fall zu Fall», «Schalom: Wir werden Euch töten!», «Eine Stadt in Bewegung».) B.-Traven-Biograph und Herausgeber von Anthologien. Mitbegründer verschiedener Organisationen der ausserparlamentarischen Opposition: Vietnam-Komitee, Zürcher Manifest, Genossenschaft Progressiver Schriftsteller, Demokratisches Manifest etc. Mitglied des Schweizerischen Schriftsteller-Verbandes und der Gesellschaft Schweizerischer Dramatik.

Ricarda Anette Steinbrecher, 26 Jahre, Biologiestudentin in Kiel. 1974 Bezirkssprecherin bei «Amnesty International»; Mitarbeit am deutschen Boykott der mexiko-amerikanischen Landarbeitergewerkschaft «United Farmworkers» (UFW). Sommer 1975 als Boycott-Organizer bei der UFW in Los Angeles. Längere Aufenthalte in Israel (Mitarbeit im Kibbuz), Griechenland und England. 1977–1978 Mitarbeiterin im Zentrum für Gewaltfreiheit in Santa Cruz, California. Seit 1978 aktives Mitglied der «Trainingskollektive für Gewaltfreie Aktion» (bundesweiter Zusammenschluss) und seit 1980 freie Mitarbeiterin und Beirat der «Bildungs- und Bewegungsstätte für Gewaltfreie Aktion» im Landkreis Lüchow-Dannenberg.

Peter Weishaupt, geb. 1952, kaufmännische Lehre; Mitarbeit an

Waffenausfuhrverbotsinitiative 1972, seit 1975 im Vorstand des Schweizerischen Friedensrates, seit 1978 Sekretär der Arbeitsgemeinschaft für Rüstungskontrolle und Waffenausfuhrverbot, seit 1982 Redakteur bei der «Friedenszeitung».

Jean Ziegler, Professor für Soziologie an der Wirtschafts- und Sozialwissenschaftlichen Fakultät der Universität Genf; Nationalrat, Mitglied der Geschäftsleitung der sozialistischen Partei Genf; ins Deutsche übersetzte Publikationen: «Das Schweizer Imperium», rororo-TB 1982; «Die Lebenden und der Tod», Verlag Luchterhand, 1978; «Afrika: die neue Kolonisation», Verlag Luchterhand, 1981; französische Publikationen: «Retournez les fusils! Manuel de la sociologie d'opposition», Editions du Seuil, Paris, 1981; «Le pouvoir africain», Editions du Seuil, Paris, 1980.